TAYLOR JENKINS REID | Neun Tage und ein Jahr

Das Buch
Elsie weiß: Ben ist ihre große Liebe, und so sagt sie Ja, als er nur ein halbes Jahr nach der ersten Begegnung um ihre Hand anhält. Doch neun Tage nach der Hochzeit kommt Ben bei einem Unfall ums Leben. Erschüttert von ihrem Verlust steht Elsie im Krankenhaus Bens Mutter Susan gegenüber – die bisher nichts von ihrer Schwiegertochter wusste. Was mit einem Zusammentreffen voller Ablehnung beginnt, wird die beiden ungleichen Frauen für immer verändern.

»Es gibt sie noch, diese Romane, die einen während des Lesens zu Tränen rühren. Dieser von Taylor Jenkins Reid gehört definitiv dazu.«
Gong

Die Autorin
Taylor Jenkins Reid wurde in Massachusetts geboren, studierte am Emerson College in Boston und lebt heute mit ihrem Mann in Los Angeles. Sie arbeitete für verschiedene Zeitungen, bevor sie sich ganz dem Schreiben von Büchern widmete. *Neun Tage und ein Jahr* ist ihr erster Roman, es folgte *Zwei auf Umwegen*.

TAYLOR JENKINS REID

Neun Tage und ein Jahr

ROMAN

Aus dem Amerikanischen
von Babette Schröder

Diana Verlag

Die Originalausgabe erschien 2013 unter dem Titel
Forever, Interrupted bei Simon & Schuster Inc., New York

Verlagsgruppe Random House FSC® N001967.
Das für dieses Buch verwendete
FSC®-zertifizierte Papier *Holmen Book Cream*
liefert Holmen Paper, Hallstavik, Schweden.

Taschenbucherstausgabe 12/2015
Copyright © 2013 by Taylor Jenkins Reid
Copyright der deutschsprachigen Ausgabe © 2014
und dieser Ausgabe © 2015 by Diana Verlag, München,
in der Verlagsgruppe Random House GmbH
Redaktion | Kristof Kurz
Umschlaggestaltung | t.mutzenbach design, München
Umschlagmotiv | © shutterstock
Satz | Leingärtner, Nabburg
Druck und Bindung | GGP Media GmbH, Pößneck
Printed in Germany
Alle Rechte vorbehalten
ISBN 978-3-453-35794-5

www.diana-verlag.de

Für Linda Morris
(weil sie die Kriminalromane
einer Zwölfjährigen gelesen hat)

Und für Alex Reid
(ein Mann, in den sich die ganze Welt
verlieben müsste)

»Jeden Morgen, wenn ich aufwache, vergesse ich für den Bruchteil einer Sekunde, dass du nicht mehr da bist, und strecke die Hand nach dir aus. Jedes Mal fühle ich nur das kalte Laken. Dann fällt mein Blick auf unser Bild auf dem Nachttisch. Das aus Paris. Und ich bin überglücklich, dass ich dich geliebt habe und dass du mich geliebt hast. Wenn auch nur für kurze Zeit.«

– Internetposting auf Craigslist.org, Chicago, 2009 –

TEIL EINS

Juni

»Hast du dich schon entschieden, ob du deinen Namen ändern wirst?«, fragt Ben. Er sitzt am anderen Ende des Sofas und massiert meine Füße. Er sieht so gut aus. Wie habe ich es nur geschafft, einen so verdammt gut aussehenden Mann abzubekommen?

»Mehr oder weniger«, necke ich ihn. Dabei bin ich mir schon sicher. Ich muss lächeln. »Ich glaube, ich mache es.«

»Wirklich?«, will er aufgeregt wissen.

»Würde dir das denn gefallen?«

»Machst du Witze? Ich meine, du musst nicht. Wenn es dir irgendwie unangenehm ist oder ... Ich weiß nicht, wenn du das Gefühl hast, deinen eigenen Namen zu verleugnen. Ich möchte, dass du den Namen trägst, den du willst«, erklärt er. »Aber wenn es zufällig mein Name sein sollte«, er errötet ein bisschen, »wäre das echt cool.«

Ben wirkt so gar nicht wie ein typischer Ehemann. Bei einem Ehemann denkt man an einen dicken Glatzkopf, der den Müll hinausträgt. Aber mein Mann ist einfach perfekt. Er hat alles, was ich mir wünsche. Ich klinge wie eine Idiotin. Aber genau so soll es ja auch sein, stimmt's? Ich bin frisch verheiratet, also sehe ich ihn durch die rosa Brille. »Ich werde also Elsie Porter Ross heißen«, sage ich.

Er hört einen Moment auf, meine Füße zu massieren. »Das ist wirklich sexy«, meint er.

Ich lache ihn an. »Warum?«

»Ich weiß nicht. Wahrscheinlich ist das jetzt furchtbar altmodisch, aber mir gefällt einfach die Vorstellung, dass wir die Rosses sind. Mr. und Mrs. Ross.«

»Das gefällt mir auch!«, stimme ich zu. »Mr. und Mrs. Ross. Damit ist es also beschlossen. Sobald die Heiratsurkunde hier ist, schicke ich sie zur Kraftfahrzeugbehörde – oder wohin auch immer man sie schicken muss.«

»Das ist fantastisch«, stellt er fest und lässt meine Füße los. »Okay, Elsie Porter Ross. Ich bin dran.«

Ich nehme seine Füße. Wir schweigen eine Weile, während ich gedankenverloren seine Füße massiere. Nach einiger Zeit merke ich, dass ich Hunger bekomme.

»Hast du auch Hunger?«, frage ich.

»Jetzt?«

»Aus irgendeinem Grund hab ich gerade richtig Lust auf Fruity Pebbles.«

»Sind keine Frühstücksflocken mehr da?«, fragt Ben.

»Doch. Ich will aber Fruity Pebbles.« Wir haben nur Erwachsenenfrühstücksflocken – ballaststoffreiche braune Dinger. Aber keinen quietschbunten, überzuckerten Knusperreis.

»Na gut, ich glaube, dass der Supermarkt noch geöffnet hat. Die haben ganz bestimmt Fruity Pebbles. Soll ich dir welche holen?«

»Nein! Das kann ich dir nicht zumuten. Das wäre zu bequem von mir.«

»Das stimmt, aber du bist auch meine Frau, und ich liebe dich, und ich will, dass du alles kriegst, was du willst.« Er steht auf.

»Nein, wirklich, das musst du nicht tun.«

»Ich gehe.« Ben verlässt kurz das Zimmer und kommt mit seinem Fahrrad und seinen Schuhen zurück.

»Danke!« Ich liege nun quer über dem Sofa auf dem Platz, den er gerade verlassen hat. Ben lächelt mir zu, öffnet die Eingangstür und trägt sein Fahrrad hinaus. Ich höre, wie er den Ständer ausklappt, und weiß, dass er gleich noch einmal zurückkommt, um sich von mir zu verabschieden.

»Ich liebe dich, Elsie Porter Ross.« Er beugt sich herunter und küsst mich. Er trägt einen Fahrradhelm und -handschuhe und lächelt mich an. »Das klingt wirklich gut.«

Ich grinse breit. »Ich liebe dich!«, sage ich. »Danke.«

»Gern geschehen. Bis gleich.« Er schließt die Tür hinter sich.

Ich lege den Kopf zurück und schlage ein Buch auf, aber ich kann mich nicht konzentrieren. Ich vermisse ihn. Nach zwanzig Minuten habe ich ihn immer noch nicht die Treppe hinaufgehen hören und frage mich, wo er bleibt.

Nachdem dreißig Minuten vergangen sind, rufe ich auf seinem Mobiltelefon an. Keine Antwort. Mein Kopf spielt in Windeseile diverse Möglichkeiten durch. Sie alle sind weit hergeholt und absurd. Er hat eine andere kennengelernt oder ist in einen Stripclub gegangen. Ich rufe ihn noch einmal an, denn mein Gehirn fängt allmählich an, realistischere Möglichkeiten für seine Verspätung zu suchen; Gründe, die wahrscheinlicher und deshalb deutlich beunruhigender sind. Als er immer noch nicht abhebt, stehe ich vom Sofa auf und gehe nach draußen.

Ich weiß nicht, was ich mir davon verspreche. Auf der Suche nach ihm sehe ich mich auf der Straße um. Ist es verrückt zu denken, dass ihm etwas passiert sein könnte? Ich weiß es nicht. Ich versuche, ruhig zu bleiben, und sage mir, dass er sicher nur in einem Verkehrsstau steckt. Oder dass er vielleicht einem alten Freund begegnet ist. Die Minuten vergehen immer langsamer. Sie kommen mir wie Stunden vor. Jede Sekunde fühlt sich wie eine Ewigkeit an.

Sirenen.

Sie kommen in meine Richtung. Am Ende meiner Straße sehe ich Blaulicht. Es klingt, als riefen die Sirenen nach mir. Sie jaulen immer wieder meinen Namen: *El-sie, El-sie.*

Ich renne los. Als ich das Ende der Straße erreiche, spüre ich, wie kühl das Pflaster unter meinen Füßen ist. Und meine leichte Jogginghose ist auch nicht für diesen Wind gemacht, aber ich laufe weiter, bis ich sehe, woher das Blaulicht kommt.

Ich erblicke zwei Krankenwagen und ein Feuerwehrauto. Mehrere Streifenwagen sperren die Gegend ab. Ich zwänge mich so weit wie möglich in die Menge vor, dann bleibe ich stehen. Jemand wird auf eine Trage gehoben. Am Straßenrand liegt ein umgekippter Lastwagen. Die Scheiben sind gesprungen, überall liegen Glassplitter. Ich betrachte den Lastwagen genauer und versuche herauszufinden, was geschehen ist. In dem Augenblick bemerke ich, dass nicht nur Glas auf dem Boden liegt – die Straße ist von unzähligen bunten Perlen übersät. Ich trete näher und sehe eine dieser Perlen neben meinem Fuß liegen. Ein Fruity Pebble. Auf der Suche nach einem bestimmten Gegenstand lasse ich den Blick über das Gelände schweifen. Zugleich bete ich, ich möge diesen Gegenstand nicht finden. Doch da ist er. Direkt vor mir. Wie konnte ich ihn übersehen? Halb unter dem Lastwagen liegt Bens Fahrrad. Es ist total verbogen.

Die Welt verstummt. Die Sirenen schweigen. Die Stadt hält inne. Mein Herz beginnt so schnell zu schlagen, dass es in meiner Brust schmerzt. In meinem Kopf rauscht das Blut. Es ist so heiß hier draußen. Wann ist es so heiß geworden? Ich kann nicht atmen. Ich glaube, ich kann nicht mehr atmen. Ich kriege keine Luft mehr.

Ich bemerke erst, dass ich renne, als ich die Türen des Krankenwagens erreiche. Ich schlage dagegen, springe nach oben und versuche, gegen das Fenster zu klopfen, doch es ist zu hoch für mich. Währenddessen höre ich, wie die Fruity Pebbles unter meinen Füßen knirschen. Mit jedem Sprung reibe ich sie in den Asphalt, zertrample sie zu tausend Krümeln.

Der Krankenwagen fährt los. Ist Ben dort drin? Kämpfen sie um sein Leben? Geht es ihm gut? Ist er verletzt? Vielleicht ist es Vorschrift, ihn in einen Krankenwagen zu verfrachten. Vielleicht *muss* er mitfahren, auch wenn es ihm gut geht. Vielleicht ist er auch hier irgendwo. Vielleicht befindet sich der Fahrer des Lasters in dem Krankenwagen. Der Kerl muss doch tot sein, oder? So einen Unfall überlebt niemand. Folglich muss es Ben gut gehen. Das ist das Karma eines Unfalls: Der Böse stirbt, der Gute überlebt.

Ich sehe mich um, aber Ben ist nirgends zu entdecken. Ich rufe seinen Namen. Ich weiß, dass es ihm gut geht. Ich bin mir sicher. Ich will nur, dass das hier vorbei ist. Ich möchte sehen, dass er nur einen kleinen Kratzer hat, und hören, dass er sich gut genug fühlt, um wieder nach Hause zu kommen. Lass uns nach Hause gehen, Ben. Ich habe meine Lektion gelernt. Ich werde nie wieder zulassen, dass du mir einen so albernen Gefallen tust. Ich hab's kapiert. Gehen wir nach Hause.

»*Ben!*« Ich schreie in die Nacht. Es ist so kalt. Wann ist es so kalt geworden? »*Ben!*« Ich schreie wieder. Ich habe das Gefühl, im Kreis zu laufen, bis mich ein Polizeibeamter anhält.

»Bitte«, sagt er und hält mich an den Armen fest. Ich schreie weiter. Ben muss mich hören. Er soll wissen, dass ich hier bin. Er soll nach Hause kommen. »Bitte«, sagt der Beamte noch einmal.

»*Was?*«, schreie ich ihm ins Gesicht. Ich reiße meine Arme los und drehe mich um meine Achse. Ich versuche, in den abgesperrten Bereich vorzudringen. Sie müssen mich einfach durchlassen. Kapieren sie denn nicht, dass ich meinen Mann finden muss?

Der Beamte holt mich ein und hält mich erneut fest. »Bitte«, sagt er, diesmal strenger. »Sie können hier jetzt nicht durch.«

Versteht er denn nicht, dass ich genau *hier* durchmuss?

»Ich suche meinen Mann!«, erkläre ich ihm. »Er könnte verletzt sein. Das ist sein Fahrrad. Ich muss ihn suchen.«

»Ihr Mann ist auf dem Weg ins Cedars-Sinai. Kann Sie jemand dorthin fahren?«

Ich starre ihn an, verstehe jedoch nicht, was er sagt.

»Wo ist er?«, frage ich. Er muss es mir noch einmal sagen.

»Ihr Mann ist auf dem Weg ins Cedars-Sinai-Krankenhaus. Er wird in die Notaufnahme gebracht. Möchten Sie, dass ich Sie hinfahre?«

Er ist nicht hier? Er war tatsächlich in dem Krankenwagen?

»Geht es ihm gut?«

»Entschuldigen Sie, ich darf nicht ...«

»Geht es ihm gut?«

Der Beamte sieht mich an. Er nimmt den Hut vom Kopf und hält ihn vor seine Brust. Ich weiß, was das bedeutet. Ich kenne diese Geste aus alten Filmen, in denen die Männer genau so auf der Türschwelle von Kriegswitwen stehen. Wie aufs Stichwort fange ich an zu schluchzen.

»Ich muss zu ihm!«, schreie ich unter Tränen. »Ich muss bei ihm sein!« Ich sinke mitten auf der Straße auf die Knie. Unter mir knirschen die bunten Fruity Pebbles. »Geht es ihm gut? Ich muss zu ihm! Sagen Sie mir nur, ob er noch lebt!«

Der Polizeibeamte sieht mich zugleich mitleidig und schuldbewusst an. Beide Emotionen sind leicht zu erkennen, obwohl ich sie noch nie gleichzeitig auf einem Gesicht gesehen habe. »Es tut mir leid. Ihr Mann ist ...«

Der Beamte hat es nicht eilig, sein Adrenalinspiegel ist nicht so hoch wie meiner. Er weiß, dass wir uns nicht beeilen müssen, dass der Leichnam meines Mannes warten kann.

Ich lasse ihn den Satz nicht zu Ende führen. Ich weiß, was er sagen wird, und ich kann es nicht glauben. Ich schreie ihn an und schlage mit den Fäusten gegen seine Brust. Er ist ziemlich groß und überragt mich um ein ganzes Stück. Ich fühle mich wie ein Kind. Aber das hält mich nicht davon ab, auf ihn einzuhämmern. Ich will ihn schlagen und treten. Er soll so leiden wie ich.

»Er war sofort tot. Es tut mir leid.«

Ich sacke auf dem Boden zusammen. Alles beginnt sich zu drehen. Ich höre meinen Herzschlag und kann mich nicht mehr auf das konzentrieren, was der Polizeibeamte sagt. Damit habe ich wirklich nicht gerechnet. Ich dachte, böse

Dinge passieren nur überheblichen Menschen, nicht Menschen wie mir, die wissen, wie flüchtig das Leben ist. Die die Autorität einer höheren Macht anerkennen. Aber nun ist es mir doch passiert.

Mein Körper beruhigt sich. Meine Tränen versiegen. Mein Gesicht erstarrt, mein Blick bleibt an irgendeinem unwichtigen Detail der Szenerie hängen. Ich kann mich nicht konzentrieren. Meine Arme fühlen sich taub an. Ich weiß nicht, ob ich stehe oder sitze.

»Was ist mit dem Fahrer?«, frage ich den Polizeibeamten ruhig und beherrscht.

»Wie bitte?«

»Was ist mit dem Mann, der den Lastwagen gefahren hat?«

»Er ist tot.«

»Gut«, stelle ich fest. Ich klinge wie ein Soziopath. Der Polizeibeamte nickt mir zu. Vielleicht ist das eine Art stillschweigende Vereinbarung. Er tut so, als habe er nicht gehört, was ich gesagt habe. Dadurch kann ich so tun, als ob ich mir nicht den Tod eines anderen Menschen gewünscht hätte. Aber ich will das nicht zurücknehmen.

Er nimmt meine Hand und führt mich zu seinem Polizeiwagen. Mithilfe der Sirene drängt er sich durch den Verkehr. Die Straßen von Los Angeles ziehen im Schnelldurchlauf an mir vorbei. Sie waren noch nie so hässlich wie jetzt.

Im Krankenhaus setzt mich der Beamte in den Warteraum. Ich zittere so stark, dass der ganze Stuhl wackelt.

»Ich will ihn sehen«, sage ich. »Ich will ihn sehen!«, wiederhole ich lauter. Ich bemerke sein Namensschild: Officer Hernandez.

»Ich verstehe. Ich werde mich gleich mal erkundigen. Ein Sozialarbeiter wird sich sofort um Sie kümmern. Ich bin gleich zurück.«

Ich höre, was er sagt, kann aber nicht darauf reagieren. Ich sitze auf dem Stuhl und starre die Wand vor mir an. Mein Kopf wankt von einer Seite zur anderen. Ich stehe auf und gehe in Richtung Empfangstresen, werde jedoch von Officer Hernandez aufgehalten, der gerade wieder zurückkommt. Er befindet sich jetzt in Begleitung eines kleinen mittelalten Mannes, der ein blaues Hemd mit roter Krawatte trägt. Ich wette, dieser Idiot wählt seine Krawattenfarbe nach seiner Stimmung aus. Er denkt, er hätte einen guten Tag, wenn er diese Krawatte trägt.

»Elsie«, begrüßt er mich. Ich muss Officer Hernandez meinen Namen gesagt haben. Ich erinnere mich nicht mehr daran. Er streckt seine Hand aus, als würde ich sie schütteln wollen. Dabei gibt es inmitten dieser Tragödie keinen Grund für Formalitäten. Ich lasse seine Hand in der Luft hängen. Vor alledem hätte ich niemals jemandes Hand abgewiesen. Ich bin ein netter Mensch, manchmal sogar zu nett. Man kann mich weder als »schwierig« noch als »renitent« bezeichnen.

»Sind Sie die Frau von Ben Ross? Haben Sie einen Führerschein bei sich?«, fragt mich der Mann.

»Nein. Ich bin einfach aus dem Haus gelaufen. Ich habe keine ...« Ich blicke hinunter auf meine Füße. Ich habe noch nicht einmal Schuhe an, und dieser Mann glaubt ernsthaft, ich hätte meinen Führerschein bei mir?

Officer Hernandez geht. Ich beobachte, wie er langsam und ungelenk davontrabt. Er glaubt jetzt bestimmt, seine Arbeit hier sei getan. Ich wünschte, ich wäre er. Dann könnte ich einfach von hier fort und nach Hause zu meinem Mann und einem warmen Bett gehen. Zu meinem Mann, einem warmen Bett und einer gottverdammten Schale mit Fruity Pebbles.

»Ich fürchte, Sie dürfen ihn noch nicht sehen, Elsie«, sagt er.

»Warum nicht?«

»Die Ärzte sind noch bei der Arbeit.«

»Er *lebt?*«, schreie ich. Wie schnell die Hoffnung zurückkehrt.

»Nein, es tut mir leid.« Er schüttelt den Kopf. »Ihr Mann ist heute Abend gestorben. Er war als Organspender registriert.«

Ich habe das Gefühl, in einem Aufzug ungebremst in den Keller zu rauschen. Sie nehmen ihm die Organe heraus und geben sie anderen Menschen. Sie nehmen ihn auseinander.

Ich setze mich zurück auf den Stuhl. Ich bin innerlich tot. Einerseits möchte ich diesen Mann anschreien, dass er mich zu Ben bringen soll. Dass ich ihn sehen will. Ich will durch die Doppeltür rennen und ihn suchen, ihn in den Armen halten. Was machen sie mit ihm? Aber ich bin wie erstarrt. Ich bin ebenfalls gestorben.

Der Mann mit der roten Krawatte geht kurz weg und kommt mit einer heißen Schokolade und Pantoffeln zurück. Meine Augen sind trocken und müde. Ich kann kaum etwas sehen. All meine Sinne sind taub. Ich fühle mich in meinem eigenen Körper gefangen, abgeschnitten von meinen Mitmenschen.

»Sollen wir jemanden anrufen? Ihre Eltern?«

Ich schüttele den Kopf »Ana«, sage ich. »Ich muss Ana anrufen.«

Er legt mir eine Hand auf die Schulter. »Können Sie Anas Nummer aufschreiben? Dann rufe ich sie für Sie an.«

Ich nicke, und er reicht mir ein Stück Papier und einen Stift. Ich brauche einen Moment, um mich an ihre Nummer zu erinnern. Erst schreibe ich sie ein paarmal falsch auf. Als ich ihm das Papier reiche, bin ich mir ziemlich sicher, dass es die richtige Nummer ist.

»Was ist mit Ben?«, frage ich. Ich weiß nicht genau, was ich damit meine. Ich kann ihn einfach noch nicht aufgeben. Ich bin noch nicht in der »Ich rufe jemanden an, der Sie nach Hause bringt und sich um Sie kümmert«-Phase. Ich muss doch kämpfen, stimmt's? Ich muss ihn suchen und ihn retten. Doch wie mache ich das?

»Die Krankenschwestern haben die nächsten Angehörigen benachrichtigt.«

»Was? *Ich* bin seine nächste Angehörige.«

»In seinem Führerschein war offenbar eine Adresse in Orange County angegeben. Wir mussten von Gesetzes wegen seine Familie kontaktieren.«

»Wen haben Sie angerufen? Wer kommt?« Aber ich weiß bereits, wer kommt.

»Ich sehe mal nach, ob ich es herausfinden kann. Außerdem rufe ich Ana an. Ich bin gleich zurück, okay?«

Ich nicke.

In der Halle sehe und höre ich andere wartende Angehörige. Einige sehen bedrückt aus, aber den meisten scheint es gut zu gehen. Da ist eine Mutter mit ihrer kleinen Tochter. Die beiden lesen ein Buch. Ein kleiner Junge hält sich ein Kühlkissen vors Gesicht. Daneben sitzt der genervte Vater. Ein jugendliches Paar hält sich an den Händen. Ich weiß nicht, weshalb sie hier sind, aber dem Lächeln auf ihren Gesichtern nach zu urteilen, scheint es nichts Schlimmes zu sein. Am liebsten würde ich sie anschreien und ihnen klarmachen, dass Notaufnahmen für Notfälle gedacht sind. Dass sie hier nichts zu suchen haben, wenn sie so glücklich und unbeschwert sind. Sie sollen nach Hause gehen und woanders glücklich sein. Ich möchte das nicht sehen. Ich weiß nicht mehr, wie es sich anfühlt, wie sie zu sein. Ich kann mich noch nicht einmal mehr daran erinnern, wie ich mich gefühlt habe, bevor das hier passiert ist. Ich spüre nur diese unglaubliche Angst. Und ich hasse jeden in diesem ganzen Krankenhaus, der nicht unglücklich ist.

Der Mann mit der roten Krawatte kommt zurück und sagt, dass Ana auf dem Weg sei. Er bietet mir an, sich zu mir zu setzen und mit mir zu warten. Ich zucke mit den Schultern. Er kann tun und lassen, was er will. Seine Gegenwart tröstet mich zwar nicht, aber sie hält mich immerhin davon ab, jemanden anzuschreien, weil er in dieser Situation einen Schokoriegel isst. Ich denke an die bunten Fruity Pebbles, die überall auf der Straße verteilt sind. Sie werden noch da sein, wenn ich nach Hause komme. Niemand wird sie beseitigen, weil niemand wissen kann, wie schrecklich es für mich ist, sie zu sehen. Für etwas derart Albernes musste Ben sterben. Für Fruity Pebbles. Es wäre komisch, wenn es nicht so … Es ist nicht komisch. Überhaupt nicht. Auch nicht die Tatsache, dass ich meinen Mann verloren habe, weil ich Lust auf Frühstücksflocken mit einem Bild von Fred Feuerstein auf dem Karton hatte. Dafür hasse ich mich. Mich selbst hasse ich am allermeisten.

Ana erscheint aufgelöst und leicht panisch. Ich weiß nicht,

was der Mann mit der roten Krawatte ihr erzählt hat. Als sie auf mich zukommt, steht er auf, um sie zu begrüßen. Ich sehe, dass sie miteinander sprechen, kann sie aber nicht hören. Sie reden nur kurz, dann stürzt Ana zu mir und nimmt mich in den Arm. Ich lasse es geschehen, habe aber keine Kraft, sie ebenfalls zu umarmen. »Es tut mir leid«, flüstert sie mir ins Ohr, und ich sinke in ihre Arme.

Ich habe keine Kraft mehr, mich aufrecht zu halten, kein Bedürfnis mehr, meinen Schmerz zu verbergen. Ich weine, schluchze und schniefe an Anas Brust. In jedem anderen Augenblick meines Lebens wäre es mir unangenehm, meine Augen und Lippen so nahe an ihren Brüsten zu wissen.

Anas Arme trösten mich nicht. Die Tränen strömen aus meinen Augen, als würde ich sie aus mir herausdrücken, aber das tue ich nicht. Sie kommen von ganz allein. Ich bin noch nicht einmal traurig. Dieses Unglück ist so unfassbar, dass mir selbst meine Tränen unpassend, armselig und lächerlich erscheinen.

»Hast du ihn gesehen, Elsie? Es tut mir so leid.«

Ich antworte nicht. Gefühlt sitzen wir stundenlang auf dem Boden des Wartezimmers. Manchmal weine ich, manchmal fühle ich gar nichts. Die meiste Zeit liege ich in Anas Armen, nicht weil mir das guttut, sondern weil ich sie nicht ansehen möchte. Schließlich steht Ana auf und lehnt mich gegen die Wand, dann geht sie zum Aufnahmetresen, um sich lautstark zu beschweren.

»Wie lange sollen wir noch warten, bis wir Ben Ross sehen dürfen?«, herrscht sie die junge Latino-Krankenschwester hinter ihrem Computer an.

»Hören Sie«, sagt die Schwester und steht auf, aber Ana entfernt sich schon wieder vom Tresen.

»Nein, ich höre nicht. Sagen Sie mir, wo er ist. Lassen Sie uns zu ihm.«

Der Mann mit der roten Krawatte geht zu Ana und versucht sie zu beruhigen.

Er und Ana sprechen ein paar Minuten. Er will Ana berühren, sie trösten, doch sie entzieht ihm ihre Schulter. Er macht nur seine Arbeit. Alle hier machen nur ihre Arbeit. Was für ein Haufen Arschlöcher.

Eine ältere Frau stürmt durch die Eingangstür. Sie ist schätzungsweise um die sechzig. Lange rötlich braune Locken umrahmen ihr Gesicht. Ihre Wimperntusche ist die Wangen hinuntergelaufen, über ihrer Schulter hängt eine braune Tasche, und sie trägt einen schwarzbraunen Schal um den Hals. Sie hält mehrere Papiertaschentücher in der Hand. Ich wünschte, ich hätte meinen Kummer so weit im Griff, dass ich Taschentücher benutzen könnte. Ich wische mir den Rotz an meinen Ärmeln und meinem Kragen ab. Meine Tränen bilden kleine Pfützen auf dem Boden.

Die Frau läuft zum Empfangstresen, dann lässt sie sich auf einem Stuhl nieder. Als sie mir kurz das Gesicht zuwendet, erkenne ich sie. Ich starre sie an. Ich kann den Blick nicht von ihr abwenden. Das ist meine Schwiegermutter. Eine Fremde. Ich habe ihr Bild ein paar Mal in einem Fotoalbum gesehen, doch *sie* kennt *mich* nicht.

Ich ziehe mich auf die Toilette zurück. Ich weiß nicht, wie ich mich ihr vorstellen soll, wie ich ihr erklären soll, dass wir beide wegen desselben Mannes hier sind. Dass wir beide um denselben Mann trauern. Ich betrachte mich im Spiegel. Mein Gesicht ist rot und fleckig. Meine Augen sind blutunterlaufen. Ich mustere mein Gesicht und denke, dass es mal jemanden gab, der dieses Gesicht geliebt hat. Jetzt ist niemand mehr da, der dieses Gesicht liebt.

Als ich zurück ins Wartezimmer komme, ist sie weg. Ich drehe mich um, und Ana ergreift meinen Arm. »Du kannst jetzt hineingehen«, sagt sie und bringt mich zu dem Mann mit der roten Krawatte, der mich durch die Doppeltür führt.

Der Mann bleibt vor einem Zimmer stehen und fragt mich, ob ich möchte, dass er mich begleitet. Warum sollte ich diesen Mann bei mir haben wollen? Schließlich habe ich ihn gerade erst kennengelernt. Er bedeutet mir nichts. Der Mann dort drinnen in dem Raum bedeutet alles für mich. Wenn man *alles* verloren hat, hilft *nichts*. Ich öffne die Tür. Es sind noch andere Menschen im Raum, aber ich sehe nur Bens Leiche.

»Entschuldigen Sie!«, sagt meine Schwiegermutter unter Tränen. Ihr Ton ist sanft, klingt aber fürchterlich. Ich ignoriere sie.

Ich nehme Bens Gesicht in meine Hände, es ist kalt. Seine Lider sind geschlossen. Nie wieder werde ich seine Augen sehen. Es kommt mir in den Sinn, dass sie nicht mehr da sein könnten. Ich werde nicht nachsehen. Ich möchte es nicht herausfinden. Sein Gesicht ist voller Blutergüsse, und ich weiß nicht, was das bedeutet. Hatte er Schmerzen, bevor er gestorben ist? Ist er einsam und allein auf der Straße gestorben? O mein Gott, hat er gelitten? Ich bin kurz davor, ohnmächtig zu werden. Seine Brust und seine Beine sind von einem Laken bedeckt. Ich habe Angst, es wegzunehmen. Dass dann zu viel von Ben zu sehen ist. Oder dass nicht mehr viel von ihm da ist.

»Sicherheitsdienst!«, ruft meine Schwiegermutter.

Ich sehe sie an und halte weiter Bens Hand, während ein

Sicherheitsbeamter in der Tür erscheint. Sie weiß nicht, wer ich bin. Sie versteht nicht, was ich hier mache, aber sie müsste eigentlich inzwischen begriffen haben, dass ich ihren Sohn liebe.

»Bitte«, flehe ich. »Bitte, Susan, tun Sie das nicht.«

Susan sieht mich überrascht an. Sie ist verwirrt, weil ich ihren Namen kenne. Sie blickt zu dem Sicherheitsbeamten und nickt ihm fast unmerklich zu. »Tut mir leid. Würden Sie uns bitte einen Augenblick allein lassen?« Er verlässt das Zimmer. Susan sieht die Krankenschwester an: »Sie auch, bitte. Danke.« Die Schwester geht und schließt die Tür hinter sich.

Susan wirkt gequält, verängstigt und so, als könnte sie sich gerade noch die nächsten fünf Sekunden lang beherrschen.

»Er trägt einen Ehering«, stellt sie fest. Ich starre sie an und versuche weiterzuatmen. Ich hebe schwach meine linke Hand und zeige ihr das Pendant dazu.

»Wir haben vor eineinhalb Wochen geheiratet«, sage ich unter Tränen. Meine Mundwinkel ziehen sich nach unten, sie fühlen sich so schwer an.

»Wie heißen Sie?«, fragt sie und zittert jetzt.

»Elsie.« Ich habe Angst vor ihr. Sie sieht wütend und verletzt aus, wie ein unbeherrschter Teenager.

»Elsie und weiter?«, stößt sie hervor.

»Elsie Ross.«

Dann bricht Susan zusammen. Genau wie ich zuvor. Sie sinkt auf den Boden, und jetzt hat sie keine Taschentücher mehr, die den Linoleumboden vor ihren Tränen schützen könnten.

Ana sitzt neben mir und hält meine Hand. Ich sitze schluchzend neben Ben. Susan hat sich vor einer Weile entschuldigt und ist hinausgegangen. Der Mann mit der roten Krawatte kommt herein und sagt, dass wir ein paar Dinge klären müssten und dass Bens Leiche verlegt werden würde. Ich starre vor mich hin, bis der Mann mit der roten Krawatte mir eine Tasche mit Bens Sachen reicht. Sein Mobiltelefon, seine Brieftasche, seine Schlüssel.

»Was ist das?«, frage ich, obwohl ich weiß, was es ist.

Bevor der Mann mit der roten Krawatte antworten kann, erscheint Susan im Türrahmen. Ihr Gesicht wirkt angespannt, ihre Augen sind blutunterlaufen. Sie sieht jetzt älter aus. Erschöpft. Sehe ich auch so aus? Bestimmt.

»Was machen Sie da?«, erkundigt sich Susan bei dem Mann.

»Ich ... Wir müssen den Raum freimachen. Die Leiche Ihres Sohnes wird verlegt.«

»Warum geben Sie *ihr* das?«, fragt Susan unverblümt. Sie tut so, als sei ich gar nicht da.

»Wie bitte?«

Susan tritt in den Raum und nimmt vor meiner Nase Bens Tasche an sich. »Ich entscheide, was mit Ben geschieht. Und seine Sachen nehme ich ebenfalls an mich«, erklärt sie.

»Hören Sie ...«, sagt der Mann mit der roten Krawatte.

»Und zwar alle!«, bekräftigt sie.

Ana steht auf, fasst meinen Arm und zieht mich mit sich. Sie will mir diese Situation ersparen. Ich will zwar nicht hier sein, kann aber auch nicht gehen. Ich entziehe Ana meinen Arm und blicke Susan an.

»Wollen wir die nächsten Schritte besprechen?«, frage ich sie.

»Was gibt es da zu besprechen?«, fragt Susan kühl und beherrscht zurück.

»Ich meine nur ...« Ich weiß eigentlich nicht, was ich meine.

»Mrs. Ross«, sagt der Mann mit der roten Krawatte.

»Ja?«, antworten Susan und ich gleichzeitig.

»Verzeihung«, bemerke ich. »Welche meinten Sie?«

»Die Ältere«, erwidert er und sieht Susan an. Sicher hat er es respektvoll gemeint, aber es trifft Susan schwer. Sie will nicht eine von zwei Mrs. Ross sein. So viel ist klar. Aber ich wette, es stört sie noch mehr, die Ältere genannt zu werden.

»Ich glaube das alles nicht«, verkündet sie vor den Anwesenden. »Es gibt absolut keinen Beweis, dass mein Sohn sie überhaupt gekannt, geschweige denn geheiratet hat. Ich habe noch nie von ihr gehört! Dabei habe ich meinen Sohn letzten Monat gesehen. Er hat nicht ein verdammtes Wort darüber verloren. Also nein, ich überlasse nicht irgendeiner Fremden die Habseligkeiten meines Sohnes. Auf keinen Fall.«

Ana streckt die Hand nach Susan aus. »Vielleicht sollten wir uns alle erst mal beruhigen«, schlägt sie vor.

Susan dreht sich zu ihr um, als bemerke sie Ana zum ersten Mal.

»Wer sind Sie?«, fragt sie, als seien wir Clowns, die aus einem Volkswagen steigen. Als hätte sie all die Menschen satt, die hier ständig auftauchen.

»Ich bin eine Freundin«, erklärt Ana. »Und ich glaube, wir sind alle nicht in der Verfassung, um vernünftig zu reagieren. Also sollten wir vielleicht einmal tief durchatmen ...«

Als Susan sich von ihr ab- und dem Mann mit der roten

Krawatte zuwendet, verstummt Ana. »Wir sollten das unter vier Augen besprechen«, bellt Susan den Mann an.

»Bitte beruhigen Sie sich.«

»Mich beruhigen? Soll das ein Scherz sein?«

»Susan«, fange ich an. Ich weiß nicht, wie ich den Satz beenden wollte, aber das interessiert Susan auch gar nicht.

»Schluss!« Sie hebt abwehrend die Hand. Es ist eine aggressive, reflexartige Bewegung, als müsse sie sich vor meinen Worten schützen.

»Mrs. Ross, Elsie wurde von der Polizei hierhergebracht. Sie war am Unfallort. Ich habe keinen Grund, daran zu zweifeln, dass sie und Ihr Sohn, wie sie sagt …«

»Verheiratet waren?« Susan kann es nicht fassen.

»Ja«, erwidert der Mann mit der roten Krawatte.

»Rufen Sie die Bezirksverwaltung an. Ich will einen Beweis dafür!«

»Elsie, haben Sie eine Kopie Ihrer Heiratsurkunde für Mrs. Ross?«

Gegen meinen Willen werde ich ganz klein. Ich will aufrecht vor ihnen stehen, stolz und selbstbewusst! Aber irgendwie wird mir alles zu viel.

»Nein. Aber, Susan …« Tränen laufen über mein Gesicht. Ich komme mir so hässlich, so klein und dumm vor.

»*Hören Sie auf, mich so zu nennen!*«, schreit sie. »Sie kennen mich überhaupt nicht. Hören Sie auf, mich mit meinem Vornamen anzusprechen!«

»Gut.« Ich starre auf die Leiche meines Ehemanns vor mir. »Behalten Sie die Sachen«, sage ich. »Es ist mir egal. Wir können hier sitzen und uns den ganzen Tag anschreien, aber das ändert nichts. Es ist mir also echt scheißegal, was mit seiner Brieftasche passiert.«

Ich setze einen Fuß vor den anderen und verlasse das Zimmer. Ich lasse die Leiche meines Mannes dort bei ihr. Und in der Minute, in der meine Füße den Korridor betreten, in der Minute, in der Ana die Tür hinter uns schließt, bedauere ich, dass ich gegangen bin. Ich hätte bei ihm bleiben sollen, bis die Schwester mich hinauswirft.

Ana schiebt mich vorwärts.
Sie setzt mich ins Auto und schließt meinen Sicherheitsgurt. Sie fährt langsam durch die Stadt, dann parkt sie in meiner Auffahrt. Nichts von alledem nehme ich wirklich wahr. Irgendwie stehe ich plötzlich vor meiner Haustür.
Als ich meine Wohnung betrete, habe ich keine Ahnung, wie spät es ist. Ich weiß nicht, wie lange es her ist, seit ich wie eine eingebildete Zicke im Pyjama auf dem Sofa gesessen habe und Fruity Pebbles wollte. Die Wohnung, die ich vom ersten Augenblick an mochte, die zu »unserer« wurde, als Ben eingezogen ist – jetzt lässt sie mich im Stich. Hier hat sich nichts verändert, seit Ben gestorben ist. Als wäre es der Wohnung egal.
Die Wohnung hat weder seine Schuhe weggeräumt, die mitten im Zimmer stehen, noch seine Decke zusammengefaltet. Sie hatte noch nicht einmal den Anstand, seine Zahnbürste außer Sichtweite zu stellen. Die Wohnung tut so, als sei alles beim Alten. Dabei ist alles anders. Ich erzähle den Wänden, dass Ben nicht mehr da ist. »Er ist tot. Er kommt nicht mehr nach Hause.« Ana streicht mir über den Rücken und sagt: »Ich weiß, Liebes. Ich weiß.«
Sie weiß gar nichts. Sie kann es nicht wissen. Ich gehe ins Schlafzimmer, stoße mir dabei die Schulter am Türrahmen und spüre nichts. Ich lege mich auf meine Seite des Bettes

und rieche ihn. Sein Geruch hängt noch in den Laken. Ich nehme das Kopfkissen von seiner Seite, schnuppere daran und ersticke an meinen eigenen Tränen. Ich taumle in die Küche, wo Ana mir ein Glas Wasser einschenkt. Mit dem Kopfkissen in der Hand gehe ich an ihr vorbei, hole einen Müllbeutel hervor und stopfe das Kissen hinein. Ich binde ihn fest zu und drehe den Plastikverschluss immer weiter, bis er zerreißt und der Beutel auf den Küchenboden fällt.

»Was machst du da?«, fragt Ana.

»Es riecht nach Ben«, antworte ich. »Ich will nicht, dass der Geruch verfliegt. Ich will ihn konservieren.«

»Ich weiß nicht, ob das funktioniert«, entgegnet sie leise.

»Leck mich«, sage ich und gehe zurück ins Bett.

Kaum liege ich auf meinem Kopfkissen, beginne ich zu weinen. Ich finde es schrecklich, was mit mir passiert. Ich habe noch nie »Leck mich« zu jemandem gesagt, schon gar nicht zu Ana.

Seit meinem siebzehnten Lebensjahr ist Ana meine beste Freundin. Wir haben uns an unserem ersten Tag am College in der Schlange vor der Mensa kennengelernt. Ich hatte niemanden, zu dem ich mich setzen konnte, während sie bereits dabei war, einen Jungen abzuwimmeln. Diese Rollenverteilung ist geblieben. Als Ana sich entschloss, nach Los Angeles zu ziehen, um Schauspielerin zu werden, bin ich mitgekommen. Nicht weil mich Los Angeles reizte, ich war noch nie hier gewesen. Nein, ich bin wegen Ana hergezogen. »Bibliothekarin kannst du überall werden«, hatte sie gesagt. Und da hatte sie vollkommen recht.

Hier stehen wir nun, neun Jahre nach unserer ersten Begegnung, und Ana sieht mich an, als müsste sie aufpassen, damit ich mir nicht die Pulsadern aufschneide. Wenn ich klarer im Kopf wäre, würde ich sagen, dazu sind Freunde ja da, aber mir ist gerade alles egal.

Ana kommt mit zwei Tabletten und einem Glas Wasser ins Schlafzimmer. »Die habe ich in deinem Medizinschrank gefunden«, sagt sie. Ich blicke in ihre Hand und erkenne die Pillen wieder. Es ist das Vicodin, das der Arzt Ben letzten Monat gegen seinen Hexenschuss verschrieben hat. Ben hat kaum welche genommen. Ich glaube, er hielt es für ein Zeichen von Schwäche.

Ohne zu fragen, nehme ich Ana die Tabletten aus der Hand und schlucke sie hinunter. »Danke«, sage ich. Sie deckt mich zu und legt sich zum Schlafen auf das Sofa. Ich bin froh, dass sie sich nicht neben mich ins Bett legt. Ich will nicht, dass sie Bens Geruch überdeckt. Vom Weinen sind meine Augen ausgetrocknet, meine Glieder sind schlapp, aber mein Gehirn braucht das Vicodin trotzdem zum Abschalten. Ich krabbele auf Bens Seite des Bettes, werde müde und schlafe ein. »Ich liebe dich«, sage ich, und zum ersten Mal ist niemand da, der es hört.

Ich wache auf und fühle mich verkatert. Wie jeden Morgen will ich Bens Hand fassen, doch seine Seite des Betts ist leer. Im ersten Augenblick denke ich, er ist im Bad oder macht Frühstück, dann fällt es mir wieder ein. Meine Verzweiflung kehrt zurück, dumpfer und schwerer diesmal. Sie legt sich wie eine Decke auf meinen Körper und zieht mein Herz wie ein Stein nach unten.

Ich lege die Hände auf mein Gesicht und versuche, die Tränen fortzuwischen, aber sie fließen so schnell, dass ich sie nicht aufhalten kann.

Ana kommt mit einem Geschirrhandtuch herein, an dem sie sich die Hände abtrocknet.

»Du bist wach«, stellt sie überrascht fest.

»Scharf beobachtet.« Warum bin ich so gemein? Ich bin eigentlich kein gemeiner Mensch.

»Susan hat angerufen.« Sie ignoriert meine Ausfälle, wofür ich ihr dankbar bin.

»Was hat sie gesagt?« Ich setze mich auf und greife nach dem Glas Wasser, das noch von gestern Abend auf meinem Nachttisch steht. »Was will sie von mir?«

»Das hat sie nicht gesagt. Nur, dass du sie anrufen sollst.«

»Na großartig.«

»Ich habe die Nummer an den Kühlschrank geklemmt, falls du sie zurückrufen willst.«

»Danke.« Ich trinke das Wasser aus und stehe auf.

»Ich muss eben mit Bugsy rausgehen. Bin gleich wieder da«, sagt Ana. Bugsy ist ihre englische Bulldogge. Er sabbert alles voll. Am liebsten würde ich ihr sagen, dass sie mit Bugsy nicht Gassi gehen muss, weil Bugsy ein fauler Sack ist, aber ich sage nichts, weil ich wirklich, wirklich nicht mehr so eklig sein will.

»Okay.«

»Brauchst du etwas?«, fragt sie und erinnert mich so daran, dass ich Ben gebeten habe, mir Fruity Pebbles zu besorgen. Ich gehe sofort wieder ins Bett.

»Nein, nichts. Danke.«

»Okay, ich bin bald zurück.« Sie denkt kurz nach. »Oder soll ich in der Nähe bleiben, wenn du sie jetzt anrufen willst?«

»Nein, danke, das kriege ich hin.«

»Okay, wenn du es dir anders überlegst ...«

»Danke.«

Ana geht, und als ich höre, wie die Tür hinter ihr ins Schloss fällt, wird mir schlagartig klar, wie allein ich bin. Ich bin allein in diesem Zimmer, in dieser Wohnung, aber vor allem bin ich allein in diesem Leben. Ich kann es noch gar nicht richtig fassen. Ich stehe auf, nehme das Telefon, hole die Nummer vom Kühlschrank und sehe einen Magneten von Georgie's Pizza. Ich sinke auf den Boden, fühle die kühlen Fliesen an meiner Wange und habe das Gefühl, nie wieder aufstehen zu können.

Dezember

Es war Silvester, und Ana und ich hatten einen fantastischen Plan. Wir wollten auf eine Party gehen und dort einen Typen treffen, mit dem Ana im Fitnessclub geflirtet hatte. Um 23:30 Uhr wollten wir wieder aufbrechen, zum Strand fahren, gemeinsam eine Flasche Champagner köpfen und das Neue Jahr beschwipst und von der Gischt durchnässt begrüßen.

Stattdessen hatte sich Ana bereits auf der Party betrunken, mit dem Kerl aus dem Fitnessstudio herumgeknutscht und war für ein paar Stunden verschwunden. Das war typisch für Ana – eine Eigenschaft, die ich mit der Zeit an ihr lieb gewonnen hatte: Mit ihr lief nie etwas nach Plan. Irgendetwas kam immer dazwischen. Sie war angenehm anders als ich. Bei mir lief immer alles nach Plan, bei mir kam nie etwas dazwischen. So war ich weder verärgert noch überrascht, als ich auf der Party festsaß und darauf wartete, dass Ana wieder auftauchte. Ich hatte irgendwie damit gerechnet, dass die Dinge eine solche Wendung nehmen könnten. Lediglich ein ganz kleines bisschen entnervt begrüßte ich das Neue Jahr in einer Gruppe fremder Leute. Während Freunde und Bekannte einander küssten und umarmten, stand ich etwas verlegen daneben und starrte in mein Champagnerglas. Ich ließ mir jedoch den Abend nicht verderben und unterhielt mich mit ein paar coolen Leuten. Ich machte das Beste daraus.

Ich lernte einen Typen namens Fabian kennen, der gerade sein Medizinstudium abgeschlossen hatte, jedoch erklärte, seine wahre Leidenschaft seien »guter Wein, gutes Essen und gute Frauen«. Dabei zwinkerte er mir zu, und als ich kurz darauf die Unterhaltung höflich beenden wollte, fragte Fabian mich nach meiner Telefonnummer. Ich gab sie ihm, er war ganz niedlich. Dennoch wäre ich nicht rangegangen, wenn er tatsächlich angerufen hätte. Fabian schien mir die Art Mann zu sein, der einen bei der ersten Verabredung in eine teure Bar ausführt; die Art Mann, der sich nach anderen Mädchen umschaut, während ich auf der Toilette bin. Er gehörte zu jenen Männern, für die es einen Sieg bedeutet, mit einer Frau zu schlafen. Es war ein Spiel für ihn, und in diesem Spiel war ich noch nie besonders gut gewesen.

Ana hingegen wusste, wie man sich amüsierte. Sie lernte Männer kennen und flirtete mit ihnen. Sie gehörte zu jenen Frauen, um die die Männer herumscharwenzeln und dabei mit der Zeit ihre Selbstachtung verlieren. Ana behielt bei all ihren Liebschaften die Oberhand. Ich verstand, was sie daran reizte, doch von außen betrachtet schien mir so ein Leben nicht sehr leidenschaftlich. Eher berechnend. Ich wartete auf jemanden, der mich umhaute und der gleichermaßen von mir hingerissen war. Ich sehnte mich nach jemandem, der keine Spielchen spielte. Damit verschwendete man nur seine Zeit. Ich war mir nicht sicher, ob eine solche Person existierte, aber ich war noch zu jung, um mich von diesem Traum zu verabschieden.

Schließlich fand ich Ana schlafend im Badezimmer. Ich weckte sie und brachte sie im Taxi nach Hause. Um zwei Uhr erreichte ich schließlich meine eigene Wohnung. Ich war müde. Die Champagnerflasche, die wir für den Strand vorgesehen hatten, blieb ungeöffnet, und ich ging ins Bett.

Ich hatte mir nicht ordentlich die Augen abgeschminkt und das schwarze Paillettenkleid unachtsam auf den Boden geworfen. Als ich in jener Nacht im Bett lag, dachte ich darüber nach, was das Jahr bringen würde. Mein Kopf schwirrte ob der zahlreichen Möglichkeiten, so unwahrscheinlich sie auch sein mochten. Damit, dass ich Ende Mai heiraten würde, hatte ich allerdings nicht gerechnet.

Wie jeden Tag erwachte ich auch am Neujahrstag allein in meiner Wohnung. Alles schien so wie immer. Ich las zwei Stunden lang im Bett, duschte und zog mich an. Dann verabredete ich mich mit Ana zum Frühstück.

Als wir uns trafen, war ich ungefähr seit dreieinhalb Stunden wach. Sie sah aus, als sei sie vor fünf Minuten aufgestanden. Ana ist groß und schlaksig, ihr langes braunes Haar fällt über ihre Schultern und passt perfekt zu ihren goldbraunen Augen. Sie ist in Brasilien geboren und hat bis zu ihrem dreizehnten Lebensjahr dort gelebt. Manchmal hört man das noch an einzelnen Worten, vor allem, wenn sie aufgeregt ist. Abgesehen davon ist sie voll und ganz amerikanisiert und assimiliert. Sie hat ihre ursprüngliche kulturelle Identität abgelegt. Ich bin mir ziemlich sicher, dass ihr Name mit einem langen A gesprochen wird, aber irgendwann in der Mittelschule hat sie es aufgegeben, den Unterschied zur amerikanischen Aussprache zu erklären. So ist sie nun also Ana, egal mit welcher Betonung.

An jenem Morgen trug sie weite Jogginghosen. Sie ist so

dürr, dass sie darin kein bisschen dick aussah. Die Haare hatte sie zu einem Pferdeschwanz hochgebunden. Obenherum trug sie ein Sweatshirt mit Reißverschluss. Es war nicht ganz klar, ob sie darunter überhaupt etwas anhatte, und ich kapierte, dass genau darin Anas Trick bestand. So machte sie die Männer verrückt. Sie wirkte nackt, obwohl sie vollständig bekleidet war. Und absolut nichts deutete darauf hin, dass sie es drauf anlegte.

»Hübsches Shirt«, sagte ich, während ich meine Sonnenbrille abnahm und mich auf den Platz ihr gegenüber setzte. Manchmal machte ich mir Sorgen, dass mein eigener Durchschnittskörper neben ihrem regelrecht massig wirkte, dass mein amerikanisches Durchschnittsgesicht ihr exotisches Aussehen nur noch stärker betonte. Wenn ich darüber Witze machte, erinnerte Ana mich daran, dass ich eine blonde Amerikanerin war. Sie meinte, blond schlägt alles. Ich dachte immer, mein Haar wäre aschblond, fast mausgrau, aber ich verstand, was sie damit sagen wollte.

Obwohl Ana so toll aussieht – mit ihren Locken war sie noch nie zufrieden. Wenn ich sage, dass ich meine kleinen Brüste nicht mag, erinnert sie mich daran, dass ich lange Beine und einen Hintern habe, für den sie töten würde. Sie sagt immer, wie sehr sie ihre kurzen Wimpern hasst und ihre Knie und dass ihre Füße aussehen wie die von einem Troll. Vielleicht sitzen wir alle im selben Boot. Vielleicht fühlen sich alle Frauen wie das »Vorher« auf den Vorher-Nachher-Fotos.

Vor Ana, die einen Tisch auf der Terrasse ausgesucht hatte, standen bereits ein Muffin und ein Eistee. Sie machte Anstalten aufzustehen, als ich mich setzte, aber es reichte nur für eine halbherzige Umarmung.

»Wirst du mich wegen letzter Nacht umbringen?«

»Was?«, fragte ich und nahm die Speisekarte zur Hand. Ich weiß nicht, weshalb ich das überhaupt tat, da ich doch jeden Samstagmorgen Eggs Benedict esse.

»Ehrlich gesagt weiß ich nicht einmal mehr, was passiert ist. Ich erinnere mich nur noch bruchstückhaft an die Taxifahrt nach Hause und daran, dass du mir die Schuhe ausgezogen und mich ins Bett gesteckt hast.«

Ich nickte. »Richtig. Ich habe dich für ungefähr drei Stunden aus den Augen verloren und dich oben im Bad wiedergefunden. Ich kann dir also nicht sagen, wie weit du und dieser Kerl aus dem Fitnessstudio gegangen seid, aber ich kann mir vorstellen ...«

»Nein! Ich habe Jim abgeschleppt?«

Ich legte die Karte weg. »Richtig, den Kerl vom Fitnessclub.«

»Ja, der heißt Jim.«

»Ist das ein Kleie-Muffin?«

Als sie nickte, nahm ich mir einen Bissen.

»Vielleicht sind wir beide die einzigen Menschen auf der Welt, die Kleie-Muffins mögen«, sagte sie, und womöglich hatte sie recht. Ana und ich entdecken oft überraschende Gemeinsamkeiten bei unbedeutenden Dingen, vor allem, was das Essen angeht. Ob zwei Menschen Zaziki mögen, hat keinen Einfluss darauf, ob sie miteinander auskommen, aber irgendwie schufen diese gemeinsamen Vorlieben eine Bindung zwischen Ana und mir. Mir war klar, dass sie ebenfalls Eggs Benedict bestellen würde.

»Du hast mit Jim aus dem Fitnessstudio herumgeknutscht. Was danach passiert ist, weiß ich nicht.«

»Oh, ich nehme an, viel mehr ist nicht gelaufen, er hat mir nämlich heute Morgen schon eine SMS geschickt.«

»Es ist erst elf Uhr.«

»Ich weiß. Ich fand das auch etwas schnell. Aber schmeichelhaft«, sagte sie.

»Was darf ich Ihnen bringen?« Die Kellnerin war nicht unsere übliche Kellnerin. Sie war älter und wirkte verlebter.

»Hallo! Ich glaube, wir kennen uns noch nicht. Ich bin Ana.«

»Daphne.« Die Kellnerin war nicht annähernd so interessiert daran, sich mit uns anzufreunden, wie Ana vielleicht gedacht hatte.

»Was ist mit Kimberly?«, erkundigte sich Ana.

»Oh, ich weiß nicht. Ich springe nur heute für sie ein.«

»Ah. Okay, wir wollen es Ihnen nicht allzu schwer machen. Zweimal Eggs Benedict und für mich auch so einen Eistee, bitte«, sagte ich.

»Gern.«

Nachdem sie weg war, setzten Ana und ich unser Gespräch fort.

»Ich habe über gute Neujahrsvorsätze nachgedacht«, sagte Ana und bot mir etwas von ihrem Eistee an, während ich darauf wartete, dass meiner kam. Ich lehnte ab, weil ich wusste: Wenn ich von ihrem trank, würde sie das als Erlaubnis nehmen, später auch von meinem zu trinken. Sie würde das ganze Glas austrinken. Ich kannte sie lange genug, um zu wissen, wo ich die Grenze ziehen musste und wie ich das schaffte, ohne dass sie es bemerkte.

»Gut. Und?«

»Ich denke an etwas Radikales.«

»Radikal klingt gut.«

»Zölibat.«

»Zölibat?«

»Zölibat. Kein Sex.«

»Ich weiß, was das bedeutet. Ich frage mich nur, warum.«

»Ach so. Tja, das ist mir heute Morgen eingefallen. Ich bin sechsundzwanzig Jahre alt und war gestern Abend so betrunken, dass ich nicht weiß, ob ich mit jemandem geschlafen habe oder nicht. Damit habe ich den Tiefpunkt in meiner Karriere als angehende Schlampe erreicht. Weiter möchte ich wirklich nicht sinken.«

»Du bist keine Schlampe.« Ich war mir nicht ganz sicher, ob das stimmte.

»Nein, du hast recht. Ich bin keine Schlampe. Noch nicht.«

»Du könntest einfach aufhören zu trinken.« Ich hatte eine interessante Beziehung zum Alkohol. Ich konnte trinken oder es bleiben lassen. Ob ich trank oder nicht, war mir egal. Die meisten anderen Menschen waren meiner Erfahrung nach eindeutig einer Seite zuzuordnen. Ana gehörte eindeutig auf die »Trinken«-Seite.

»Wie meinst du das?«

»Na ja, dass du dich nicht mehr betrinkst.«

»Nie mehr?«

»Na, komm schon. Das ist doch nicht ganz abwegig. Es gibt jede Menge Leute, die keinen Alkohol trinken.«

»Ja, Elsie. Die nennt man trockene Alkoholiker.«

Ich lachte. »Na gut, der Alkohol ist also nicht das Problem. Sondern dass du zu viel Sex hast.«

»Richtig. Also werde ich einfach aufhören, Sex zu haben.«

»Und was ist, wenn du jemanden triffst, mit dem du wirklich zusammen sein willst?«

»Nun, damit beschäftige ich mich, wenn es so weit ist. Im letzten Jahr ist mir niemand begegnet, der es wert gewesen wäre. Ich erwarte nicht, dass sich das dieses Jahr ändert.«

Daphne erschien mit unseren Eiern Benedict und meinem Eistee. Sie stellte alles vor uns auf den Tisch, und erst jetzt merkte ich, wie hungrig ich war. Ich stürzte mich sofort aufs Essen.

Ana nickte und kaute. Als sie wieder halbwegs sprechen konnte, ergänzte sie: »Ich meine, wenn ich jemanden treffe und mich verliebe – klar. Aber bis dahin kommt hier niemand mehr rein.« Sie kreuzte ihr Besteck in der Luft zu einem X.

»In Ordnung.« Das Beste an diesem Laden war, dass sie die Eggs Benedict mit Spinat zubereiteten, also eher Eggs Benedict auf Florentinische Art. »Das heißt aber nicht, dass ich nicht weiterhin Sex haben kann, oder?«, fragte ich sie.

»Nein, du darfst noch. Du wirst es zwar nicht tun. Aber du darfst.«

Kurz darauf fuhr Ana zurück in ihre Eigentumswohnung auf der anderen Seite der Stadt. Sie wohnte in Santa Monica mit Blick auf den Pazifischen Ozean. Ich war so neidisch, dass ich ihr das übel genommen hätte, hätte sie mir nicht regelmäßig angeboten, bei ihr einzuziehen. Ich habe jedes Mal abgelehnt, weil ich befürchtete, mit ihr zusammenzuwohnen könnte das Einzige sein, das uns auseinanderbringt. Ich habe nie verstanden, wie Ana von ihrem Gehalt als Teilzeit-Yogalehrerin so leben konnte, wie sie es tat, aber sie hatte immer genug Geld, um sich die Dinge leisten zu können, die sie haben wollte und brauchte.

Nachdem sie gegangen war, lief ich zurück in meine Wohnung. Ich wusste genau, wie ich den Nachmittag verbringen würde. Ein neues Jahr hatte begonnen, und ich fand, ein neues Jahr fühlte sich erst dann richtig neu an, wenn man die Möbel umstellte. Das Problem war nur, dass ich in den zwei

Jahren, die ich in meiner Wohnung wohnte, schon so häufig umgeräumt hatte, dass alle Möglichkeiten ausgeschöpft waren. Ich liebte meine Wohnung und arbeitete hart dafür, sie mir leisten und sie einrichten zu können. Ich schob das Sofa von Wand zu Wand, um schließlich zufrieden festzustellen, dass es dort am besten aussah, wo es ursprünglich gestanden hatte. Ich stellte das Bücherregal an eine andere Wand, tauschte die Beistelltische und entschied, dass das genug Veränderung war, um das Neue Jahr zu begrüßen. Ich setzte mich aufs Sofa, schaltete den Fernseher an und schlief ein.

Als ich wieder aufwachte, war es fünf Uhr nachmittags. Der Samstagabend stand bevor. Eigentlich sollte man als Single samstagabends in Bars oder Clubs gehen, um jemanden kennenzulernen. Dennoch beschloss ich, fernzusehen, ein Buch zu lesen und mir eine Pizza zu bestellen. Vielleicht würde ich in diesem Jahr einfach das tun, was ich wollte, ohne mich um gesellschaftliche Normen zu scheren. Vielleicht.

Als es anfing zu regnen, war mir klar, dass ich die richtige Entscheidung getroffen hatte. Ein paar Stunden später rief Ana an, um zu fragen, was ich so machte.

»Nicht dass du den ganzen Abend auf dem Sofa sitzt und fernsiehst.«

»Was? Warum darf ich denn nicht fernsehen?«

»Es ist Samstagabend, Elsie. Steh auf! Geh aus! Ich würde jetzt ja vorschlagen, dass du mit mir einen draufmachen musst, aber ich habe eine Verabredung mit Jim.«

»So viel zum Zölibat.«

»Was? Ich schlafe nicht mit ihm. Ich treffe mich nur mit ihm zum Abendessen.«

Ich lachte. »Alles klar. Ich verbringe den Abend auf dem Sofa. Ich bin müde und schläfrig und ...«

»Müde und schläfrig ist dasselbe. Hör auf, dich herauszureden.«

»Gut. Ich bin faul und manchmal auch ganz gern allein.«

»Okay. Wenigstens gibst du es zu. Ich rufe dich morgen an. Hoffentlich schaff ich's, das Höschen anzubehalten. Wünsch mir Glück.«

»Das wirst du auch brauchen.«

»He!«

»He!«, erwiderte ich.

»Okay, wir hören uns morgen.«

»Bis dann.«

Da ich das Telefon schon in der Hand hielt, bestellte ich eine Pizza. Die Frau von Georgie's Pizza erklärte mir, es werde eineinhalb Stunden dauern, bis die Lieferung käme. Als ich fragte, weshalb, meinte sie schlicht: »Regen.« Ich sagte, dass ich die Pizza in einer halben Stunde abholen würde.

Als ich Georgie's Pizza betrat, spürte ich nichts. Weder mein Gehirn noch mein Körper wussten, was gleich passieren würde. Ich hatte keine Vorahnung. Ich trug leuchtend gelbe Gummistiefel und unförmige Jeans. Die regennassen Haare klebten in meinem Gesicht, und ich hatte aufgegeben, sie zurückzustreichen.

Ich *bemerkte* noch nicht einmal, dass Ben dort saß. Ich war viel zu sehr mit meinem Pizzakauf beschäftigt. Nachdem die Kassiererin mir erklärte, dass es noch weitere zehn Minuten dauern würde, ließ ich mich auf der kleinen Bank vor dem Laden nieder. Erst da bemerkte ich, dass noch jemand auf sein Essen wartete.

Mein Herz setzte nicht aus, ich hatte keinen Schimmer, dass er »es« war, aber er war »es«. Er war der Mann, von dem ich schon immer geträumt hatte. Ich sah dieses Gesicht, das ich mir mein Leben lang vorgestellt hatte, es befand sich direkt vor mir, und ich erkannte es nicht. Ich dachte nur: *Wahrscheinlich hat er seine Pizza, bevor ich meine kriege.*

Er sah auf eine Art gut aus, die vermuten ließ, dass er sich nicht bewusst war, *wie* gut er eigentlich aussah. Er war groß und schlank, hatte breite Schultern und kräftige Arme. Seine Jeans hatten genau den richtigen Blauton, sein Hemd betonte das Grau in seinen grünen Augen, die toll zu seinen braunen Haaren passten. Ich setzte mich neben ihn und schob mir erneut die Haare aus der Stirn. Dann nahm ich mein Smartphone, um meine E-Mails zu lesen und die Zeit totzuschlagen.

»Hallo«, sagte er. Ich brauchte einen Augenblick, um mich zu vergewissern, dass er tatsächlich mit mir sprach. Und schon war mein Interesse geweckt.

»Hallo«, antwortete ich. Ich versuchte, es dabei zu belassen, aber irgendwie hatte ich Probleme mit Gesprächspausen – ich musste sie immer füllen. »Ich hätte mir die Pizza einfach liefern lassen sollen.«

»Um sich das hier entgehen zu lassen?«, fragte er und deutete auf die heruntergekommene pseudoitalienische Einrichtung. Ich lachte. »Du hast ein hübsches Lachen«, stellte er fest.

»Ach, hör auf«, erwiderte ich. Ich schwöre, dass meine Mutter mir beigebracht hat, wie man auf ein Kompliment reagiert, doch jedes Mal, wenn ich eines erhalte, wische ich es fort, als könnte ich mich daran verbrennen. »Ich meine, danke. Danke zu sagen wäre eigentlich angebracht. Also danke.«

Ich bemerkte, dass ich ihm unbewusst meinen Körper zugewandt hatte. Ich hatte jede Menge Artikel darüber gelesen, wie sich die Körpersprache verändert, wenn sich zwei Menschen zueinander hingezogen fühlen. Dass sich die Pupillen erweitern. Doch jedes Mal, wenn ich mich in einer Situation befand, in der dieses Wissen hilfreich sein konnte, war ich viel zu abgelenkt, um mich daran zu erinnern.

»Nein, man sollte ein Kompliment zurückgeben«, sagte er lächelnd. »Dann weiß der andere, woran er ist.«

»Aha«, antwortete ich. »Aber wenn ich dir jetzt ein Kompliment mache, zählt das doch nicht richtig, oder?«

»Glaub mir, ich weiß es trotzdem.«

»In Ordnung.« Ich musterte ihn von oben bis unten. Während ich ihn übertrieben gründlich studierte, streckte er die Beine aus und reckte den Hals. Er nahm die Schultern zurück und streckte die Brust heraus. Ich mochte die Bartstoppeln auf seinen Wangen, die ihn auf so mühelose Art gut aussehen ließen. Mein Blick fühlte sich von seinen starken Armen angezogen. Eigentlich hätte ich gern gesagt: »Du hast tolle Arme«, doch das traute ich mich nicht. Ich ging auf Nummer sicher.

»Und?«, fragte er.

»Mir gefällt dein Shirt«, bemerkte ich. Es war ein blaugraues Shirt mit einem Vogel darauf.

»Ach«, sagte er, und ich hörte seine absolut aufrichtige Enttäuschung. »Ich verstehe.«

»Was?« Ich lächelte verteidigend. »Das ist ein nettes Kompliment.«

Er lachte. Er war weder übermäßig interessiert an mir, noch wollte er mich unbedingt abschleppen. Er gab sich auch nicht reserviert oder cool, er *war* einfach. Ich weiß nicht, ob er sich allen Frauen gegenüber so verhielt, ob er sich mit jeder Frau unterhalten konnte, als würde er sie seit Jahren kennen, oder ob ihm das nur mit mir so ging – egal. Es funktionierte jedenfalls. »Ja, ganz okay«, sagte er. »Aber ich werde dich jetzt nicht nach deiner Nummer fragen. Eine Frau, die dir Komplimente über deine Augen, deine Haare, deinen Bart, deine Arme oder deinen Namen macht, ist bereit, mit dir auszugehen. Eine Frau, die dir ein Kompliment über dein Shirt macht, gibt dir einen Korb.«

»Warte. Das ist nicht …«, hob ich an, wurde aber unterbrochen.

»Ben Ross!«, rief die Kassiererin, und er sprang auf. Er sah mir direkt in die Augen und meinte: »Merk dir, was du sagen wolltest.«

Er bezahlte seine Pizza, bedankte sich aufrichtig bei der Bedienung, kam zurück und setzte sich wieder zu mir auf die Bank.

»Also, ich glaube, wenn ich dich frage, ob du mit mir ausgehen willst, fange ich mir einen Korb ein. Und? Gibst du mir einen Korb?«

Nein, er würde sich ganz sicher keinen Korb holen. Aber ich war verlegen und inständig bemüht, nicht zu begeistert zu wirken. Ich strahlte ihn an und konnte meine Freude nicht verbergen. »Deine Pizza wird kalt«, bemerkte ich.

Er winkte ab. »Die Pizza interessiert mich nicht, sondern eine ehrliche Antwort. Kann ich deine Nummer haben?«

Das war der Augenblick. Es ging ums Ganze. Was sollte ich sagen, ohne dass er gleich merkte, wie aufgeregt ich war? »Du kannst meine Nummer haben. Warum auch nicht.«

»*Elsie Porter!*«, schrie die Bedienung. Anscheinend hatte

sie schon ein paar Mal gerufen, aber Ben und ich waren zu abgelenkt gewesen, um sie oder sonst irgendetwas zu hören.

»Oh. Tut mir leid, das bin ich. Ähm ... Warte hier.«

Er lachte, und ich bezahlte meine Pizza. Als ich zurückkam, hatte er sein Telefon herausgeholt. Ich gab ihm meine Nummer und er mir seine.

»Ich rufe dich schon bald an, wenn das okay ist. Oder sollte ich mich an die Warte-erst-drei-Tage-Regel halten? Ist das eher dein Stil?«

»Nein, mach nur«, antwortete ich lächelnd. »Je eher, desto besser.«

Er streckte mir die Hand entgegen, und ich ergriff sie.

»Ben.«

»Elsie«, sagte ich. Ich lächelte ihn an. Er lächelte zurück und tippte auf seine Pizza. »Also, bis dann.«

Ich nickte. »Bis dann«, sagte ich und ging zurück zu meinem Wagen. Mir war schwindelig.

Juni

Ich nehme den Georgie's-Magneten vom Kühlschrank und versuche ihn zu zerbrechen, aber meine Finger sind zu schwach. Er verbiegt sich nur etwas. Ich begreife, wie sinnlos das ist, was ich tue. Als würde es in irgendeiner Weise meinen Schmerz lindern, wenn ich diesen Magneten zerstöre. Ich hefte ihn wieder an den Kühlschrank und rufe Susan an.

Sie hebt nach dem zweiten Klingeln ab.

»Susan? Hallo. Hier ist Elsie.«

»Hallo. Können wir uns heute Nachmittag treffen, um ein paar organisatorische Dinge durchzusprechen?«

»Organisatorische Dinge?« Ich hatte nicht wirklich darüber nachgedacht, was Susan wohl mit mir besprechen wollte. Organisatorisches war mir nicht in den Sinn gekommen. Jetzt wird mir klar, dass es natürlich viele Dinge zu organisieren gibt. Selbst die Trauer ist sorgfältig durchgeplant. Man kann noch nicht einmal in Ruhe leiden. Man muss es nach amerikanischer Art und Sitte tun. Die nächsten Tage werden von Todesanzeigen und Lobreden bestimmt sein, Särgen und Begräbnisvorbereitungen. Ich bin schockiert, dass Susan überhaupt in Erwägung zieht, mich mit einzubeziehen.

»Klar«, sage ich und versuche wenigstens ein bisschen dynamisch zu klingen. »Wo wollen wir uns treffen?«

»Ich wohne im Beverly Hilton«, antwortet sie und beschreibt mir, wo das Hotel ist, als würde ich nicht seit Jahren in Los Angeles leben.

»Ach«, sage ich. »Mir war nicht klar, dass Sie noch in der Stadt sind.« Sie wohnt zwei Stunden entfernt. Kann sie nicht wenigstens in ihrer eigenen Stadt bleiben und diese hier mir überlassen?

»Es gibt eine Menge zu erledigen, Elsie. Wir treffen uns unten in der Bar.« Sie klingt schroff, abweisend und kühl. Wir verabreden uns für drei Uhr. Jetzt ist es fast eins. »Wann immer es Ihnen passt«, erwidert sie und legt auf.

Mir passt es überhaupt nicht. Es würde mir passen einzuschlafen und nie mehr aufzuwachen. Es wäre mir auch recht, jetzt gerade bei der Arbeit zu sein, es wäre mir recht, wenn alles in Ordnung wäre und Ben gegen sieben Uhr zu den Tacos zum Abendessen nach Hause käme. Das würde mir passen. Mit der Schwiegermutter, die ich erst gestern kennengelernt habe, über die Beerdigungsvorbereitungen für meinen toten Ehemann zu sprechen, passt mir nicht – egal um welche Uhrzeit.

Ich fühle mich überfordert von dem, was ich noch tun muss, bevor ich sie treffe, und gehe zurück ins Bett. Ich muss mich duschen, anziehen, ins Auto steigen, zum Hotel fahren und dort parken. Das ist zu viel. Als Ana zurückkommt, weine ich vor Dankbarkeit, weil ich weiß, dass sie sich um alles kümmern wird.

Ich komme ein paar Minuten zu spät am Hotel an. Ana parkt den Wagen und sagt, dass sie in der Lobby wartet. Ich soll ihr eine SMS schicken, wenn ich sie brauche. Ich betrete den Barbereich und sehe mich nach Susan um. Obwohl es draußen warm ist, ist es hier drin kühl. Ich hasse Klimaanlagen. Ich bin schließlich hierhergezogen, um nicht mehr frieren zu müssen. Der Raum ist nagelneu, aber auf alt getrimmt. Hinter dem Tresen hängt eine Tafel, die viel zu sauber ist, um aus der Epoche zu stammen, die der Einrichter uns vorgaukeln möchte. Die Stühle erinnern an eine billige Kneipe, sind aber weder rissig noch abgenutzt. Sie sehen makellos und unbenutzt aus. Das ist die Zeit, in der wir leben; wir können es uns leisten, Sehnsucht nach der Vergangenheit zu haben. Letzte Woche, als ich noch coole und saubere Dinge mochte, hätte mir diese Bar gefallen. Jetzt hasse ich sie, weil sie falsch und unecht wirkt.

Schließlich entdecke ich Susan an einem Tisch im hinteren Bereich. Sie studiert die Karte und hält schützend eine Hand vors Gesicht. Dann blickt sie auf und entdeckt mich. Als wir uns einen Augenblick lang mustern, bemerke ich, dass ihre Augen geschwollen und rot sind, ihre Miene wirkt jedoch geschäftlich.

»Hallo«, sage ich, als ich mich setze. Sie steht nicht auf, um mich zu begrüßen.

»Hallo«, entgegnet sie und rutscht auf dem Stuhl herum. »Ich bin gestern Nacht bei Bens Wohnung vorbeigefahren, um zu …«

»Bens Wohnung?«

»In der Nähe vom Santa Monica Boulevard. Ich habe mit seinem Mitbewohner gesprochen. Er hat mir erzählt, dass Ben letzten Monat ausgezogen ist.«

»Stimmt«, bestätige ich.

»Er sagte, Ben sei mit einem Mädchen namens Elsie zusammengezogen.«

»Das bin ich«, sage ich. Ich bin aufgeregt, weil sie mir vielleicht doch noch glaubt.

»Das habe ich mir schon gedacht«, entgegnet sie trocken. Dann nimmt sie einen Hefter vom Boden und legt ihn vor mich auf den Tisch. »Das habe ich vom Beerdigungsinstitut. Das ist eine Liste mit unterschiedlichen Leistungsangeboten für die Bestattung.«

»Okay«, sage ich.

»Es muss einiges organisiert werden: die Blumen, die Feier, die Todesanzeige et cetera.«

»Klar.« Ich weiß nicht ganz, was das Et cetera ist. Ich war noch nie in einer solchen Situation.

»Ich glaube, es ist am besten, wenn Sie sich um diese Aufgaben kümmern.«

»Ich?« Gestern hat sie mir noch das Recht abgesprochen, im Krankenhaus zu sein. Jetzt will sie, dass ich die Beerdigung plane? »Wollen Sie gar nicht mitreden?«, frage ich zweifelnd.

»Nein. Ich werde mich da raushalten. Ich glaube, das Beste ist, wenn Sie sich darum kümmern. Wenn Sie seine nächste Angehörige sein wollen ...«

Ihre Stimme verhallt, aber ich weiß, wie der Satz endet. Sie wollte sagen: »Wenn Sie seine nächste Angehörige sein wollen, bitte sehr.« Ich ignoriere diese Bemerkung und versuche, an Ben – meinen Ben, ihren Ben, unseren Ben – zu denken.

»Aber seine Familie sollte doch auch dabei sein.«

»Ich bin die einzige Familie, die Ben hat, Elsie. Hatte. Ich bin alles, was er hatte.«

»Ich weiß. Ich meinte nur ... Sie sollten beteiligt sein. Wir sollten das zusammen machen.«

Sie schweigt und lächelt mich angespannt und traurig an. Dann betrachtet sie die Gegenstände auf dem Tisch und spielt mit den Servietten und dem Salzstreuer. »Ganz offensichtlich wollte Ben nicht, dass ich an seinem Leben teilhabe. Warum sollte ich also an seinem Tod teilhaben?«

»Warum sagen Sie das?«

»Das habe ich Ihnen gerade erklärt«, erwidert sie. »Er hat es noch nicht einmal für nötig gehalten, mir zu sagen, dass er heiratet oder dass er mit Ihnen zusammenzieht oder was auch immer ihr beiden auch vorhattet. Und ich ...« Sie wischt sich mit dem Taschentuch sorgfältig und energisch eine Träne ab. Dann schüttelt sie den Kopf. »Elsie. Ich möchte das nicht mit Ihnen diskutieren. Sie haben eine Menge zu tun. Alles, worum ich Sie bitte, ist, mich zu informieren, wann die Trauerfeier stattfindet und was mit der Asche geschieht.«

»Ben wollte beerdigt werden«, bemerke ich. »Er hat mir gesagt, dass er in Trainingshose und T-Shirt beerdigt werden möchte, damit er es bequem hat.«

Als er mir das erzählte, fand ich es süß. Mir war nicht klar, dass ich noch nicht alt und grau sein würde, wenn er stirbt; dass es nur wenige Monate nach jenem Gespräch passieren würde.

Sie verzieht das Gesicht. Sie ist wütend. Die Falten um ihren Mund treten deutlich hervor, und zum ersten Mal erkenne ich, wie alt sie wirklich ist. Hat meine Mutter auch solche Falten? Ich habe sie lange nicht gesehen, ich weiß es nicht.

Vielleicht merkt Susan nicht, was sie tut. Vielleicht glaubt sie, sie sei stark genug, um mich zu bestrafen, indem sie mir die Organisation der Beerdigung überträgt. Auch wenn sie sich damit ins eigene Fleisch schneidet. Aber so stark ist sie nicht. Sie kann es schon jetzt kaum ertragen.

»Alle in unserer Familie wurden verbrannt, Elsie. Ich habe von Ben nie etwas anderes gehört. Sagen Sie mir nur, was mit der Asche geschieht.« Sie richtet den Blick auf den Tisch, seufzt und stößt die Luft aus ihrem Mund in ihren Schoß. »Ich muss gehen.« Sie steht vom Tisch auf und verlässt die Bar, ohne sich noch einmal nach mir umzudrehen. Sie ignoriert meine Existenz.

Ich nehme die Aktenmappe und gehe in die Lobby, wo Ana geduldig auf mich wartet. Sie fährt uns nach Hause, und ich gehe direkt die Treppe zu meiner Tür hinauf. Als mir auffällt, dass ich meinen Hausschlüssel in der Wohnung vergessen habe, drehe ich mich um und fange an zu weinen. Ana tröstet mich, zieht den Ersatzschlüssel von ihrem Schlüsselbund und reicht ihn mir. Sie tut so, als sei dann alles wieder in Ordnung, als würde ich nur weinen, weil ich mich ausgesperrt habe.

Januar

Am Morgen, nachdem ich Ben begegnet war, wurde ich durch eine SMS von ihm geweckt: »Raus aus den Federn, Elsie Porter. Gehst du mit mir mittagessen?«

Ich sprang aus dem Bett, kreischte wie eine Verrückte und hüpfte mindestens zehn Sekunden lang auf der Stelle. Ich schäumte über vor Energie und musste sie irgendwie loswerden.

»Gern. Wo?«, schrieb ich zurück. Ich starrte auf das Telefon, bis es erneut leuchtete.

»Ich hole dich um halb eins ab. Wo wohnst du?«

Ich schickte ihm meine Adresse und rannte anschließend in die Dusche, als müsste ich mich wahnsinnig beeilen, was gar nicht der Fall war. Um 11:45 Uhr war ich fertig. Ich hatte meine Haare zu einem hohen Pferdeschwanz zusammengebunden, meine Lieblingsjeans und mein vorteilhaftestes T-Shirt ausgewählt. Ich kam mir albern dabei vor, fünfundvierzig Minuten lang fertig angezogen zu Hause herumzusitzen. So beschloss ich, hinauszugehen und einen Spaziergang zu machen. Und vor lauter Aufregung sperrte ich mich aus.

Mein Herz schlug so schnell, dass ich nicht mehr klar

denken konnte. Ich hatte alles im Haus gelassen – meinen Schlüssel, mein Telefon, meine Brieftasche. Ana hatte einen Ersatzschlüssel, aber das nützte mir nichts, wenn ich kein Handy hatte, um sie anzurufen. Auf der Suche nach Kleingeld, mit dem ich sie von einer Telefonzelle aus anrufen konnte, lief ich die Straße auf und ab. Aber es stellte sich heraus, dass die Leute keine Vierteldollarmünzen auf dem Boden herumliegen lassen. Man möchte meinen, dass das häufiger vorkommt, denn die Münzen sind ziemlich klein und nicht viel wert. Erst wenn man wirklich eine brauchte, wurde einem klar, dass nicht überall einfach welche herumlagen. Ich suchte trotzdem eine Telefonzelle. Vielleicht konnte ich sie austricksen und umsonst telefonieren, oder womöglich steckte noch eine Münze in der Klappe für das Wechselgeld. Ich durchstreifte die Gegend, fand aber weit und breit kein öffentliches Telefon. Mir blieb also nichts anderes übrig, als in meine eigene Wohnung einzubrechen. Was ich auch prompt versuchte.

Ich wohnte im ersten Stock. Man konnte theoretisch über die Eingangstreppe auf die Terrasse gelangen. Ich trat also auf die Stufen, kletterte auf das Treppengeländer und versuchte, die Brüstung meiner Terrasse zu fassen. Wenn mir das gelang und ich ein Bein hinüberschwingen konnte, war ich ziemlich zuversichtlich, dass ich es auch auf die Terrasse schaffte, ohne in den Tod zu stürzen. Von dort aus musste ich nur noch durch die kleine Hundeklappe kriechen, die meine Vormieter eingebaut hatten. Bis zu diesem Augenblick hatte ich die Hundeklappe furchtbar gefunden – jetzt war sie meine Rettung.

Während ich weiterhin versuchte, die Terrassenbrüstung zu fassen zu bekommen, wurde mir plötzlich klar, dass mein

Plan völlig albern war und dass ich mich sicher dabei verletzen würde. Wenn ich schon so lange brauchte, um an die Balustrade zu kommen, wie um alles in der Welt sollte ich anschließend das Bein darüber schwingen können?

Ich machte einen letzten heldenhaften Versuch, die Balustrade zu packen, dann kam ich auf die absurde Idee, es mit dem Bein zuerst zu versuchen. Das tat ich gerade, als Ben eintraf.

»Elsie?«

»Oh!« Fast verlor ich den Halt, schaffte es jedoch, mein Bein zurück auf die Stufen zu bekommen. Ich wankte kurz, fing mich jedoch wieder. »Hallo, Ben!« Ich lief die Stufen hinunter und umarmte ihn. Er lachte.

»Was machst du da?«

Es war mir zwar peinlich, aber nicht allzu sehr.

»Ich wollte gerade in meine Wohnung einbrechen. Ich habe mich ausgesperrt und weder Handy noch Brieftasche oder sonstwas bei mir.«

»Hast du keinen Ersatzschlüssel?«

Ich schüttelte den Kopf. »Nein. Ich hatte einen, aber es schien mir klüger, ihn meiner Freundin Ana zu geben. Für den Notfall.«

Er lachte wieder. Es fühlte sich nicht an, als würde er mich auslachen, obwohl ich glaube, dass das eigentlich der Fall war.

»Verstehe. Nun, was hast du jetzt vor? Du kannst Ana von meinem Telefon aus anrufen, wenn du willst. Oder wir gehen essen, und du rufst sie an, wenn wir zurückkommen.«

Ich wollte antworten, aber er unterbrach mich.

»Ich breche auch gern für dich in deine Wohnung ein, solltest du diesen Plan noch nicht aufgegeben haben.«

»Meinst du, du kriegst dein Bein über die Balustrade da?«, fragte ich im Scherz, aber er nahm es ernst.

»Aber klar.«

»Nein, hör auf. Das war ein Witz. Wir sollten essen gehen.«

Ben zog seine Jacke aus. »Kommt nicht infrage. Ich bestehe darauf. Das macht einen guten Eindruck. Ich werde vor dir wie ein Held dastehen.«

Er trat auf das Geländer zu und schätzte die Entfernung ab. »Das ist ganz schön hoch. Das war dein Plan?«

Ich nickte. »Aber ich bin etwas unvorsichtig und kann Entfernungen schlecht einschätzen.«

Ben nickte. »Okay. Ich springe da rauf, aber du musst mir etwas versprechen.«

»Gut.«

»Wenn ich stürze und mich verletze, darfst du nicht die Nummer anrufen, die ich für Notfälle angegeben habe.«

Ich lachte. »Warum?«

»Weil die meiner Mutter gehört und ich sie heute Mittag versetzt habe, damit ich dich treffen kann.«

»Du hast meinetwegen deine Mutter versetzt?«

»Siehst du? Dass du mich dazu gebracht hast, wirft auf dich auch kein gutes Licht. Also, abgemacht?«

Ich nickte entschieden. »Einverstanden.« Ich streckte ihm meine Hand entgegen. Er sah mir in die Augen, schüttelte sie mit dramatischer Geste und schmunzelte.

»Also los!«, sagte er, sprang mühelos über das Treppengeländer, griff die Terrassenbrüstung und schwang sich auf die andere Seite.

»Okay! Was jetzt?«, fragte er.

Ich schämte mich in Grund und Boden, als ich an den

nächsten Teil des Plans dachte. Ob er mit der Hundeklappe zurechtkommen würde?

»Oh. Ähm. Ich wollte einfach durch die Hundeklappe krabbeln«, sagte ich.

Er drehte sich um und blickte auf die Klappe hinunter. Angesichts seiner Körpergröße bemerkte ich, dass sie sogar noch kleiner war, als ich sie in Erinnerung hatte.

»Durch diese Hundeklappe?«

Ich nickte. »Ja. Tut mir leid! Vielleicht hätte ich das vorher erwähnen sollen.«

»Ich glaube, da passe ich nicht durch.«

»Du könntest mir nach oben helfen«, schlug ich vor.

»Oder ich könnte wieder nach unten springen, und wir rufen deine Freundin Ana an.«

»Oh, natürlich, das geht auch.« Diese Möglichkeit hatte ich ganz vergessen.

»Ach, na gut. Wenn ich schon einmal hier oben bin, kann ich es genauso gut versuchen. Warte.«

Er beugte sich hinunter und spähte durch die Klappe. Sein Kopf passte mühelos hindurch. Dann versuchte er, auch seinen Körper hindurchzuzwängen. Sein Hemd verfing sich in der Tür und rutschte nach oben, sodass sein Bauch und der Bund seiner Unterhose zu sehen waren. Ich bemerkte, dass ich mich körperlich stark zu ihm hingezogen fühlte. Seine Bauchmuskeln waren fest und kräftig, sein Rücken gebräunt und muskulös. Seine angewinkelten Arme, mit denen er gerade versuchte, sich durch die Klappe zu ziehen, wirkten stark und – tüchtig. Noch nie hatte ich davon geträumt, von jemandem beschützt zu werden. Bens Körper sah jedoch so aus, als könnte er mich beschützen, und die Reaktion, die das in mir hervorrief, überraschte mich. Was war nur mit mir los? Ich kannte diesen Mann kaum und musterte schon seinen Körper von oben bis unten, während er dabei war, in meine Wohnung einzubrechen. Schließlich hatte er beide Schultern durch die Luke gezwängt und verkündete mit gedämpfter Stimme: »Ich glaube, ich schaffe es!« Dann folgte ein »Aua!« Sein Hintern verschwand und seine Beine glitten hinein. Er öffnete die Haustür und strahlte mich mit ausgebreiteten Armen an. Ich kam mir furchtbar altmodisch vor. Ein in Not geratenes Mädchen wird von einem strammen Burschen gerettet. Normalerweise hielt ich Frauen, die auf so etwas hereinfielen, für dumm. Aber nur für einen Augenblick hatte auch ich das Gefühl, dass Ben mein Held war.

»Komm rein!«, sagte er. Den Beginn unseres gemeinsamen Mittagessens hatte ich mir anders vorgestellt. Es war eine surreale Umkehr der Verhältnisse, die mich unwillkürlich erheiterte. Ich konnte unmöglich ahnen, was als Nächstes passieren würde.

Ich trat ein, und er blickte sich in meiner Wohnung um.

»Hübsch hier«, stellte er fest. »Was machst du so?«

»Zusammengenommen bedeuten diese zwei Sätze: ›Wie viel verdienst du?‹«, sagte ich. Ich war nicht zickig, zumindest kam ich mir nicht so vor. Ich neckte ihn, und er neckte mich ebenfalls, als er antwortete: »Nun, ich kann mir nur schwer vorstellen, dass eine alleinstehende Frau sich eine so hübsche Wohnung leisten kann.«

Ich sah ihn mit gespielter Empörung an. Er erwiderte meinen Blick.

»Ich bin Bibliothekarin.«

»Alles klar. Dann verdienst du gut. Prima. Ich habe nach einer Kindsmutter gesucht.«

»Einer Kindsmutter?«

»Tut mir leid. Nicht nach einer Kindsmutter. Wie nennt man noch eine Frau, die einen Mann aushält?«

»Eine reiche Frau?«

Er schien etwas verlegen, und das fand ich sehr charmant. Bis zu diesem Augenblick hatte er sehr souverän gewirkt. Ihn ein bisschen verletzlich zu sehen, war überwältigend.

»Na, das meinte ich jedenfalls. Was ist eine Kindsmutter?«

»Das sagt man, wenn du nicht mit der Mutter deines Kindes verheiratet bist.«

»Oh – nein, so eine suche ich nicht.«

»Ich weiß nicht, ob das irgendjemand sucht.«

»Richtig. Vermutlich ergibt sich das einfach so. Aber bestimmt gibt es viele, die nach reichen Frauen Ausschau halten, also pass auf.«

»Ich bin auf der Hut.«

»Wollen wir gehen?«, fragte er.

»Gern. Ich hole nur meine ...«

»Schlüssel.«

»Ich wollte Brieftasche sagen. Aber ja, die Schlüssel natürlich auch! Stell dir vor, ich würde sie noch mal vergessen.« Ich hole das Bund von der Ablage, und er nahm es mir vorsichtig aus der Hand.

»Ich kümmere mich um die Schlüssel«, erklärte er.

Ich nickte. »Wenn du meinst.«

Juni

Immer wieder erwache ich in dieser hässlichen, abscheulichen Welt. Jedes Mal, wenn ich mich daran erinnere, wer ich bin, schließe ich fest die Augen. Gegen zwölf Uhr mittags stehe ich schließlich auf, nicht weil ich mich bereit für den Tag fühle, sondern weil ich die Nacht nicht länger ertrage.

Ich gehe ins Wohnzimmer. »Guten Morgen«, sagt Ana, als sie mich sieht. Sie sitzt auf dem Sofa und nimmt meine Hand. »Kann ich was für dich tun?«

Ich sehe ihr in die Augen und sage die Wahrheit: »Nein. Du kannst nichts tun, das mir das hier irgendwie erleichtert.«

»Ich weiß«, sagt sie, »aber ich muss doch irgendwas tun können, nur um zu …« Ihr treten Tränen in die Augen. Ich schüttele den Kopf. Ich weiß nicht, was ich sagen soll. Ich will nicht, dass mich irgendjemand aufmuntert. Ich kann noch nicht einmal über diesen Augenblick hinausdenken. Ich weiß nicht, wie ich die nächsten fünf Minuten überstehen soll, geschweige denn die nächsten Stunden. Und dennoch fällt mir nichts ein, wodurch mir jemand diese Minuten erleichtern könnte. Egal, wie Ana sich verhält, ob sie mein Haus schrubbt, ob sie nett zu mir ist, egal, ob ich dusche, ob ich nackt die Straße hinunterrenne, ob ich jeden Tropfen Alkohol in diesem Haus austrinke, Ben ist trotzdem nicht mehr da. Ben wird nie mehr da sein. Auf einmal habe ich das Gefühl, dass ich den Tag nicht überstehe. Wenn Ana nicht hier ist und auf mich aufpasst, weiß ich nicht, was ich tun werde.

Ich setze mich neben sie. »Du kannst doch was tun. Bleib bei mir. Das macht es nicht leichter, aber es hilft mir irgendwie, an mich selbst zu glauben. Bleib einfach hier.« Ich bin zu ergriffen, um zu weinen. Ich habe solche Angst, dass in mir kein Platz mehr für ein anderes Gefühl ist.

»Ist gut. Ich bin hier. Ich bin hier bei dir, und ich gehe nicht weg.« Sie legt den Arm um meine Schultern und drückt mich. »Vielleicht solltest du etwas essen«, schlägt sie vor.

»Nein, ich habe keinen Hunger.« Ich kann mir nicht vorstellen, je wieder Hunger zu haben. Wie fühlt sich Hunger überhaupt an?

»Ich weiß, dass du keinen Hunger hast, aber du musst trotzdem etwas essen«, beharrt sie. »Wenn du alles auf der Welt haben könntest, was würdest du am ehesten runterkriegen? Mach dir dabei weder Gedanken um deine Gesundheit noch ums Geld. Stell dir einfach vor, du könntest alles haben.«

Wenn mich das jemand fragt, sage ich normalerweise, dass ich einen Big Mac möchte. Ich will immer am liebsten einen Big Mac haben, die größte Tüte Pommes Frites, die es bei McDonald's zu kaufen gibt, und einen Haufen Erdnussbuttertörtchen. Mein Gaumen weiß gutes Essen nicht zu schätzen. Ich habe nie Lust auf Sushi oder einen guten Chardonnay, nur auf Pommes und Cola. Aber nicht jetzt. Für mich besteht zwischen einem Big Mac und einem Tacker gerade kein Unterschied. Die Wahrscheinlichkeit, dass ich eins von beidem herunterbekäme, ist ähnlich groß.

»Nein, nichts. Ich glaube, ich kann nichts bei mir behalten.«

»Suppe?«

»Nein, nichts.«

»Irgendwann heute musst du etwas essen. Versprichst du mir das?«

»Klar«, sage ich. Aber ich weiß, dass das gelogen ist. Ich habe nicht vor, mein Versprechen zu halten. Was ist schon ein Versprechen? Wie können wir von Leuten erwarten, dass sie zu ihrem Wort stehen, wenn die Welt um uns herum so willkürlich, unzuverlässig und sinnlos ist?

»Du musst heute zum Bestattungsinstitut«, sagt Ana. »Soll ich jetzt dort anrufen?«

Ich höre, was sie sagt, und nicke. Zu mehr bin ich nicht in der Lage.

Ana nimmt ihr Telefon und ruft das Bestattungsinstitut an. Anscheinend hätte ich mich schon gestern dort melden sollen. Ich höre, dass die Empfangsdame etwas von »spät dran« sagt. Ana traut sich nicht, diese Information an mich weiterzugeben, aber ich sehe ihr an, dass die Dame es ihr nicht leicht macht. Die wollen sich mit mir anlegen? Sollen sie doch. Ich freue mich schon drauf, ein paar Leute anzuschreien, die vom Leid anderer profitieren.

Ana fährt mich zum Beerdigungsinstitut und parkt den Wagen direkt davor auf der Straße. Unter dem Gebäude ist ein Parkhaus, aber 2,50 Dollar für fünfzehn Minuten sind schlichtweg absurd. Ich weigere mich, diese gierigen Mistkerle noch zu unterstützen, indem ich ihren Service nutze. Und das hat übrigens nichts mit meiner Trauer zu tun. Ich hatte schon immer etwas gegen Wucher. Auf dem Schild steht, dass das Parken mit einem Stempel des *Wright & Sons*-Bestattungsinstituts gratis ist, aber danach zu fragen wäre mir mehr als unangenehm. »Ja, wir möchten ihn gerne einbalsamieren lassen. Ach, und könnten Sie das für mich abstempeln?«

Ana findet auch so mühelos einen Parkplatz. Ich werfe einen Blick in den Seitenspiegel und stelle fest, dass meine Augen rot und blutunterlaufen sind. Meine Wangen haben rosa Flecken. Meine Wimpern kleben zusammen und glänzen. Ana reicht mir ihre große dunkle Sonnenbrille. Ich setze sie auf und steige aus dem Wagen. Als ich im Spiegel einen letzten Blick auf mich erhasche – geschäftsmäßig gekleidet und mit der großen Sonnenbrille im Gesicht –, komme ich mir vor wie Jackie Kennedy. Vielleicht wäre jede Frau gern ein bisschen wie Jackie Kennedy, aber wie die First Lady Jackie Kennedy oder wie Jackie Kennedy Onassis. Nicht wie *diese* Jackie Kennedy.

Ana läuft zur Parkuhr und will Münzen hineinwerfen, stellt jedoch fest, dass sie kein Kleingeld hat. »Mist! Ich habe keine Vierteldollarstücke mehr. Geh du rein, ich mach das schon«, sagt sie und geht zurück zum Auto.

»Nein«, erwidere ich und hole mein Portemonnaie hervor. »Ich habe welche.« Ich füttere den Automaten mit Kleingeld. »Außerdem glaube ich nicht, dass ich das ohne dich schaffe.« Dann fange ich wieder an zu weinen. Die Tränen laufen über mein Gesicht, sind aber erst zu sehen, nachdem sie unter den Gläsern meiner riesigen Sonnenbrille hervorfließen.

Januar

Als wir in Bens Wagen stiegen, fragte er, ob ich bereit für ein Abenteuer sei. Ich sagte ja.

»Ich meine, ein echtes Abenteuer.«

»Ich bin bereit!«

»Und wenn wir für dieses Abenteuer eine Stunde mit dem Auto zu einem Restaurant fahren müssen?«

»Solange du fährst, macht mir das nichts aus«, antwortete ich. »Obwohl ich mir nicht vorstellen kann, für welches Restaurant wir eine Stunde fahren müssen.«

»Oh, wart's ab«, sagte er und startete den Wagen.

»Du tust ja sehr geheimnisvoll«, stellte ich fest.

Er ignorierte mich. Stattdessen stellte er das Radio an. »Du bist für die Musik verantwortlich und musst mir den Weg sagen, wenn es nötig sein sollte.«

»Alles klar«, antwortete ich und stellte sofort einen Nachrichtensender ein. Als die monotonen Stimmen das Auto erfüllten, schüttelte Ben den Kopf. »So eine bist du also?«, fragte er lächelnd.

»So eine bin ich«, bestätigte ich, ohne mich dafür zu rechtfertigen.

»Das hätte ich wissen müssen. Hübsche Mädchen wie du haben immer irgendeinen Makel.«

»Magst du keine Nachrichtensender?«

»Doch, genau wie Arzttermine. Sie sind sinnvoll, aber sie machen keinen Spaß.«

Ich lachte, und er sah zu mir herüber. Einen Augenblick zu lange, sodass es langsam gefährlich wurde.

»He! Augen auf die Straße, Casanova!«, sagte ich. Casanova? Wer war ich? Mein Vater?

Ben richtete den Blick sofort wieder geradeaus. »Tut mir leid«, sagte er. »Sicherheit geht vor.«

Als wir den Freeway erreichten, schaltete er das Radio wieder aus.

»Genug Verkehrsnachrichten«, erklärte er. »Nun müssen wir uns auf altmodische Weise unterhalten.«

»Auf altmodische Weise?«

»Ein Gespräch führen.«

»Ach, natürlich. Ein Gespräch.«

»Beginnen wir mit den Basisinformationen. Seit wann bist du in L. A.?

»Seit fünf Jahren. Ich bin gleich nach dem College hergezogen. Und du?«

»Neun Jahre. Ich bin fürs College hergekommen. Dann haben wir ja im selben Jahr unseren Abschluss gemacht. Auf welcher Uni warst du?«

»Ithaca. Meine Eltern waren beide auf der Cornell und haben mich dort rumgeführt. Aber ich habe festgestellt, dass die Ithaca doch besser passt. Nach zwei Monaten Medizinstudium habe ich gemerkt, dass ich gar nicht Ärztin werden will.«

»Weshalb wolltest du Ärztin werden?« Wir sausten jetzt

über die Schnellstraße, und er musste sich nicht mehr so stark auf den Verkehr konzentrieren.

»Meine Eltern sind beide Ärzte. Meine Mutter leitet das Krankenhaus in meiner Heimatstadt. Mein Vater arbeitet dort als Neurochirurg.«

»Ein Neurochirurg? Das ist beeindruckend«, bemerkte Ben.

»Er ist ein beeindruckender Mann. Meine Mutter ist auch nicht ohne. Sie waren nicht gerade glücklich, als ich das Hauptfach gewechselt habe.«

»Ah, so eine Familie? So eine, die Druck ausübt? Leistungsorientiert?«

»Sie sind eindeutig leistungsorientiert. Das Problem ist nur, dass *ich* einfach nicht so bin. Ich arbeite, um zu leben, und lebe nicht, um zu arbeiten. Ich reiße gern meine vierzig Stunden ab, aber dann möchte ich mein Leben genießen.«

»Und das gefällt ihnen nicht?«

Ich zuckte mit den Schultern. »Sie glauben, dass die Arbeit das ganze Leben ist. Für sie geht es nicht um Freude, um Lachen oder um Liebe. Es geht um Arbeit. Ich glaube, es ist meinem Vater gar nicht so wichtig, Leben zu retten, als vielmehr an der Spitze eines Bereichs zu stehen, der ständig wächst und sich verändert. Sie sind sehr fortschrittsgläubig. Das Bibliothekswesen dagegen ist nicht gerade innovativ. Aber sie können nicht viel dagegen tun. Meine Eltern haben sich nicht gerade rührend um mich gekümmert. Ich glaube, als ich das Hauptfach gewechselt habe, war das der Moment ... es war irgendwie befreiend. Sie mussten nicht länger so tun, als würden sie mich verstehen. Ich musste nicht länger so tun, als wollte ich erreichen, was sie haben.«

Ich hatte noch nie jemandem erzählt, wie ich wirklich darüber dachte und was ich empfand. Aber weshalb sollte Ben nicht die ganze Wahrheit erfahren? Nachdem ich das alles gesagt hatte, war ich etwas verlegen. Ich realisierte, wie angreifbar ich mich dadurch machte. Ich wandte den Blick ab und sah aus dem Fenster. Der Verkehr in der Gegenrichtung nahm kein Ende, doch wir sausten durch die Stadt.

»Das ist wirklich traurig«, stellte er fest.

»Ja und nein. Meine Eltern und ich stehen uns nicht sehr nahe. Aber sie sind auf ihre Art glücklich, und ich bin es auf meine. Ich glaube, das ist alles, was zählt.«

Er nickte. »Da hast du total recht. Du bist ziemlich schlau.«

Ich lachte. »Und was ist mit dir? Wie sind deine Eltern?«

Ben stieß die Luft aus, hielt den Blick jedoch auf die Straße gerichtet.

»Mein Vater ist vor drei Jahren gestorben«, sagte er mit trauriger Stimme.

»Oh, das tut mir leid.«

»Danke.« Er sah kurz zu mir herüber und wandte den Blick dann wieder der Straße zu. »Krebs. Es war ein langer Kampf. Wir wussten alle, dass es so kommen würde. Wir waren darauf vorbereitet.«

»Ich weiß nicht, ob das gut oder schlecht ist.«

Ben stieß kurz die Luft aus. »Das weiß ich auch nicht. Wie dem auch sei, meiner Mutter geht es gut. So gut, wie es einem gehen kann, wenn man den Menschen verloren hat, den man am meisten liebt.«

»Das kann ich mir überhaupt nicht vorstellen.«

»Nein, ich mir auch nicht. Ich habe meinen Vater verloren,

und ich weiß, wie hart das ist. Ich kann mir aber nicht einmal ansatzweise vorstellen, wie es ist, den Lebenspartner zu verlieren. Ich mache mir Sorgen um meine Mutter – obwohl sie beteuert, dass sie klarkommt.«

»Natürlich macht man sich da Sorgen. Hast du Brüder oder Schwestern?«, fragte ich.

Ben schüttelte den Kopf. »Und du?«

»Nein.« Ich lernte nur selten andere Einzelkinder kennen. Es war schön zu erfahren, dass Ben auch eines war. Wenn ich jemandem erzählte, dass ich ein Einzelkind war, hatte ich entweder das Gefühl, dass sie mich bemitleideten, weil ich keine Geschwister hatte, oder mich für zickig hielten, auch wenn ich mich nicht so benahm.

»Großartig! Zwei Einzelkinder!« Er klatschte mich lässig ab, während er die andere Hand am Steuer ließ.

»Willst du mir nicht einen kleinen Tipp geben, wohin wir fahren?«, fragte ich, als er von einer Schnellstraße auf eine andere wechselte.

»Es ist ein mexikanisches Restaurant.« Mehr bekam ich nicht aus ihm heraus.

Nachdem wir zwei Runden *Was bin ich* und eine Runde *Ich sehe was, was du nicht siehst* gespielt hatten, erreichten wir schließlich unser Ziel. Es war eine Bude. Buchstäblich. Es war eine Straßenbude namens *Cactus Tacos*. Ich war nicht gerade begeistert, aber Bens Gesicht hellte sich auf.

»Wir sind da!«, sagte er, löste den Sicherheitsgurt und stieg aus. Bevor ich dazu kam, meine Tür zu öffnen, war er schon zur Stelle und hielt sie für mich auf.

»Oh, danke!«, sagte ich über das Piepen des Autos hinweg, das uns daran erinnerte, die Tür zu schließen.

»Gern.«

Ich verließ den Wagen und stand neben ihm.

»Das ist also der Laden, ja?«, sagte ich. Er schlug die Tür hinter mir zu, und das Piepen verstummte.

»Ich weiß, es sieht nicht nach viel aus. Aber du hast gesagt, du seist bereit für ein Abenteuer, und hier gibt's wirklich die besten Tacos, die ich je in meinem Leben gegessen habe. Magst du Horchata?«

»Was ist das?«

»Reismilch mit Zimt. Glaub mir, die musst du probieren.« Als wir auf den Taco-Stand zugingen, legte er mir die Hand auf den Rücken und führte mich sanft. Es fühlte sich so angenehm und natürlich an, dass ich Lust verspürte, mich umzudrehen und in seine Arme zu fallen. Stattdessen stand ich da und starrte auf die Karte.

»Wenn du einverstanden bist«, sagte Ben und ließ die Hand über meinen Rücken nach oben zu meiner Schulter gleiten, »bestelle ich für dich. Ich will dir natürlich keine Vorschriften machen, aber ich bin so oft hier gewesen und habe alles durchprobiert.«

»Nur zu«, erwiderte ich.

»Willst du Hähnchen, Steak oder Schwein?«

»Kein Schwein«, sagte ich.

»*Kein Schwein?*«, fragte Ben ungläubig. »War nur Spaß. Ich esse auch kein Schwein. Alles klar!« Er rieb sich erfreut die Hände.

»*Perdón?*«, sprach er durch das Fenster den Mann hinter dem Tresen an. »*Querría cuatro tacos tinga de pollo y cuatro tacos carne asada, por favor. Queso extra en todos. Ah, y dos horchatas, por favor.*«

Der Mann zeigte ihm, wie groß die Horchatas waren, und sah ihn an, als wollte er sagen: »Sind Sie sicher, dass Sie zwei von denen wollen?«, und Ben nickte. »*Sí, sí, lo sé. Dos. Por favor.*«

Ich weiß nicht, was genau Ben in diesem Augenblick so unwiderstehlich machte. Ob es daran lag, dass er etwas konnte, was mir völlig fremd war, nämlich Spanisch? Oder ob es daran lag, dass jeder Mann, der eine Fremdsprache beherrschte, automatisch sexy auf mich wirkte? Ich weiß es nicht. Jedenfalls wirkte er so selbstsicher, er strahlte so viel Zuversicht aus. Das war es. Es war sein Selbstvertrauen. Er sprach Spanisch mit dem Mann am Taco-Stand, ohne dass es ihm in den Sinn kam, dass er sich vielleicht wie ein kompletter Idiot anhörte. Und genau deshalb klang er nicht wie ein kompletter Idiot.

»Wow«, sagte ich, als er mir meine Horchata reichte. »Sehr beeindruckend.«

»Damit sind meine Spanischkenntnisse erschöpft. Das schwöre ich«, sagte er, während er einen Strohhalm auspackte und in mein Getränk steckte. »Aber ich würde lügen, wenn ich so täte, als hätte ich nicht gehofft, dich damit zu beeindrucken.«

»Nun, das ist dir gelungen.« Ich trank einen Schluck. Die Milch war süß, kalt und cremig. Trotzdem konnte man sie in großen Schlucken trinken. »Wow, das ist auch großartig.«

Ben lächelte und nippte ebenfalls daran. »Mache ich mich gut?«, fragte er.

»Du machst dich großartig«, bestätigte ich. Um ehrlich zu sein, war ich überwältigt. Es war eine Weile her, dass ich mich in jemanden verknallt hatte, und ich hatte ganz vergessen, wie aufregend dann auf einmal alles wurde.

Als unsere Tacos fertig waren, nahm Ben sie durch das

Fenster entgegen. Er balancierte die rot-weiß karierten Kartons auf Unterarmen und Händen zu mir herüber.

Es gab keine Stühle oder Bänke vor *Cactus Tacos*. Deshalb schlug Ben vor, sich auf die Motorhaube seines Autos zu setzen.

»Diese Tacos sehen aus, als würden sie ziemlich kleckern. Ich werde Pico de Gallo auf deinem Auto verteilen.«

»Das ist ein zehn Jahre alter Honda. Ich bin da nicht wirklich pingelig.«

»Gut. Aber ich glaube, du solltest wissen, dass ich ziemlich ungeschickt bin.«

»Und oft deine Schlüssel vergisst.«

»Nun, ich vergesse überhaupt oft etwas.«

»Das ist alles kein Problem für mich.«

Wir setzten uns auf die Motorhaube und unterhielten uns über unsere Arbeit und ob wir gern in Los Angeles lebten, und natürlich tropfte ich Taco-Sauce auf seine Motorhaube. Ben lächelte mich nur an. Als ich gerade einen kläglichen Versuch unternahm, sie wegzuwischen, rief Ana an. Ich ließ sie auf die Mailbox sprechen. Ben und ich unterhielten uns noch lange, nachdem wir die Tacos aufgegessen hatten.

Schließlich fragte Ben, ob ich noch einen Nachtisch haben wollte.

»Schwebt dir da ein bestimmter Laden vor?«, fragte ich.

»Nein. Ich dachte, das darf die Dame entscheiden.«

»Oh.« Ich war etwas verunsichert und wusste nicht, was ich vorschlagen sollte. Ich hatte keine Ahnung, wo wir waren und was sich in der Nähe befand. »Gut«, sagte ich schließlich. »Bist du bereit für ein weiteres Abenteuer?«

»Absolut!«, meinte er, sprang von der Motorhaube und bot mir seine Hand an. »Wohin?«

»Nach East L. A.?«, fragte ich vorsichtig. Ich wusste immerhin, dass wir mindestens eine Stunde bis zu mir bräuchten und dass East L. A. von dort noch einmal dreißig Minuten in der anderen Richtung lag.

»East L.A. Sehr wohl, schöne Maid.« Er half mir von der Motorhaube und öffnete mir die Tür.

»Was für ein Gentleman«, stellte ich fest, während ich mich anschickte, ins Auto zu steigen.

»Warte«, sagte er. Er legte die Arme um meine Taille und zog mich an sich. »Ist das okay?«

Mein Gesicht befand sich direkt vor seinem. Ich konnte seinen Atem riechen. Er duftete angenehm süß nach Koriander und Zwiebeln. Mein Herz schlug schneller.

»Ja«, sagte ich. »Das ist okay.«

»Ich möchte dich küssen«, meinte er. »Aber ich fürchte, dass es dir vor dem Mann vom Taco-Stand peinlich ist.«

Ich lächelte ihn an und blickte über seine Schulter. Der Mann starrte zu uns herüber. Es war mir tatsächlich etwas peinlich, aber gerade so, dass es den Moment noch ein bisschen prickelnder machte, ohne ihn zu zerstören.

»Mach schon«, sagte ich. Und das tat er auch.

Er küsste mich, und ich schmiegte mich an ihn. Ich legte die Arme um seinen Hals und strich mit den Händen über die Stoppeln in seinem Nacken. Sein Haar fühlte sich weich und glatt an. Er drängte mich mit seinem Oberkörper gegen das Auto.

Als er sich von mir löste, blickte ich verlegen zu dem Mann am Taco-Stand, der noch immer zu uns herüberstarrte. Ben bemerkte meinen Blick und drehte sich zu ihm um. Daraufhin wandte der Mann sich ab, und Ben lachte verschwörerisch.

»Wir sollten zusehen, dass wir von hier wegkommen«, bemerkte ich.

»Ich habe gleich gewusst, dass es dir peinlich ist«, erwiderte er und lief um das Auto herum zur Fahrerseite.

Als wir wieder auf der Schnellstraße fuhren, schrieb ich Ana, dass ich sie morgen anrufen würde. Sie fragte, was ich um alles in der Welt täte, dass ich nicht mit ihr sprechen könne. Ich schrieb ihr die Wahrheit: *Ich habe heute ein Rendezvous, den ganzen Tag über. Es läuft ziemlich gut. Ich rufe dich morgen an.*

Danach versuchte es Ana noch einmal, aber ich ließ sie erneut auf die Mailbox sprechen. Es musste ihr etwas merkwürdig vorkommen, dass ich eine Verabredung hatte. Schließlich hatten wir uns erst gestern Morgen zum Frühstück gesehen, und da hatte ich noch nichts von einem Rendezvous gesagt, ganz zu schweigen davon, dass ich den ganzen Tag mit jemandem verbringen wollte.

Ben und ich gerieten in einen Stau. Die Abgase der vielen Autos machten das Stop-and-go unerträglich. Nach zwanzig Minuten an derselben Stelle stellte Ben die Frage, die ich bislang gemieden hatte.

»Wann schließt dieser geheimnisvolle Laden?«, fragte er.

»Äh ...«, stotterte ich. Es war mir unangenehm, ihm zu sagen, dass wir es ziemlich sicher nicht rechtzeitig schaffen würden.

»Vermutlich bald, oder?«, fragte er.

»Ja. Um sechs. Wir haben nur noch eine halbe Stunde. Das brauchen wir gar nicht erst zu versuchen. Ich kann ihn dir ein anderes Mal zeigen.«

Es war mir so herausgerutscht, das »ein anderes Mal«. Ich wollte eigentlich nicht so deutlich sagen, dass ich ihn gern wiedersehen würde. Ich ging zwar davon aus, dass wir uns noch einmal treffen würden, aber ich wollte die ganze Sache trotzdem ein bisschen im Vagen halten, nicht so schnell die Karten auf den Tisch legen. Ich errötete ein wenig.

Ben lächelte. Er begriff, dass ich mich verplappert hatte, und beschloss, darüber hinwegzugehen. Er nahm es als Kompliment und beließ es dabei. »Trotzdem«, sagte er, »möchte ich, dass du bekommst, was immer es dort gibt.«

»Italienisches Eis«, antwortete ich.

»Italienisches Eis?«, wiederholte er etwas ungläubig. »Wir rasen wegen italienischem Eis durch die Stadt?«

Ich stieß ihn gegen die Brust. »Hey! Du wolltest noch irgendwohin. Die haben gutes Eis!«

»Ich ärgere dich nur. Ich liebe italienisches Eis. Komme, was da wolle, ich besorge dir dieses verdammte Eis.«

Als der Verkehr in Bewegung geriet, lenkte er den Wagen auf den Grünstreifen, sauste an den anderen Wagen vorbei und fädelte sich in die Schlange ein, die von der Schnellstraße herunterführte.

»Wow«, sagte ich. »Sehr beeindruckend.«

»Ich fahre wie ein Arschloch«, bemerkte er. »Aber die Situation ist äußerst ernst.«

Er sauste durch Nebenstraßen und fuhr ein paar Mal über Gelb. Er schnitt ein paar Leute und hupte, um sich zu entschuldigen, als er an ihnen vorbeifuhr. Ich lotste ihn unter unbekannten Überführungen hindurch, fand Straßen und Wege, von denen ich noch nie gehört hatte, und als wir schließlich vor Scoops Gelato anhielten, war es eine Minute nach sechs. Ben rannte in dem Moment zur Tür, als sie gerade abgeschlossen wurde.

Er klopfte höflich an. »Könnten Sie wohl bitte wieder aufmachen?«

Eine junge Koreanerin deutete auf das *Geschlossen*-Schild und schüttelte den Kopf.

Ben faltete die Hände und machte eine flehende Geste, doch sie zuckte nur mit den Schultern.

»Tust du mir einen Gefallen, Elsie?«

»Ja?« Ich stand etwas abseits auf dem Bürgersteig.

»Würdest du dich bitte umdrehen?«

»Mich umdrehen?«

»Ich will vor ihr auf die Knie gehen, und ich möchte nicht, dass du das siehst. Ich will, dass du mich für einen starken, männlichen, selbstbewussten Mann hältst.«

Ich lachte, doch er verzog keine Miene.

»Mein Gott, du meinst das wirklich ernst«, stellte ich fest und drehte mich lachend um.

Ich blickte in der Ferne auf die Hauptstraße. Ich sah zu, wie die Autos an roten Ampeln hielten und Fahrradfahrer an ihnen vorbeisausten. Ich beobachtete ein Paar, das mit einem Kindersportwagen die Straße hinunterging. Dann hörte ich eine Ladenklingel und wollte mich umdrehen.

»Warte!«, hörte ich Ben. »Noch nicht.« Ich gehorchte.

Zwei Minuten später ging die Klingel erneut. Ben kam zu mir und baute sich mit zwei Bechern voll hellbraunem Eis in den Händen vor mir auf. In jedem Becher steckte ein bunter Löffel.

»Wie hast du das geschafft?«, fragte ich und nahm ihm ein Eis ab.

Ben lächelte. »Ich habe da so meine Methoden.«

»Ernsthaft«, sagte ich.

»Ernsthaft? Ich habe sie bestochen.«

»Du hast sie bestochen?« Ich war noch nie jemandem begegnet, der jemand anderen bestochen hatte.

»Ich habe gesagt: ›Wenn Sie mir zwei Becher von der Sorte geben, die Sie noch übrig haben, gebe ich Ihnen zwanzig Dollar extra.‹ Wenn man das Bestechung nennt, dann habe ich sie bestochen.«

»Ja, das ist Bestechung«, bestätigte ich.

»Irgendwie unmoralisch«, sagte er. »Ich hoffe, du kannst mir vergeben.«

Ich starrte ihn einen Augenblick an. »Dir vergeben? Soll das ein Scherz sein? Das hat noch keiner für mich getan!«

Ben lachte. »Jetzt machst du dich über mich lustig.«

»Nein«, sagte ich, »ich meine es ganz ernst. Ich finde das äußerst schmeichelhaft.«

»Ach.« Er lachte. »Großartig.« Dann schob er sich einen Löffel von seinem Eis in den Mund und verzog augenblicklich das Gesicht. »Das schmeckt ja nach Kaffee«, stellte er fest, rannte zu einem Mülleimer und spuckte es aus.

»Magst du keinen Kaffee?«

»Mit Kaffee geht es mir wie mit Arztbesuchen und Nachrichtensendern«, erklärte er.

Ich nahm ihm den Becher aus der Hand und hielt ihn fest, während ich aus dem anderen aß. »Dann bleibt mehr für mich.«

Wir stiegen zurück in den Wagen. Keiner von uns wusste so recht, was wir als Nächstes tun sollten.

»Der Tag muss noch nicht zu Ende sein, oder?«, fragte ich.

»Ich bin froh, dass du das sagst«, antwortete Ben. »Wo sollen wir hinfahren?«

»Ich weiß nicht. Hungrig bin ich nicht ...«

»Wie wäre es, wenn wir zurück zu dir fahren?«, schlug er vor. »Ich verspreche auch, dass ich mich anständig benehme.«

Ich schwieg einen Augenblick, dann erwiderte ich: »Was ist denn falsch daran, unanständig zu sein?«, neckte ich ihn. Daraufhin setzte er wortlos den Wagen zurück und sauste die Straße hinunter.

Als wir bei meiner Wohnung ankamen, holte Ben meine Schlüssel aus seiner Tasche. Wir gingen gemeinsam die Stufen zu meiner Tür hinauf, aber auf halber Höhe stellte Ben fest, dass er etwas vergessen hatte. Er lief schnell zurück und steckte Geld in die Parkuhr. Dann sprang er die Stufen zu mir hinauf und schloss meine Tür auf. Nachdem wir drin waren, warf er die Schlüssel schwungvoll auf den Tisch neben der Tür.

»Sie liegen hier, wenn du sie brauchst«, sagte er. »Kannst du dir das merken?«

»Ja. Was willst du trinken?«

»Was hast du denn da?«

»Wasser. Oh, ich hätte eigentlich fragen sollen: ›Möchtest du ein Wasser‹?«

Ben lachte und setzte sich aufs Sofa. Ich holte zwei Gläser und ging zum Kühlschrank, um uns Wasser einzuschenken. Da entdeckte ich die große Champagnerflasche, die von Silvester übrig geblieben war. Eisgekühlt.

»Ich habe Champagner da!«, sagte ich und holte die Flasche aus dem Kühlschrank. Ich ging hinüber ins Wohnzimmer und hielt sie Ben hin. »Schampus?«

Er lachte. »Ja! Köpfen wir den Schampus.«

Wir liefen in die Küche und holten Weingläser. Ich versuchte, die Flasche zu öffnen, und scheiterte. Ben sprang ein und ließ den Korken knallen. Der Champagner spritzte uns ins Gesicht, doch das war uns egal. Ben schenkte uns ein, und wir setzten uns aufs Sofa.

Einen Moment waren wir verlegen. Wir schwiegen. Ich trank einen Schluck und starrte etwas zu lang in die goldenen Bläschen. Was war auf einmal los? Keine Ahnung. Ich stand auf und spürte, wie mir der Alkohol zu Kopf stieg.

»Ich bin gleich wieder da«, sagte ich. »Ich will nur eben ...« Was? Was wollte ich? Ich wusste es nicht.

Ben fasste meine Hand und schien mich mit flehendem Blick anzusehen. Da setzte ich mich einfach rittlings auf seinen Schoß und küsste ihn. Ich legte die Arme um seine Schultern, er fasste meine Hüften. Ich spürte ihn durch meine Jeans. Während er mich küsste, zog er mich fest an sich, ließ die Hände über meinen Rücken nach oben gleiten und strich durch mein Haar. Es fühlte sich an, als sehnte er sich verzweifelt nach diesem Kuss. Während wir uns küssten und streichelten, schrien auch meine anderen Körperteile danach, berührt zu werden.

»Ich mag dich«, sagte Ben atemlos.

Ich lachte. »Das merke ich.«

»Nein«, widersprach er, löste sein Gesicht etwas von meinem und sah mich mit ernster Miene an. »Ich mag dich.«

Mir hatten schon andere Jungs gesagt, dass sie mich mochten – in der achten Klasse und auf der Highschool. Auf Partys, wenn sie betrunken waren. Einer hatte es mir in der Cafeteria vom College gestanden. Manche murmelten es vor sich hin und blickten dabei auf den Boden. Manche stotterten. Jedes Mal hatte ich erwidert, dass ich sie auch mochte. Und erst jetzt wurde mir klar, dass ich jedes Mal gelogen hatte.

Noch nie hatte mir ein Mann das Gefühl gegeben, dass ihm wirklich etwas an mir lag, und noch nie hatte ich selbst so für jemanden empfunden. Was hatte Ben in den letzten paar Stunden getan, dass ich ihn so mochte? Ich wusste es nicht. Ich wusste nur, dass seine Worte ernst gemeint waren. Und als ich sie aus seinem Mund hörte, hatte ich das Gefühl, mein ganzes Leben lang darauf gewartet zu haben.

»Ich mag dich auch«, sagte ich. Ich küsste ihn erneut, und er legte die Hände um meine Taille, zog mich an sich und schloss die letzte Lücke zwischen uns. Er küsste stundenlang meine Ohren und meinen Hals und trieb eine Gänsehaut über meinen Rücken. Schließlich musste ich aufstehen. Ich hatte einen Krampf im Oberschenkel.

Als ich auf die Uhr sah, war es schon nach acht.

»Wow«, bemerkte ich. »Das ist ... das war lang.«

»Willst du was essen?«, fragte er.

»Ja.« Ich nickte. Erst jetzt bemerkte ich, dass ich hungrig war. »Und du?«

»Ich auch. Was wollen wir machen? Ausgehen? Hier kochen? Etwas bestellen?«

»Nun, Pizza scheidet aus. Die hatten wir schon gestern Abend.« Wir hatten sie zwar nicht zusammen gegessen, aber so, wie ich es gesagt hatte, hörte es sich danach an, und das gefiel mir. Es hörte sich so an, als wäre ich seine Freundin – weshalb ich mir selbst etwas unheimlich vorkam. Ich war schon drauf und dran, unsere Initialen in Handtücher sticken zu lassen, dabei kannte ich ihn doch kaum.

»Stimmt. Deshalb bin ich dafür, entweder etwas beim Chinesen zu bestellen oder hier zu kochen. Je nachdem, was du dahast.« Er deutete auf die Küche. »Darf ich nachsehen?«

Ich wies ihm den Weg. »Nur zu!«

Wir gingen in die Küche und standen gemeinsam vor meinem Kühlschrank. Er legte von hinten die Arme um mich und schmiegte sein Gesicht an meinen Hals. Ich zeigte ihm meine Vorräte. Es war nicht viel, aber ich bin sicher, ein guter Koch hätte etwas daraus zaubern können.

»Okay, die Entscheidung ist gefallen«, verkündete er. »Wo ist die Karte vom China-Imbiss?«

Ich lachte und fischte sie aus der Schublade. Er warf nur einen kurzen Blick darauf. »Wie wäre es, wenn wir uns das Huhn Kung Pao, eine Wan-Tan-Suppe, Rind Chow-Mein und weißen Reis teilen?«

»Wenn wir braunen Reis nehmen, bin ich dabei«, sagte ich.

»Weil es unsere erste Verabredung ist, bin ich einverstanden, aber bei allen weiteren Dates werde ich das strikt ablehnen. Brauner Reis schmeckt wie Pappe. Da kann ich dir künftig leider nicht entgegenkommen.«

Ich nickte. »Verstehe. Wir könnten zwei unterschiedliche Sorten Reis bestellen.«

»Vielleicht wenn die romantische Phase vorüber ist, aber nicht heute Abend.« Er nahm das Telefon. »Ja, hallo, ich würde gern einmal Huhn Kung Pao, einmal Rind Chow-Mein und eine Wan-Tan-Suppe bestellen.« Er zögerte einen Augenblick. »Nein, braunen Reis bitte.« Er streckte mir die Zunge heraus, dann gab er meine Adresse und seine Telefonnummer durch und legte auf.

Das Essen kam, und wir machten uns darüber her. Ana rief noch ein paarmal an und versuchte, mich zu erreichen. Ben brachte mich ständig zum Lachen. Ich gackerte und prustete, bis mir der Bauch wehtat. Wir küssten und wir ärgerten uns und kämpften um die Fernbedienung. Als es so spät war, dass eine Entscheidung anstand, ersparte ich uns beiden peinliche Missverständnisse und sagte: »Ich möchte, dass du über Nacht hierbleibst, aber ich werde nicht mit dir schlafen.«

»Wieso glaubst du, dass ich mit dir schlafen will? Vielleicht möchte ich einfach nur mit dir befreundet sein«, meinte er. »Hast du daran mal gedacht?« Darauf musste ich nicht antworten. »Okay. Ich will zwar mit dir schlafen, aber ich behalte meine Hände bei mir.«

Bevor ich im Schlafzimmer auf ihn traf, überlegte ich sorgfältig, was ich im Bett tragen sollte. Wir würden nicht miteinander schlafen. In Unterwäsche oder gar nackt ins Bett zu gehen kam also nicht infrage. Dennoch handelte es sich nicht um eine asexuelle Situation. Ich wollte trotzdem sexy aussehen. Ich entschied mich für knappe Boxershorts und ein Trägertop. Dann überprüfte ich mein Aussehen im Spiegel und stellte fest, dass ich wie beabsichtigt unbeabsichtigt sexy aussah.

Als ich ins Schlafzimmer kam, war Ben schon im Bett. Er hatte sein Hemd ausgezogen und sich unter die Decke gelegt. Ich krabbelte neben ihn und legte meinen Kopf an seine Brust. Er beugte sich hinunter und küsste mich, dann drehte er sich um und suchte den Lichtschalter.

»Oh«, sagte ich. »Pass auf.« Ich klatschte zweimal laut in die Hände, und das Licht ging aus. »Das habe ich vor Jahren auf einer Party geschenkt bekommen.« Ich hatte das Ding seitdem nie mehr benutzt und hatte ganz vergessen, dass es noch angeschlossen war. Ben war sprachlos.

»Du bist die coolste Person auf der Welt. Mit Abstand die coolste«, bemerkte er.

Es war pechschwarz im Raum. Unsere Augen gewöhnten sich erst langsam an die Dunkelheit. Dann vibrierte etwas, und ein kleines Licht blinkte auf. Mein Telefon.

»Er ist IMMER NOCH DA?«, hatte Ana geschrieben.

Ich schaltete das Telefon aus.

»Ana, nehme ich an«, sagte Ben, und ich bejahte. »Sie fragt sich sicher, wer zum Teufel ich bin.«

»Sie wird es noch früh genug erfahren«, antwortete ich. Er schob einen Finger unter mein Kinn und hob mein Gesicht zu seinem. Ich küsste ihn. Dann küsste ich ihn noch einmal leidenschaftlicher. Innerhalb von Sekunden wirbelten unsere Hände, Arme und Kleidungsstücke durcheinander. Seine Haut fühlte sich warm und weich an, doch sein Körper war kräftig.

»Oh«, sagte ich. »Die Parkuhr. Hast du genug Geld hineingeworfen? Nicht, dass du einen Strafzettel bekommst.«

Er zog mich erneut an sich. »Das nehme ich in Kauf. Ich will dich jetzt nicht loslassen.«

Während wir übereinander rollten, schaffte ich es irgendwie, meinen Vorsatz einzuhalten. In jener Nacht schlief ich nicht mit ihm. Ich wollte es so sehr, und es fiel mir schwer, es nicht zu tun. Unsere Körper flehten mich an, meine Meinung zu ändern, aber ich blieb stur. Ich weiß nicht genau, wie ich das fertigbrachte. Aber es war so.

Ich kann mich nicht mehr erinnern, wann ich eingeschlafen bin, aber ich weiß noch, dass Ben irgendwann flüsterte: »Ich weiß nicht, ob du noch wach bist, aber danke dir, Elsie. Das ist das erste Mal, seit ich erwachsen bin, dass ich vor Aufregung nicht einschlafen kann.«

Ich versuchte, die Augen geschlossen zu halten, aber mein Mund verzog sich unwillkürlich zu einem breiten Lächeln.

»Ich sehe, dass du lächelst«, flüsterte er schmunzelnd. Ich hielt weiterhin die Augen geschlossen, um ihn zu ärgern.

»Okay«, sagte er und zog mich dichter an sich. »Dann bin ich wohl nicht der Einzige.«

Als er am nächsten Morgen zur Arbeit ging, sah ich, wie er einen Strafzettel von der Windschutzscheibe nahm und lachte.

Juni

Die Luft in diesem Gebäude ist eiskalt. Ob es hier wegen der Leichen so kühl ist? Dann fällt mir ein, dass Bens Leichnam hier sein muss. Mein Mann ist jetzt eine Leiche. Früher fand ich Tote immer abstoßend, jetzt gehört Ben dazu.

Ana und ich werden in das Büro von Mr. Richard Pavlik gerufen. Er ist ein großer dünner Mann mit einem Durchschnittsgesicht, wäre da nicht der riesige Schnurrbart. Er muss so um die sechzig sein.

Mr. Pavliks Büro ist stickig. Hierher kommen Menschen in den schwersten Momenten ihres Lebens. Warum gibt Mr. Pavlik sich nicht ein bisschen Mühe und macht es ihnen etwas leichter? Ich werde es wohl nie erfahren. Sogar die Sessel sind schrecklich. Sie sind sehr niedrig, und man versinkt förmlich darin. Mein Schwerpunkt befindet sich irgendwo zwischen meinen Knien.

Ich versuche, mich im Sessel vorzubeugen und zuzuhören, wie er unbedeutende Dinge, den Tod meines Mannes betreffend, herunterleiert, aber mein Rücken fängt an zu schmerzen, und ich sinke wieder zurück. Als ich das tue, fällt mir ein, dass sich diese Position für eine Dame vielleicht nicht ziemt. Sie wirkt nachlässig und bequem, und so fühle ich mich überhaupt nicht. Ich setze mich wieder vor, lege die Hände auf meine Knie, lächle und ertrage es. Genau das werde ich wohl den Rest meines Lebens tun.

»Bei allem Respekt, Mr. Pavlik«, unterbreche ich ihn, »Ben wollte nicht eingeäschert werden. Er wollte begraben werden.«

»Oh.« Er blickt auf die vor ihm liegenden Papiere. »Mrs. Ross hat eine Einäscherung gewünscht.«

»Ich bin Mrs. Ross«, stelle ich klar.

»Tut mir leid, ich meinte Mrs. Ross Senior.« Er verzieht kaum merklich das Gesicht. »Wie dem auch sei, Elsie«, sagt er. Ich bin für ihn nicht Mrs. Ross, meinen Mädchennamen kennt er nicht, also spricht er mich mit dem Vornamen an. Unwillkürlich fühle ich mich nicht ernst genommen. »In diesem Fall ist Mrs. Ross die nächste Angehörige.«

»Nein, Richard«, erkläre ich streng. Wenn er mich mit dem Vornamen anspricht, darf ich das auch. »Ich bin seine nächste Angehörige. Ich bin Bens Ehefrau.«

»Ich möchte Ihnen da überhaupt nicht widersprechen, Elsie. Mir liegt nur kein Nachweis vor.«

»Wollen Sie damit sagen, dass ich nicht seine nächste Angehörige bin, weil ich noch keine Heiratsurkunde besitze?«

Richard Pavlik schüttelt den Kopf. »In einem Fall wie diesem, in dem nicht ganz klar ist, wer die nächste Angehörige ist, muss ich mich an die offiziellen Dokumente halten. Es gibt keinen anderen nahen Verwandten, der mir bestätigen kann, dass Sie beide verheiratet waren, und im Register des Standesamts habe ich keinen Nachweis gefunden. Ich hoffe, Sie verstehen, dass ich mich hier in einer schwierigen Lage befinde.«

Ana setzt sich in ihrem Sessel auf und ballt die Hand auf Richards Schreibtisch zur Faust.

»Ich hoffe, Sie verstehen, dass Elsie ihren Mann verloren hat, nachdem sie ihn gerade erst vor zehn Tagen geheiratet hat. Anstatt mit ihm die Flitterwochen an einem einsamen Strand zu verbringen, sitzt sie hier, und Sie sagen ihr in ihr trauerndes Gesicht, dass sie gar nicht verheiratet ist.«

»Es tut mir leid, Miss ...« Richard scheint sich unbehaglich zu fühlen. Offenbar erinnert er sich nicht an Anas Nachnamen.

»Romano«, erwidert sie verärgert.

»Miss Romano. Ich möchte Ihnen wirklich keine Unannehmlichkeiten bereiten. Ich bedaure Ihren Verlust zutiefst. Ich bitte Sie lediglich, mit Mrs. Ross darüber zu sprechen, weil ich gesetzlich dazu verpflichtet bin, ihre Anweisungen zu befolgen. Ich betone noch einmal, dass ich Ihren Verlust sehr bedauere.«

»Machen wir einfach weiter. Ich spreche wegen der Einäscherung später mit Susan. Was müssen wir heute noch klären?«, frage ich.

»Nun, Elsie, das hängt ganz davon ab, was mit dem Leichnam geschehen soll.«

Nennen Sie ihn nicht Leichnam, Sie Arschloch. Das ist mein Ehemann. Das ist der Körper, der mich aufgefangen hat, als ich weinte. Der auf dem Weg zum Kino meine linke Hand gehalten hat. Bei dem ich mich lebendig gefühlt habe, der mich verrückt gemacht hat, wegen dem ich vor Lust gezittert und geweint habe. Jetzt ist er leblos, aber das heißt nicht, dass ich ihn aufgegeben habe.

»Gut, Richard. Ich spreche mit Susan und rufe Sie heute Nachmittag an.«

Richard schiebt die Papiere auf seinem Schreibtisch zusammen und steht auf, um uns hinauszubegleiten. Er will mir seine Karte reichen. Als ich sie ignoriere, bietet er sie Ana an. Sie nimmt sie gnädig entgegen und steckt sie in ihre Gesäßtasche.

»Haben Sie vielen Dank, dass Sie mir Ihre Zeit gewidmet haben«, sagt er und öffnet uns die Tür.

»Ver...«, hebe ich an, während ich durch die Tür trete. Ich habe vor, sie zuzuschlagen, wenn ich fertig bin. Aber Ana unterbricht mich, drückt sanft meine Hand und gibt mir zu verstehen, dass ich mich beruhigen muss. Sie übernimmt.

»Danke, Richard. Wir melden uns. Bitte rufen Sie in der Zwischenzeit noch einmal beim Standesamt an und klären die Angelegenheit«, sagt sie.

Sie schließt die Tür hinter sich und lächelt mich an. Die Umstände sind eigentlich nicht komisch, aber dass ich dem Mann beinahe gesagt hätte, dass er sich verpissen soll, *ist* komisch. Einen Augenblick lang brechen wir fast in Gelächter aus – etwas, das ich seit Tagen nicht getan habe. Aber der Moment verstreicht, und ich schaffe es einfach nicht, die Luft auszustoßen und zu lächeln.

»Sprechen wir mit Susan?«, fragt Ana auf dem Weg zum Wagen.

»Ja, müssen wir wohl.« Zumindest habe ich dadurch das Gefühl, ein Ziel zu haben, egal wie klein es ist. Ich muss Bens Wunsch erfüllen. Ich muss seinen Körper beschützen, der mich so gut beschützt hat.

Januar

Am nächsten Tag konzentrierte ich mich bei der Arbeit auf die zu erledigenden Aufgaben, wobei meine Gedanken immer wieder in Tagträume abglitten. Ich hatte Ana versprochen, nach Feierabend bei ihr vorbeizukommen und ihr alles zu erzählen. Immer wieder spielte ich in Gedanken durch, wie ich ihr Ben beschreiben würde. Normalerweise erzählte sie von Männern, und ich hörte zu. Nachdem ich ihr nun etwas zu berichten hatte und sie zuhören würde, hatte ich das Gefühl, ich müsste dafür üben.

Ich war nur körperlich anwesend, als Mr. Callahan mich ansprach. »Elsie?« Er kam auf den Tresen zu.

Mr. Callahan war fast neunzig Jahre alt. Er trug immer graue oder khakifarbene Polyesterhosen, ein Hemd in einem bunten Karomuster und darüber eine cremefarbene Windjacke.

Mr. Callahan hatte Papiertaschentücher in der Hosentasche, einen Lippenpflegestift in der Jackentasche und sagte stets »Gesundheit«, wenn jemand im Umkreis von fünfzig Fuß nieste. Er kam fast täglich in die Bibliothek, manchmal mehrmals am Tag. Hin und wieder las er bis mittags Zeitung und Illustrierte im Hinterzimmer, dann entlieh er ein Buch, das er für seine Frau mit nach Hause nahm. An anderen Tagen kam er spätnachmittags, um ein Buch zurückzugeben und einen Schwarz-Weiß-Film auf VHS oder eine Oper, von der ich noch nie etwas gehört hatte, auf CD mitzunehmen.

Er war ein gebildeter, äußerst freundlicher Mann. Er liebte seine Frau, die wir in der Bibliothek noch nie gesehen hatten, von der wir aber alles wussten. Er war ziemlich alt, und manchmal fürchtete ich, dass er es nicht mehr lange machen würde.

»Ja, Mr. Callahan?« Ich wandte mich ihm zu und legte die Ellenbogen auf den kühlen Tresen.

»Was ist das?« Mr. Callahan legte ein Lesezeichen auf den Tresen. Wir hatten sie vor einer Woche in der ganzen Bibliothek verteilt, um auf unser digitales Material aufmerksam zu machen. Diese Initiative war bei uns heftig umstritten. Ehrlich gesagt hatten wir dabei nicht viel zu melden, da wir der Öffentlichen Bibliothek von Los Angeles unterstanden. Manche meinten, wir sollten mehr in dieser Hinsicht unternehmen, andere fanden, wir sollten stattdessen die Tradition bewahren. Ich muss sagen, dass ich eher letztere Meinung teilte. Ich liebte es, Bücher in Händen zu halten. Ich liebte den Geruch der Seiten.

»Das ist ein Lesezeichen, das für unsere digitale Bibliothek wirbt.«

»Wie bitte?«, fragte er höflich und zugleich amüsiert.

»Das ist eine Webseite, von der man sich Material herunterladen kann, anstatt es vor Ort in der Bibliothek auszuleihen.«

Er nickte und dachte über meine Worte nach. »Oh, was sollte ich denn wohl mit einem iBook anfangen.«

»Ein E-Book. Ja genau«, sagte ich. Ich wollte ihn eigentlich nicht verbessern.

»Moment, heißt es *e* oder *i*?«

»E.«

»Ach, Gott. Ich habe die ganze Zeit gedacht, meine Enkelin Lucia hätte iPad gesagt.«

»Ja«, erklärte ich. »Das hat sie auch. Man liest ein E-Book auf dem iPad.«

Mr. Callahan fing an zu lachen. »Das hört sich aber schon ein bisschen albern an.«

Ich lachte mit ihm. »Wie dem auch sei, so nennt man das jedenfalls.«

»Alles klar. Wenn ich mir also ein iPad besorge, kann ich darauf ein E-Book lesen, das ich aus der Bibliothek herunterlade.« Er betonte *iPad*, *E-Book* und *herunterlade*, als wäre ich ein Kleinkind und hätte mir diese Worte gerade ausgedacht.

»Richtig«, bestätigte ich. »Ziemlich beeindruckend, wie schnell Sie das verstanden haben.«

»Ach, morgen habe ich es wieder vergessen.« Er tätschelte meine Hand, als wollte er sich verabschieden. »Jedenfalls klingt es, als würde ich lieber nichts damit zu tun haben. Das ist mir zu kompliziert. Echte Sachen sind mir lieber.«

»Mir auch«, sagte ich, »aber ich weiß nicht, wie lange es die echten Sachen noch gibt.«

»So lange wie mich bestimmt«, meinte er, und ich fand es schrecklich traurig, dass er sich seiner eigenen Sterblichkeit so bewusst war. Er schien deshalb nicht traurig zu sein, aber mir wurde es trotzdem schwer ums Herz.

Mein Chef Lyle kam hinzu und erklärte Mr. Callahan, dass wir bald schließen würden.

»Okay, okay! Ich gehe«, scherzte er und hob verteidigend die Hände. Ich sah ihm hinterher, als er aus der Tür ging, räumte auf und sauste zu Ana.

»*Was* zum Teufel ist passiert?! Fang von vorne an. Wer *ist* dieser Kerl?«, wollte Ana wissen. Ich lag auf ihrem Sofa.

»Ich weiß nicht, wie ich das alles erklären soll, Ana.«

Sie setzte sich neben mich. »Versuch's.«

»Samstagabend habe ich mir eine Pizza bestellt ...«

»O mein Gott! *Der Typ vom Lieferservice?* Elsie!«

»Was? Nein. Er ist Grafikdesigner. Hör zu: Ich habe mir eine Pizza bestellt, aber die hatten so lange Lieferzeiten. Also bin ich hingefahren, um sie abzuholen, und da war ein Typ, der ebenfalls gewartet hat. Das war Ben.«

»Ben. So heißt er?«

»So heißt er. Er fällt mir also auf. Er sieht ziemlich gut aus, eigentlich zu gut für mich, weißt du? Aber er fängt an, sich mit mir zu unterhalten, und als er anfängt, sich mit mir zu unterhalten ... Jedenfalls haben wir Telefonnummern getauscht. Er hat sich gestern Morgen gemeldet und mich um halb zwölf zum Mittagessen abgeholt. Es war die beste Verabredung, die ich je hatte. Ich meine, es war einer der schönsten *Tage*, die ich je hatte.«

»Sexy? Ist er sexy?«

»O mein Gott, und wie! Ich kann es nicht beschreiben, aber er ist mir so vertraut. Ich mache mir über nichts Gedanken. Ich habe das Gefühl, ich kann ihm alles sagen und es würde ihn nicht schockieren. Ich bin nervös.«

»Warum bist du nervös? Das klingt doch *großartig*.«

»Das ist es auch, aber es geht so schnell.«

»Vielleicht ist er der Richtige. Vielleicht geht es deshalb so schnell.«

Ich hatte gehofft, dass sie das sagen würde. Ich wollte es mir nicht selbst eingestehen, weil es mir so absurd vorkam. »Nein. Meinst du wirklich?«

Ana zuckte die Schultern. »Wer weiß? Es wäre doch möglich! Ich möchte den Mann kennenlernen!«

»Er ist wirklich toll. Was, wenn ich zu voreilig bin? Er meint, ich sei perfekt für ihn und er mag mich, und es hört sich nicht wie leeres Gerede an. Was, wenn er ...«

»Wenn er nur so tut?«

»Ja. Was, wenn er mich nur ausnutzt?«

»Wie ausnutzt? Hast du mit ihm geschlafen?«

Ich schüttelte den Kopf. »Nein, er ist über Nacht geblieben, und wir haben nebeneinander geschlafen.«

»Das klingt, als würde er es ernst meinen.«

»Stimmt, aber was, wenn er ein Betrüger oder so etwas ist.«

»Du siehst zu viel Fernsehen.«

»Ich weiß, aber was, wenn er tatsächlich ein Betrüger ist? Was, wenn er ein sehr attraktiver, sehr charmanter, perfekter Mann ist, der deine verrücktesten Fantasien kennt – ein Mann, der Pizza mag und Eisverkäuferinnen besticht und ein Einzelkind ist, und dann – *peng* – ist mein Geld weg.«

»Du hast doch kein Geld. Nicht viel jedenfalls.«

»Stimmt, deshalb brauche ich alles, was ich habe.«

»Nein, Elsie. Ich meine, wenn er ein so gewiefter Betrüger wäre, würde er sich eine reiche Frau aussuchen.«

»Ach.«

»Weißt du, was ich glaube?« Ana setzte sich so hin, dass

mein Kopf in ihrem Schoß lag. »Ich glaube, eigentlich ist alles prima, und du machst dir grundlos Sorgen. Dann geht es eben schnell. Na und? Entspann dich, und genieß es.«

»Okay. Aber was, wenn es nur eine begrenzte Menge Glücksmomente in einer Beziehung gibt? Vielleicht geht sie zu Ende, wenn man diese Momente zu schnell verbraucht.«

Ana sah mich etwas kariert an. »Jetzt gehst du mir aber langsam auf die Nerven. Lass es einfach gut sein, und hör auf, nach dem Haar in der Suppe zu suchen.«

Ich dachte einen Augenblick nach und entschied, dass sie vermutlich recht hatte. Ich machte mich grundlos verrückt. Ich bemühte mich, diese misstrauischen Gedanken so gut wie möglich zu verdrängen.

»Alles klar?«, fragte Ana. Ich nickte.

»Alles klar. Ich entspanne mich.«

»Gut«, stellte sie fest. »Denn jetzt müssen wir über mich reden.«

Ich hob den Kopf. Da war sie wieder, unsere übliche Rollenverteilung, und ich fühlte mich gleich wohler. »Ach? Worüber?«

»Na, über Jim!« Ana konnte es kaum fassen, dass ich nicht sofort an Jim dachte.

»Richtig! Wie ist es neulich Abend gelaufen?«

»Ich habe mit ihm geschlafen«, gestand Ana und schien enttäuscht. »Das hat sich nicht gelohnt. Ich weiß nicht, was ich mir dabei gedacht habe. Ich mag ihn noch nicht einmal. Ich glaube, dass ich mir vorgenommen habe, keinen Sex mehr zu haben, hat dazu geführt, dass ich unbedingt mit jemandem schlafen wollte, obwohl ich es eigentlich gar nicht wollte. Ergibt das einen Sinn?«

Ich nickte. In dem Augenblick klingelte mein Telefon. Es

war Ben. Ich zeigte Ana das Display, sie räumte ihr Sofa, und ich hob ab.

Ben war auf dem Heimweg von der Arbeit und fragte, ob ich Zeit hätte.

»Wenn du nichts vorhast, könnte ich vorbeikommen und dich heute Abend besuchen. Ich mache nicht zur Bedingung, dass ich über Nacht bleiben darf, aber wenn ich ehrlich bin, ist das mein Ziel.«

Ich lachte. »Das klingt gut. Wann denn?«

»Hast du schon gegessen? Ich könnte dich abholen, und wir gehen irgendwohin. Passt es dir jetzt gleich?«

»Oh. Ich habe noch nicht gegessen. Jetzt gleich, sagst du? Ich weiß nicht so recht.« Ich wusste genau, dass es jetzt gleich sehr gut passte. Ich wollte nur nicht, dass es so aussah, als wäre ich zu leicht zu haben, als hätte ich mir den ganzen Abend freigehalten. Was ich natürlich getan hatte, aber das möchte man ja schließlich nicht gleich zugeben. »Das kriege ich hin«, sagte ich schließlich. »In zwanzig Minuten bei mir?«

»Ja. Bis gleich. Zieh dir was Schickes an. Ich führe dich in einen besonderen Laden.«

»Schick? Okay, dann brauche ich dreißig Minuten.«

»Ich gebe dir zwanzig, warte die übrigen zehn aber geduldig in deinem Wohnzimmer. Wie wäre das?«

Ich lachte. »Einverstanden.«

Ich legte auf und verabschiedete mich von Ana.

»Ruf mich morgen früh an«, ermahnte sie mich. »Und ich sage morgen früh, weil ich versuche, verständnisvoll zu sein, aber vielleicht schaffst du es ja auch, auf die Toilette zu entwischen und mich zwischendurch kurz anzurufen. Ich warte neben dem Telefon.«

»Du bist der allerwichtigste Mensch für mich«, sagte ich und küsste sie auf die Wange.

»Nicht mehr lange«, stellte sie fest, und weil sie eine wunderbare Freundin ist, klang sie kein bisschen beleidigt. Sie sah eben den Tatsachen ins Auge.

Als ich nach Hause kam, rannte ich ins Bad. Ich wollte mich zumindest schminken, bevor er vor der Tür stand. Ich habe immer nach dem Motto gelebt, dass die Kleidung nicht so wichtig ist, wenn man nur im Gesicht gut aussieht. Dann achtet niemand mehr so genau auf den Rest. Das glaube ich wahrscheinlich, weil ich gern zehn Pfund abnehmen würde, mein Gesicht aber für hübsch halte. Frauen, die den ganzen Tag Sport treiben und große Brüste haben, aber ein Allerweltsgesicht, denken möglicherweise, dass das Gesicht nicht so wichtig ist, wenn man sich nur um seinen Busen kümmert.

Als ich gerade meine Arbeitskleidung abgelegt und eine schwarze Strumpfhose angezogen hatte, klingelte es. Ich warf ein langes Shirt über und öffnete die Tür.

»Wow«, sagte er, als er hereinkam. Er sah einfach toll aus. Dunkle Jeans und ein schwarzes Hemd – nichts Besonderes, aber irgendwie unwiderstehlich. Er beugte sich vor und küsste mich ganz vorsichtig, um meinen Lippenstift nicht zu verschmieren.

»Gib mir noch sieben Minuten«, sagte ich und lief ins Schlafzimmer.

»Kein Problem. Ich warte brav auf dem Sofa.«

Ich schloss die Tür, zog mein Shirt aus und schlüpfte in ein kurzes, ärmelloses schwarzes Kleid und Pumps. Darüber trug ich eine hauchdünne graue Strickjacke, damit es nicht ganz so schick aussah. Ich blickte in den Spiegel und fand, dass ich ein bisschen zu spießig wirkte. Also zog ich die Strumpfhose aus, stieg wieder in die Pumps und ging ins Wohnzimmer.

»Ich glaube, das waren keine sieben Minuten«, sagte ich, als er eilig aufstand.

»Wow.«

Ich breitete die Arme aus, um mich zu zeigen. »Ist das gut genug für dieses geheimnisvolle Abendessen?«

»Du siehst perfekt aus. Was ist mit der Strumpfhose passiert?«

»Ach.« Plötzlich kam ich mir etwas billig vor. »Soll ich sie wieder anziehen?«

Er schüttelte den Kopf. »Nein, überhaupt nicht. Du hast schöne Beine, wollte ich damit sagen. Ich habe dich noch nicht in hohen Schuhen gesehen.« Er kam zu mir herüber und küsste mich auf die Schläfe. Es fühlte sich vertraut und liebevoll an.

»Na ja, du kennst mich schließlich auch erst seit Samstag.« Ich nahm meine Tasche und überprüfte sorgfältig, dass ich meine Schlüssel eingesteckt hatte. Ich wusste nicht, in welchem Zustand wir zurückkehren würden, wollte jedoch unnötige Schwierigkeiten vermeiden.

»Stimmt, du hast recht. Es kommt mir nur viel länger vor. Aber das ist nicht so wichtig. Wichtig ist nur, dass du verdammt scharf aussiehst. Ist dir das auch warm genug? Ach, egal. Zieh nichts drüber, wenn's geht.«

»Warte!«, rief ich und lief zurück in die Wohnung, während er zur Tür ging. »Ich sollte noch etwas Wärmeres mitnehmen. Ich friere nämlich nur ungern.«

»Wenn dir kalt ist, gebe ich dir mein Jackett.«

»Und wenn mir an den Beinen kalt ist?«

»Dann lege ich dir das Jackett über deine Beine. Jetzt schwing deinen hübschen Hintern in meinen Wagen!«

Ich lief die Treppe hinunter und setzte mich auf den Beifahrersitz.

Es war eine milde Nacht, und wir fuhren mit offenen Fenstern durch die Stadt. Auf der Schnellstraße war der Fahrtwind so laut, dass man sich nicht unterhalten konnte. Ich lehnte den Kopf an Bens Schulter und schloss die Augen. Ehe ich michs versah, parkten wir auf dem Pacific Coast Highway. Links von uns lag der dunkle, kühle Strand, rechts von uns ragten die hohen Berge auf.

»Wohin fahren wir?«, fragte ich schließlich. Ich hätte früher nachfragen können, und wahrscheinlich hätte er es mir auch gesagt, aber das wäre langweilig gewesen.

»In den *Beachcomber*. Da können wir beim Essen direkt über dem Wasser sitzen. Ich verspreche dir, dass dir nicht kalt wird, weil ich uns einen Platz direkt am Feuer besorge.«

»*Ein Feuer?*«

Ben lächelte. »Würde ich dich jemals anlügen?«

Ich zuckte die Schultern. »Woher soll ich denn das wissen?«

»Touché«, sagte er. »Bist du bereit? Der einzige Haken ist, dass wir diese zweispurige Schnellstraße mit Überschallgeschwindigkeit überqueren müssen.«

Ich öffnete die Tür und stieg mit meinen Pumps aus dem Wagen. »Okay. Ich bin bereit.« Ben fasste meine Hand, und wir warteten auf den richtigen Moment. Ein paar Mal wären wir fast zu früh losgelaufen, und einmal dachte ich, ich würde bereits am Rand der Schnellstraße das Zeitliche segnen. Schließlich schafften wir es mit viel Tamtam und Gekreische meinerseits über die Fahrbahn.

Das Restaurant war ziemlich leer. Ich sah Bens Gesicht an, dass er genau darauf gehofft hatte. Er bat um einen Platz am Feuer, und kurz darauf wärmte ich mir die Beine, während meine Schultern eine kühle Brise umwehte.

Als ich dort saß – unter uns das Meer und vor mir dieser Mensch, den ich soeben erst kennengelernt hatte –, fühlte ich mich nicht wie in meinem eigenen Leben. Es kam mir vor, als würde ich einen Abend lang das Leben eines anderen leben. Normalerweise verbrachte ich meine Montagabende nicht an einem offenen Feuer mit Blick aufs Wasser, während man mir eiskalten Weißwein und Pellegrino servierte. Normalerweise aß ich montagabends ein Fertiggericht aus der Mikrowelle, las ein Buch und trank Leitungswasser.

»Das ist wundervoll«, sagte ich. Ich hielt meine Hände an die Flammen. »Danke, dass du mich hierhergebracht hast.«

»Danke, dass du mitgekommen bist.« Er zog seinen Stuhl dichter an meinen.

Wir unterhielten uns über unseren Tag und die Arbeit. Wir sprachen über unsere vergangenen Beziehungen und über unsere Familien. Wir redeten über so ziemlich alles außer Sex. Und dennoch war das mit der Zeit das Einzige, woran ich denken konnte.

Sein schwarzes Hemd schmiegte sich um seine Schultern. Er hatte die Ärmel hochgekrempelt, sodass seine Handgelenke zu sehen waren. Sie waren schmal, aber kräftig. Ich betrachtete seine Hände und wünschte mir, von ihnen berührt, von ihnen gehalten zu werden.

»Du siehst toll aus heute Abend«, sagte ich so beiläufig wie möglich, während ich Butter auf ein Stück Brot strich.

Ich hatte keine Übung darin, einem Mann Komplimente zu machen, und wusste nicht, wie ich das anstellen sollte, ohne albern zu klingen. »Das Hemd steht dir gut.«

»Oh, danke!« Sein Lächeln wurde breiter. »Danke.«

Er blickte auf seinen Teller und lächelte weiter. Er schien verlegen zu sein.

»Wirst du rot?«, neckte ich ihn.

»Es ist mir nur etwas peinlich zuzugeben, dass ich mir dieses Hemd heute nach der Arbeit extra für unsere Verabredung gekauft habe.«

Ich fing an zu lachen. »Noch bevor du mich angerufen hast?«

»Ja. Ich weiß, es hört sich ziemlich albern an, aber ich wollte einfach gut für dich aussehen. Ich wollte, dass es ein besonderer Abend wird, und um ehrlich zu sein, schien mir keines meiner Hemden dafür geeignet.«

»Du bist nicht real.«

»Wie bitte?«

»Du bist einfach ... Du kommst mir nicht real vor. Welcher Mann redet schon so offen? Wer ist so ehrlich? Noch nie hat sich ein Mann ein neues Hemd gekauft, nur um mit mir auszugehen.«

»Das kannst du nicht wissen!«, bemerkte Ben.

Der Kellner kam, um unsere Bestellung aufzunehmen. Ich entschied mich für Nudeln, Ben nahm ein Steak. Uns beiden war klar, dass er darauf bestehen würde, für das Abendessen zu bezahlen. Daher bestellte ich nichts übertrieben Teures auf seine Kosten. Wenn ich ihn eingeladen hätte, hätte er auch nichts Teures bestellt.

Nachdem der Kellner gegangen war, nahm ich das Gespräch wieder auf.

»Also gut, das kann ich nicht wissen. Zumindest hat mir kein Mann das je erzählt.«

»Ganz bestimmt nicht. Nur ein Idiot gibt so etwas zu. Es ist zu offensichtlich, dass ich dich mag. Ich sollte mich etwas zurückhalten.«

»Nein, nein. Bitte nicht. Es fühlt sich wunderbar an.«

»Gemocht zu werden?« Er nahm sich ein Stück Brot und brach es in der Mitte durch, dann schob er sich eine der Hälften auf einmal in den Mund. Es gefiel mir, dass er sich ein neues Hemd für mich kaufte, sich aber beim Essen nicht künstlich vor mir verstellte. Auch wenn er sich von seiner besten Seite zeigen wollte, blieb er immer noch er selbst.

»Gemocht zu werden – ja. Und selbst jemanden gernzuhaben. Von demjenigen gemocht zu werden, den man selbst gernhat – das trifft es wohl am besten.«

»Geht dir das alles zu schnell?«, fragte er. Das verwirrte mich. Natürlich hatte ich darüber mit Ana gesprochen, aber wenn er das Gefühl hatte, dass es zu schnell ging, worüber machte ich mir dann Sorgen? Ich wusste nur, dass ich den Lauf der Dinge nicht aufhalten wollte, selbst wenn ich das Gefühl hatte, dass das alles ziemlich rasant ablief.

»Äh, ähm, was meinst du? Geht es dir denn so?« Ich sah von meinem Weinglas zu ihm auf und versuchte leicht und unbekümmert zu klingen. Es schien zu klappen.

»Nicht wirklich«, antwortete er nüchtern. Das erleichterte mich. »Ich glaube, du und ich sind einfach ... Ja, es geht schnell, aber ich glaube, es fühlt sich für uns beide irgendwie ganz natürlich an, oder?«

Ich nickte, also fuhr er fort:

»Okay, wo ist dann das Problem? Ich wollte nur sichergehen, dass du dich nicht von mir bedrängt fühlst. Ich will dich nicht überrumpeln. Ich sage mir die ganze Zeit, ich sollte mich zurückhalten, aber dann kann ich doch nicht anders. Ich bin eigentlich eher schüchtern – nur bei dir nicht.«

Ich fühlte mich wie Butter in der Mikrowelle. Ich hatte keine Kraft mehr, mich cool zu geben oder ihm etwas vorzuspielen, so wie man es in diesem frühen Stadium eigentlich tun sollte.

»Das ist doch Wahnsinn«, sagte ich. »Ich habe das Gefühl, dass du anders bist als alle anderen, die mir je begegnet sind, und ich habe den ganzen Tag an dich gedacht. Ich kenne dich kaum, trotzdem vermisse ich dich. Das ist doch verrückt, oder? Ich kenne dich nicht. Ich glaube, ich habe Angst, dass wir uns die Finger verbrennen, wenn wir so heftig übereinander herfallen. Eine zu hitzige Affäre.«

»So eine Art Supernova?«

»Was?«

»Das ist ein Stern, der bei der Explosion so viel Energie freisetzt wie die Sonne in ihrer gesamten Existenz. Nur dass das Ganze innerhalb von zwei Monaten passiert, dann stirbt er.«

Ich lachte. »Ja. Genau das meinte ich.«

»Nun, ich glaube, das ist eine berechtigte Sorge. Ich will nicht, dass wir es uns miteinander verderben, weil wir etwas überstürzen. Ich weiß nicht, ob das wirklich möglich wäre, aber Vorsicht ist besser als Nachsicht.« Er kaute und dachte nach. Dann hatte er einen Plan. »Was hältst du davon: Wir geben uns, sagen wir, fünf Wochen. In der Zeit dürfen wir einander sehen, so oft wir wollen, aber keiner darf dem anderen Druck machen. Vielleicht sollten wir nicht gleich von vornherein zu gefühlsbetont sein. Lass uns einfach Zeit miteinander verbringen und sie genießen und uns keine Gedanken darüber machen, ob das alles zu schnell oder zu langsam geht oder was auch immer. Und dann, nach diesen fünf Wochen, können wir wohl besser einschätzen, ob wir verrückt sind oder nicht. Wenn wir am Ende dasselbe empfinden – großartig. Und wenn wir am Ende der fünf Wochen ausgebrannt sind oder einfach nicht zusammen schwingen, haben wir nur fünf Wochen verschwendet.«

Ich lachte. »Schwingen?«

»Mir fiel kein besseres Wort ein.«

Ich lachte noch immer, als er mich etwas verlegen ansah. »Ich kann mir auch zehn Wochen vorstellen«, sagte ich und kam wieder aufs Thema zurück. »Okay. Kein Druck. Keine Sorgen, dass es zu schnell gehen könnte. Einfach so. Das klingt großartig. Keine Supernova.«

Ben lächelte, und wir stießen darauf an. »Keine Supernova.«

Einen Augenblick sagten wir gar nichts, dann brach ich die Stille.

»Wir sollten unsere fünf Wochen nicht mit Schweigen verschwenden. Ich will mehr über dich wissen.«

Ben nahm sich ein weiteres Stück Brot und strich Butter darauf. Ich war froh, dass dieser heikle Augenblick offenbar vorüber war. Wenn er sich noch ein Brot schmierte, schienen die Dinge für ihn so weit geklärt zu sein. Er biss ein Stück ab.

»Was willst du wissen?«

»Deine Lieblingsfarbe?«

»Das willst du unbedingt von mir wissen?«

»Nein.«

»Dann frag etwas, das du wirklich wissen willst.«

»Egal was?«

Er hielt ergeben die Hände hoch. »Egal was.«

»Mit wie vielen Frauen hast du schon geschlafen?«

Er verzog den Mundwinkel zu einem Lächeln, als hätte ich ins Schwarze getroffen. »Mit sechzehn«, erklärte er sachlich. Er war weder stolz darauf, noch schämte er sich dessen. Es waren mehr Frauen, als ich erwartet hatte, und für einen Augenblick war ich eifersüchtig, dass es so viele Frauen gab, die eine Seite an ihm kannten, die ich noch nicht erlebt hatte. Dass sie ihm in gewisser Weise näher gewesen waren als ich.

»Und du? Wie viele Männer?«, wollte er wissen.

»Fünf.«

Er nickte. »Nächste Frage.«

»Würdest du sagen, dass du schon einmal verliebt warst?«

Er biss noch ein Stück von seinem Brot ab. »Ich glaube schon, ja. Ehrlich gesagt war es keine tolle Erfahrung. Es war kein Vergnügen«, sagte er, als würde ihm erst jetzt klar, was damals das Problem gewesen war.

»In Ordnung.«

»Und du?«, fragte er zurück.

»So läuft das also. Ich darf keine Fragen stellen, die ich selbst nicht beantworten möchte?«

»Ist das nicht gerecht?«

»Doch. Ich war schon einmal verliebt. Auf dem College. Er hieß Bryson.«

»Bryson?«

»Ja, aber für seinen Namen kann er nichts. Er ist ein netter Kerl.«

»Wo ist er jetzt?«

»In Chicago.«

»Okay. Schön weit weg.«

Ich lachte, und der Kellner brachte unser Essen. Er stellte es vor uns ab und wies darauf hin, dass die Teller heiß seien. Als ich meinen berührte, war er allerdings eher lau. Ben blickte auf meinen Teller, dann auf seinen. »Darf ich etwas von dir abhaben? Ich lass dich auch von mir probieren?«, fragte er.

Ich schob ihm meinen Teller hin. »Klar.«

»Etwas müssen wir noch klären«, sagte Ben, als er den Arm ausstreckte, um meine Fusilli zu kosten.

»Aha. Und was?«

»Wenn wir unsere Beziehung in fünf Wochen von diesem Moment an beurteilen wollen, sollten wir vermutlich rechtzeitig klären, wann wir miteinander schlafen.«

Er erwischte mich kalt, denn ich hatte gehofft, heute Nacht mit ihm zu schlafen und dann so zu tun, als hätte ich das nie vorgehabt, dass es einfach so in der Hitze des Gefechts passiert wäre. »Was schlägst du vor?«, fragte ich.

Ben zuckte mit den Schultern. »Nun, es gibt wohl nur zwei Optionen: Entweder heute Nacht oder am Ende der fünf Wochen, stimmt's? Andernfalls bekäme die Sache mittendrin einen ganz anderen Charakter ...« Er grinste, als er das sagte. Er wusste genau, was er da tat. Und er wusste genau, dass ich es wusste.

»Aha. Gut. Um die Angelegenheit nicht unnötig zu verkomplizieren«, sagte ich, »warum nicht einfach heute Nacht?«

Ben grinste schief und ballte die Hand zur Faust. »Ja!«

Ich fand es angenehm, so begehrenswert zu sein, dass ein Mann bei der Vorstellung, mit mir zu schlafen, die Faust ballte. Vor allem, weil es mir genauso ging.

Der Rest des Abendessens verlief etwas hastig. Vielleicht konnte ich mich auch einfach nicht mehr aufs Essen konzentrieren, nachdem es endlich raus war. Er küsste mich vor dem Wagen, bevor wir einstiegen. Und während wir nach Hause rasten, legte er die Hand auf meinen Oberschenkel. Je näher wir meiner Wohnung kamen, desto weiter wanderte seine Hand nach oben. Ich konnte jede Faser auf meinem Schenkel spüren, meine Haut brannte unter seinen Fingern.

Wir schafften es kaum zur Tür. Er küsste mich in der Auffahrt, und wenn ich ihn nicht ganz damenhaft aufgehalten hätte, wäre es noch im Auto passiert.

Wir liefen die Stufen hinauf. Als ich meinen Schlüssel ins Schloss steckte, stand er direkt hinter mir, legte mir eine Hand auf den Po und flüsterte mir ins Ohr, ich solle mich beeilen. Ich spürte seinen heißen Atem in meinem Nacken. Als die Tür aufschwang, rannte ich ins Schlafzimmer und zog ihn an der Hand hinter mir her.

Ich fiel aufs Bett und kickte meine Schuhe von den Füßen. Sie fielen nacheinander mit einem Klacken auf den Boden. Ein schönes Geräusch. Ben warf sich auf mich, drängte seine Beine zwischen meine und schob meinen Körper weiter das Bett hinauf. Während wir uns küssten, hielt ich seinen Kopf mit meinen Händen. Er schlüpfte aus seinen Schuhen. Noch immer im Kleid, glitt ich unter die Decke, und er legte sich neben mich. Jede Zurückhaltung, die wir in der Nacht zuvor gezeigt hatten, war vorbehaltloser Hingabe gewichen. Ich konnte nicht mehr klar denken. Ich dachte noch nicht einmal mehr darüber nach, ob ich zu dick aussah oder was ich mit meinen Armen tun sollte. Das Licht brannte. Ich hatte es noch nie bei Licht getan. Aber noch nicht einmal das habe ich bemerkt. Ich tat es einfach. Ich bewegte mich. Ich folgte meinem Gefühl. Ich wollte ihn. Alles von ihm. Mehr. Ich konnte nicht genug von ihm bekommen. Sein Körper gab mir das Gefühl, am Leben zu sein.

Juni

Ich hoffe, dass Susan noch im Hotel ist. Ana bringt mich hin. Ich rufe Susan von der Lobby aus an, da ich ihr keine Chance geben will, mich abzuweisen. Das erweist sich als kluge Strategie, denn ihr ist deutlich anzuhören, dass sie mir wenn möglich lieber aus dem Weg gegangen wäre. Ana geht hinüber in die Bar, während ich mit dem Fahrstuhl nach oben zu Zimmer 913 fahre.

Während ich auf die Tür zugehe, bekomme ich feuchte Hände. Ich weiß nicht genau, wie ich Susan überzeugen soll. Wie ich Bens Wünsche vor seiner eigenen Mutter verteidigen soll. Mir kommt der Gedanke, dass ich eigentlich nur will, dass sie mich mag. Egal, was passiert ist, diese Frau hat meinen Mann großgezogen. Sie hat ihn gezeugt, und dafür liebe ich sie. Ich klopfe leise an der Tür. Sie öffnet sofort.

»Hallo, Elsie«, begrüßt sie mich. Sie trägt eine enge dunkle Jeans mit einem breiten Gürtel und ein graues Shirt unter einer braunen Strickjacke. Sie wirkt jünger als sechzig und hat eine gute, durchtrainierte Figur, aber nichtsdestotrotz sieht man ihr an, dass sie leidet. Sie hat geweint, so viel ist klar, und sie hat sich nicht wie üblich die Haare frisiert oder geföhnt. Sie ist nicht geschminkt. »Hallo, Susan«, sage ich und trete ein.

»Was kann ich für Sie tun?« Ihr Hotelzimmer ist eher ein *Appartement,* mit einem großen Balkon und einem Wohnzimmer, das ganz in Crème gehalten ist. Der Teppich sieht empfindlich aus, zu empfindlich, um ihn mit Schuhen zu betreten, aber ich kenne Susan nicht gut genug, um sie auszuziehen. Ich habe den Eindruck, sie hätte gerne, dass ich wie auf rohen Eiern um sie herumtänzele und mich für meine bloße Existenz entschuldige. Der Teppich zwingt mich praktisch dazu.

»Ich …«, hebe ich an. Ich weiß nicht, ob es angemessen ist, in einer solchen Situation erst ein bisschen Small Talk zu machen oder gleich zur Sache zu kommen. Aber wie soll ich zur Sache kommen, wenn es sich bei »der Sache« um die sterblichen Überreste meines Ehemanns handelt? Die sterblichen Überreste ihres Sohnes?

»Ich war heute Morgen bei Mr. Pavlik«, sage ich. So bin ich gleich beim Thema, ohne direkt den eigentlichen Punkt anzusprechen.

»Gut«, antwortet sie und lehnt sich gegen das Sofa. Sie setzt sich nicht und bietet mir auch keinen Platz an. Sie will nicht, dass ich lange bleibe, aber ich weiß nicht, wie ich das in einem kurzen Gespräch klären soll. Ich beschließe, einfach Tacheles zu reden.

»Ben wollte begraben werden. Ich dachte, wir sollten das besprechen«, erkläre ich.

Sie verändert leicht ihre Haltung, lässig, als sei dieses Gespräch keine große Sache für sie, als fände sie dieses Thema nicht so schrecklich wie ich. Sie hat nicht vor, mich anzuhören. Sie macht sich nicht die geringsten Sorgen, dass sie ihren Willen nicht bekommt.

»Kommen Sie zur Sache, Elsie«, sagt sie. Sie fährt sich durch die langen braunen Haare. Oben am Scheitel hat sie ein paar graue Strähnen, die man nur bemerkt, wenn man sie so durchdringend anstarrt, wie ich es gerade tue.

»Mr. Pavlik sagt, dass Bens Leiche nach wie vor verbrannt werden soll.«

»Das ist richtig.« Sie nickt, ohne eine weitere Erklärung abzugeben. Ihre ausdruckslose Stimme, die keine Gefühlsregung, keinen inneren Aufruhr und keinen Schmerz erkennen lässt, fängt an, mir auf die Nerven zu gehen. Ihre Selbstbeherrschung ist wie ein Schlag ins Gesicht für mich.

»Das wollte er nicht, Susan. Das weiß ich ganz genau. Spielt das denn gar keine Rolle für Sie?« Ich versuche, der Mutter des Mannes, den ich liebe, Respekt entgegenzubringen. »Interessiert es Sie denn nicht, was Ben wollte?«

Susan verschränkt die Arme vor der Brust und verlagert ihr Gewicht. »Elsie, erzählen Sie mir nichts über meinen Sohn, ja? Ich habe ihn großgezogen. Ich weiß, was er wollte.«

»Nein, das wissen Sie nicht! Ich habe erst vor zwei Monaten mit ihm darüber gesprochen.«

»Und ich habe sein ganzes Leben lang mit ihm darüber gesprochen. Ich bin seine Mutter. Ich habe ihn nicht erst ein paar Monate vor seinem Tod kennengelernt. Zum Teufel, was glauben Sie, wer Sie sind, dass Sie sich anmaßen, mir etwas über meinen Sohn erzählen zu wollen?«

»Ich bin seine Frau, Susan. Das ist die Wahrheit.«

Das passt ihr nicht.

»Ich habe noch nie von Ihnen gehört!« Sie wirft die Hände in die Luft. »Wo ist die Heiratsurkunde? Ich kenne Sie nicht, und Sie kommen hierher und wollen mir erzählen, was ich mit den sterblichen Überresten meines einzigen Kindes tun soll? Verschonen Sie mich. Ernsthaft. Sie sind eine Randbemerkung im Leben meines Sohnes. Ich bin seine Mutter!«

»Ich weiß, dass Sie seine Mutter sind ...«

Während sie mich unterbricht, kommt sie langsam auf mich zu und zeigt mit dem Finger auf mich. Ihre Selbstbeherrschung gerät ins Wanken, ihre kontrollierten Gesichtszüge entgleisen. »Jetzt hören Sie mir mal zu. Ich kenne Sie nicht, und ich traue Ihnen nicht. Die Leiche meines Sohnes wird verbrannt, Elsie. Genau wie die seines Vaters und die seiner Großeltern. Und das nächste Mal, wenn Sie der Meinung sind, mir sagen zu wollen, was ich mit meinem Sohn zu tun habe, überlegen Sie es sich gut.«

»Sie haben mir diese Aufgabe übertragen, Susan! Sie konnten es nicht ertragen und haben es mir aufgedrückt! Erst verhindern Sie, dass mir seine Brieftasche und seine Schlüssel ausgehändigt werden – die Schlüssel zu meiner eigenen Wohnung im Übrigen. Dann überlegen Sie es sich plötzlich anders und schieben mir den Schwarzen Peter zu. Und wenn ich mich darum kümmern will, ziehen Sie im Hintergrund die Fäden. Sie haben noch nicht einmal Los Angeles verlassen. Sie müssen nicht in diesem Hotel bleiben, Susan. Sie können zurück nach Orange County fahren, bis zum Abendessen sind Sie dort. Warum sind Sie überhaupt noch hier?« Ich gebe ihr nicht die Möglichkeit zu antworten. »Wollen Sie sich quälen, weil Ben Ihnen nicht erzählt hat, dass er geheiratet hat? *Dann tun Sie das!* Das ist mir egal! Aber hören Sie mit diesem Hin und Her auf. Das ertrage ich nicht.«

»Es ist mir wirklich egal, wie viel Sie ertragen, Elsie«, antwortet Susan. »Ob Sie es glauben oder nicht, das ist mir ziemlich egal.«

Ich versuche mir in Erinnerung zu rufen, dass diese Frau leidet. Dass sie ihren letzten Angehörigen verloren hat.

»Susan, Sie können es leugnen, so sehr Sie wollen. Sie können mich für eine verrückte Irre halten, die Sie belügt, und sich von mir aus einreden, dass Ihr Sohn nie etwas ohne Ihre Zustimmung getan hätte. Das ändert aber nichts an der Tatsache, dass ich ihn geheiratet habe und er nicht verbrannt werden wollte. Lassen Sie diesen Leichnam nicht einäschern, nur weil Sie mich hassen.«

»Ich hasse Sie nicht, Elsie. Ich ...«

Jetzt falle ich ihr ins Wort. »O doch, das tun Sie, Susan. Sie hassen mich, weil sonst niemand mehr da ist, den Sie hassen können. Wenn Sie meinen, dass Sie das verbergen können, dann täuschen Sie sich.«

Sie starrt mich an, und ich starre zurück. Ich weiß nicht, woher ich den Mut genommen habe, so ehrlich zu sein. Ich bin nicht der Typ, der jemanden niederstarren kann. Doch ich halte ihrem Blick stand, presse die Lippen aufeinander und ziehe die Augenbrauen zusammen. Vielleicht erwartet sie, dass ich mich umdrehe und weggehe. Ich weiß es nicht. Es dauert so lange, bis sie antwortet, dass ich fast erschrecke, als sie schließlich etwas sagt.

»Selbst wenn das alles stimmt, was Sie sagen«, erwidert sie. »Selbst wenn Sie verheiratet waren und die Heiratsurkunde noch ausgestellt wird und Sie die Liebe seines Lebens waren ...«

»Das war ich«, falle ich ihr ins Wort.

Sie hört mir kaum zu. »Selbst dann – wie lange waren Sie mit ihm verheiratet, Elsie? Zwei Wochen?« Ich konzentriere

mich stark darauf, ein- und wieder auszuatmen. Der Kloß in meinem Hals wächst. Das Blut in meinem Kopf pocht.
»Ich glaube kaum, dass zwei Wochen irgendetwas beweisen«, sagt sie.

Ich überlege, ob ich mich einfach umdrehen und gehen soll. Das wäre ihr wahrscheinlich am liebsten. Aber das tue ich nicht. »Möchten Sie noch etwas anderes über Ihren Sohn wissen? Er wäre fuchsteufelswild, wenn er sehen würde, wie Sie sich verhalten. Er wäre todunglücklich und fuchsteufelswild.«

Ich verlasse das Hotelzimmer, ohne mich zu verabschieden. Als ich aus der Tür trete, blicke ich mich um und sehe einen dreckigen Abdruck von der Größe meiner Schuhsohle auf dem strahlend weißen Teppich.

Zwei Stunden später ruft Mr. Pavlik an, um mir zu sagen, dass Susan die Organisation der Beerdigung übernimmt.

»Die Organisation der *Beerdigung?*«, frage ich, um mich zu vergewissern, dass ich mich nicht verhört habe.

Es folgt eine Pause, dann bestätigt er. »Ja, der Beerdigung.«

Eigentlich müsste ich so etwas wie Triumph empfinden, aber das tue ich nicht. »Was muss ich dabei tun?«, erkundige ich mich.

Er räuspert sich und klingt angespannt. »Ich glaube, von Ihnen wird nichts weiter verlangt, Elsie. Mrs. Ross ist hier und hat beschlossen, sich um alles Weitere zu kümmern.«

Ich weiß nicht, was ich davon halten soll. Ich bin unendlich müde.

»Okay«, sage ich. »Danke.« Ich beende das Gespräch und lege das Telefon auf den Esstisch.

»Susan hat beschlossen, das Begräbnis ohne mich zu

organisieren«, berichte ich Ana. »Aber sie lässt ihn beerdigen, nicht verbrennen.«

Ana sieht mich an, unsicher, wie sie reagieren soll. »Ist das gut oder schlecht?«

»Gut?«, frage ich. »Ja, das ist gut.« Es ist gut, seine Leiche ist sicher. Ich habe meine Pflicht erfüllt. Warum bin ich so traurig? Ich wollte sowieso keinen Sarg und keine Blumen aussuchen. Und trotzdem habe ich etwas verloren. Ich habe ein Stück von ihm verloren.

Ich rufe Mr. Pavlik sofort zurück.

»Hier ist Elsie«, sage ich, als er abnimmt. »Ich möchte etwas sagen.«

»Wie bitte?«

»Ich möchte auf seiner Beerdigung etwas sagen.«

»Ach, natürlich. Ich werde mit Mrs. Ross darüber reden.«

»Nein«, erkläre ich streng. »Ich spreche auf jeden Fall auf seiner Beerdigung.«

Ich höre ihn flüstern, und dann höre ich Musik, ich hänge in der Warteschleife. Als er sich wieder meldet, sagt er: »Okay, Elsie. Sie dürfen ein paar Worte sagen, wenn Sie möchten. Die Beerdigung findet Samstagmorgen in Orange County statt. Ich sende Ihnen in Kürze die weiteren Details.« Dann wünscht er mir alles Gute.

Ich lege auf, und sosehr ich mir gratulieren möchte, dass ich mich Susan widersetzt habe, so weiß ich doch, dass ich nicht viel dagegen hätte tun können, wenn Susan mein Anliegen abgelehnt hätte. Ich weiß nicht genau, wieso sie jetzt plötzlich das Sagen hat, aber ich habe ihr diese Macht gegeben. Zum ersten Mal fühlt es sich nicht so an, als sei Ben gerade noch munter und lebendig gewesen. Jetzt fühlt es sich an, als sei er für immer gegangen.

Ana geht zu sich nach Hause, um den Hund auszuführen. Ich sollte ihr anbieten, den Hund hierherzubringen, aber ich habe den Eindruck, Ana braucht jeden Tag ein paar Stunden ohne mich, ohne das hier, was im Prinzip ein und dasselbe ist. Ich bin *das*. Als sie zurückkommt, sitze ich noch auf demselben Platz, auf dem ich saß, als sie gegangen ist. Sie fragt, ob ich etwas gegessen habe. Mein Gesichtsausdruck gefällt ihr nicht.

»Das ist doch absurd, Elsie. Du musst etwas essen. Ich lasse dir das jetzt nicht mehr durchgehen.« Sie öffnet den Kühlschrank. »Magst du Pfannkuchen? Eier? Ich glaube, hier ist noch etwas Speck.« Sie öffnet die Packung mit Speck und riecht daran. Ihrem Gesichtsausdruck nach zu urteilen, ist er eindeutig verdorben. »Vergiss es, kein Speck. Es sei denn – ich kann welchen besorgen! Hättest du gerne Speck?«

»Nein«, sage ich. »Nein, bitte geh nicht los, um Speck zu kaufen.«

Es klingelt so laut und durchdringend, dass ich fast aus der Haut fahre. Ich drehe mich um und starre zur Tür. Schließlich geht Ana, um zu öffnen.

Es ist ein verdammter Blumenlieferant.

»Elsie Porter?«, fragt er durch mein Fliegengitter.

»Sag ihm, dass hier niemand mit diesem Namen wohnt.« Ana ignoriert mich und öffnet das Fliegengitter, um ihn hereinzulassen.

Er überreicht ihr einen großen weißen Strauß. Sie bedankt sich, schließt die Tür und legt ihn auf den Tisch.

»Die sind bezaubernd«, stellt sie fest. »Willst du wissen, von wem die sind?« Bevor ich antworten kann, nimmt sie die Karte heraus.

»Sind die zur Hochzeit oder zur Beerdigung?«, frage ich.

Ana schweigt, während sie die Karte studiert. »Zur Beerdigung.« Sie schluckt hörbar. Es war nicht nett von mir, sie dazu zu zwingen, es auszusprechen.

»Sie sind von Lauren und Simon«, sagt Ana. »Willst du dich bei ihnen bedanken, oder soll ich das tun?«

Ben und ich haben uns öfter mit Lauren und Simon getroffen. Wie soll ich mich ihnen gegenüber verhalten? »Machst du das?«, bitte ich Ana.

»Nur wenn du etwas isst. Wie wär's mit Pfannkuchen?«

»Kannst du es allen sagen?«, bitte ich. »Ich will es ihnen nicht selbst beibringen müssen.«

»Wenn du mir eine Liste gibst.« Sie lässt nicht locker. »Und wenn du jetzt Pfannkuchen isst.«

Ich erkläre mich einverstanden, die verdammten Pfannkuchen zu essen. Ohne Ahornsirup schmecken sie nach nichts. Ich glaube, ich kann einen hinunterwürgen. Das mit der Liste ist albern. Sie kennt jeden, den ich kenne. Es sind auch ihre Freunde.

Ana holt Schüssel und Zutaten hervor, Pfanne und Fett. Bei ihr wirkt das alles so leicht. Es sieht nicht aus, als fühlte sich jede Bewegung an, als sei es ihre letzte. So wie es bei mir der Fall ist. Sie nimmt die Pfannkuchenmischung so mühelos in die Hand, als wäre es nicht die schwerste Packung der Welt.

Sie sprüht Fett in die Pfanne und entzündet die Flamme. »Wir haben heute Morgen zwei Sachen zu erledigen, und beide sind nicht gerade angenehm«, erklärt sie.

»Okay.«

Als sie den ersten Pfannkuchen unter Kontrolle hat, dreht sie sich zu mir um und fuchtelt dabei mit dem Pfannenwender herum. Während sie redet, starre ich ihn an und frage mich, wann der Teig darauf auf den Küchenfußboden tropfen wird.

»Das Erste ist die Arbeit. Was willst du tun? Ich habe am Montag dort angerufen, die Situation geschildert und dich für ein paar Tage entschuldigt, aber wie willst du das weiter regeln?«

Ehrlich gesagt weiß ich nicht mehr, warum ich Bibliothekarin geworden bin. Bücher? Ernsthaft? Das ist meine Leidenschaft?

»Ich weiß nicht, ob ich jemals wieder hingehen will«, sage ich ernst und meine es auch so.

»Okay.« Ana wendet sich wieder dem Herd zu. Erst im letzten Moment, als ich schon nicht mehr damit gerechnet habe, tropft der Teig auf den Boden. Er hinterlässt einen kleinen Spritzer neben Anas Fuß. Sie bemerkt es nicht.

»Natürlich muss ich wieder hingehen«, füge ich hinzu. »Und sei es nur, weil ich nicht gerade im Geld schwimme.« Als Bibliothekarin war mein Anfangsgehalt zwar höher als das meiner Freunde, aber dafür erhielt ich kaum Gehaltserhöhungen. Ich komme ganz gut damit aus, aber ich kann es mir nicht leisten, meine Arbeit aufzugeben.

»Was ist mit Bens ...?« Ana lässt die Frage offen. Ich nehme ihr das nicht übel. Ich kann sie selbst kaum stellen.

»Er hat eine ganze Menge gespart«, sage ich. »Aber ich will das Geld nicht.«

»Würde er nicht wollen, dass du es bekommst?« Mein Pfannkuchen ist fertig, und Ana stellt ihn mir mit Butter, Ahornsirup, Marmelade und Puderzucker auf den Tisch. Ich schiebe alles beiseite. Der Gedanke, jetzt etwas Süßes zu essen, hinterlässt einen bitteren Geschmack in meinem Mund.

»Ich weiß nicht, aber ich glaube, das bringt mich in eine seltsame Lage. Wir waren nicht sehr lange verheiratet. Seine Familie hat noch nie von mir gehört. Was soll ich mit seinem Vermögen?«, erkläre ich. »Na ja, es ist eigentlich kein großes Vermögen, aber mehr Geld, als ich besitze. Ben war ziemlich sparsam.«

Ana zuckt die Schultern. »Dann solltest du vielleicht deinen Chef anrufen und mit ihm darüber reden, wann du wieder zur Arbeit gehst. Vorausgesetzt, du willst überhaupt wieder hingehen.«

Ich nicke. »Du hast vollkommen recht. Das muss ich tun.« Ich will nicht. Wie lange dauert es wohl, bis sie mich feuern? Es wäre sehr unanständig von ihnen, eine Witwe, eine trauernde Frau, zu entlassen, doch irgendwann hätten sie wohl keine andere Wahl.

»Und apropos anrufen ...« Ana wendet einen Pfannkuchen, von dem ich hoffe, dass er für sie bestimmt ist. Ich habe versprochen, etwas zu essen, aber doch nicht zwei riesige Pfannkuchen. Ich kriege noch nicht einmal einen hinunter.

»Wow, du ersparst mir heute Morgen aber auch gar nichts«, sage ich.

Sie lässt den Pfannkuchen auf einen Teller gleiten, was ich als gutes Zeichen dafür deute, dass sie ihn selbst essen möchte. »Ich will dich nicht drängen. Ich glaube nur, je länger du das vor dir herschiebst, desto schwieriger wird es. Egal wie schlecht euer Verhältnis ist, deine Eltern müssen wissen, was passiert ist.«

»Okay«, sage ich. Sie hat recht. Ana setzt sich neben mich und macht sich über ihren Pfannkuchen her. Sie schmiert sich Butter und Ahornsirup darauf. Ich bin erstaunt, dass sie in einer solchen Situation Appetit hat, dass sie an Geschmack und Genuss denken kann.

Ich wische mir den Mund ab und lege meine Serviette weg. »Bringen wir es hinter uns. Wen soll ich zuerst anrufen?«

Ana legt ihre Gabel weg. »So kenne ich dich! Du packst den Stier bei den Hörnern.«

»Da bin ich mir nicht so sicher. Ich will diesen Mist nur hinter mich bringen, damit ich in mein Zimmer gehen und den Rest des Tages heulen kann.«

»Aber du versuchst es! Du tust dein Bestes.«

»Ich glaube schon«, sage ich und nehme das Telefon. Ich sehe sie mit hochgezogenen Brauen an. »Also?«

»Ruf zuerst bei der Arbeit an. Das ist das einfachere Gespräch. Da geht es nur um praktische Dinge, nicht um Gefühle.«

»Schön, dass du glaubst, im Gespräch mit meinen Eltern würden Gefühle eine Rolle spielen.«

Ich wähle und warte, dass es klingelt. Eine Frau nimmt ab. Es ist Nancy. Ich mag Nancy. Ich finde, sie ist eine tolle Frau, aber als sie »Bibliothek von Los Angeles, Filiale Fairfax, Auskunft, wie kann ich Ihnen helfen?« sagt, lege ich auf.

Januar

Am Martin-Luther-King-Tag hatte die Bibliothek offiziell geschlossen, aber ich erklärte mich bereit, dennoch zu arbeiten. Irgendjemand, sehr wahrscheinlich Schüler von der Highschool oder andere Halbstarke, hatten am Wochenende die gesamte Abteilung Weltreligionen durcheinandergebracht. Sie warfen Bücher auf den Boden, versteckten sie in anderen Abteilungen oder unter den Tischen und sortierten die Titel nach einer nicht nachvollziehbaren Ordnung neu.

Mein Chef Lyle war davon überzeugt, dass es sich dabei um einen terroristischen Akt handelte, der uns Mitarbeiter der Bibliothek von Los Angeles dazu bringen sollte, über die Rolle der Religion in der modernen Gesellschaft nachzudenken. Ich war eher der Ansicht, dass es sich um einen harmlosen Streich handelte; die Abteilung Weltreligionen lag sehr abgelegen. In den paar Jahren, die ich in der Bibliothek arbeitete, hatte ich nicht wenige Paare beim Knutschen erwischt – und immer in der Abteilung Weltreligionen.

An jenem Tag arbeitete niemand außer mir. Lyle hatte mir einen freien Tag versprochen, wenn ich käme und die

Abteilung aufräumen würde. Das schien mir ein gutes Angebot, und da Ben an dem Tag ohnehin arbeiten musste, hatte ich es angenommen. Ich mag das Sortieren nach Alphabet. Mir ist klar, dass das schwer nachvollziehbar ist, aber so ist es nun mal. Ich mag Dinge, auf die es eine richtige oder falsche Antwort gibt. Dinge, die man mit Perfektion erledigen kann. Das gibt es im Bereich Geisteswissenschaften nicht oft. Deshalb mochte ich das Alphabet und das Dewey-System so sehr; sie stellten objektive Standards in einer subjektiven Welt dar.

Der Mobilfunkempfang in der Bibliothek ist schlecht, und da niemand da war, hatte ich einen geradezu unheimlich ruhigen Tag, an dem ich fast nur meinen eigenen Gedanken nachhing.

Gegen drei Uhr, als ich so gut wie fertig damit war, die Abteilung wie ein dreidimensionales Puzzle neu zusammenzusetzen, hörte ich das Telefon. Es hatte schon ein paarmal geklingelt, was ich ignoriert hatte, aber aus irgendeinem Grund ging ich diesmal ran.

Telefonieren gehört normalerweise nicht zu meinen Aufgaben. Ich berate Leute oder ordne Bücher ein oder arbeite an größeren Projekten. Als ich nun ans Telefon ging, war mir deshalb völlig entfallen, was ich zu sagen hatte.

»Hallo?«, meldete ich mich. »Äh. Los Angeles, Fairfax Bibliothek. Oh. Öffentliche Bibliothek Los Angeles, Filiale Auskunft. Filiale Fairfax. Auskunft.«

Als ich fertig war, fiel mir ein, dass ich überhaupt nicht ans Telefon hätte gehen müssen und ich mich somit ganz umsonst blamiert hatte.

Da hörte ich ein Lachen am anderen Ende der Leitung.

»Ben?«

»Äh, Äh. Fairfax. Auskunft. Äh«, sagte er noch immer lachend. »Du bist der süßeste Mensch auf der Welt.«

Ich fing ebenfalls an zu lachen und war erleichtert, dass ich mich nur vor Ben blamiert hatte. Zugleich war ich jedoch beschämt, *dass* ich mich vor Ben blamiert hatte. »Was machst du? Ich dachte, du müsstest heute arbeiten.«

»Hab ich auch. Aber Greg hat vor einer halben Stunde beschlossen, uns alle nach Hause zu schicken.«

»Oh! Das ist ja großartig. Komm doch her. Ich brauche noch ungefähr zwanzig Minuten.« Plötzlich hatte ich eine tolle Idee. »Wir könnten zu einer Happy Hour gehen!« Ich hatte nie so früh Feierabend, um eine Happy Hour auszunutzen, wollte das aber schon länger gern einmal machen.

Ben lachte. »Das klingt sehr gut. Deshalb rufe ich auch an. Ich stehe schon vor der Tür.«

»Was?«

»Nun, nicht direkt vor der Tür. Ich bin unten auf der Straße. Ich musste ein Stück gehen, bis ich Empfang hatte.«

»Oh!« Ich freute mich, Ben gleich zu sehen und in einer halben Stunde ein Bier für zwei Dollar zu trinken. »Komm zum Nebeneingang. Ich mach dir auf.«

»Klasse!«, sagte er. »Ich bin in fünf Minuten da.«

Ich machte mich langsam auf den Weg zum Nebeneingang und kam dabei an der Bücherausgabe und dem Haupteingang vorbei. Da hörte ich jemanden an die Tür klopfen und sah den verwirrt und traurig aussehenden Mr. Callahan, der mit den Händen ein Objektiv bildete und versuchte, durch die Scheibe zu spähen.

Ich ging zur Tür und drückte dagegen. Wegen des Feiertags war die Automatik ausgeschaltet, sodass sie ziemlich schwer aufging. Es gelang mir jedoch, sie einen Spalt weit zu öffnen und Mr. Callahan hereinzulassen. Er fasste mit seinen zitternden papierenen Händen meinen Arm und dankte mir.

»Kein Problem, Mr. Callahan«, sagte ich. »Die Bibliothek ist heute geschlossen, und ich gehe in zehn Minuten, aber kann ich trotzdem etwas für Sie tun?«

»Es ist geschlossen?«, fragte er verwirrt. »Warum um alles in der Welt?«

»Es ist Martin-Luther-King-Tag!«, antwortete ich.

»Und Sie lassen mich trotzdem rein? Ich bin ein Glückspilz, Elsie.«

Ich lächelte. »Kann ich Ihnen irgendwie helfen?«

»Ich brauche nicht lange. Ich weiß ja jetzt, dass Sie es eilig haben. Dürfte ich nur ein paar Minuten in die Jugendbuchabteilung?«

»In die Jugendbuchabteilung?« Es ging mich zwar nichts an, aber das war untypisch für Mr. Callahan. Die Belletristik-Abteilung – klar. Neuerscheinungen – unbedingt. Weltkriege, Naturkatastrophen, Soziologie. In all diesen Abteilungen war Mr. Callahan Stammgast, aber Jugendbücher?

»Mein Enkel und seine Tochter kommen diese Woche, und ich wollte etwas holen, das ich mit ihr lesen kann. Sie wird langsam zu alt, um mich noch interessant zu finden. Da dachte ich, mit einer richtig guten Geschichte könnte ich sie vielleicht dazu überreden, ein paar Minuten mit mir zu verbringen.«

»Urgroßvater? Wow.«

»Ich bin alt, Elsie. Ich bin ein alter Mann.«

Anstatt ihm zuzustimmen, lachte ich. »Bitte. Die Jugendbücher stehen links hinter den Zeitschriften.«

»Ich brauche nicht lange!«, bekräftigte er noch einmal, während er sich langsam, aber stetig wie eine Schildkröte dorthin bewegte.

Ich lief zum Nebeneingang, wo Ben bereits wartete und sich fragte, warum ich so lange brauchte.

»Ich stehe hier schon seit zwei Minuten und siebenundzwanzig Sekunden, Elsie!«, scherzte er, als er eintrat.

»Tut mir leid, Mr. Callahan stand vorm Haupteingang, und ich musste ihn reinlassen.«

»Mr. Callahan ist hier?« Bens Gesicht hellte sich auf. Er war Mr. Callahan noch nie begegnet, hatte aber von mir viel über ihn gehört. Ich hatte Ben erzählt, wie liebevoll er mit seiner Frau umging. Ben sagte, wenn er neunzig wäre, würde er mich genauso behandeln. Ich kannte Ben gerade drei Wochen, sodass diese Bemerkung genauso süß wie albern und arrogant von ihm war, naiv und bezaubernd zugleich. »Darf ich ihn kennenlernen?«

»Klar«, sagte ich. »Komm, hilf mir die letzten Bücher einzuordnen, dann gehen wir zu ihm.« Ben kam mit, half mir jedoch nicht. Er las fasziniert die Buchrücken, während ich ihm erzählte, dass ich *Buddhismus: Schlicht und einfach* in einem Spalt unter der Decke entdeckt hatte.

»Wie hast du es herunterbekommen?«, fragte er. Er blickte auf die Bücherstapel und hörte mir nur mit halbem Ohr zu.

»Hab ich gar nicht«, erklärte ich ihm. »Es ist noch da oben.« Ich deutete auf das schmale weiße Buch, das zwischen einem Metallgitter und einem Deckenpaneel über uns steckte. Er kam auf mich zu und stellte sich direkt vor mich hin. Unsere Körper standen so dicht voreinander, dass er mit seinem nackten Arm meine Haut berührte und ich sein Deo und sein Shampoo riechen konnte. Gerüche, die eine sinnliche Bedeutung für mich bekommen hatten, nachdem ich sie so oft in sinnlichen Situationen wahrgenommen hatte. Ben reckte den Hals und betrachtete das Buch an der Decke.

»Diese raffinierten Mistkerle.« Ben sah mich an. Jetzt bemerkte auch er, wie dicht wir voreinander standen. Er sah sich im Raum um.

»Wo ist Mr. Callahan?«, fragte er auf eine Weise, die mir eindeutig signalisierte, worauf er damit hinauswollte.

Ich errötete. »Er ist ein paar Abteilungen weiter«, antwortete ich.

»Wirkt ziemlich abgelegen hier«, bemerkte er. Er berührte mich nicht. Das war auch nicht nötig.

Ich kicherte mädchenhaft. »Das wäre ...«

»Richtig«, sagte er. »Das wäre ...«

War es auf einmal heißer geworden? »Das wäre verrückt«, bemerkte ich nüchtern und tat mein Bestes, damit es erst gar nicht dazu kam. Das würde er nicht wagen. Nein, da war ich mir sicher. Hier in der Bibliothek? Ganz bestimmt dachte er noch nicht einmal ernsthaft darüber nach. Ich trat ein Stück zur Seite und stellte das Buch, das ich noch in der Hand hielt, an seinen Platz im Regal, dann sagte ich, dass wir nach Mr. Callahan sehen müssten.

»Okay.« Ben hob ergeben die Hände. Dann streckte er einen Arm aus und forderte mich damit auf, ihn zu ihm zu führen. Ich ging vor ihm her, und als wir fast den Bereich Weltreligionen verlassen hatten, sagte er:

»Ich hätte es getan.«

Ich lächelte und schüttelte den Kopf. Noch nie hatte ich mich so begehrenswert gefühlt. Wir fanden Mr. Callahan dort, wo ich ihn hingeschickt hatte.

»Was ist das alles?«, fragte er, als wir auf ihn zukamen.

»Ich dachte, hier würden nur ein paar Bücher stehen. Diese Abteilung ist ja größer als die mit den Neuerscheinungen!«

Ich lachte. »Es gibt neuerdings ziemlich viele Jugendbücher, Mr. Callahan. Die Kids lesen gern.«

Er schüttelte den Kopf. »Wer hätte das gedacht.« Mr. Callahan hielt bereits ein Buch in der Hand.

»Mr. Callahan, ich möchte Ihnen Ben vorstellen.« Ich deutete auf Ben, und Mr. Callahan ergriff Bens ausgestreckte Hand.

»Freut mich«, sagte er und ließ seine Hand wieder los. »Nett, Sie kennenzulernen.«

»Danke«, sagte Ben. »Ich habe viel von Ihnen gehört und war ganz gespannt darauf, die Legende endlich kennenzulernen.«

Mr. Callahan lachte. »Legende, ich? Ich bin nur ein alter Mann, der alles vergisst und nicht mehr so schnell ist wie früher.«

»Ist das für Sie?«, fragte Ben und deutete auf das Buch in Mr. Callahans Hand.

»Oh, nein, für meine Urenkelin. Ich fürchte, ich bin in dieser Abteilung etwas verloren. Von diesem Buch gibt es gleich ein ganzes Regal voll. Deshalb dachte ich, dass es wohl ziemlich beliebt ist.« Mr. Callahan hielt einen Mystery-Roman für Jugendliche hoch. Es gehörte zu der Art von Büchern, die zwar ziemlich platt waren, mit denen man die Kids jedoch zum Lesen brachte, weshalb ich sie nicht kritisierte. Es war der dritte Band. Vermutlich hatte er nicht bemerkt, dass in dem Regal vier verschiedene Bände mit ganz ähnlichen Covern standen. Wahrscheinlich waren seine Augen nicht mehr so gut, und so sahen sie für ihn alle gleich aus.

»Das ist der dritte Band«, erklärte ich. »Möchten Sie, dass ich Ihnen den ersten heraussuche?«

»Bitte«, sagte er.

Ben nahm ihm eifrig das Buch aus der Hand. »Darf ich, Mr. Callahan?« Er stellte das Buch zurück an seinen Platz und hielt mich zurück.

»Ich bin grundsätzlich gegen Bücher, in denen Vampire junge Frauen lieben. Diese Bücher tun so, als wäre es eine Form von Liebe, von jemandem zu Tode gebissen zu werden.«

Ich sah Ben überrascht an. Verlegen begegnete er meinem Blick. »Was?«

»Ach, nichts«, sagte ich.

»Jedenfalls«, fuhr er an Mr. Callahan gewandt fort, »bin ich nicht sicher, ob dieses Buch das Richtige für Ihre Urenkelin ist. Ich vermute, Sie möchten, dass sie in dem Glauben aufwächst, ihr würden alle Möglichkeiten offenstehen, und nicht nur herumsitzt und Untote anhimmelt.«

»Da haben Sie absolut recht«, bestätigte Mr. Callahan. Vermutlich hatte man ihm als Kind beigebracht, dass sich Frauen den Männern unterzuordnen hatten. Sie sollten zu Hause bleiben und den Männern die Socken stopfen. Inzwischen hatten sich die Zeiten geändert. Und er war mit der Zeit gegangen und wollte seine Urenkelin darin bestärken, nicht zu Hause zu bleiben und Socken zu stopfen, es sei denn, sie wollte es so. Ich dachte darüber nach, dass man eine Menge erlebt hatte, wenn man so alt war. Er hatte Zeiten durchgemacht, die ich nur aus Büchern kannte.

Ben griff ein hellblaues Buch aus der Auslage. »Hier, nehmen Sie das. Das ist genauso beliebt, aber zehnmal besser. Es handelt zwar auch von der Liebe, aber sie spielt nur eine Nebenrolle bei der Entwicklung der Figuren. Und die Figuren sind wirklich toll. Das Mädchen ist eine Heldin. Ich möchte nichts verraten, aber halten Sie Taschentücher bereit.«

Mr. Callahan lächelte und nickte. »Danke«, sagte er. »Sie haben mir gerade eine Strafpredigt ihrer Mutter erspart.«

»Das Buch ist wirklich gut«, bekräftigte Ben. »Ich habe es in zwei Tagen durchgelesen.«

»Kann ich es ausleihen, Elsie? Oder wie funktioniert das, wenn Sie geschlossen haben?«

»Bringen Sie es in drei Wochen zurück, Mr. Callahan. Es bleibt unser Geheimnis.«

Mr. Callahan lächelte mich an und steckte das Buch wie ein Dieb in seinen Mantel. Er schüttelte Ben die Hand und ging. Nachdem er durch die Tür war, drehte ich mich zu Ben um.

»Du liest Jugendbücher?«

»Hör zu, wir haben alle unsere Eigenarten. So wie du Cola Light zum Frühstück trinkst.«

»Was? Woher weißt du das?«

»Ich bin ein aufmerksamer Beobachter.« Er tippte sich mit dem Zeigefinger an die Schläfe. »Nachdem du nun weißt, dass ich Jugendbücher für dreizehnjährige Mädchen lese, und somit mein intimstes Geheimnis kennst – magst du mich noch? Können wir jetzt was trinken gehen, oder hast du genug von mir?«

»Nein, ich glaube, ich habe noch nicht genug von dir.« Ich fasste seine Hand. Wieder klingelte das Telefon. Ben ging hin und nahm ab.

»Öffentliche Bibliothek von Los Angeles, Filiale Fairfax, Auskunft, wie kann ich Ihnen helfen?«, meldete er sich arrogant. »Nein, tut mir leid. Wir haben heute geschlossen. Danke. Auf Wiederhören.«

»Ben!«, sagte ich, nachdem er aufgelegt hatte. »Das war gegen die Vorschriften!«

»Nun, du verstehst sicher, warum ich für dich eingesprungen bin.«

Juni

»Was sollte das denn?«, fragt Ana und isst ihren Pfannkuchen auf.

»Ich war ein bisschen überfordert. Ich war einfach noch nicht bereit.« Ich nehme das Telefon und wähle erneut.

»Öffentliche Bibliothek von Los Angeles, Filiale Fairfax, Auskunft, wie kann ich Ihnen helfen?« Es ist wieder Nancy. Nancy ist eine rundliche, ältere Frau. Sie ist keine gelernte Bibliothekarin. Sie sitzt nur an der Auskunft. Ich sollte nicht »nur« sagen. Sie erledigt eine Menge Arbeit und ist nett zu allen. Ich kann mir nicht vorstellen, dass Nancy über irgendjemanden etwas Schlechtes sagt. Sie gehört zu jenen Menschen, die gleichzeitig aufrichtig und freundlich sind. Mir persönlich erschien das immer als Widerspruch.

»Hallo, Nancy, hier ist Elsie.«

Sie stößt die Luft aus, und ihre Stimme sinkt eine Oktave tiefer. »Elsie, es tut mir so leid.«

»Danke.«

»Ich kann mir nicht annähernd vorstellen ...«

»Danke«, unterbreche ich sie. Wenn sie weiterspricht, lege ich wieder auf, rolle mich zu einer Kugel zusammen und weine Tränen in der Größe von Murmeln. »Ist Lyle da? Ich muss mit ihm darüber sprechen, wann ich wieder anfange.«

»Natürlich. Natürlich«, sagt sie. »Eine Sekunde, meine Liebe.«

Es dauert einige Minuten, bis Lyle sich meldet, und als er sich meldet, plappert er sofort los. Vielleicht graut ihm noch mehr vor diesem Gespräch als mir. Niemand möchte gern derjenige sein, der mir jetzt etwas von meinen Pflichten erzählt.

»Hör zu, Elsie. Wir kriegen das hin. Nimm dir so viel Zeit, wie du brauchst. Du hast jede Menge Urlaubstage, Krankheitstage und Überstunden«, sagt er im Versuch, hilfsbereit zu sein.

»Wie viel Mein-Ehemann-ist-gestorben-Zeit habe ich?« Ich versuche, die Stimmung ein bisschen aufzulockern und die Situation für beide erträglich zu machen. Aber das funktioniert nicht, und mein Scherz läuft ins Leere. In die peinliche Pause zwischen uns würde ein ganzer Bus passen. »Jedenfalls vielen Dank, Lyle. Ich glaube, es ist am besten, wenn ich wieder zu meinem Alltag zurückkehre. Das Leben muss weitergehen, oder?« Das sage ich nur so. Das Leben geht nicht weiter. Das erzählen sie im Nachmittagsprogramm, und man plappert es nach. Ich bin da anderer Ansicht: Das Leben geht nicht weiter. Aber diejenigen Menschen, die nicht gerade in Trauer versinken, wollen das nicht hören. Sie wollen von dir hören, dass es bergauf geht. Damit sie deinen Freunden, Mitarbeitern oder zufälligen Bekannten versichern können, dass du »damit umgehen kannst«. Dass du ein »Kämpfer« bist. Die etwas Drastischeren unter ihnen sagen, du seist ein »zähes Luder« oder »eine harte Sau«. Das stimmt zwar nicht, aber ich lasse sie in dem Glauben. Das ist einfacher für uns alle.

»Wunderbar. Sag mir einfach, wann du wiederkommst.«

»Die Beerdigung ist morgen. Ich hätte gern noch das Wochenende, um mich zu erholen. Wie wäre es mit Dienstag?«

»Dienstag hört sich prima an«, sagt er. »Ach, Elsie?«

»Ja?« Ich würde gern auflegen.

»Möge er in Frieden ruhen. Gottes Wege sind unergründlich.«

»Ja«, sage ich und lege auf. Das ist das erste Mal, dass jemand Gott erwähnt hat, und am liebsten würde ich Lyle dafür seinen fetten Hals umdrehen. Offen gestanden kommt es mir unverschämt vor, Gott überhaupt zu erwähnen. Das ist, als würde mir eine Freundin erzählen, wie gut sie sich auf einer Party amüsiert hat, auf der ich selbst nicht eingeladen war. Gott hat mich verlassen. Ich will nichts davon hören, wie gut Gott zu euch war.

Ich lege das Telefon auf den Küchentisch. »Nummer eins ist erledigt. Darf ich vor dem nächsten Gespräch duschen?« Ana nickt.

Ich stelle mich unter die Dusche, drehe den Wasserhahn auf und überlege, wie ich das Gespräch anfangen soll, wie es überhaupt verlaufen könnte. Werden meine Eltern mir anbieten, hierherzufliegen? Das wäre schrecklich. Werden sie nicht kommen wollen? Das wäre noch schlimmer. Ana klopft an die Tür, und ich drehe das Wasser ab. Sie sorgt sich schon genug meinetwegen. Ich schaffe es schon aus eigener Kraft aus der verdammten Dusche heraus. Vorerst.

Ich ziehe meinen Bademantel über und packe das Telefon. Wenn ich es nicht sofort mache, werde ich es gar nicht tun, also los!

Ich wähle ihre Festnetznummer. Mein Vater hebt ab.

»Hier ist Elsie.«

»Oh, hallo, Eleanor«, erwidert mein Vater. Dass er mich mit meinem vollen Namen anspricht, erinnert mich daran, dass ich nicht die geworden bin, die sie sich gewünscht haben. Es ist, als würde er mir ins Gesicht spucken. An meinem ersten Tag in der Vorschule habe ich allen gesagt, sie sollten mich Elsie nennen. Meinem Lehrer erklärte ich, es sei die Abkürzung für Eleanor. In Wahrheit mochte ich den Namen, seit ich Elsie die Kuh auf den Eispackungen gesehen hatte. Meine Mutter fand das erst nach einigen Monaten heraus. Sosehr sie sich auch bemühte, sie konnte meine Freunde nicht mehr dazu bringen, mich Eleanor zu nennen. Es war meine erste Rebellion.

»Habt ihr einen Moment Zeit? Du und Mom?«, frage ich.

»Ach, tut mir leid, wir sind gerade auf dem Sprung. Ich rufe dich ein anderes Mal an, okay?«

»Nein, tut mir leid, ich muss jetzt mit euch sprechen. Es ist ziemlich wichtig.«

Mein Vater bittet mich, einen Augenblick zu warten.

»Was ist, Eleanor?« Meine Mutter.

»Ist Dad auch in der Leitung?«

»Ich bin hier. Was gibt's denn?«

»Nun, ich glaube, ich habe euch erzählt, dass ich mit einem Mann zusammen war. Mit Ben.«

»Ja«, antwortet meine Mutter. Sie klingt abwesend, als würde sie sich nebenher Lippenstift auftragen oder dem Mädchen dabei zusehen, wie es die Wäsche zusammenlegt.

»Nun«, fange ich an. Ich will das nicht. Wozu es laut aussprechen? »Ben ist von einem Auto angefahren worden und dabei ums Leben gekommen.«

Meine Mutter schnappt nach Luft. »O mein Gott, Eleanor. Das tut mir leid«, sagt sie.

»Herr im Himmel«, stößt mein Vater hervor.

»Ich weiß nicht, was ich sagen soll«, meldet sich wieder meine Mutter. Aber da sie es nicht ertragen kann, nichts zu sagen, sagt sie trotzdem irgendwas. »Hast du seine Familie informiert?« Meine Eltern haben jeden Tag mit dem Tod zu tun, und ich glaube, dass sie dadurch abgestumpft sind; auch, was das Leben angeht. Ich bin mir allerdings sicher, dass sie umgekehrt von mir behaupten, ich sei zu empfindlich.

»Ja, ja. Es ist schon alles erledigt. Ich wollte nur, dass ihr es wisst.«

»Gut«, sagt meine Mutter und sucht noch immer nach Worten. »Ich kann mir vorstellen, dass das eine schwere Zeit für dich ist. Ich hoffe, du weißt, dass wir mit dir fühlen. Ich … Hattest du genug Zeit, um es zu verarbeiten? Geht es dir gut?«

»Nein, überhaupt nicht. Außerdem wollte ich euch noch sagen, dass Ben und ich vor zwei Wochen geheiratet haben. Er ist als mein Ehemann gestorben.«

Jetzt ist es raus. Ich habe meine Pflicht getan. Jetzt muss ich das Gespräch nur noch irgendwie beenden.

»Warum hast du jemanden geheiratet, den du kaum kanntest?«, will mein Vater wissen.

»Dein Vater hat recht, Eleanor. Ich weiß gar nicht …« Meine Mutter ist außer sich, das höre ich an ihrer Stimme.

»Es tut mir leid, dass ich es euch nicht erzählt habe«, sage ich.

»Darum geht es nicht!«, entgegnet sie. »Was hast du dir dabei gedacht? Wie lange kanntest du diesen Mann?«

»Lange genug, um zu wissen, dass er die Liebe meines Lebens war«, sage ich gereizt.

Sie schweigen, aber ich spüre, dass meine Mutter noch etwas loswerden will.

»Na, sag schon«, fordere ich sie auf.

»Ich kannte deinen Vater vier Jahre, bevor ich zum ersten Mal mit ihm ausgegangen bin, Eleanor. Wir waren noch einmal fünf Jahre zusammen, dann erst haben wir geheiratet. Du kannst unmöglich jemanden in ein paar Monaten richtig kennenlernen.«

»Es waren sechs Monate. Ich habe ihn vor sechs Monaten kennengelernt.« Gott, selbst mir ist klar, dass sich das lächerlich und peinlich anhört. Ich komme mir albern vor.

»Genau!«, schaltet sich mein Vater ein. »Das ist furchtbar, Eleanor. Einfach furchtbar. Es tut uns schrecklich leid, dass du so etwas durchmachen musst, aber das wird schon wieder. Versprochen.«

»Trotzdem, Charles«, unterbricht meine Mutter. »Sie muss lernen, dass sie sich mehr Zeit für ihre Entscheidungen lässt. Das ist genau …«

»Hört zu, ich will jetzt nicht darüber reden. Ich wollte euch nur sagen, dass ich Witwe bin.«

»Witwe?«, wiederholt meine Mutter. »Nein, du solltest dich nicht als Witwe bezeichnen. Das macht es dir nur schwerer, dich davon zu erholen. Wie lange wart ihr verheiratet?« Ich höre die Missbilligung in ihrer Stimme.

»Eineinhalb Wochen«, sage ich. Ich runde auf. Ist das nicht traurig? Ich runde verdammt noch mal auf.

»Eleanor, das wird schon wieder«, versichert mein Vater.

»Ja«, stimmt meine Mutter zu. »Du kommst wieder auf die Beine. Ich hoffe, du hast dir in der Bibliothek nicht zu lange freigenommen. Bei den gegenwärtigen Einsparungen im öffentlichen Dienst solltest du jetzt nicht deine Stelle riskieren. Obwohl eine Freundin aus dem Krankenhausvorstand mir erzählt hat, dass ihre Tochter Bibliothekarin in einer Anwaltskanzlei ist. Sie arbeitet direkt mit einigen wichtigen Anwälten zusammen an ziemlich interessanten Fällen. Ich könnte sie anrufen oder dir ihre Nummer geben, wenn du willst. Die Firma hat auch eine Kanzlei an der Westküste.«

Meine Mutter erinnert mich bei jeder Gelegenheit daran, dass ich mehr erreichen, mehr verdienen, mehr aus meinem Leben machen könnte. Ich habe auch nicht damit gerechnet, dass sie aus der Befürchtung heraus, unsensibel oder taktlos zu klingen, diesmal auf diese Gelegenheit verzichten würde. Ich habe allerdings nicht erwartet, dass sie es so übergangslos tun würde. Während sie redet, merke ich, wie weit ich mich von dem entfernt habe, was sie einst für mich geplant hatten. So ist das, wenn man Einzelkind ist. Wenn die Eltern weitere Kinder haben wollten, um aus ihnen kleine Abziehbilder ihrer selbst zu machen, aber keine mehr bekommen konnten. Wenn sie dann merken, dass man nicht so wird wie sie, und sie nicht wissen, wie sie damit umgehen sollen.

Ihre missbilligenden Blicke und ihre herablassenden Stimmen haben mich sehr belastet, bis ich nach L. A. gezogen bin. Danach waren sie mir egal. Bis jetzt. Vermutlich, weil ich seitdem nicht mehr auf meine Eltern angewiesen war. Ich behaupte zwar, dass es in meiner Lage keinen Trost gibt, glaube aber, dass ihre Unterstützung es mir ein ganz kleines bisschen leichter machen würde.

»Nein danke, Mom«, sage ich und hoffe, dass das Gespräch jetzt zu Ende ist. Dass sie aufgibt und einfach beschließt, es beim nächsten Mal noch einmal zu versuchen.

»Nun«, fragt mein Vater. »Können wir dir irgendwie helfen?«

»Nein, Dad. Ich wollte nur, dass ihr es wisst. Ich wünsche euch noch einen schönen Abend.«

»Okay. Es tut mir leid für dich, Eleanor.« Meine Mutter legt auf.

»Wir wollen wirklich nur dein Bestes, Elsie«, meint mein Vater. Den Namen aus seinem Mund zu hören, trifft mich unvorbereitet. Er gibt sich offenbar Mühe. »Wir ... Wir wissen nur nicht, wie wir ...« Er atmet hörbar ein und beginnt noch einmal. »Du weißt ja, wie deine Mutter ist«, sagt er und belässt es dabei.

»Ich weiß.«

»Wir lieben dich.« Ich erwidere, dass ich sie auch liebe, aber mehr aus Anstand als weil ich tatsächlich so empfinde.

Ich lege auf.

»Jetzt hast du es hinter dir«, bemerkt Ana. Sie nimmt meine Hand und legt sie auf ihr Herz. »Ich bin so stolz auf dich. Du hast dich wirklich sehr gut gehalten.« Sie umarmt mich, und ich presse mein Gesicht an Anas Schulter. Das ist ein angenehmer Ort, um zu weinen. Ich habe allerdings munkeln gehört, dass man sich in den Armen einer Mutter auch sehr geborgen fühlt.

»Okay«, sage ich. »Ich glaube, ich lege mich eine Weile hin.«

»Okay.« Ana räumt die Teller vom Tisch. Ihr Teller ist leer und mit Ahornsirup verschmiert. Meiner ist noch voll Pfannkuchen. »Sag Bescheid, wenn du hungrig bist.«

»Okay.« Schon bin ich in meinem Schlafzimmer. Ich lege mich hin, und mir ist klar, dass ich fürs Erste keinen Hunger haben werde. Ich blicke an die Decke und weiß nicht, wie viel Zeit vergangen ist, als mir einfällt, dass Bens Telefon noch immer irgendwo sein muss. Dass seine Nummer nicht mit ihm gestorben ist. Ich rufe an, höre mir seine Stimme an, lege auf und rufe noch einmal an. Immer wieder.

Januar

Es war ein kühler regnerischer Samstagabend, zumindest war es kühl für Los Angeles – zehn Grad und stürmisch. Der Wind neigte die Bäume zur Seite und ließ es fast horizontal regnen. Es war erst fünf Uhr nachmittags, aber die Sonne war bereits untergegangen. Ben und ich beschlossen, in eine Weinbar in der Nähe meiner Wohnung zu gehen. Wir machten uns beide nicht viel aus Wein, aber dort gab es einen Parkservice, sodass wir wenigstens nicht völlig durchnässt wurden.

Wir gingen zu einem Tisch, zogen unsere nassen Mäntel aus und fuhren uns mit den Händen durch die feuchten Haare. Draußen war es so kühl, dass es mir hier so warm und gemütlich wie an einem Lagerfeuer vorkam.

Ich bestellte Mozzarella mit Tomaten und eine Cola Light. Als Ben ein Nudelgericht und ein Glas Pinot Noir bestellte, fiel mir wieder ein, dass wir uns in einer Weinbar befanden.

»Ach«, sagte ich. »Streichen Sie die Cola. Ich nehme auch ein Glas Wein.« Der Kellner sammelte die Karten ein und ging.

»Du musst keinen Wein bestellen, wenn du nicht magst«, meinte Ben.

»Na ja, wenn wir schon mal hier sind ...«

Kurz darauf kamen unsere Gläser, die zur Hälfte mit dunkelroter Flüssigkeit gefüllt waren. Wir schwenkten sie unter unseren Nasen und lächelten einander an. Mit Wein kannten wir uns beide nicht aus.

»Ah«, sagte Ben, »ein Hauch von Brombeere und ...« Er trank einen kleinen Schluck und behielt ihn wie ein Fachmann einen Moment im Mund. »Er hat eine Holznote, findest du nicht?«

»Mmmm.« Ich nippte an meinem und tat, als würde ich überlegen. »Eine starke Holznote und einen vollen Körper.«

Wir lachten. »Ja«, bestätigte Ben. »Den *vollen Körper* hatte ich ganz vergessen. Das sagen Weinkenner gern.«

Er nahm einen großen Schluck. »Ehrlich gesagt schmecken die für mich alle gleich«, meinte er.

»Für mich auch«, stimmte ich ihm zu und trank erneut. Auch wenn ich nichts von Tanninen oder Basisnoten oder was auch immer verstand, musste ich zugeben, dass der Wein wundervoll schmeckte. Nach ein paar weiteren Schlucken fühlte ich mich auch wundervoll.

Als gerade unser Essen auf dem Tisch stand, klingelte Bens Telefon. Er nahm das Gespräch nicht an, sondern ließ die Mailbox rangehen. Ich aß meinen Salat. Er machte sich ebenfalls über seine Nudeln her, als das Telefon erneut klingelte. Wieder ignorierte er das Gespräch. Schließlich wurde ich neugierig. »Wer ist das?«, fragte ich.

»Ach.« Ihm wäre es offensichtlich lieber gewesen, ich hätte nicht gefragt. »Nur eine Frau, mit der ich eine Zeit lang ausgegangen bin. Sie ruft mich manchmal an, wenn sie betrunken ist.«

»Es ist noch nicht einmal halb acht.«

»Sie ist ein bisschen ... Wie sagt man? Sie ist ... sie feiert gern. Ist das höflich ausgedrückt?«

»Das kommt darauf an, was du eigentlich sagen willst.«

»Sie ist Alkoholikerin«, erklärte er. »Deshalb habe ich aufgehört, mich mit ihr zu treffen.«

Seine sachliche Art überraschte mich. Er sagte das so ernsthaft, dass es fast komisch klang.

»Sie ruft hin und wieder an. Ich glaube, sie will sich mit mir zum Sex verabreden.«

Wieder hatte ich den Impuls zu lachen, aber tief in meinem Innern empfand ich Eifersucht, und ich spürte, wie sie langsam an die Oberfläche kroch.

»Ach«, bemerkte ich nur.

»Ich habe ihr erzählt, dass ich jetzt mit jemand anderem zusammen bin. Glaub mir. Es nervt mich einfach nur.«

Jetzt brannte die Eifersucht heiß auf meiner Haut. »Okay.«

»Bist du sauer?«

»Nein«, sagte ich leichthin, als wäre ich wirklich nicht sauer. Warum tat ich das? Warum sagte ich nicht einfach »ja«?

»Doch, das bist du.«

»Nein.«

»Doch.«

»Nein.«

»Doch, dein Dekolleté läuft rot an, und du sprichst so abgehackt. Das sind eindeutige Anzeichen dafür, dass du wütend bist.«

»Woher willst du das wissen?«

»Weil ich ein aufmerksamer Beobachter bin.«

»Okay«, gab ich schließlich zu. »Es gefällt mir nicht. Du bist mit dieser Frau ausgegangen – womit du wohl sagen wolltest, dass du mit ihr geschlafen hast. Und es gefällt mir nicht, dass sie dich anruft, um das zu wiederholen.«

»Ich weiß. Da bin ich ganz deiner Ansicht. Ich habe ihr gesagt, dass sie das lassen soll.« Er schien nicht verärgert zu sein, aber er verteidigte sich.

»Ich weiß. Ich weiß. Ich glaube dir, ich ... Hör zu, wir haben gesagt, dass wir es diese fünf Wochen miteinander versuchen wollen, aber wenn du nicht ...«

»Was?« Ben hatte schon länger nicht mehr von seinen Nudeln gegessen.

»Ach, egal.«

»Egal?«

»Wann hast du sie zum letzten Mal gesehen?« Ich weiß nicht, warum ich diese Frage gestellt habe. Man stellt keine Fragen, auf die man keine Antwort haben möchte. Das lerne ich wohl nie.

»Was spielt das für eine Rolle?«

»Ich frage ja nur.«

»Kurz bevor ich dich kennengelernt habe.« Er blickte in sein Weinglas und trank einen Schluck, um sich dahinter vor mir zu verstecken.

»*Wie* kurz vorher?«

Ben lächelte verlegen. »Ich habe sie an dem Abend vor dem Tag getroffen, an dem ich dir begegnet bin«, gestand er.

Am liebsten hätte ich ihm den Hals umgedreht. Ich lief vor Eifersucht rot an. Meine Lunge schien in Flammen zu stehen. Ich hätte Ben gern angeschrien und ihm gesagt, was er falsch gemacht hatte, aber er hatte nichts falsch gemacht. Überhaupt nichts. Ich hatte gar keinen Grund, eifersüchtig zu sein. Ich wollte, dass Ben mir gehörte. Ich wollte, dass ich die Erste war, die ihn jemals zum Lächeln gebracht hatte. Dass er sich niemals danach gesehnt hatte, eine Frau zu berühren, bis er mich kennengelernt hatte. Allmählich nahm die Person am Telefon vor meinem inneren Auge Gestalt an. Ich stellte sie mir in einem roten Kleid mit langen schwarzen Haaren vor. Wahrscheinlich trug sie einen schwarzen Spitzen-BH und dazu passende Höschen, hatte einen flachen Bauch und lag gern oben. Anstatt zuzugeben, dass ich eifersüchtig war, suchte ich nach etwas, das ich ihm vorwerfen konnte.

»Ich bin mir nicht ganz sicher, ob ich dir glauben soll, dass du sie abgewiesen hast. Ich meine, eine Frau ruft doch nicht immer wieder an, wenn sie genau weiß, dass sie sich einen Korb holt.«

»Ist es meine Schuld, dass sie trinkt?«

»Nein ...«

»Willst du sagen, dass du keine Frau kennst, die so von ihrer Attraktivität überzeugt ist, dass sie ein Nein einfach ignoriert?«

»Jetzt gibst du also auch noch zu, dass diese Frau attraktiv ist«, provozierte ich ihn.

»Was hat das denn damit zu tun?«

»Also ist sie attraktiv«, stellte ich fest.

»Warum bist du jetzt so verunsichert?«

Was zum Teufel.

Was dann folgte, war völlig unnötig. Ich hätte am Tisch bleiben können. Ich hätte meinen Salat aufessen und ihn bitten können, mich nach Hause zu fahren und die Nacht bei sich zu verbringen. Ich hätte so einiges tun können. Ich hatte diverse Optionen. Aber zu jenem Zeitpunkt hatte ich das Gefühl, keine andere Wahl zu haben, als meine Jacke zu nehmen, sie anzuziehen, Ben zuzuzischen, dass er ein Arschloch sei, und zu gehen.

Erst als ich ohne das Parkticket im Regen stand, fielen mir die anderen Möglichkeiten ein. Ich beobachtete ihn durch die Scheibe des Restaurants. Er sah sich nach einer Bedienung um, winkte sie heran und reichte ihr ein paar Scheine, dann griff er sein Jackett. Ich stand draußen im Regen, zog zitternd meine Jacke fester um mich und fragte mich, was ich sagen sollte, wenn er herauskam. Ich kam mir ziemlich dumm vor, dass ich einfach gegangen war. Ich hatte das Gefühl, dass mein Abgang in keinem Verhältnis zu seiner mangelnden Feinfühligkeit stand.

Als er zur Tür ging, sah ich durchs Fenster, dass er sein Telefon hervorholte und dass das Display erneut aufleuchtete. Er ließ den Anruf zum dritten Mal innerhalb von zehn Minuten auf der Mailbox landen, und wieder wurde ich wütend. Eifersucht war schrecklich. Ich fühlte mich schrecklich.

Als er die Tür öffnete und herauskam, spürte ich einen warmen Luftzug. Als sie zufiel, kehrte die Kälte zurück.

»Elsie ...«, hob er an. Ich konnte seinen Tonfall nicht deuten. Ich wusste nicht, ob er zerknirscht, rechtfertigend oder verärgert klang, also unterbrach ich ihn:

»Hör zu«, ich zog meine Jacke fester um mich und hob die Stimme, damit er mich trotz der Autos, die vor uns durch die Pfützen platschten, verstehen konnte, »vielleicht habe ich mich gerade danebenbenommen, aber das hättest du mir nicht sagen sollen!«

»Du darfst mich nicht in einem verdammten Restaurant sitzen lassen!«, schrie er. So hatte ich ihn noch nie erlebt.

»Ich kann tun, was immer ich ...«

»Nein!«, fiel er mir ins Wort. »Das kannst du nicht. Du kannst mich nicht für etwas bestrafen, das geschehen ist, bevor ich dir begegnet bin, und du kannst mich nicht für das bestrafen, was Amber ...«

»Erwähne nicht ihren Namen!«

»Das ist doch völlig egal!«, erklärte er. »Wenn du wüsstest, wie ich über dich denke und wie ich über sie denke, wäre dir das klar«, stieß er hervor, während ihm der Regen in den Mund wehte.

»Was soll das denn heißen?«, fragte ich. »Meinst du nicht, wenn du an meiner Stelle wärst ...«

»Wäre ich eifersüchtig. Ja. Allein die Vorstellung, dass ein anderer Kerl dich berührt hat oder dass du ihn berührt hast ... Klar wäre ich eifersüchtig.«

»Siehst du?«

»Aber ich würde dich nicht wie einen Idioten im Restaurant sitzen lassen. Ich würde dich nicht so beunruhigen.«

»Ach, komm. Du warst nicht beunruhigt.«

»Doch, Elsie, das war ich.«

»Was hast du denn gedacht, was passiert?«

»Das weiß ich nicht!« Er hob erneut die Stimme. Mir war so kalt. Der Regen war so laut. »Ich dachte, dass es vielleicht ...«

»Aus ist?«

»Ich weiß nicht!«

»Es ist nicht aus«, sagte ich. »Nur, weil ich mich aufrege, heißt das nicht, dass ich nicht ...« Plötzlich wollte ich ihn in den Arm nehmen und ihm klarmachen, dass ich ihn nicht verlassen wollte. Seine Verletzlichkeit war so rührend, es war unerträglich. Ich streckte die Hand aus und lächelte ihn an. »Außerdem müssen wir noch ein paar Wochen zusammenbleiben.«

Er lächelte nicht. »Das ist nicht komisch«, entgegnete er

und zog wegen des Regens die Schultern hoch. »Ich will dich nicht verlieren.«

Ich blickte ihm direkt in die Augen und sagte ihm etwas, von dem ich nicht glauben konnte, dass er es nicht bereits wusste: »Ben Ross, ich werde dich nicht verlassen.« Bevor ich überhaupt die letzte Silbe ausgesprochen hatte, stürzte er auf mich zu und presste seine Lippen auf meinen Mund. Er stellte sich etwas ungeschickt an, unsere Zähne stießen aneinander und gegen seine Lippe. Aber es war der Moment, in dem ich begriff, dass Ben mich liebte. Ich fühlte, dass es eine ursprüngliche und echte Liebe war, die nicht nur Regenbögen und Schmetterlinge kennt, sondern manchmal auch Angst. Ich spürte seine Angst in diesem Kuss und wie verzweifelt und erleichtert er war.

Endlich und doch viel zu früh löste er sich von mir. Ich hatte fast vergessen, dass wir mitten auf dem Parkplatz im Regen standen. »Es tut mir leid«, sagte er und tastete mit dem Daumen nach dem Blut an seiner Lippe.

»Nein.« Ich holte ein Taschentuch aus meiner Jacke und tupfte seine Lippe ab. »Mir tut es leid.« Er fasste mein Handgelenk und nahm meine Hand von seinem Mund, dann küsste er mich noch einmal. Zärtlich.

»Du bist ziemlich sexy«, sagte er, als er das Telefon aus seiner Jackentasche fischte. Er drückte ein paar Tasten, dann sagte er: »Hallo, dies ist die Mailbox von Ben Ross. Bitte hinterlassen Sie eine Nachricht, ich rufe zurück. Wenn es darum geht, was ich heute Abend noch vorhabe: Ich habe keine Zeit. Von jetzt an werde ich nie wieder Zeit haben.« Er legte auf und sah mich an.

»Das wäre nicht nötig gewesen«, sagte ich. Ben lächelte.

»Nein.« Er holte das Parkticket aus der Tasche. »Ich hoffe

wirklich, dass sie aufhört, mich anzurufen. Es wird ohnehin nichts dabei rauskommen. Ich bin schwer in eine andere verliebt.«

Ich lachte, während er dem Mann vom Parkservice das Ticket überreichte.

»In dich übrigens«, erklärte er nüchtern und zog seine Jacke über meinen Kopf, um mich vor dem Regen zu schützen.

»Das habe ich mir schon gedacht.«

»Bist du noch hungrig?«, fragte er. »Ich habe einen Bärenhunger, aber da drin können wir uns nicht mehr blicken lassen.«

Juni

Hallo, dies ist die Mailbox von Ben Ross. Bitte hinterlassen Sie eine Nachricht, ich rufe zurück. Wenn es darum geht, was ich heute Abend noch vorhabe: Ich habe keine Zeit. Von jetzt an werde ich nie wieder Zeit haben.«

»Hallo, dies ist die Mailbox von Ben Ross. Bitte hinterlassen Sie eine Nachricht, ich rufe zurück. Wenn es darum geht, was ich heute Abend noch vorhabe: Ich habe keine Zeit. Von jetzt an werde ich nie wieder Zeit haben.«

»Hallo, dies ist die Mailbox von Ben Ross. Bitte hinterlassen Sie eine Nachricht, ich rufe zurück. Wenn es darum geht, was ich heute Abend noch vorhabe: Ich habe keine Zeit. Von jetzt an werde ich nie wieder Zeit haben.«

Immer wieder höre ich die Ansage, bis ich jede Nuance in seiner Stimme und jede Pause auswendig kenne, bis ich sie auch höre, wenn ich nicht anrufe. Und dann rufe ich noch einmal an.

Doch diesmal geht nicht die Mailbox ran. Stattdessen nimmt Susan ab.

»Elsie! Himmel! Hören Sie auf damit, okay? Lassen Sie

mich in Ruhe. Ich halte das nicht mehr aus! Er wird begraben! Genau wie Sie es wollten. Hören Sie jetzt auf.«

»Äh ...« Ich bin so verblüfft, dass ich nicht weiß, was ich erwidern soll.

»Auf Wiedersehen, Elsie!«

Sie legt auf.

Ich sitze fassungslos auf dem Bett, starre vor mich hin und blicke abwesend auf einen Fleck an der Decke. Sie hätte das Telefon stumm oder ausschalten können. Aber das hat sie nicht getan. Stattdessen wollte sie mich anschreien.

Ich wähle noch einmal Bens Nummer, und sie nimmt ab.
»Verdammt!«, sagt sie.

»Wenn Sie so tun wollen, als wüssten Sie alles über Ihren Sohn – von mir aus. Machen Sie sich ruhig etwas vor. Aber versuchen Sie nicht, mich da mit hineinzuziehen. Ich bin seine Frau. Er hatte sechs Monate lang Bedenken, Ihnen von mir zu erzählen. Sechs Monate lang wollte er Ihnen erzählen, dass er sich verliebt hat. Sechs Monate lang hat er es nicht getan, weil er dachte, Sie wären zu verzweifelt, um damit umzugehen. Ja, er hat es vor Ihnen geheim gehalten. Und ich habe es zugelassen, weil ich ihn liebte. Sie wollen sauer auf ihn sein? *Von mir aus.* Sie wollen nicht wahrhaben, was passiert ist? *Von mir aus.* Es ist mir wirklich egal, Susan. Aber ich habe meinen Mann verloren, und ich werde dieses verdammte Telefon so oft anrufen, wie ich will. Weil ich seine Stimme vermisse. Stellen Sie es aus, wenn es Sie stört.«

Sie schweigt einen Augenblick, ich möchte auflegen, aber ich will auch hören, was sie zu sagen hat.

»Schon komisch, dass Sie der Meinung sind, sechs Monate wären eine lange Zeit«, sagt sie. Dann legt sie auf.

Meine Wut treibt mich aus dem Schlafzimmer und in meine Schuhe. Als Ana fragt, was ich vorhabe, erkläre ich ihr wütend, dass ich bald zurück sei. Die Wut treibt mich aus dem Haus in die Junihitze, und dann verlässt sie mich.

Ich stehe vor dem Haus und weiß nicht, was ich fühlen oder was ich tun soll. Ich stehe dort eine ganze Weile, dann drehe ich um und gehe wieder hinein. Vor diesem Problem gibt es keine Flucht. Und keinen Trost.

»Ich muss noch etwas zum Anziehen für morgen heraussuchen«, sage ich, als ich wieder hereinkomme.

»Nein, musst du nicht«, antwortet Ana. »Ich habe dir was rausgelegt. Mach dir darüber keine Gedanken.«

»Was hast du denn ausgesucht?« Ich sehe sie dankbar und gleichzeitig verwirrt an.

»Etwas, das sexy ist und trotzdem anständig. Deshalb trägst du das ärmellose Etuikleid mit den schwarzen Pumps. Und ich habe dir das hier gekauft.« Ana zieht etwas unter der Couch hervor. Mir fällt auf, dass diese Couch ihr seit Tagen als Bett dient, wenn ich nicht gerade darauf liege, weil ich meinem Bett entfliehen will.

Sie reicht mir einen Karton. Ich stelle ihn auf meine Knie und nehme den Deckel ab. In dem Karton befindet sich ein kleiner schwarzer Hut mit einem kurzen schwarzen Schleier. Es ist ein morbides Geschenk. Ein Geschenk, für das man sich eigentlich nicht bedankt oder von dem man behaupten könnte, dass man es sich schon immer gewünscht hat. Aber irgendwie füllt dieses kleine Geschenk ein kleines Stück des riesigen Lochs in meinem Herzen.

Ich nehme den Hut vorsichtig aus dem Karton und zerknittere dabei das Seidenpapier, in das er eingewickelt ist.

Ich stelle den Karton auf den Boden und setze den Hut auf. Dann blicke ich Hilfe suchend zu Ana, damit sie ihn mir richtig zurechtrückt. Anschließend gehe ich ins Bad und betrachte mich im Spiegel.

Zum ersten Mal, seit Ben tot ist, sehe ich aus wie eine Witwe. Zum ersten Mal habe ich das Gefühl, die Person im Spiegel zu erkennen. Da bin ich, gramgebeugt und verletzt. Verwitwet. Es ist eine große Erleichterung, mich so zu sehen. Ich habe mich in meinem Witwendasein so fremd gefühlt, dass es mich sehr beruhigt, endlich wie eine Witwe auszusehen. Ich würde am liebsten zu Susan rennen und sagen: »Sehen Sie mich an. Sehe ich nicht aus wie eine Frau, die ihren Mann verloren hat?« Wenn ich so aussehe, werden mir alle glauben.

Ana steht hinter mir im Bad. Sie hat die Schultern hochgezogen und die Hände gefaltet. Offenbar ist sie unsicher, ob das Geschenk nicht doch ein großer Fehler war. Schließlich wünscht sich niemand so etwas. Ich drehe mich zu ihr um und fasse nach dem Hut. Sie hilft mir, ihn abzusetzen.

»Danke«, sage ich und lege meine Hand auf ihre Schulter. Aus irgendeinem Grund muss ich ausnahmsweise nicht meinen Kopf an sie lehnen. »Er ist wunderschön.«

Ana zuckt die Schultern und entspannt sich kaum merklich. »Meinst du wirklich? Ist er nicht zu übertrieben? Ist er nicht zu – makaber?«

Ich weiß nicht genau, was *makaber* bedeutet, und schüttele den Kopf. Egal, was sie Schlechtes über das Geschenk denkt, sie liegt falsch. Angesichts der Umstände gefällt es mir sehr gut.

»Du bist eine Freundin, die ich nicht …« Es fällt mir schwer, die Worte auszusprechen, und ich kann ihr dabei nicht in die Augen sehen. »Niemand verdient eine so wunderbare Freundin wie dich«, sage ich, »außer du selbst vielleicht.«

Ana lächelt und nutzt meine ausnahmsweise nicht völlig schlechte Laune, um mir auf die Rückseite meiner Schenkel zu schlagen. »Was soll ich sagen? Ich liebe dich nun mal.«

»Sollte ich das vorher anprobieren?«, frage ich und habe auf einmal Lust auf ein altmodisches Verkleidungsspiel. Auf dem College haben Ana und ich immer Verkleiden gespielt, jede von uns ging ins Bad und versuchte, sich für die andere ein möglichst lächerliches Kostüm auszudenken. Dies hier ist anders. Dies hier ist viel trauriger, diese Verkleidung hat das Leben uns auferlegt, aber Ana macht mit.

»Nur zu. Ich warte hier draußen.«

Ich laufe ins Schlafzimmer und sehe, dass sie mir Kleid und Schuhe hingelegt hat. Ich ziehe mich schnell um und ergänze das Ganze um eine schwarze Strumpfhose, weil der Schleier in Kombination mit den nackten Beinen etwas zu sexy wirken würde.

»Schickt es sich, eine sexy Witwe zu sein?«, rufe ich ihr zu, während ich meinen zweiten Schuh anziehe.

Ana lacht. »Mir ist noch keine über den Weg gelaufen«, erwidert sie.

Ich trete in den Flur. In dem Moment rutsche ich mit dem Absatz weg, knicke um und falle auf den Hintern. Einen Augenblick lang starrt Ana mich an. Sie weiß nicht, was sie tun soll. Sie weiß nicht, ob ich lachen oder weinen werde. Sie ist starr vor Schreck, weil sie damit rechnet, dass ich weinen werde, denn das wäre genau der richtige Anlass, aber ich will jetzt nicht weinen. Als ich ihren Blick erwidere, spüre ich, wie sich in meinem Bauch ein Lachen bildet. Ich spüre, wie es durch meinen Körper nach oben wandert und mich überwältigt.

»O Gott«, sage ich keuchend und mit tränenden Augen. »Oh!«

Ana bricht nun ebenfalls in lautes Lachen aus. Gackernd wirft sie sich neben mich auf den Boden. »Ich weiß nicht, warum«, sagt sie und ringt nach Luft, »das so lustig ist.«

»Aber das ist es«, erwidere ich und lache weiter mit ihr. Ohne sie hätte ich mich wohl schneller wieder eingekriegt, aber ihr Lachen wirkt ansteckend. Mein Gelächter gerät außer Kontrolle, es ist laut und frei. Ana trocknet sich die Augen und wird wieder ernst, dann sieht sie mich an und prustet erneut los. Als ich mich schließlich fange, ist mir schwindelig.

»Ooooh.« Ich versuche, mich zu beruhigen. Es fühlt sich so gut an. Ich spüre es in meinem Bauch und in meinem Rücken. Dann sehe ich mich kurz im Spiegel, und mir fällt wieder ein, weshalb ich ganz in Schwarz an einem Freitagnachmittag mitten auf dem Fußboden sitze. Ben ist weg. Und ich hasse mich dafür, dass ich lache. Dass ich, wenn auch nur für zehn Sekunden, den Mann vergessen habe, den ich verloren habe.

Ana spürt, dass die Stimmung kippt. Die Trauerpause ist vorbei, und ich muss wieder umsorgt werden. Sie steht zuerst auf, klopft sich den Staub vom Hintern und reicht mir die Hand. Ich richte mich ungeschickt auf. Bei dem Bemühen, wie eine Dame aufzustehen, ist meine Unterwäsche zu sehen. Es genügt nicht, wenn ich mich wie eine Dame benehme – ich muss mich wie eine Witwe benehmen. Eine Witwe zu sein, erfordert noch mehr Beherrschung. Witwen zeigen ihre Unterwäsche nicht, nicht mal unabsichtlich.

Beschissener kann es nicht werden.

Als Ana und ich am Morgen Los Angeles verlassen, ist es heiß. In Orange County kommt es mir sogar noch heißer vor, stickiger, schwüler, in jeder Hinsicht schrecklicher. In Südkalifornien ist es immer wärmer als im Rest des Landes und angeblich weniger feucht. Aber an diesem Junimorgen ist es höllisch heiß, und ich bin schwarz gekleidet.

Wir kommen nicht zu spät und nicht zu früh. Jedenfalls nicht so früh, wie man es von der Frau des Verstorbenen erwarten würde. Als ich ans Grab trete, starrt Susan mich an. Vermutlich ist sie bereits seit einer geschlagenen Dreiviertelstunde hier. Gern hätte ich ihr gesagt, dass wir nicht früher gekommen sind, weil ich beinahe gar nicht mitgefahren wäre, weil ich mich geweigert habe, in den Wagen zu steigen. Weil ich mich in meinen Vorgarten geworfen und Ana gesagt habe, ich würde allen Ernstes glauben, dass Ben niemals wiederkommen wird, wenn ich zu dieser Beerdigung gehe. Während mir die schwarze Wimperntusche die Wagen hinunterlief, habe ich verkündet, dass ich hierbleiben und warten würde. »Ich darf ihn nicht aufgeben«, sagte ich, als wäre es Verrat, auf diese Beerdigung zu gehen.

Wir sind nur rechtzeitig hier, weil Ana mich vom Boden hochgezogen, mir in die Augen gesehen und gesagt hat: »Er wird nicht mehr zurückkommen. Ob du hingehst oder nicht. Also steig jetzt in den Wagen, denn das ist das Letzte, das du gemeinsam mit ihm erleben wirst.«

Ana steht jetzt in einem schwarzen Hosenanzug neben mir. Ich wage zu vermuten, dass sie ihn nur deshalb angezogen hat, damit ich umso mehr heraussteche. Als wäre es meine Hochzeit. Susan trägt einen schwarzen Pullover und einen schwarzen Rock. Sie ist von jungen Männern in schwarzen

Anzügen und von ein paar älteren Frauen in schwarzen oder dunkelblauen Kleidern umgeben. Wir stehen vor dem Grab im Gras. Die Absätze meiner Pumps bohren sich in die Erde, ich sinke in den Boden, als stünde ich auf Treibsand. Wenn ich die Beine bewegen will, muss ich die Absätze wie kleine Schaufeln aus dem Boden ziehen.

Ich höre den Pastor sprechen. Vielmehr höre ich, dass er spricht, kann aber nicht verstehen, was er sagt. Wahrscheinlich ist es derselbe Pastor, der vor ein paar Jahren die Trauerfeier für Bens Vater abgehalten hat. Ich weiß nicht, welcher Konfession er angehört. Ich weiß nicht, wie gläubig Susan ist. Er spricht vom Leben nach dem Tod, von dem ich nicht weiß, ob ich daran glauben soll, und von einem Gott, dem ich nicht vertraue. Ich stehe mit gesenktem Kopf da und betrachte flüchtig die mir unbekannten Menschen um mich herum. Ich glaube, ich habe mir noch nie vorgestellt, wie es sein würde, auf die Beerdigung meines Ehemannes zu gehen – egal, ob es sich nun um Ben oder den Fantasieehemann gehandelt hat, von dem ich geträumt habe, ehe ich Ben begegnet bin. Aber wenn ich es mir vorgestellt hätte, hätte ich wohl erwartet, die anderen Menschen auf der Beerdigung zu kennen.

Ich sehe zu ihnen hinüber und kann nur vermuten, dass es sich um Tanten und Onkel, Cousins oder Nachbarn handelt. Ich zwinge mich, nicht länger darüber nachzugrübeln, wer sie sind, denn sonst bekomme ich das Gefühl, Ben nicht gekannt zu haben. Aber ich kannte Ben, nur diesen Teil seines Lebens eben nicht.

Die Gruppe auf der Seite des Grabs, auf der ich mich befinde, sieht aus wie eine Horde Pennäler auf einer Schultanzveranstaltung. Es sind Bens Freunde und sein ehemaliger Mitbewohner, Männer, die einen einzigen guten Anzug besitzen, jeden Abend Pizza essen und bis in die Nacht Videospiele spielen. So war Ben auch, wenn er zu Hause bei seiner Mutter war, das waren seine Freunde. Es ist gut, dass sie jetzt hier sind, wie namen- und gesichtslos sie mir in der Menge auch vorkommen mögen. Ana steht neben mir, sie ist eine der wenigen Frauen in meinem Alter. Ben hatte nicht viele weibliche Bekannte, und die Anwesenheit seiner Exfreundinnen wäre hier wohl unangebracht. Einige meiner Freunde haben mir angeboten zu kommen; diejenigen, die Ben ein paar Mal begegnet oder mit uns ausgegangen sind. Ich hatte Ana gebeten, sich höflich zu bedanken und ebenso höflich abzulehnen. Ich wusste nicht, wie ich mich ihnen gegenüber in dieser Situation verhalten sollte. Ich wusste nicht, wie ich als ihr Gastgeber an einem Ort auftreten sollte, an dem ich mich selbst nur wie ein Gast fühlte.

Als der Pastor verstummt, befürchte ich, dass ich mit meiner Rede an der Reihe bin, und sehe erleichtert, dass er zunächst auf Susan deutet.

Susan tritt an die Stirnseite des Grabs und öffnet eine Aktenmappe. Hätte ich auch eine Aktenmappe mitbringen sollen? Ich habe kaum etwas vorbereitet. Ich konnte einfach nicht über meine Rede nachdenken. Es war zu schrecklich. Ich verzichtete darauf und beschloss zu improvisieren. Kann etwas schlimmer sein, als im Bett zu liegen und darüber nachzudenken, was man über den Leichnam seines toten Ehemanns sagen soll? Zumindest dachte ich das, bis ich Susans Aktenmappe sehe. Sie hat nicht darauf geweint oder sie eingerissen. Sie hat nicht aus Nervosität die Ecken umgeknickt. Die Mappe ist tadellos. Ich wette, die Unterlagen darin sind noch nicht einmal von Hand geschrieben, sondern ordentlich getippt.

»Zunächst möchte ich allen danken, die heute gekommen sind. Ich weiß, dass es angenehmere Arten gibt, den Samstagmorgen zu verbringen.« Sie deutet ein Lächeln an, und der Rest von uns gibt ein schnaubendes Geräusch von sich, sodass sie fortfahren kann. »Einige von euch waren vor ein paar Jahren dabei, als Ben und ich Steven begraben haben. Damals habe ich gesagt, Steven hätte gewollt, dass wir den Tag genießen. Er hätte gewollt, dass wir lächeln. Das weiß ich ganz genau, weil Steven und ich darüber gesprochen haben, bevor er starb. Wir waren zusammen im Krankenhaus, als wir erfuhren, dass sich sein Zustand nicht mehr verbessern würde. Als das Ende nahe war, sagte er mir, was ich dann zu euch gesagt habe: ›Es soll ein freudiger Tag sein, Susie. Genau wie mein Leben voller Freude war.‹ Ich war in seinen letzten Stunden nicht bei Ben.« Ihre Gesichtszüge entgleisen, und sie blickt nach unten. Dann fasst sie sich wieder. »Aber er war seinem Vater in vielerlei Hinsicht ähnlich, und ich bin mir sicher, dass Ben sich dasselbe gewünscht hätte. Er hatte Freude am Leben, und wir sollten unser Bestes tun, diesen Tag freudig zu begehen. Sein Tod ist sinnlos und schmerzhaft, aber ich verspreche, dass ich mein Bestes geben werde, diesen Tag zu einem Festtag zu seinen Ehren zu machen. Ich danke Gott für jeden Tag, den ich mit ihm hatte, mit meinen beiden Männern. Wir können jammern und klagen, weil Ben fort ist, aber ich versuche, ich werde, ich …« Sie lacht traurig. »Ich bemühe mich, meine Zeit mit Ben als Geschenk Gottes zu betrachten. Eine Zeit, die kürzer war, als ich es mir gewünscht hätte, aber nichtsdestotrotz eine wundervolle Zeit.« Sie sieht mir kurz in die Augen, lange genug, dass wir beide uns dessen bewusst sind, dann richtet sie den Blick wieder zur Seite. »Egal, wie viele Tage wir mit ihm hatten, sie waren ein Geschenk. Um ihn zu feiern und seiner zu gedenken, möchte ich euch eine Geschichte erzählen, die zu meinen schönsten Erinnerungen an Ben gehört.

Er war achtzehn und zog von zu Hause aus, um aufs College zu gehen. Wie viele von euch wissen, war sein College nur eine oder zwei Stunden entfernt. Doch so weit war er noch nie von mir weg gewesen, und ich hatte Angst. Mein einziger Sohn zog aus! Den ganzen Sommer über brach ich immer wieder in Tränen aus, versuchte es vor ihm zu verbergen, versuchte, ihm keine Schuldgefühle zu bereiten. Dann war es so weit. Nein – halt.« Sie zögert einen Augenblick und liest nicht weiter vom Papier ab. »Ihr müsst noch wissen, dass wir ein Gästebad im Haus haben, das wir nie benutzen. Wir haben uns immer darüber lustig gemacht, dass jahrelang niemand einen Fuß in dieses Bad gesetzt hat, obwohl ich es hübsch habe renovieren lassen. Unsere Gäste benutzen das Badezimmer im Erdgeschoss. Ich musste das Gästebad noch nicht einmal putzen. Jedenfalls, als Steven und ich Ben beim Einzug in sein neues Zuhause geholfen und seine Sachen hineingetragen hatten, fing ich vor den Augen seines neuen Mitbewohners und dessen Eltern erneut zu heulen an. Es muss schrecklich für Ben gewesen sein, aber er hat es nicht gezeigt. Er brachte mich zum Wagen, umarmte Steven und mich und sagte: ›Mom, mach dir keine Sorgen. Ich komme nächsten Monat übers Wochenende nach Hause, okay?‹ Ich nickte. Ich wusste, wenn ich nicht sofort ginge, würde ich es gar nicht mehr schaffen. Ich stieg in den Wagen, und Steven und ich wollten gerade losfahren, als Ben mir einen letzten Kuss gab und sagte: ›Wenn du traurig bist, geh ins Gästebad.‹ Ich bat ihn, mir zu erklären, was er damit meinte, aber er lächelte nur und wiederholte seine Worte.

Also ließ ich es gut sein, und als ich nach Hause kam, lief ich sofort hinauf.« Sie lacht. »Ich konnte es gar nicht abwarten. Als ich das Licht einschaltete, sah ich, dass er mit Seife auf den Badezimmerspiegel ›Ich liebe dich‹ geschrieben hatte. Und darunter stand: ›Und das kannst du für alle Ewigkeit stehen lassen, weil es sowieso nie jemand sieht.‹ Das habe ich getan, es steht immer noch auf dem Spiegel. Ich glaube nicht, dass irgendjemand es je gesehen hat.«

Ich richte gerade noch rechtzeitig den Blick auf den Boden, sodass die Tränen aus meinem Gesicht auf meine Schuhe fallen.

Januar

Es war der vorletzte Tag unserer fünf Wochen. In den vergangenen vier Wochen und sechs Tagen hatten Ben und ich jede freie Minute miteinander verbracht. Es durfte nur keiner von uns Worte wie *Freund*, *Freundin* oder, noch deutlicher, *Ich liebe dich* benutzen. Ich freute mich sehr auf den nächsten Tag. Wir hatten den Tag im Bett verbracht und Zeitschriften (ich) und Tageszeitungen (er) gelesen. Außerdem hatte er versucht, mich davon zu überzeugen, wie toll es wäre, sich einen Hund anzuschaffen. Offenbar hatten ihn die Hundebilder in den Kleinanzeigen dazu inspiriert.

»Sieh dir den an. Der ist auf einem Auge blind«, sagte Ben und hielt mir die Zeitung vors Gesicht. Seine Fingerspitzen waren grau vor Druckerschwärze. Ich machte mir Sorgen, dass er überall auf meiner weißen Bettwäsche Spuren hinterließ.

»Wie süß!« Ich legte meine Zeitschrift hin und drehte mich zu Ben um. »Wie alt ist er?«

»Zwei! Er ist zwei Jahre alt und braucht ein Zuhause, Elsie! Er könnte bei uns wohnen! Wir können ihn aufnehmen!«

Ich nahm ihm die Zeitung aus der Hand. »*Wir* können

gar nichts. *Wir* sprechen über nichts, das *unsere* Beziehung in irgendeiner Form vorantreibt oder festigt. Was ein Hund ganz sicher tut.«

Ben nahm mir die Zeitung wieder ab. »Ja, aber damit ist es morgen vorbei, und der Hund könnte vielleicht schon heute ein neues Zuhause finden!«

»Nun, das wäre doch ganz gut so, oder? Dann müssen wir ihm nicht helfen«, bemerkte ich und lächelte provokant.

»Elsie.« Ben schüttelte den Kopf. Er sprach bewusst mit kindlicher Stimme. »Als ich gesagt habe, dass ich mir Sorgen mache, ob der Hund ein gutes Zuhause findet, war ich wohl nicht ganz ehrlich, was meine Gefühle für diesen Hund angeht.«

»Ach, nicht?« Ich tat schockiert.

»Nein, Elsie, das war ich nicht, und ich glaube, du hast das sehr wohl gemerkt.«

Ich schüttelte den Kopf. »Ich weiß nicht, wovon du sprichst.«

»Ich will diesen Hund, verdammt! Ich will nicht, dass ihn jemand anders bekommt! Wir müssen ihn heute holen!«

Bis dahin hatten wir Spaß gemacht, aber langsam bekam ich das Gefühl, ich müsste nur Ja sagen und Ben würde sich augenblicklich anziehen und in den Wagen springen.

»Wir können keinen Hund haben!«, sagte ich lachend. »Bei wem soll er überhaupt wohnen?«

»Hier. Er wohnt hier, und ich kümmere mich um ihn.«

»Hier? In meiner Wohnung?«

»Zu mir kann ich ihn nicht nehmen! Das ist ein Dreckloch!«

»Du willst also wirklich, dass *ich* mir einen Hund anschaffe, mit dem *du* dann spielen kannst?«

»Nein, ich will mich mit dir zusammen um den Hund kümmern. Es ist *unser* Hund.«

»Du schummelst. Das treibt die Beziehung voran. Das ist ein riesiger, einfach ein riesiger ... Ich meine ...«

Ben fing an zu lachen. Er merkte, dass er mich in Bedrängnis brachte. Die Unterhaltung bewegte sich auf das Thema »Zusammenziehen« zu, und darüber wollte ich nur zu gern sprechen. So gern, dass es mir peinlich war und ich alles tat, um es zu verbergen.

»Na schön«, sagte er, legte einen Arm um mich und den anderen unter seinen Kopf auf das Kissen. »Ich werde den Rest des Tages kein Wort mehr darüber verlieren. Aber können wir noch einmal darüber reden, wenn Buster morgen noch nicht abgeholt wurde?«

»Buster? Du willst den Hund Buster nennen?«

»In der Anzeige steht, dass er Buster heißt. Wenn es nach mir ginge, würden wir den Hund Sonic nennen.«

»Ich werde mir keinen Hund anschaffen und ihn dann Sonic nennen.«

Ben lachte über sich selbst. »Bitte sag nicht, dass du einen Hund Waldi oder Wuschel nennen willst.«

»Wenn ich einen Hund hätte, würde ich ihm einen Namen geben, der zu ihm passt. Ich würde die Persönlichkeit des Hundes berücksichtigen, verstehst du?«

»Hat dir schon einmal jemand gesagt, dass du die langweiligste Frau der Welt bist?«, fragte Ben lächelnd.

»Jetzt schon«, antwortete ich. »Wie spät ist es? Wir wollten uns doch mit Ana treffen.«

»Es ist zwanzig vor sechs«, sagte er.

»*Ach herrje!*« Ich sprang aus dem Bett und in meine Jeans. »Wir sind schon zu spät dran!«

»Wir treffen uns um sechs mit ihr, oder?«, fragte Ben und rührte sich nicht. »Keine Panik, sie kommt doch immer zu spät.«

»Ja, ja, aber *wir* müssen trotzdem pünktlich sein!« Ich suchte unter dem Bett nach meinem BH. Da mir meine Brüste in gewissen Körperhaltungen nicht gefielen, hielt ich sie mit einem Arm fest, während ich durchs Zimmer lief.

Ben stand auf. »Okay. Können wir sie nicht anrufen und fragen, ob sie pünktlich sein wird?«

Ich hörte einen Moment auf zu suchen und starrte ihn an. »Was? Nein. Wir müssen jetzt los!«

Ben lachte. »Okay, wir sind um fünf nach sechs da«, sagte er, zog seine Hose an und warf sich ein Hemd über. Schon war er ausgehfertig. Ich war noch nicht annähernd so weit.

»Okay! Okay!« Ich rannte ins Bad, um nachzusehen, ob ich meinen BH dort gelassen hatte. Ben folgte mir und half mir suchen. Er fand ihn und warf ihn mir zu. »Für mich musst du deine Brüste nicht festhalten. Ich weiß, dass du denkst, sie wären hässlich, wenn du dich vorbeugst, aber das stimmt nicht. Das nächste Mal lass sie also einfach hüpfen, Baby.«

Ich sah ihn fassungslos an. »Du bist total verrückt.«

Er hob mich hoch, als würde ich nur drei Pfund wiegen. Mein Körper schmiegte sich an seinen, und ich stützte mich auf seinen Schultern ab. Er sah mich an und küsste mein Dekolleté. »Bin ich verrückt, weil ich dich liebe?«

Ich glaube, er war genauso schockiert, dass er das gesagt hatte, wie ich. »Weil ich bestimmte Teile von dir liebe, meinte ich.« Er setzte mich wieder ab. »Ich meinte bestimmte Teile von dir.« Er errötete leicht, während ich ein Shirt anzog. Ich lächelte ihn an wie ein Kind, das meine Autoschlüssel versteckt hat, dem ich aber einfach nicht böse sein kann.

»Das durftest du nicht sagen«, ärgerte ich ihn, trug Wimperntusche auf und zog meine Schuhe an.

»Vergiss es, bitte!« Er wartete an der Tür auf mich.

»Ich glaube nicht, dass ich das so leicht vergessen kann!«, erwiderte ich und ging an ihm vorbei nach draußen.

Wir setzten uns ins Auto, und er startete den Motor. »Es tut mir wirklich leid. Es ist mir einfach so rausgerutscht.«

»Du hast gegen die Regeln verstoßen!«, stellte ich fest.

»Ich weiß! Ich weiß. Es ist mir auch peinlich. Es …« Er ließ den Satz in der Luft hängen, während wir die Straße hinunterfuhren. Er tat, als würde er sich aufs Fahren konzentrieren, aber ich wusste, dass er nur über diesen einen Satz nachdachte.

»Es was?«

Ben seufzte und wirkte plötzlich ernst. »Ich habe mir diese Sache mit den fünf Wochen ausgedacht, weil ich Angst hatte, dir zu früh zu sagen, dass ich dich liebe, und dass du meine Gefühle nicht erwidern würdest und es mir dann peinlich wäre. Und nun habe ich die ganze Zeit gewartet und habe es dir trotzdem zu früh gesagt, und du hast mir nicht dasselbe gesagt, und jetzt *ist* es mir peinlich.« Er erzählte es wie einen Witz, aber es war kein Witz.

»Hey«, sagte ich und fasste seinen Arm. Wir standen gerade an einer roten Ampel. Ich drehte seinen Kopf zu mir und sah ihm in die Augen. »Ich liebe dich auch. Wahrscheinlich schon länger als du mich. Ich warte quasi schon den ganzen Monat darauf, es dir zu sagen.«

Seine Augen wirkten glasig, und ich wusste nicht, ob ihm die Tränen kamen oder was sonst los war. Jedenfalls küsste er mich und sah mich an, bis die Wagen hinter uns zu hupen anfingen. Sogleich konzentrierte sich Ben wieder auf die Straße.

»Dabei hatte ich so einen tollen Plan!« Er lachte. »Ich wollte morgen früh aufstehen und ins Bad gehen und mit einem Stück Seife ›Ich liebe dich‹ an den Spiegel schreiben.«

Ich lachte. »Na, das kannst du doch immer noch tun«, sagte ich und rieb seine Hand. »Es bedeutet mir genauso viel.«

Ben lachte. »Okay, vielleicht mache ich das.« Er tat es wirklich, und ich ließ es tagelang stehen.

Juni

Nach ihrer Rede empfinde ich unwillkürlich Mitgefühl mit Susan. Durch ihre Worte ist die Liebe zu meinem Mann selbst nach seinem Tod noch gewachsen.

Susan geht am Grab entlang zurück zu ihrem Platz, und der Pastor bittet mich nach vorn. Vor Nervosität schwitze ich noch stärker, als ich es ohnehin schon der Hitze wegen tue.

Ich ziehe meine Absätze aus der Erde und stelle mich an die Stirnseite von Bens Grab. Einen Augenblick starre ich auf den Holzkasten vor mir. Ich weiß, was sich darin befindet. Erst vor ein paar Tagen hat dieser Körper einen Ring auf meinen Finger gesteckt. Dieser Körper ist auf ein Fahrrad gestiegen und die Straße hinuntergefahren, um mir Fruity Pebbles zu besorgen. Er hat mich geliebt. Es heißt, dass öffentliche Auftritte und Todesfälle die beiden Dinge sind, die einem Menschen den größten Stress bereiten können. Deshalb verzeihe ich mir, dass ich vor Angst beinahe ohnmächtig werde.

»Ich«, hebe ich an. »Ich ...« Ich zögere. Wo soll ich anfangen? Wieder fällt mein Blick auf den Sarg vor mir. Ich wende mich ab. Wenn ich weiter darüber nachdenke, was ich hier tue, werde ich völlig zusammenbrechen. »Danke, dass Sie gekommen sind. Denjenigen unter Ihnen, die mich nicht kennen, möchte ich mich gern vorstellen. Ich heiße Elsie und ich bin Bens Frau.«

Ich muss atmen. Ich muss einfach nur atmen.

»Ich nehme an, dass Sie inzwischen alle gehört haben, dass Ben und ich nur wenige Tage vor seinem Tod geheiratet haben. Mir ist klar, dass diese Situation für uns alle nicht leicht ist. Wir sind einander fremd, aber wir teilen einen sehr realen Verlust. Vor unserer Heirat war ich nur kurze Zeit mit Ben zusammen. Ich gebe zu, dass ich ihn nicht sehr lange gekannt habe. Aber die kurze Zeit, in der ich seine Frau war, war die wichtigste Zeit meines Lebens.

Er war ein guter Mann mit einem großen Herzen, und er hat Sie alle geliebt. Er hat mir so viele Geschichten über Sie erzählt. Dass Sie, Tante Marilyn, ihn dabei erwischt haben, wie er in Ihren Garten gepinkelt hat. Oder wie er mit dir, Mike, als Kind Räuber und Gendarm gespielt hat, wobei ihr beide Räuber wart und es somit gar keinen Gendarm gab. Diese Geschichten haben dazu beigetragen, dass meine Liebe für ihn so schnell gewachsen ist, und sie bewirken heute, dass ich mich Ihnen sehr nahe fühle.«

Ich würde den Menschen, deren Namen ich erwähne, dabei gern in die Augen sehen, aber um ehrlich zu sein, bin ich nicht ganz sicher, wer von den älteren Damen Marilyn, und wer von den jungen Männern Mike ist. Mein Blick wandert über die Menschen, die mich ansehen, und zuckt kurz zu Susan hinüber. Sie hält den Kopf gesenkt.

»Ich möchte einfach nur, dass Sie alle wissen, dass er am Ende seines Lebens jemanden hatte, der ihn von ganzem

Herzen geliebt hat. Der an ihn geglaubt hat. Ich habe mich gut um ihn gekümmert, das schwöre ich. Und da ich die Letzte bin, die ihn lebend gesehen hat, versichere ich Ihnen, dass er glücklich war. Er war glücklich mit seinem Leben.«

Susan fängt meinen Blick auf, als ich zurück auf meinen Platz gehe. Diesmal nickt sie mir kurz zu, dann senkt sie erneut den Kopf. Der Pastor nimmt wieder seinen Platz an der Stirnseite des Sargs ein, und meine Gedanken schweifen ab.

Als ich neben Ana trete, legt sie ihren Arm um mich und drückt mich. Der Pastor reicht Susan und mir kleine Schaufeln, mit denen wir Erde auf den Sarg schippen sollen. Wir treten beide vor und nehmen die Schaufeln entgegen, doch Susan greift die Erde mit der Hand und wirft sie zärtlich auf Bens Sarg. Ich tue es ihr gleich. Wir stehen dort Seite an Seite und doch jede für sich allein. Ich beneide die Erde, die so viele Jahre dicht bei Ben verbringen darf. Als ich den Staub von meinen Händen klopfe und Susan sich auf den Weg zurück zu ihrem Platz macht, berühren sich zufällig unsere kleinen Finger. Ich erstarre unwillkürlich, und in dem Moment fasst sie meine Hand, nur für den Bruchteil einer Sekunde, und drückt sie, ohne mich dabei anzusehen. Einen Augenblick sind wir uns nah, dann geht Susan zurück auf ihren Platz und ich auf meinen. Ich würde gern zu ihr laufen, sie umarmen und sagen: »Siehst du, wie gut wir uns verstehen könnten.« Aber das tue ich nicht.

Ich gehe zurück zum Wagen und bereite mich auf die nächste Etappe dieses Tages vor. Im Geiste unterteile ich ihn in winzige Schritte. Zunächst muss ich nur auf dem Beifahrersitz Platz nehmen, dann fährt Ana uns zu Susans Haus. Wenn sie parkt, muss ich einen Fuß aus dem Wagen setzen, dann den anderen. Auf dem Weg zu Susans Haus darf ich nicht weinen. Ich muss den anderen Trauergästen betroffen zulächeln, während wir gemeinsam hineingehen. So weit, so gut – bis wir tatsächlich vor Susans Haus halten, wo die Autos in einer langen Schlange hintereinander am Bürgersteig parken. Wissen die Nachbarn Bescheid? Beobachten sie diese Invasion in ihrer Straße und denken: *Arme Susan Ross. Jetzt hat sie auch noch ihren Sohn verloren?*

Ich steige aus dem Wagen und streiche mein Kleid glatt. Ich nehme den Hut mit dem Schleier ab und lege ihn auf den Beifahrersitz. Ana bemerkt es und nickt mir zu.

»Zu dramatisch für diesen Anlass«, bemerkt sie.

Wenn ich den Mund öffne, werde ich hemmungslos hier auf dem Bürgersteig weinen. Ich nicke nur und presse die Lippen zusammen, damit sich der Kloß in meinem Hals auflöst. Ich sage mir, dass ich die ganze Nacht weinen kann. Wenn ich das hier hinter mich gebracht habe, kann ich für den Rest meines Lebens weinen.

Als ich vor Susans Haus stehe, erschreckt mich seine schiere Größe. Es ist zu groß für eine Person, so viel ist bereits von der Straße aus offensichtlich. Vermutlich spürt sie das jeden Tag. Es ist ein strahlend weißes Haus im spanischen Stil. Nachts muss es so hell leuchten wie der Mond. Das Dach ist mit tiefbraunen Terrakotta-Ziegeln gedeckt. Es hat riesige Fenster. Im Vorgarten stehen überall leuchtende, tropisch aussehende Blumen. Dieses Haus ist nicht nur teuer, es erfordert eine Menge Pflege.

»Mann, wie kann sie sich das leisten? Hat sie *Harry Potter* geschrieben, oder was?«, fragt Ana, während wir das Haus anstarren.

»Ben ist nicht in reichen Verhältnissen aufgewachsen.

Das muss neu sein«, sage ich, dann gehen wir die Steinstufen zu Susans offenstehender Haustür hinauf. Kaum habe ich die Türschwelle übertreten, stehe ich auch schon mitten im Geschehen.

Das Haus ist voller Menschen. Kellner in schwarzen Hosen und weißen Hemden bieten den Gästen Lachsmousse und Garnelen-Ceviche auf blauen Tortillachips an. An mir kommt eine Frau mit frittiertem Makkaroni-Käsegebäck vorbei. Wenn ich etwas essen würde, dann das. Nicht diesen Meeresfrüchtekram. Wer serviert Meeresfrüchte nach einer Beerdigung? Vermutlich jeder. Aber ich hasse Meeresfrüchte, und ich hasse diesen Empfang.

Ana nimmt meine Hand und zieht mich durch die Menge. Ich weiß nicht, was ich von dieser Veranstaltung erwartet habe. Deshalb weiß ich auch nicht, ob ich enttäuscht bin.

Schließlich erreichen wir Susan. Sie ist in der Küche, ihrer wunderschönen, lächerlich perfekt ausgestatteten Küche. Sie bespricht mit den Caterern, wann bestimmte Teller gereicht und was wo hingestellt werden soll. Sie ist sehr freundlich und verständnisvoll. Sie sagt Dinge wie: »Machen Sie sich deshalb keine Sorgen. Das bisschen Salsa auf dem Boden geht sicher wieder raus.« Und: »Fühlen Sie sich ganz wie zu Hause. Das Badezimmer ist hier im Erdgeschoss gleich rechts um die Ecke.«

Das Gästebad. Ich will das Gästebad sehen. Wie kann ich mich nach oben schleichen und danach suchen, ohne dass sie es mitbekommt? Ohne schrecklich unhöflich und taktlos zu wirken? Ich will nur seine Handschrift sehen. Ich will nur einen weiteren Beweis dafür, dass er gelebt hat.

Ana drückt meine Hand und fragt mich, ob ich etwas trinken möchte. Ich lehne ab, und so geht sie ohne mich hinüber zur Bar. Plötzlich stehe ich mitten auf der Begräbnisfeier meines Mannes und gehöre nicht dazu. Ich kenne hier niemanden. Alle gehen an mir vorbei, unterhalten sich und mustern mich dabei. Ich bin ein Rätsel für sie. Ich bin ein Teil von Ben, den sie nicht kennen. Einige von ihnen starren mich an, und wenn ich sie dabei erwische, lächeln sie mir zu. Andere sehen mich noch nicht einmal an. Oder vielleicht sind sie nur geschickter im Anstarren. Susan kommt aus der Küche.

»Solltest du nicht mit ihr sprechen?«, fragt Ana. Sie hat recht. Immerhin ist dies ihr Haus und ihre Veranstaltung. Ich bin ein Gast und sollte etwas sagen.

»Was sagt man in so einer Situation?« Inzwischen habe ich mir angewöhnt, »in so einer Situation« zu sagen, weil diese Situation so einzigartig ist, dass es keine Bezeichnung für sie gibt und ich keine Lust habe, ständig zu sagen: »Mein Mann, mit dem ich nur ein paar Tage verheiratet war, ist gestorben, und jetzt stehe ich in einem Raum inmitten fremder Leute, die mir das Gefühl geben, dass mein Mann ein Fremder war.«

»Vielleicht einfach ›Wie geht es Ihnen‹?«, schlägt Ana vor. Ich finde es albern, dass ich der Mutter meines verstorbenen Ehemanns am Tag seiner Beerdigung die Frage stellen soll, die ich Bankbeamten, Kellnern und jedem anderen auch stelle. Nichtsdestotrotz sollte ich genau das tun. Ich hole tief Luft und halte sie an, dann lasse ich sie entweichen und mache mich auf den Weg zu ihr.

Susan unterhält sich mit ein paar Frauen ihres Alters. Sie tragen schwarze oder dunkelblaue Kostüme mit Perlen. Ich gehe zu ihnen und warte geduldig neben ihr. Es ist offensichtlich, dass ich etwas sagen will. Die Frauen machen zwar kurze Pausen, aber keine scheint mir lang genug, um mich einzuschalten. Ich weiß, dass sie mich bemerkt hat. Ich stehe in ihrem Blickfeld. Sie lässt mich warten, weil sie es kann. Oder vielleicht auch nicht. Vielleicht will sie einfach nur höflich sein, und es geht gar nicht um mich. Ehrlich gesagt habe ich den Bezug dazu verloren, wann es um mich geht und wann nicht.

»Hallo, Elsie«, sagt sie, als sie sich schließlich umdreht. Sie wendet ihren Freundinnen den Rücken zu und dreht sich direkt zu mir um. »Wie geht es Ihnen?«, fragt sie.

»Das wollte ich Sie auch gerade fragen«, antworte ich.

Sie nickt. »Das ist der beschissenste Tag in meinem ganzen Leben«, antwortet sie. In dem Moment, in dem sie das Wort *beschissen* ausspricht, wird sie für mich zu einem echten Menschen mit Rissen und Löchern, mit Gefühlen und Schwächen. Ich sehe Ben in ihr und muss weinen. Ich halte die Tränen so gut ich kann zurück. Das ist nicht der richtige Zeitpunkt. Ich muss mich zusammenreißen.

»Ja, es ist ein harter Tag«, sage ich, und meine Stimme verrät mich. »Ihre Rede war …«, hebe ich an, und sie streckt die Hand aus, um mich zu unterbrechen.

»Ihre auch. Kopf hoch. Ich weiß, wie man so etwas übersteht: indem man den Kopf oben behält.«

Mehr sagt Susan nicht, und ich weiß nicht, ob das als Metapher gemeint ist. Dann wird sie von neu ankommenden Gästen in Beschlag genommen. Sie wollen ihr demonstrieren, was sie für gute Menschen sind, weil sie »für sie da sind«. Ich gehe zurück zu Ana, die jetzt neben der Küche steht. Die Kellner laufen mit vollen und leeren Tabletts hin und her, und Ana nimmt sich eine Dattel im Speckmantel nach der anderen. »Geschafft!«, erkläre ich.

Sie klatscht mich ab. »Wann hast du das letzte Mal etwas gegessen?«, fragt sie, während sie eine weitere Dattel verschlingt.

Ich denke an den Pfannkuchen. Wenn ich ihr die Wahrheit sage, wird sie mich zwingen, Hors d'œuvres zu essen.

»Ach, erst vorhin«, sage ich.

»Quatsch«, entgegnet sie, als ein weiterer Kellner mit einem Tablett voller Garnelen vorbeikommt. Sie hält ihn an, und ich zucke zusammen.

»Nein«, verkünde ich vielleicht etwas zu scharf. »Keine Garnelen.«

»Datteln?«, fragt sie und reicht mir ihre Serviette. Es sind noch zwei übrig. Die großen Datteln sind dick in Speck eingewickelt. Sie kleben vor Zucker. Ich weiß nicht, ob ich sie hinunterkriege. Aber wenn ich an all die Meeresfrüchte hier denke, scheint mir das noch die beste Alternative zu sein. Also nehme ich sie und esse sie.

Sie sind köstlich.

Und plötzlich will mein Körper mehr. Mehr Zucker. Mehr Salz. Mehr Leben. Und ich sage mir: *Das ist krank, Elsie. Ben ist tot. Das ist nicht die Zeit, um sich den Bauch vollzuschlagen.*

Ich entschuldige mich und gehe nach oben, weg vom Essen und hin zum Badezimmerspiegel. Als ich die Treppe hinaufsteige, gehe ich unbewusst in die richtige Richtung. Ich fühle mich wie magnetisch dorthin gezogen. Weiter oben auf der Treppe vernehme ich sich unterhaltende und essende Menschen. Es haben sich eine ganze Menge Leute im Bad versammelt. Alle wollen den Badezimmerspiegel sehen. Ich biege nicht um die Ecke und gehe nicht zu ihnen. Ich stehe auf dem Treppenabsatz und weiß nicht, was ich tun soll. Ich will mit dem Spiegel allein sein. Ich könnte es nicht ertragen, Bens Handschrift vor Publikum zu betrachten. Kehre ich um? Komme ich später wieder?

»Die Rede war überzeugend«, höre ich eine männliche Stimme sagen.

»Ja, ich weiß. Ich sage ja auch nicht, dass sie nicht überzeugend war«, entgegnet eine Frauenstimme, die das Gespräch offenbar etwas ernster nimmt.

»Worüber redet ihr?«, schaltet sich eine dritte Stimme ein. Sie klingt schwatzhaft, und ich erkenne an ihrem Ton, dass die Sprecherin einen Drink in der Hand hält.

»Über Bens Witwe«, sagt die Frau.

»Ah, richtig. Ein Skandal«, erklärt die dritte Stimme. »Sie waren noch nicht einmal zwei Wochen verheiratet, oder?«

»Richtig«, antwortet der Mann. »Aber ich glaube, Susan glaubt ihr.«

»Ich weiß, dass Susan ihr glaubt«, bemerkt die Frau. »Ich glaube ihr auch. Schon klar. Sie waren verheiratet. Ich meine nur, ihr habt Ben doch gekannt, ihr wisst, wie sehr er seine Mutter geliebt hat. Meint ihr nicht, er hätte es ihr erzählt, wenn es wirklich die große Liebe gewesen wäre?«

Ich entferne mich langsam. Ich will nicht, dass sie mich hören, und ich will auch nicht hören, was sie als Nächstes sagen. Als ich die Treppe hinuntergehe, um Ana zu suchen, erblicke ich mich kurz in einem von Susans Spiegeln. Zum ersten Mal sehe ich nicht mich. Ich sehe die Frau, die alle sehen, die Frau, die Susan sieht: die arme Irre, die dachte, sie hätte ein Leben mit Ben Ross vor sich.

Februar

Es war Dienstagabend. Ben und ich waren müde. Ich hatte einen langen Tag in der Bibliothek hinter mir und einen Schaukasten zum Thema Reagan-Ära zusammengestellt. Ben hatte mit seinem Chef eine Auseinandersetzung wegen eines Firmenlogos gehabt, das er entwerfen sollte. Keiner von uns hatte Lust, etwas zu kochen, wir wollten beide nur noch rasch etwas essen und dann ins Bett.

Wir gingen in das Café an der Ecke, und ich bestellte Spaghetti mit Pesto, Ben ein Hähnchensandwich. Wir saßen auf zwei wackeligen Stühlen an einem der wackeligen Tische, aßen im Freien und konnten es kaum abwarten, endlich schlafen gehen zu können.

»Meine Mutter hat heute angerufen«, sagte Ben, zog die roten Zwiebeln aus seinem Sandwich und legte sie auf das Wachspapier darunter.

»Oh?«

»Ich glaube, das ist auch ein Grund, warum ich so gestresst bin. Ich habe ihr nicht von dir erzählt.«

»Mach dir meinetwegen keine Sorgen. Ich habe meinen Eltern auch noch nichts von dir erzählt.«

»Das ist etwas anderes«, erwiderte er. »Ich stehe meiner Mutter sehr nahe. Ich spreche ständig mit ihr, aber aus irgendeinem Grund will ich ihr nicht von dir erzählen.«

Zu diesem Zeitpunkt war ich mir sicher, dass ich Bens Herz erobert hatte und dass nicht ich das Problem war.

»Was hält dich davon ab?«, fragte ich und aß meine Nudeln auf. Sie schmeckten wässerig und nicht besonders gut.

Ben legte sein Sandwich hin und wischte sich das Mehl von den Händen. Warum um alles in der Welt müssen hausgemachte Sandwiches immer mit Mehl bestäubt sein?

»Ich weiß es nicht. Einerseits bin ich mir sicher, dass sie sich für mich freuen wird, aber ich mache mir auch Sorgen ...«

»Sorgen?« Jetzt überlegte ich langsam, ob ich vielleicht *doch* das Problem war.

»Nicht direkt Sorgen. Als mein Vater gestorben ist, habe ich viel Zeit mit meiner Mutter verbracht.«

»Klar«, sagte ich.

»Genau, aber ich habe mir auch Sorgen um sie gemacht. Ich wollte, dass sie immer jemanden um sich hat. Dass sie nicht allein ist.«

»Klar.«

»Und im Laufe der Zeit wollte ich ihr die Chance geben, sich wieder zu berappeln. Jemand anderen kennenzulernen, ein neues Leben anzufangen. In gewisser Weise wirklich – flügge zu werden.«

Ich lächelte in mich hinein. Welcher Sohn wollte schon der eigenen Mutter helfen, flügge zu werden?

»Aber sie hat es nicht getan.«

»Okay. Nun, jeder Mensch ist anders«, bemerkte ich.

»Ich weiß, aber es ist jetzt drei Jahre her, und sie wohnt

immer noch allein in demselben Haus. Nach dem Tod meines Vaters hat sie die Fassade renovieren lassen. Vielleicht, um sich zu beschäftigen. Ich weiß es nicht. Sie hat Geld von der Lebensversicherung bekommen. Als sie damit fertig war, hat sie angebaut. Dann hat sie den Vorgarten neu gestalten lassen. Als ob sie implodieren würde, sobald sie zur Ruhe kommt. Aber im Haus selbst hat sie nicht viel verändert. Es sieht noch fast genauso aus wie damals, als mein Vater noch gelebt hat. Überall hängen Bilder von ihm. Sie trägt noch immer ihren Ehering. Sie kommt nicht drüber weg.«

»Mmm«, sagte ich und hörte zu.

»Ich mache mir Sorgen, dass die Tatsache, dass ich dir begegnet bin, dieser fantastischen Frau, die perfekt zu mir passt – dass das zu viel für sie ist. Ich mache mir Sorgen, dass sie sich zurückgesetzt fühlt. Oder dass ich mich zu schnell verändere und sie den Anschluss verpasst oder so. Und ich habe das Gefühl, sie wird« – er rang mit den Worten – »zusammenbrechen.«

»Du hast das Gefühl, du müsstest auf der Stelle treten, weil sie auf der Stelle tritt? Oder dass du Rücksicht nehmen musst, bis sie sich gefangen hat?«

»So ungefähr. Aus irgendeinem Grund denke ich, dass meine Mutter noch nicht bereit für die Nachricht ist, dass ich eine wirklich tolle Beziehung habe.«

»Ich glaube, ich verstehe nicht ganz, warum das plötzlich so dramatisch ist. Du hattest doch schon andere Freundinnen.«

»Aber keine wie dich, Elsie. Das war ... Du bist anders.«

Darauf erwiderte ich nichts. Ich lächelte nur und blickte ihm in die Augen.

»Jedenfalls«, er wandte sich wieder seinem Sandwich zu,

»wenn ich meiner Mutter von dir erzähle, wird es ernst, weil ich es ernst mit dir meine. Und ich weiß nicht ... Ich habe Angst, dass sie es als Zurückweisung versteht. Als wäre ich dann nicht mehr für sie da.«

»Dann bin ich also ein Geheimnis?«, fragte ich und merkte in diesem Augenblick, dass mir das unangenehm war. Hoffentlich hatte ich ihn da missverstanden.

»Vorerst«, bestätigte er. »Ich bin so ein Feigling. Ich habe Angst vor meiner eigenen Mutter. Aber wenn es dir nichts ausmacht, möchte ich Rücksicht auf sie nehmen.«

»Na klar«, sagte ich, aber dann merkte ich, wie ich die Stimme erhob. »Aber nicht für immer, okay? Ich meine, du sagst es ihr doch irgendwann.« Ich formulierte den letzten Satz nicht als Frage, obwohl er als solcher gemeint war.

Ben nickte, als er fertig gekaut hatte. »Natürlich! Wenn die richtige Zeit gekommen ist, wird sie sich sehr freuen.« Er rollte das Wachspapier seines Sandwichs zusammen, wollte es in den Mülleimer werfen, verfehlte ihn jedoch. Er lachte über sich selbst, ging hinüber, hob die Papierkugel auf und stopfte sie in den Mülleimer. Als er meine Hand nahm und wir zurück zu meiner Wohnung gingen, hatte ich seine Sicht der Dinge akzeptiert.

»Danke, Elsie. Dafür, dass du mich verstehst und mich nicht für ein idiotisches Muttersöhnchen hältst.«

»Du hast ja keine Angst davor, dass deine Mutter sauer auf dich wird«, sagte ich. »Dann wärst du tatsächlich ein idiotisches Muttersöhnchen. Du hast Angst, ihre Gefühle zu verletzen. Das zeigt, wie feinfühlig du bist, und das ist einer der Gründe, weshalb ich dich liebe.«

»Dass du das verstehst und dass du mich deshalb liebst, macht dich zur coolsten Frau der Welt.« Er legte den Arm um mich und küsste mich auf die Schläfe. Da wir uns so dicht aneinanderschmiegten, liefen wir etwas ungelenk die Straße hinunter.

Als wir in meine Wohnung zurückkamen, putzten wir uns die Zähne und wuschen uns das Gesicht, wobei wir uns in perfektem Rhythmus am Waschbecken abwechselten. Wir streiften unsere Jeans ab. Er zog sein Hemd aus und reichte es mir schweigend, zwanglos, als wäre das ganz natürlich. Ich nahm es und zog es an, während er die Nachttischlampe einschaltete und ein Buch zur Hand nahm, auf dessen Cover ein Zauberer abgebildet war. Ich schlüpfte neben ihn unter die Decke und legte meinen Kopf an seine Schulter.

»Liest du noch?«, fragte ich.

»Das hilft mir, zur Ruhe zu kommen«, sagte er, legte das Buch weg und sah mich an. »Willst du, dass ich dir etwas vorlese?«, bot er an.

»Gern.« Das erschien mir eine nette Art einzuschlafen. Als er das Ende der Seite erreicht hatte, waren mir bereits die Augen zugefallen, und als ich sie wieder aufschlug, war es Morgen.

Juni

Ich sage Ana, dass ich gehen möchte.
»Was ist los?«, will Ana wissen.
»Nichts. Ich will einfach nur nach Hause«, sage ich. Ana hält die Autoschlüssel in der Hand, ich die Türklinke.
»Sie gehen?«, fragt Susan. Ich drehe mich um und sehe sie hinter mir stehen.
»O ja, wir fahren zurück nach Los Angeles.« Was denkt sie jetzt? Ich weiß es nicht. Ihr Gesicht ist versteinert. Ist sie froh, dass ich gehe? Ist das der endgültige Beweis für sie, dass ich eine Fremde in ihrem Leben bin?
»Okay«, sagt sie. Sie fasst meine Hand und drückt sie. »Ich wünsche Ihnen alles Gute, Elsie.«
»Ich Ihnen auch, Susan«, antworte ich. Ich drehe mich um, begegne Anas Blick und gehe mit ihr aus der Tür. Erst als ich über die Zementauffahrt laufe, weiß ich, was mich an ihren Worten gestört hat – abgesehen davon, dass sie nicht ehrlich gemeint waren.
Sie denkt, dass sie mich nie mehr wiedersieht. Dabei wohne ich ja nicht in Michigan oder so. Wenn sie wollte, könnten wir uns jederzeit treffen. Sie will nur nicht.

Als wir nach Hause kommen, renne ich ins Bad und schließe die Tür. Ich lehne mich von innen dagegen und halte noch immer den Knauf in der Hand. Es ist vorbei. Ben ist vorbei. Das ist erledigt. Es gibt keinen Ben mehr in meinem Leben. Ich habe ihn in Orange County gelassen.

Ich verschließe die Tür, gehe gefasst zur Toilette und gebe die Speckdatteln wieder von mir. Ich wünschte, ich hätte in den letzten Tagen mehr gegessen, sodass ich mehr in mir hätte, das ich loswerden kann. Ich will meinen Körper von diesem Schmerz befreien und ihn die Toilette hinunterspülen.

Ich öffne die Badezimmertür. Ana wartet davor auf mich.

»Was hast du jetzt vor?«, fragt sie.

»Ich glaube, ich gehe einfach schlafen. Ist das okay? Meinst du, dass es schlecht ist« – ich blicke auf die Uhr auf meinem Telefon, und es ist noch früher als gedacht –, »um sieben Uhr schlafen zu gehen?«

»Ich glaube, dass du einen ziemlich harten Tag hinter dir hast und dass es nur natürlich ist, wenn du müde bist. Ich fahre nach Hause, gehe mit dem Hund raus und komme wieder.«

»Nein.« Ich schüttele den Kopf. »Das musst du nicht. Du kannst in deinem eigenen Bett schlafen.«

»Bist du sicher? Ich will nicht, dass du allein bist, wenn du ...«

»Nein, keine Sorge.« Ich weiß nicht, wie sie es geschafft hat, die ganze Zeit über hier zu schlafen und aus dem Rucksack zu leben.

»Okay.« Sie küsst mich auf die Wange. »Ich komme morgen früh vorbei«, fügt sie hinzu. Sie nimmt ihre Sachen und geht zur Tür. Als sie hinter ihr ins Schloss fällt, ist es in der Wohnung totenstill.

Das ist mein neues Leben. Allein. Still. Ruhig. So war das nicht geplant. Ben und ich hatten einen anderen Plan. Jetzt habe ich gar keinen mehr.

Februar

Ben rief mich aus dem Auto an, um mir zu sagen, dass er sich verspäten würde. Er stand im Stau.

»Ich stecke auf der 405 fest. Hier geht nichts vorwärts, und mir ist langweilig«, sagte er. Ich hatte mich mit Ana zum Mittagessen getroffen und kam gerade nach Hause.

»O nein!« Ich öffnete die Haustür und legte meine Sachen auf den Tisch. »Wie lange brauchst du noch?«

»Bei dem Verkehr kann ich das überhaupt nicht einschätzen. Das nervt, ich will dich sehen.«

Ich setzte mich aufs Sofa und streifte meine Schuhe ab. »Ich will dich auch sehen! Ich habe dich den ganzen Morgen über vermisst.« Ben hatte die Nacht bei mir verbracht und war frühmorgens aufgebrochen, um nach Orange County zu fahren. Er wollte seiner Mutter von uns erzählen und hielt es für besser, das persönlich zu tun.

»Und? Wie ist es gelaufen?«, fragte ich.

»Wir sind zusammen frühstücken gegangen. Sie hat mich eine Menge gefragt. Ich wollte mich erkundigen, wie es ihr geht, aber sie hat das Gespräch immer wieder auf mich gelenkt, und es ... Es ergab sich einfach keine Gelegenheit, es ihr zu sagen. Ich habe es ihr nicht erzählt.«

Er sagte nicht »es tut mir leid«, aber ich hörte es seiner Stimme an. Zum ersten Mal war ich enttäuscht von ihm. Ob er mir das ebenfalls anhörte?

»Okay, da kann man nichts machen«, sagte ich. »Stehst du noch im Stau? Was schätzt du denn, wann du ungefähr zu Hause, äh, hier bist? Was schätzt du, wann du hier sein wirst?« Dieser Fehler unterlief mir immer häufiger. Ich bezeichnete mein Zuhause als sein Zuhause. Er verbrachte so viel Zeit bei mir, dass es mir vorkam, als würde er hier wohnen. Aber wenn man sechsundzwanzig und verliebt war, zahlte man eben für eine Wohnung Miete und hielt sich in einer anderen auf. Zusammenzuziehen war etwas ganz anderes. Dadurch, dass mir immer wieder dieser Fehler unterlief, legte ich die Karten recht früh auf den Tisch.

»Das passiert dir immer wieder!«, neckte er mich.

»Okay, okay, tut mir leid. Vergiss es.«

»Der Verkehr lichtet sich, ich müsste also in ungefähr einer halben Stunde da sein. Und ich glaube, ich werde in ungefähr vier Monaten bei dir einziehen. Ein Jahr danach werden wir uns verloben, und ein weiteres Jahr später werden wir heiraten. Ich finde, wir sollten erst etwas Zeit zu zweit genießen, bevor wir Kinder bekommen, findest du nicht? Deshalb bekommen wir das erste Kind vielleicht mit dreißig. Das zweite mit drei- oder vierunddreißig. Ich hätte auch nichts gegen ein drittes Kind, solange wir uns das leisten können. Mit Blick auf deine biologische Uhr sollten wir das dritte allerdings bekommen, bevor wir achtunddreißig oder so sind. Wenn wir fünfundfünfzig sind, werden die Kinder ausziehen und aufs College gehen. Mit fünfundsechzig sind sie erwachsen, und wir können in Rente gehen. Dann reisen wir ein paarmal um die Welt. Ich meine, Sechzig ist das neue Vierzig, weißt du? Dann sind wir noch immer frisch und munter. Von der Weltreise kehren wir mit siebzig zurück, sodass uns noch zehn oder zwanzig Jahre mit unseren Enkelkindern bleiben. Du kannst gärtnern, und ich fange mit der Bildhauerei an oder so. Wir sterben mit neunzig. Klingt gut, oder?«

Ich lachte. »Du hast deine Midlifecrisis mit fünfundvierzig vergessen, in der du mich und die Kinder verlässt und mit einer jungen Grundschullehrerin mit großem Busen und kleinem Hintern anbändelst.«

»Nein«, sagte er. »Das wird nicht passieren.«

»Ach nein?«, provozierte ich ihn.

»Nein. Ich habe die Richtige gefunden. Im Gegensatz zu den Kerlen, die so etwas tun.«

Er war übertrieben selbstsicher und arrogant, meinte, er wüsste es besser und könnte in die Zukunft sehen. Aber mir gefiel die Zukunft, die er sich ausmalte, und die Liebe, die er darin für uns sah.

»Komm nach Hause«, sagte ich. »Äh, komm her, meinte ich.«

Ben lachte. »Das muss aufhören. Laut Plan ziehe ich erst in vier Monaten bei dir ein.«

Juni

Ich liege den ganzen Vormittag im Bett, bis Ana kommt und mir sagt, ich solle mich anziehen, weil sie mit mir in den Buchladen gehen will.

Als wir den riesigen Laden betreten, folge ich Ana, die verschiedene Bücher in die Hand nimmt und wieder weglegt. Sie scheint etwas Bestimmtes zu suchen, aber das interessiert mich nicht. Ich lasse sie stehen und gehe in die Jugendbuchabteilung. Dort treffe ich auf drei Mädchen im Teenager-Alter, die lachen und sich gegenseitig wegen Jungs und ihrer Frisuren aufziehen.

Ich lasse die Finger über die Bücher gleiten und suche nach den Titeln, die jetzt in meinem eigenen Bücherregal stehen und deren Seiten von Bens Fingern weich und geknickt sind. Ich suche nach Autoren, die ich kenne, weil ich ihm ihre Bücher von der Arbeit mit nach Hause gebracht habe. Ich habe nie richtig verstanden, was er gerne las. Ich glaube, ich habe ihm kein einziges Mal das Richtige mitgebracht. Ich hatte nicht genügend Zeit, um herauszufinden, was ihm gefiel, zu welcher Sorte von Leser er gehörte.

Schließlich findet Ana mich neben den Buchstaben E-F-G

auf dem Boden sitzend. Ich stehe auf und blicke auf das Buch in ihrer Hand. »Was hast du da?«

»Das ist für dich. Ich habe es schon bezahlt«, sagt sie und reicht es mir.

Das Jahr magischen Denkens von Joan Didion.

»Willst du mich verarschen?« Auch wenn ein Buchladen keine Bibliothek ist, spreche ich für hiesige Verhältnisse viel zu laut.

»Nein«, antwortet sie. Meine heftige Reaktion überrascht sie. Verdammt, mich auch. »Ich dachte nur, das ist ein ziemlich beliebtes Buch. Es gibt noch andere, die das durchmachen, was du gerade durchmachst.«

»Du meinst, es gibt unzählige irregeleitete Menschen, die ihren trauernden Freunden solche Bücher kaufen.«

Sie geht nicht darauf ein.

»Es gibt andere Leute, die so etwas durchgemacht haben. Wenn all diese dummen Menschen es geschafft haben, wirst du, Elsie Porter, es auch schaffen. Du bist so stark und so klug, Elsie. Ich wollte nur, dass du etwas hast, woran du dich festhalten kannst und das dir sagt, dass du damit fertig wirst.«

»Elsie Ross«, korrigiere ich. »Ich heiße Elsie Ross.«

»Ich weiß.«

»Du hast mich Elsie Porter genannt.«

»Das war ein Versehen.«

Ich starre sie an, dann komme ich wieder auf das Thema zurück.

»Man kann damit nicht fertig werden, Ana. Aber das begreifst du nicht, weil du noch nie jemanden so geliebt hast wie ich ihn.«

»Das weiß ich«, sagt sie.

»Niemand kann das. Ganz bestimmt kein verdammtes Buch.«

Meine Arbeit besteht aus Büchern und Information. Mein Beruf fußt auf der Vorstellung, dass Wörter auf gebundenen Seiten Menschen helfen können. Dass Menschen mit Büchern wachsen können, dass Bücher den Menschen von fremden Leben erzählen. Bücher bringen den Menschen etwas über sich selbst bei. Und ausgerechnet ich weise in meiner schwersten Zeit die Hilfe zurück, an die ich immer geglaubt habe.

Ich verlasse den Buchladen.

Ich gehe über den rissigen Asphalt. Ich laufe durch Nebenstraßen und über große Kreuzungen. Ich warte an Fußgängerüberwegen, drücke immer wieder auf den Knopf der Ampel und meide jeglichen Blickkontakt. Mir wird heiß. Ich ziehe mein Sweatshirt aus. Mir wird kalt, und ich ziehe es wieder an. Ich passiere Verkehrsstaus, indem ich mich zwischen den Wagen hindurchschlängele, bis ich mich irgendwie vor meinem Haus wiederfinde und meine Tür anstarre. Ich weiß nicht, wie lange ich gelaufen bin, wie lange ich geweint habe.

Ich sehe etwas vor der Tür liegen und denke, es könnte vielleicht die Heiratsurkunde sein. Ich laufe zur Tür und stelle enttäuscht fest, dass es sich nur um die *Los Angeles Times* handelt. Ich hebe sie auf und realisiere, dass ich seit dem Unfall überhaupt nichts mehr vom aktuellen Tagesgeschehen mitbekommen habe. Als Erstes fällt mir das Datum auf. Es ist der achtundzwanzigste. Das kann nicht stimmen. Aber es kann nicht anders sein. Ich bezweifle, dass die *Los Angeles Times* ein falsches Datum auf die Titelseite druckt und ich der einzige kluge Kopf bin, dem das auffällt. Alle

Tage sind miteinander verschmolzen, einer ging in den anderen über. Ich habe nicht bemerkt, dass der Monat schon so weit fortgeschritten ist. Ich hätte schon vor Tagen meine Regel bekommen müssen.

März

Du bist eine Göttin«, stieß Ben hervor und rollte sich verschwitzt, mit zerwühlten Haaren und schwer atmend auf den Rücken.

»Hör auf«, erwiderte ich. Mir schwindelte, und ich war völlig erschöpft. Ich spürte Schweißperlen an meinem Haaransatz und auf meiner Oberlippe. Als ich sie wegwischte, bildeten sich neue. Ich drehte mich zu ihm um und legte mich nackt neben ihn. Meine Nerven waren überempfindlich. Ich spürte jede Stelle, an der sein Körper meinen auch noch so leicht berührte.

Einen Augenblick herrschte Stille, dann nahm er meine Hand und legte unsere Hände auf seinen nackten Bauch. Ich schloss meine Augen und dämmerte ein. Als ich von seinem Schnarchen erwachte, kam ich zu dem Schluss, dass wir den Tag nicht verschlafen sollten. Wir wollten uns Filme ansehen und etwas zum Abendessen besorgen. Ich stand auf und öffnete ein Fenster. Schnell erfüllte kühle Luft den stickigen Raum.

»Warum hast du das gemacht?«, knurrte Ben. Ich stand neben ihm und erklärte ihm, dass wir lange genug geschlafen hätten. Er zog mich wieder zu sich ins Bett, legte seinen Kopf auf meine Brust und versuchte, allmählich wach zu werden.

»Ich muss sagen, dass ich ziemlich froh bin, dass du dich für diesen Verhütungsring entschieden hast«, sagte er. »Ich muss mir keine Sorgen machen. Ich kann einfach danach einschlafen.«

Ich lachte. Wenn er ausreichend Schlaf bekam, war Ben glücklich. »Spürst du ihn gar nicht? Stört er dich?«, fragte ich.

Er schüttelte den Kopf. »Nein, überhaupt nicht. Es ist, als wäre er gar nicht da. Ehrlich.«

»Klar, aber er ist trotzdem da.«

»Klar.«

»Dass du das sagst, macht mich nervös.«

»Inwiefern?«

»Spürst du ihn wirklich nicht? Was, wenn er herausgefallen ist oder so?«

Ben richtete sich auf. »Wie sollte er denn herausfallen? Das ist doch absurd.«

Er hatte recht. Das war absurd. Aber ich wollte es für alle Fälle überprüfen.

»Warte.«

Ich ging ins Bad und schloss die Tür. Ich setzte mich, nahm meinen Mut zusammen und sah nach ... Er war nicht da.

Schlagartig beschleunigte sich mein Herzschlag, und mir schoss die Hitze in die Wangen. Der ganze Raum war mit einem Mal drückend heiß. Meine Hände zitterten. Ich sagte nichts. Ich konnte nicht. Kurz darauf klopfte Ben an die Badezimmertür.

»Alles okay?«

»Äh ...«

»Darf ich reinkommen?«

Ich öffnete die Tür, und er sah mir ins Gesicht. Er wusste sofort Bescheid.

Er nickte. »Er ist weg, stimmt's?«

Ich schüttelte den Kopf. »Ich weiß nicht, wie! Ich verstehe das nicht.« Ich fühlte mich, als hätte ich unser beider Leben ruiniert, und fing an zu weinen.

»Es tut mir leid, Ben! Es tut mir so leid! Ich verstehe nicht, wie das passieren konnte! Er ist nicht ... Ich habe es genau so gemacht, wie man es machen soll! Ich weiß nicht, wie er einfach so heraus*fallen* konnte! Ich versteh das nicht!«

Ben nahm mich in den Arm. Er hatte inzwischen seine Unterhose wieder angezogen, ich war noch immer nackt.

»Alles wird gut«, sagte er. »Wir haben jede Menge Möglichkeiten.«

Wenn mir ein Mann sagt, dass wir verschiedene Möglichkeiten haben, denke ich automatisch an eine Abtreibung.

»Nein, Ben«, sagte ich. »Das kann ich nicht. Nicht ... Nicht, wenn es von dir ist.«

Ben fing an zu lachen. Was seltsam war, weil nichts daran lustig war.

»Das meinte ich nicht. Überhaupt nicht. Und ich bin ganz deiner Ansicht. Das kommt nicht infrage.«

»Oh«, sagte ich. »Was hast du dann gemeint?«

»Nun, wir wissen nicht, wie lange er schon weg ist, oder?«

Ich schüttelte verlegen den Kopf. Das war allein meine Schuld. Wie konnte ich nur so unglaublich schlampig sein?

»Wegen heute können wir die Pille danach besorgen. Aber damit sind wir noch immer nicht auf der sicheren Seite, was die letzten Tage angeht.«

»Stimmt.«

»Wenn du also nächsten Monat deine Regel nicht bekommst und schwanger bist, nehme ich dich bei der Hand, schleppe dich in das Standesamt gegenüber von meinem Büro und heirate dich auf der Stelle. Das macht mir keine Angst. Windeln machen mir Angst, aber mein Leben mit dir zu verbringen, nicht. Kein Stück. Glaub mir, ich will jetzt kein Baby. Wir können uns das nicht leisten. Wir haben weder genug Zeit noch genügend Geld. Aber wenn du schwanger bist, kannst du deinen verdammten Hintern darauf verwetten, dass wir es trotzdem irgendwie hinkriegen. Dafür sorge ich. Dann werden wir eines Tages zurückblicken und sagen, dass du diesen Verhütungsring verloren hast, war das Beste, das uns je passiert ist. Hör auf zu weinen. Mach dir keine Sorgen. Was immer auch passiert, ich bin für dich da. Ich gehe nicht weg. Wir schaffen das zusammen, wir kriegen das hin.«

So etwas hatte noch niemand zu mir gesagt. Ich wusste nicht, was ich antworten sollte.

»Ist das okay für dich? Ich will sicher sein, dass wir hier einer Meinung sind«, sagte er.

Ich nickte.

»Okay. Aber nur, damit das klar ist: Ich hoffe, dass du nicht schwanger bist.« Er fing an zu lachen. »Ich bin noch nicht bereit, Vater zu werden.«

»Ich auch nicht«, stimmte ich zu. »Mutter zu werden, natürlich«, korrigierte ich mich. Eine Weile schwiegen wir. »Wie lange ist die Kündigungsfrist in deinem Mietvertrag?«, fragte ich.

»Ich kann monatlich kündigen.« Er lächelte.

»Ich finde, du solltest bei mir einziehen.«

»Ich dachte schon, du würdest nie fragen.«

Und dann schliefen wir aus irgendeinem masochistischen und dummen Grund noch einmal miteinander.

Juni

Ich sitze im Bad und weiß nicht genau, was ich tun soll. Meine Periode lässt auf sich warten. Und zum ersten Mal, seit Ben tot ist, bin ich aufgeregt. Natürlich habe ich Angst. Ich bin nervös und auf jede erdenkliche Weise besorgt.

Was, wenn ich schwanger bin? Vielleicht ist mein Leben mit Ben doch noch nicht vorbei. Vielleicht ist Ben hier. Ben könnte in mir leben. Vielleicht ist unsere Beziehung kein Gespenst. Was, wenn meine Beziehung zu Ben etwas Greifbares ist? Was, wenn Ben bald wieder lebt und atmet?

Ich laufe in den Drugstore am Ende der Straße. Es ist derselbe Laden, zu dem Ben unterwegs war, als er mir die Fruity Pebbles besorgen wollte. Normalerweise meide ich diese Straße, ich meide diesen Laden, aber ich muss so schnell wie möglich wissen, ob es stimmt. Ich weiß, dass ein Baby kein Allheilmittel ist, aber es könnte meine Lage erträglicher machen. Es bedeutet, dass Ben nicht völlig aus meinem Leben verschwindet. Ich wünsche es mir so sehr, dass ich mir den üblichen Umweg spare und auf direktem Weg zum Laden laufe.

Ich renne an der Kreuzung vorbei, an der ich Ben verloren habe, der Kreuzung, die mein Leben von einem langen

Freudentaumel in eine Reihe von unerträglichen Tagen, Stunden und Minuten verwandelt hat. Während ich über den Fußgängerüberweg renne, höre ich ein leises Knacken unter meinen Füßen. Ich traue mich nicht hinunterzublicken. Wenn ich jetzt ein Fruity Pebble sehe, breche ich womöglich mitten auf der Straße zusammen und werde überfahren. Das darf ich nicht riskieren. Vielleicht trage ich ein Baby in mir.

Ich gehe in den Drugstore und laufe an der Lebensmittelabteilung vorbei. Ich weiß, dass Ben hier kurz vor seinem Tod gewesen ist. Ich weiß, dass er in diesem Gang gestanden und eine Packung Fruity Pebbles aus dem Regal genommen hat. Ich kann nicht dorthin sehen. Ich gehe weiter und schnappe mir vier Schwangerschaftstests aus dem entsprechenden Regal. Dann haste ich zur Kasse. Während sich die Schlange langsam und stockend vorwärtsbewegt, tippe ich ungeduldig mit dem Fuß auf den Boden.

Endlich bin ich an der Reihe. Der Kassierer denkt bestimmt, er wüsste, was los ist, wenn eine Frau in meinem Alter Schwangerschaftstests kauft. Weit gefehlt. Niemand kann das verstehen.

Ich renne nach Hause und rase ins Bad. Ich bin so nervös, dass ich eine ganze Weile brauche, bis ich endlich auf einen Streifen pinkeln kann. Ich nehme gleich noch einen, um sicherzugehen. Im Notfall habe ich immer noch zwei übrig.

Ich lege sie auf die Ablage und sehe auf die Uhr. Ich muss zwei Minuten warten. Zwei Minuten, die über mein restliches Leben entscheiden.

Dann wird mir langsam klar, dass ich schwanger sein *muss*. Wie sollte es anders sein? Ich habe bei der Verhütung nicht aufgepasst und einige Male ungeschützten Sex gehabt. Und da soll es Zufall sein, dass meine Regel, die nie zu spät kommt, auf einmal überfällig ist? Das ergibt keinen Sinn. Das kann nur eines bedeuten.

Es bedeutet, dass ich nicht allein mit der Situation bin. Ben ist hier bei mir. Mein Leben, das bisher leer und unglücklich war, fühlt sich zwar noch immer schwer, aber zu bewältigen an. Ich kann diesem Kind alles über seinen Vater erzählen. Dass sein Vater ein netter Mensch war, ein lustiger und guter Mensch. Wenn es ein Mädchen wird, sage ich ihm, dass es sich einen Mann wie seinen Vater suchen soll. Wenn es ein Junge wird, sage ich ihm, er solle wie sein Vater werden. Dass sein Vater sehr stolz auf ihn wäre. Wenn er schwul ist, sage ich ihm, dass er wie sein Vater werden soll *und* sich einen Mann suchen soll, der wie sein Vater ist – was die bestmögliche Situation wäre. Wenn sie eine Lesbe wird, muss sie sich niemanden suchen, der wie ihr Vater ist, kann ihn aber trotzdem lieben. Sie weiß, dass sie von einem Mann gezeugt wurde, der sie geliebt hätte. Dass sie von zwei Menschen gezeugt wurde, die einander innig geliebt haben. Dass sie sich nicht mit einer Liebe zufriedengeben soll, wenn diese ihr Leben nicht völlig auf den Kopf stellt.

Ich werde ihr erzählen, wie wir uns kennengelernt haben. Sie wird das wissen wollen. Als Kind wird sie immer wieder danach fragen. Sie wird überall im Haus gerahmte Fotos von ihm aufstellen wollen. Sie wird seine Nase oder seine Augen haben, und wenn ich am allerwenigsten damit rechne, wird sie etwas sagen und dabei genauso klingen wie er. Sie wird die Hände bewegen wie er. Er wird in ihr weiterleben, und ich werde nicht allein sein. Er ist da. Er hat mich nicht verlassen. Mein Leben ist noch nicht zu Ende. Es ist nicht vorbei. Es ist Bens Kind und mein Kind. Unser Kind. Ich werde mein Leben der Aufgabe widmen, dieses Kind aufzuziehen, und Bens Körper und Bens Seele durch dieses Kind fortleben lassen.

Ich nehme die Streifen in die Hand, meine das Ergebnis bereits zu kennen, dann sinke ich auf die Knie.

Ich habe mich getäuscht.

Es gibt kein Kind.

Egal, wie viele ich benutze, das Ergebnis ist immer dasselbe: Ben ist für immer gegangen, und ich bin allein.

Ich bleibe stundenlang auf dem Badezimmerboden sitzen. Ich bewege mich erst, als ich merke, dass ich blute.

Ich weiß, dass es ein Zeichen dafür ist, dass mein Körper voll funktionsfähig ist, dass ich körperlich gesund bin. Aber es fühlt sich wie ein Verrat an.

Ich rufe Ana an. Ich sage ihr, dass ich sie brauche und dass es mir leidtut und dass sie alles ist, was ich noch habe.

TEIL ZWEI

August

Wird es mit der Zeit leichter? Vielleicht. Vielleicht auch nicht.

Der Alltag hilft mir, mein Dasein etwas leichter zu überstehen. Ich gehe wieder zur Arbeit und muss mich um meine Projekte kümmern. Ich schlafe fast die ganze Nacht durch. In meinen Träumen sind Ben und ich zusammen. Wir sind frei und leidenschaftlich. Am Morgen erwache ich mit dem brennenden Wunsch, dass die Träume wahr sein mögen, aber dieses Verlangen ist mir bereits vertraut. Ich habe zwar das Gefühl, daran zugrunde zu gehen, aber da ich es schon vom Tag zuvor kenne, weiß ich, dass das nicht der Fall ist. Und vielleicht komme ich so langsam wieder etwas zu Kräften.

Ich weine nur noch selten in der Öffentlichkeit. Vermutlich bin ich jetzt jemand, über den die Leute sagen: »Sie ist gut drüber weggekommen.« Aber ich mache ihnen etwas vor. Ich bin nicht drüber weg. Ich habe nur gelernt, so zu tun, als wäre ich am Leben. Ich habe fast zehn Pfund abgenommen. Das sind genau die zehn Pfund, von denen die Illustrierten behaupten, dass jede Frau sie gern verlieren würde. Ich habe jetzt wohl den Körper, den ich immer haben wollte, kann mich aber nicht darüber freuen.

Gemeinsam mit Ana besuche ich Flohmärkte und Einkaufszentren, Restaurants und Cafés. Ich habe mich sogar darauf eingelassen, dass wir uns mit Leuten treffen, die ich ewig nicht gesehen habe. Leute, die Ben nur ein paar Mal begegnet sind. Sie nehmen beim Brunch meine Hand und sagen mir, dass es ihnen leidtäte. Dass sie wünschten, sie hätten Ben besser kennengelernt. Wenn ich dann sage, dass es mir genauso geht, verstehen sie nicht, was ich meine.

Bin ich allein, sitze ich im Kleiderschrank und rieche an Bens Kleidung. Ich schlafe noch immer nicht in der Mitte des Betts. Seine Seite des Zimmers ist weiterhin unberührt. Wer es nicht besser weiß, denkt wahrscheinlich, in meiner Wohnung würden zwei Menschen leben.

Seine PlayStation steht noch immer an derselben Stelle. Im Kühlschrank liegt das Essen, das er gekauft hat. Ich werde es niemals essen, es vergammelt, aber ich kann es nicht wegwerfen. Ich muss seine Hot Dogs im Kühlschrank liegen sehen, sonst fühle ich mich noch einsamer. Ohne die Hot Dogs würde mir bewusst, dass er weg ist, dass die Welt, die ich kannte, so nicht mehr existiert. Dazu bin ich noch nicht bereit. Ich sehe mir lieber vergammelnde Hot Dogs an als gar keine, also bleiben sie, wo sie sind.

Ana ist sehr verständnisvoll. Sie ist die Einzige, die hinter die Kulissen meines neuen Lebens blicken darf. Sie übernachtet jetzt bei sich, hat mir aber angeboten, dass ich jederzeit zu ihr kommen darf, wenn ich nicht schlafen kann. Dieses Angebot nehme ich nicht an. Ich will nicht, dass sie weiß, wie oft ich nicht schlafen kann.

Ben ist nicht mehr da, aber ich kann Bens Witwe sein, und

darin finde ich ein wenig Trost. Ich trage meinen Ehering, bestehe allerdings nicht mehr darauf, dass man mich mit meinem Ehenamen anspricht. Ich bin Elsie Porter. Elsie Ross hat nur wenige Wochen existiert, wenn überhaupt. Ihr Aufenthalt auf der Erde währte kaum länger als eine Miniserie.

Die Heiratsurkunde habe ich noch immer nicht erhalten. Das habe ich niemandem erzählt. Jeden Tag eile ich von der Arbeit nach Hause und hoffe, sie in meinem Briefkasten vorzufinden. Jeden Tag stelle ich enttäuscht fest, dass ich nur Kreditkartenangebote und Gutscheine erhalten habe. Niemand hat den Banken mitgeteilt, dass Ben tot ist. Hätte ich nicht schon genug andere Dinge, die mich unglücklich machen, würde mich das sicher sehr aufwühlen. Wäre ich eine jener Frauen, die über den Tod ihres Ehemanns hinwegkommen wollen, würde es mir sicher nicht gefallen, ständig Briefe für ihn zu erhalten. Zum Glück denke ich ohnehin ständig an Ben, sodass mich keine unerwünschten Erinnerungen heimsuchen können.

Ich habe irgendwo gelesen, man solle bestimmte »Auslöser« meiden: Dinge, die einen überraschend an den Verlust erinnern. Wenn Ben beispielsweise Malzbier gemocht hätte, geradezu fanatisch nach Malzbier gewesen wäre, sollte ich mich im Supermarkt von der Getränkeabteilung fernhalten. Aber was, wenn ich in ein Süßwarengeschäft gehe, wo es überraschend Malzbier gibt und ich auf der Stelle in dem Laden in Tränen ausbreche? Das wäre dann ein Auslöser. Das ist für mich jedoch völlig irrelevant, denn Malzbier erinnert mich nicht an Ben. Alles andere schon: Fußböden, Wände, Decken, Weiß, Schwarz, Braun, Blau, Elefanten, Autoreifen, Gras, Murmeln. Alles. Mein Leben besteht aus Auslösern. Aber ich habe ohnehin die kritische Kummergrenze erreicht, ich muss nicht mehr auf irgendwelche Auslöser achten.

Trotzdem funktioniere ich. Ich kann jedem Tag ins Auge sehen – ohne Angst haben zu müssen, ich würde es nicht bis Mitternacht schaffen. Wenn ich aufwache, weiß ich, dass der heutige Tag genau wie der gestrige verlaufen wird. Ohne ein aufrichtiges Lachen oder ein echtes Lächeln meinerseits, aber machbar.

Deshalb denke ich, als ich an einem Samstagmorgen um elf Uhr meine Türklingel höre und durch den Spion blicke: *Verdammt noch mal. Warum können mich nicht einfach alle in Ruhe lassen?*

Sie steht in schwarzen Leggings, einem schwarzen T-Shirt und einem grauen, übergroßen Wollpullunder vor der Tür. Sie ist über sechzig verdammte Jahre alt. Warum sieht sie immer so viel besser aus als ich?

Ich öffne die Tür.

»Hallo, Susan«, begrüße ich sie und bemühe mich nach Kräften, mir nicht anhören zu lassen, wie sehr mich ihr Besuch nervt.

»Hallo.« Doch schon die Begrüßung vermittelt mir den Eindruck, es mit einer anderen Frau zu tun zu haben als noch vor zwei Monaten. »Darf ich reinkommen?«

Ich öffne die Tür und fordere sie mit einer Geste auf einzutreten, bleibe jedoch neben der Tür stehen. Ich weiß nicht, was sie will, und möchte sie nicht ermuntern, länger zu bleiben als nötig.

»Können wir einen Augenblick reden?«, fragt sie.

Ich führe sie ins Wohnzimmer.

Als sie sich gesetzt hat, fällt mir ein, dass ich ihr etwas zu trinken anbieten sollte. Ist das in allen Ländern üblich oder nur bei uns? Es ist nämlich albern. »Kann ich Ihnen was zu trinken anbieten?«

»Eigentlich wollte ich Sie fragen, ob Sie mit mir zu Mittag essen möchten«, sagt sie. Mittagessen? »Aber erst wollte ich Ihnen etwas geben.«

Sie nimmt ihre Tasche von der Schulter und stellt sie auf ihren Schoß. Dann greift sie hinein und holt eine Brieftasche hervor. Es ist nicht irgendeine Brieftasche. Ich kenne sie; das Leder ist von den Fingern meines Ehemanns an einigen Stellen abgenutzt, und die Form hat sich seinem Hintern angepasst. Susan reicht mir die Brieftasche und gerät dabei etwas aus dem Gleichgewicht, weil sie sich so weit vorbeugt. Ich nehme ihr das Stück derart vorsichtig ab, als würde es sich um einen Van Gogh handeln.

»Ich muss mich bei Ihnen entschuldigen, Elsie. Ich hoffe, Sie können mir verzeihen. Dass ich so abweisend und grausam mit Ihnen umgesprungen bin, ist durch nichts zu rechtfertigen. Ich habe Sie so schlecht behandelt, dass ich – mich für mein Verhalten schäme.« Ich sehe sie an, und sie spricht weiter. »Ich bin unglaublich enttäuscht von mir. Wenn jemand mein Kind so behandelt hätte wie ich Sie, hätte ich ihn umgebracht. Ich hatte kein Recht dazu. Ich ... Ich hoffe, Sie verstehen, dass ich in Trauer war. Der Schmerz fühlte sich so unüberwindlich an. Und ich konnte es nicht ertragen, dass mein einziges Kind mir nicht von Ihnen erzählt hatte. Nicht damals. Ich habe mir eingeredet, dass Sie verrückt sind oder lügen oder ... Ich habe Ihnen die Schuld gegeben. Sie hatten recht, als Sie sagten, ich würde Sie hassen, weil niemand sonst mehr da wäre, den ich sonst hassen könnte. Sie hatten recht. Und das wusste ich auch. Deshalb habe ich damals so sehr versucht ... Ich wollte das nicht, aber ich konnte einfach nicht anders. Ich war nicht in der Lage, ein netter Mensch zu sein.« Sie zögert einen Moment, dann korrigiert sie sich. »Ein anständiger Mensch.«

Sie sieht mich mit Tränen in den Augen und ernsthaftem Bedauern an. Das nervt. Jetzt kann ich sie noch nicht einmal mehr hassen.

»So schrecklich es sich anhört: Ich wollte, dass Sie sich so weit wie möglich von Ben und mir fernhalten. Ich dachte, wenn Sie einfach verschwinden, könnte ich mit dem Verlust meines Sohnes fertigwerden. Dass ich dann der Tatsache ins Auge sehen könnte, dass ich einen Teil von ihm schon lange vor seinem Tod verloren habe.«

Sie blickt hinunter auf ihre Knie und schüttelt den Kopf. »Aber deshalb bin ich nicht … deshalb bin ich nicht hergekommen. Bitte entschuldigen Sie. Jedenfalls wollte ich Ihnen diese Brieftasche und das hier geben.«

Sie holt seinen Ehering hervor.

Ich habe mich getäuscht.

Es gibt auch für mich Auslöser.

Ich fange an zu weinen. Mit zitternder Hand hatte ich ihm diesen Ehering über den Finger gestreift, während seine vollkommen ruhig gewesen war. Ich hatte den Ring am nächsten Tag an ihm bemerkt, und erst da war mir aufgefallen, wie sexy ein Ehering an einem Mann wirkt.

Susan setzt sich zu mir aufs Sofa und hält mich im Arm. Währenddessen nimmt sie meine linke Hand, legt den Ring hinein und schließt meine Finger darum.

»Pssst«, sagt sie. »Schon okay.« Mein Kopf ruht an ihrer Brust, und sie legt ihren Kopf auf meinen. Sie riecht nach einem süßen, blumigen, teuren Parfum. Sie riecht, als würde sie seit vierzig Jahren dasselbe Parfum tragen, als sei der

Geruch auf ihren Körper übergegangen. Sie fühlt sich warm und weich an, ihr Pullover nimmt meine Tränen auf. Ich höre nicht auf zu weinen, und ich weiß nicht, ob ich jemals wieder aufhören kann. Ich fühle den Ring in meiner Hand, in der sich langsam Schweiß bildet. Ich halte ihn so fest, dass meine Finger schmerzen. Ich entspanne meine Muskeln und lehne mich gegen Susan. Ich höre mich heulen, ich wimmere laut. Nachdem ich mich beruhigt habe, nachdem ich meine Tränen wieder unter Kontrolle habe, bleibe ich neben Susan sitzen. Sie hält mich weiterhin im Arm.

»Er hat dich geliebt, Elsie. Das ist mir jetzt klar. Mein Sohn war kein besonders romantischer Mensch, aber ich bezweifle, dass du das mitbekommen hast. Denn eure Beziehung war ganz offensichtlich sehr romantisch.«

»Ich habe ihn geliebt, Susan.« Ich verharre immer noch in derselben Position. »Ich habe ihn so sehr geliebt.«

»Ich weiß«, sagt sie.

»Er hat den Zettel mit seinem Heiratsantrag in seiner Brieftasche aufbewahrt. Wusstest du das?«

Ich blicke auf. Sie reicht mir das Papier, und ich fange an zu lesen.

»Elsie, lass uns unser Leben gemeinsam verbringen. Lass uns Kinder miteinander haben und gemeinsam ein Haus kaufen. Ich will, dass du da bist, wenn ich endlich befördert werde. Oder wenn ich etwas nicht bekomme, auf das ich immer gehofft hatte. Wenn ich falle und wenn ich wieder aufstehe. Ich möchte jeden Tag meines Lebens mit dir verbringen. Ich will dein sein und will, dass du mir gehörst. Heiratest du mich? Heirate mich.«

»Willst du mich heiraten?« ist durchgestrichen und durch die direkte Formulierung »Heirate mich« ersetzt.

Mit diesen Worten hat er nicht um meine Hand angehalten. Ich weiß nicht, was das ist. Aber es ist schön zu wissen, dass er sich Gedanken darüber gemacht hat, wie er mich am besten fragen soll. Das war offenbar ein Entwurf. Seine Handschrift war wirklich unleserlich.

»Ich habe ihn beim Durchsehen seiner Brieftasche gefunden. Da habe ich verstanden. Ob es mir gefällt oder nicht, du sagst die Wahrheit. Er hat dich aufrichtig geliebt. Und nur, weil er es mir nicht erzählt hat, heißt das nicht, dass er dich nicht geliebt hat. Das ist schwer für mich zu akzeptieren, aber du sollst auf jeden Fall diese Sachen haben. Er hätte es gewollt.« Sie lächelt mich an und fasst mein Kinn, als sei ich ein Kind. »Ich bin so stolz auf meinen Sohn, dass er dich auf diese Weise geliebt hat, Elsie. Ich wusste nicht, dass er dazu in der Lage war.«

Es ist ein schöner Gedanke, dass Susan mich vielleicht mögen könnte. Ich bin überwältigt, wie angenehm sich diese Vorstellung anfühlt. Aber das ist nicht die Susan, die ich kennengelernt habe, und das beunruhigt mich. Um ehrlich zu sein, habe ich ein bisschen Angst, dass sie wartet, bis ich die Deckung fallen lasse, um mir dann in den Magen zu treten.

»Ich würde mich freuen, dich kennenzulernen«, sagt sie. »Wenn das okay für dich ist. Ich hätte vorher anrufen sollen, aber ich dachte«, sie lacht, »ich dachte, ich an deiner Stelle würde mich zum Teufel jagen. Diese Chance wollte ich dir nicht geben.«

Ich lache mit ihr und bin unsicher, was hier vor sich geht und wie ich darauf reagieren soll.

»Darf ich dich zum Mittagessen einladen?«, fragt sie.

Ich lache wieder. »Ich weiß nicht so recht«, antworte ich.

Meine Augen sind geschwollen, und ich habe nicht geduscht.

»Ich werde es dir nicht übel nehmen, wenn du mich jetzt rausschmeißt«, sagt sie. »Aus deiner Sicht habe ich mich furchtbar benommen, und du kennst mich überhaupt nicht. Aber jetzt, wo ich begriffen habe, dass ich mich geirrt habe, werde ich alles tun, um es wiedergutzumachen. Ich habe wochenlang darüber nachgedacht, und ich wäre nicht hier, wenn ich nicht bereit wäre, meine Fehler auszubügeln. Ich möchte dich wirklich gerne kennenlernen, und ich würde liebend gern noch einmal von vorn beginnen.« Sie sagt »noch einmal von vorn beginnen«, als sei das ein erhebender Gedanke, als wäre das tatsächlich möglich. Und deshalb glaube ich langsam auch, dass es möglich ist. Vielleicht ist es leichter, als es sich anfühlt. Wir fangen einfach noch einmal von vorne an. Versuchen wir es.

»Ja«, sage ich. »Versuchen wir es.«

Susan nickt. »Es tut mir so leid, Elsie.«

»Mir auch«, antworte ich, und erst als ich es ausspreche, merke ich, dass ich es auch so meine. Einen Augenblick sitzen wir da und sehen einander an. Schaffen wir das? Können wir nett zueinander sein? Susan scheint davon überzeugt zu sein, und sie ist entschlossen, mit gutem Beispiel voranzugehen.

»Gut«, sagt sie. »Reißen wir uns wieder zusammen und ziehen los.«

»Du bist deutlich besser im Zusammenreißen als ich.«

»Das ist ein einstudierter Gesichtsausdruck, es ist nur eine Maske. Spring unter die Dusche, ich warte hier. Ich werde nirgends herumschnüffeln, das verspreche ich.« Sie hebt die Hand wie zum Schwur.

»Okay.« Ich stehe auf. »Danke, Susan.«

Sie schließt für den Bruchteil einer Sekunde die Augen und nickt.

Ich gehe ins Bad, und bevor ich die Tür schließe, sage ich, dass sie gern überall herumschnüffeln darf, wenn sie möchte.

»Okay! Hoffentlich wirst du das nicht bereuen«, sagt sie. Ich lächle und steige unter die Dusche. Während ich mir die Haare wasche, denke ich an all die Dinge, die ich ihr seit Wochen sagen wollte. Wie sehr sie mich verletzt hat. Wie sehr sie sich getäuscht hat. Wie wenig sie ihren eigenen Sohn gekannt hat. Wie unfreundlich sie gewesen ist. Aber jetzt, wo sie hier ist und sich so völlig anders verhält, scheint es mir nicht mehr wichtig.

Ich ziehe mich an und gehe ins Wohnzimmer. Sie sitzt auf dem Sofa und wartet auf mich. Irgendwie hat sie es geschafft, dass ich besserer Laune bin.

Susan fährt uns zu irgendeinem Restaurant, das sie auf Yelp gefunden hat. »Die schreiben, man könnte sich dort in Ruhe unterhalten und der Nachtisch wäre sehr gut. Ist das okay?«

»Klar. Ich bin immer offen für Neues.«

Wenn wir nicht gerade über Ben reden, stockt die Unterhaltung zwischen uns. Manchmal entstehen etwas unangenehme Pausen, aber ich glaube, damit haben wir beide gerechnet.

Ich erzähle ihr, dass ich Bibliothekarin bin. Sie sagt, dass sie gerne liest. Ich sage, dass ich meinen Eltern nicht sehr nahe stehe. Sie antwortet, dass ihr das leidtut. Sie berichtet, dass sie sich mit allem Möglichen beschäftigt, aber sich anscheinend nicht länger als ein paar Monate auf etwas konzentrieren kann.« Ich habe gemerkt, dass ich zu sehr auf das Haus fixiert war. Deshalb habe ich aufgehört, es zu renovieren. Aber ehrlich gesagt, ist Renovieren das Einzige, das mich ablenkt!« Schließlich kommen wir wieder auf die Dinge zu sprechen, die uns verbinden: Ben, tote Ehemänner und unseren Verlust.

Susan erzählt mir von Ben als Kind. Von den peinlichen Dingen, die er getan hat. Von den Streichen, die er ihr gespielt hat. Sie sagt, dass er immer ihren Schmuck tragen wollte.

Über die Vorstellung, dass Ben sich mit weiblichem Schmuck behängt hat, lache ich mich kaputt.

Susan trinkt ihren Tee und lächelt. »Wenn du wüsstest! An Halloween wollte er sich immer als Hexe verkleiden. Ich habe ihm erklärt, dass er als Zauberer gehen könne, aber er wollte eine Hexe sein. Ich glaube, er wollte sich nur das Gesicht grün bemalen.«

Wir sprechen über Steven und wie schwer der Verlust für Susan war. Wie stark Ben sie an Steven erinnert hat. Und dass sie das Gefühl hat, Ben erstickt zu haben, weil sie sich nach Stevens Tod zu sehr an ihn geklammert hat.

»Das glaube ich nicht«, sage ich. »Ben hat dich wirklich geliebt, soweit ich das beurteilen kann. Er hat sich um dich gesorgt. Er hatte dich gern. Wir haben viel über dich gesprochen. Er ...« Ich weiß nicht, wie viel ich ihr von Bens Plänen und Sorgen erzählen soll, darüber, weshalb er ihr nichts von mir erzählt hat. Aber es tut so gut, mit jemandem zu sprechen, der ihn genauso gut kannte wie ich, der ihn sogar noch besser kannte als ich. Es tut gut, dass jemand sagt: »Ich weiß, wie weh das tut«, und ich es auch glauben kann. Die Worte strömen nur so aus meinem Mund.

»Er hat sich Sorgen gemacht, dass du dich vielleicht ausgeschlossen fühlen würdest, wenn du wüsstest, dass er in einer ernsthaften Beziehung lebt. Nicht ausgeschlossen, aber – als wäre in seinem Leben plötzlich kein Platz mehr für dich. Aber so war es ja nicht. In seinem Leben gab es immer einen Platz für dich. Aber er dachte, wenn du von mir erfährst, würdest du so empfinden, und das wollte er vermeiden. Er hat es immer wieder verschoben und auf den richtigen Moment gewartet. Aber der richtige Moment schien irgendwie nie zu kommen, und irgendwann wurde es ernst mit unserer Beziehung, und da wurde es immer merkwürdiger, dass er es dir noch nicht erzählt hatte. Das hat ihn belastet. Es war plötzlich eine so große Sache, dass er nicht wusste, wie er damit umgehen sollte. Er hat dich geliebt, Susan. Wirklich. Und er hat dir nichts von mir erzählt, weil er Rücksicht nehmen wollte, wie falsch das auch immer war. Ich sage nicht, dass ich es nachvollziehen kann. Oder dass es mir gefallen hat. Aber er hat es dir nicht verschwiegen, weil du ihm egal warst. Oder weil ich ihm egal war. Er war eben ein Mann, verstehst du? Er wusste nicht, wie er mit der Situation umgehen sollte, also hat er sich davor gedrückt.«

Sie denkt einen Augenblick darüber nach und blickt auf ihren Teller hinunter. »Danke«, sagt sie. »Danke, dass du mir das erzählt hast. Es sind nicht unbedingt gute Nachrichten, aber auch nicht ganz schlechte, stimmt's?« Sie ist unsicher und muss das Ganze offensichtlich erst einmal verdauen. Sie versucht mit allen Mitteln, die Susan zu sein, die ich heute kennengelernt habe, aber ich glaube, sie ist noch nicht ganz so weit. »Darf ich dir einen Vorschlag machen?«, fragt sie. »Von Witwe zu Witwe?«

»Oh. Ja, klar.«

»Ich habe tatsächlich herumgeschnüffelt«, sagt sie. »Zu meiner Verteidigung muss ich sagen, dass du es mir erlaubt hast, und ich bin ziemlich neugierig. Das war schon immer so. Ich kann nicht anders. Ich habe jahrelang versucht, mir das abzugewöhnen, aber als ich fünfzig wurde, habe ich aufgegeben. Ich habe resigniert: Ich bin einfach neugierig. Jedenfalls habe ich herumgeschnüffelt. Bens Sachen sind alle noch an ihrem Platz. Du hast nichts verändert. Ich habe mich in der Küche umgesehen. Du hast vergammeltes Essen in deinem Kühlschrank.«

Ich weiß, worauf das hinausläuft, und ich wünschte, ich hätte ihr verboten, einen Vorschlag zu machen.

»Ich würde dir gerne helfen, dich von ein paar Dingen zu trennen. Die Wohnung wieder zu deiner eigenen zu machen.«

Ich schüttele den Kopf. »Ich will sie nicht wieder zu meiner eigenen machen, es ist unsere. Es war unsere. Er ...«

Sie hebt die Hand. »Okay. Vergiss es, entschuldige. Es ist deine Wohnung, du kannst damit tun und lassen, was du willst. Ich kann dir nur sagen, dass ich für meinen Teil zu lange gewartet habe, bis ich Stevens Sachen weggepackt habe, und das bedauere ich. Ich habe mit diesem ... Schrein von ihm gelebt. Ich wollte seine kleine Dose mit Zahnseide nicht wegwerfen, weil ich dachte, ich würde ihn dann aufgeben. Was sich total verrückt anhört.«

»Nein, das hört sich nicht verrückt an.«

Sie sieht mir in die Augen und weiß, dass ich dasselbe tue wie sie damals, dass ich genauso verloren bin, wie sie es war. Ich möchte ihr deutlich machen, dass ich mich wohl dabei fühle. Ich will nicht darüber hinwegkommen.

»Doch, das ist verrückt, Elsie«, sagt sie entschieden, aber freundlich. »In meinem Herzen ist Steven lebendig, sonst nirgends. Als ich seine Sachen aus meinem Blickfeld entfernt hatte, konnte ich mein Leben wieder aufnehmen. Aber tu, was du für richtig hältst. Du bestimmst das Tempo.«

»Danke.«

»Aber vergiss nicht, wenn du zu lange in diesem Unglück watest, wachst du vielleicht eines Tages auf und stellst fest, dass sich dein ganzes Leben um einen Geist dreht. Das ist alles. Ich bin fertig mit meiner Ansprache. Es steht mir nicht zu, mich in deine Angelegenheiten einzumischen. Ich habe nur das Gefühl, dich zu kennen. Obwohl mir klar ist, dass das nicht stimmt.«

»Doch«, unterbreche ich sie. »Ich glaube, du kennst mich.«

Nach dem Mittagessen setzt Susan mich an meiner Wohnung ab und küsst mich zum Abschied auf die Wange. Bevor ich aus dem Wagen springe und mich auf den Weg zur Treppe mache, sagt sie: »Bitte sag Bescheid, wenn du irgendetwas brauchst.« Sie lacht, als wäre das, was sie als Nächstes sagt, nicht so traurig, wie es ist: »Du bist der einzige Mensch, für den ich noch da sein kann.«

Ich schließe meine Tür auf, gehe in die Wohnung und starre auf Bens Ehering auf dem Regal. Ich denke über das nach, was Susan gesagt hat. Wir waren oder sind praktisch verwandt. Was wird aus der bisher nicht existenten Beziehung zu deiner Schwiegermutter, wenn dein Mann stirbt?

Ich setze mich, halte Bens Brieftasche in meinen Händen und streiche über die abgenutzten Ränder. Ich nehme meinen Ehering ab und streife seinen über meinen Ringfinger und meinen hinterher, damit er hält. Es ist ein breiter Ring, der einige Nummern zu groß für mich ist, aber er fühlt sich gut an meinem Finger an.

Ich sehe mich in meiner Wohnung um und betrachte sie

jetzt mit Susans Augen. Überall liegen Bens Sachen herum. Ich sehe mich in zwanzig Jahren, wie ich noch immer mit seinen Sachen in dieser Wohnung hocke und in der Zeit stehen geblieben bin. Ich werde mir Sorgen machen, was die anderen für einen Eindruck von mir haben. Ich bin drauf und dran, zu einer Miss Havisham zu werden. Und zum ersten Mal will ich das nicht mehr. Einen flüchtigen Augenblick lang denke ich, dass ich Bens Sachen aussortieren sollte, überlege es mir aber schnell wieder anders. Bens Sachen sind alles, was mir geblieben ist. Aber womöglich weiß Susan, wovon sie spricht. Susan hat anscheinend ihren Frieden gefunden, ohne dadurch ihre Trauer aufzugeben. Solange ich diese Trauer in mir trage, habe ich Ben. Wenn Susan das kann, kann ich es vielleicht auch.

Ich gehe zum Kühlschrank und nehme die Hotdogs heraus. Die Packung ist weich und voller Flüssigkeit. Sobald ich sie von ihrem Platz bewege, fängt die ganze Küche an zu stinken. Ich laufe nach draußen zur Mülltonne. Dabei tropft die Flüssigkeit aus der Packung auf meinen Fußboden. Als ich den Deckel auf die Tonne setze und zurückgehe, um sauber zu machen und mir die Hände zu waschen, lache ich darüber, wie lächerlich die Vorstellung war, Ben würde durch ranzige Hotdogs weiterleben. Die Hotdogs sind weg, und ich habe nicht das Gefühl, ihn verloren zu haben. Ein Punkt für Susan.

Wie üblich bin ich froh, als am Montag erneut Ablenkung auf mich wartet. Ich gehe zur Arbeit und kann es kaum erwarten, mit der Recherche für den Schaukasten dieses Monats zu beginnen. Meistens sagt Lyle mir, zu welchem Thema ich etwas ausstellen soll, aber in letzter Zeit lässt er mich entscheiden. Ich glaube, er hat immer noch ein bisschen

Angst vor mir. Alle hier fassen mich mit Samthandschuhen an. Manchmal finde ich das bezaubernd oder zumindest angenehm; manchmal erscheint es mir ärgerlich und naiv.

Ich entscheide mich diesen Monat für Kleopatra und beginne, Fakten und Zahlen zusammenzustellen, die ich leicht mit Fotos und Kopien darstellen kann. Ich sehe ein Buch mit Darstellungen von Kleopatra durch. So hat sie angeblich ausgesehen. Ich überlege gerade, ob das wichtig ist, als Mr. Callahan zu mir tritt.

»Hallo, Mr. Callahan«, sage ich und drehe mich zu ihm um.

»Hallo, junge Dame«, antwortet Mr. Callahan.

»Womit kann ich Ihnen helfen?«

»Ach, mit nichts. Ich langweile mich heute nur ein bisschen, das ist alles«, erklärt er langsam und bedächtig. Ich habe den Eindruck, dass sein Verstand deutlich schneller arbeitet als sein Körper.

»Ach! Finden Sie nichts, das Ihnen gefällt?«

»Nein, das ist es nicht. Ich sitze einfach schon zu lange in meinem verdammten Haus rum oder laufe zur Bibliothek und wieder zurück. Ich kann nirgendwo anders hingehen! Ich habe nichts anderes zu tun. Ein Tag ist wie der andere.«

»Oh, das tut mir leid.«

»Würden Sie mit mir zu Mittag essen?«, fragt er. »Ich fürchte, wenn ich nicht etwas Zeit mit jemandem verbringe oder etwas Interessantes unternehme, löst sich mein Hirn auf. Atrophie. Es verkümmert.« Als ich mit der Antwort zögere, füllt er die Pause. »Man kann nur eine begrenzte Anzahl verdammter Sudoku-Rätsel lösen, verstehen Sie? Entschuldigen Sie meine Ausdrucksweise.«

Ich lache und lege das Buch weg. Ich blicke auf meine

Armbanduhr und sehe, dass es genau die richtige Zeit ist –
12:49 Uhr. »Sehr gern, Mr. Callahan«, sage ich schließlich.

»Wunderbar!« Er klatscht auf eine sehr weibliche Art in die Hände, als hätte ich ihm gerade ein Paar Perlenohrringe geschenkt. »Elsie, wenn wir zusammen mittagessen gehen, dann müssen Sie aber George zu mir sagen.«

»In Ordnung, George. Einverstanden.«

Mr. Callahan und ich gehen in einen Imbiss in der Nähe, und er besteht darauf, mein Essen zu bezahlen. Eigentlich habe ich noch einen Rest Pizza im Bürokühlschrank, aber es schien mir unpassend, das zu erwähnen. Mr. Callahan und ich setzen uns an einen kleinen Tisch und packen unsere Sandwiches aus.

»Na, dann erzählen Sie mir mal etwas Interessantes! Irgendetwas.«

Ich lege mein Sandwich ab und wische mir die Mayonnaise von den Lippen. »Was möchten Sie denn hören?«, frage ich.

»Oh, irgendetwas. Etwas Interessantes, das Ihnen passiert ist. Es ist mir egal, ob es traurig oder lustig oder gruselig oder albern ist. Einfach irgendetwas, das ich zu Hause meiner Frau erzählen kann. Wir langweilen uns allmählich zu Tode.«

Ich lache, weil ich annehme, dass Mr. Callahan das von mir erwartet, aber eigentlich ist mir zum Weinen zumute. Ben hat mich nie gelangweilt. Gott, wie sehr ich mir wünschte, ich hätte die Zeit gehabt, ihn richtig langweilig zu finden. Ihn so lange zu lieben, dass man alles Interessante weiß, das dem anderen jemals passiert ist, und man sich nichts mehr zu sagen hat. So lange, dass man schon weiß, wie der Tag des anderen verlaufen ist, bevor er es einem erzählt. Dass man nebeneinander im Bett liegt und sich an der Hand hält, auch wenn man sich seit Tagen nichts Interessantes erzählt hat. Eine solche Liebe wünsche ich mir. Eine solche Liebe wollte ich haben.

»Sie sehen traurig aus«, stellt Mr. Callahan fest und unterbricht mich in meinem Selbstmitleid. »Was ist los?«

»Ach nichts, mir geht's gut. Der Senf hat nur gerade etwas seltsam geschmeckt.«

»Nein.« Er schüttelt den Kopf. »Sie sehen schon seit einer Weile traurig aus. Sie meinen, ich würde das nicht merken, weil ich ein alter Sack bin, aber das stimmt nicht.« Er tippt sich mit dem Finger an die Schläfe. »Was ist los?«

Wozu soll ich lügen? Wozu sollte das gut sein? Der Anstand gebietet es, über so ernste Themen nicht in der Öffentlichkeit zu sprechen, aber wem ist damit geholfen? Dieser Mann langweilt sich, und ich bin verzweifelt. Vielleicht fühle ich mich etwas weniger verzweifelt, wenn ich es ihm erzähle. Und vielleicht ist ihm dann etwas weniger langweilig.

»Mein Mann ist gestorben«, erkläre ich sachlich, um zu verhindern, dass es ein allzu emotionales Gespräch wird.

»Oh«, sagt er überrascht. »Das ist ja schrecklich. Es ist zwar interessant, aber furchtbar. Ich wusste nicht, dass Sie verheiratet waren.«

»Sie sind ihm vor ein paar Monaten begegnet.«

»Ja, ich erinnere mich. Ich wusste nur nicht, dass Sie verheiratet waren.«

»Nun, wir hatten gerade erst geheiratet, als er gestorben ist.«

»Schrecklich«, stellt er noch einmal fest und fasst meine Hand. Die Geste ist zu intim, um sich angenehm anzufühlen, und dennoch fühlt sie sich auch nicht unangemessen an. »Das tut mir leid, Elsie. Sie müssen unglaublich leiden.«

Ich zucke mit den Schultern und wünschte sofort, ich könnte es rückgängig machen. Ich sollte nicht mit den Schultern zucken, wenn es um Ben geht. »Ja«, gebe ich zu. »Das stimmt.«

»Waren Sie deshalb eine Zeit lang weg?«, erkundigt er sich, und offenbar verrät meine Miene Überraschung, denn er fügt hinzu: »Sie sind meine Lieblingsbibliothekarin. Ich komme jeden Tag. Meinen Sie, ich würde nicht mitbekommen, wenn Sie nicht da sind?«

Ich lächle und beiße in mein Sandwich.

»Ich kenne Sie nicht sehr gut, Elsie, aber das eine weiß ich: Sie sind eine Kämpferin. Sie haben Chuzpe. Mumm. Wie auch immer.«

»Danke, Mr. Callahan.« Er sieht mich missbilligend an. »George«, korrigiere ich mich. »Danke, George.«

»Sie müssen mir nicht danken. Ich sage nur meine Meinung. Das wird schon wieder. Ich weiß, dass Sie sich das jetzt vermutlich nicht vorstellen können, aber ich verspreche Ihnen, eines Tages werden Sie auf diese Zeit zurückblicken und denken, *Gott sei Dank, dass es vorbei ist, aber ich habe es geschafft.*«

Ich sehe ihn mit zweifelnder Miene an. »Sie glauben mir nicht, stimmt's?«, fragt er und nimmt zum ersten Mal sein Sandwich in die Hand.

Ich lächle. »Ich weiß nicht recht, George. Ich weiß noch nicht einmal, ob ich das möchte.«

»Sie sind noch so jung, Elsie! Ich bin sechsundachtzig Jahre alt. Ich bin vor der Großen Depression geboren. Können Sie sich das vorstellen? Und ich sage Ihnen, während der Großen Depression hätte ich mir nicht träumen lassen, dass ich heute noch am Leben bin. Aber sehen Sie mich an! Ich bin gesund

und munter! Ich sitze hier mit einer bezaubernden jungen Dame und esse ein Sandwich. Im Leben passieren einem Dinge, die man sich absolut nicht vorstellen kann. Mit der Zeit verändert man sich, und plötzlich stellt man fest, dass man sich mitten in einem Leben befindet, das man so nie erwartet hat.«

»Ja, vielleicht.«

»Nein, nicht vielleicht.« Er klingt nun sehr streng – nicht verärgert, nur entschieden. »Ich werde Ihnen etwas erzählen, das niemand sonst weiß, der noch am Leben ist. Nun, abgesehen von meiner Frau, aber die weiß sowieso alles.«

»Okay«, sage ich. Ich habe mein Sandwich aufgegessen, während er seins kaum angerührt hat. Normalerweise bin ich immer als Letzte fertig. Jetzt stelle ich fest, dass das daran liegt, dass ich selten diejenige bin, die zuhört.

»Ich habe im Zweiten Weltkrieg gekämpft. Ich wurde gleich zu Beginn des Jahres 1945 eingezogen. Es war die härteste Zeit meines Lebens, das kann ich Ihnen versichern. Es hat meinen Glauben an Gott schwer erschüttert, meinen Glauben an die Menschheit. Alles. Ich bin nicht für den Krieg gemacht. Er passt nicht zu mir. Ich habe das nur dank Esther Morris durchgestanden. Es war Liebe auf den ersten Blick. Wir waren achtzehn Jahre alt. Als ich sie mit ihren Freundinnen auf dem gegenüberliegenden Bürgersteig sitzen sah, wusste ich sofort: Das ist die Mutter meiner Kinder. Ich überquere die Straße, stellte mich vor und bat sie, mit mir auszugehen. Sechs Monate später haben wir uns verlobt. Als ich nach Europa musste, war ich sicher, dass ich nicht lange bleiben würde. Und ich hatte recht, denn ich war erst acht Monate dort, als ich angeschossen wurde.«

»Wow«, bemerke ich.

»Ich wurde von drei Schüssen getroffen. Zwei in der Schulter und ein Streifschuss an der Seite. Ich lag in diesem Feldlazarett, die Schwester beugte sich über mich, ein Arzt eilte auf mich zu, und ich war der glücklichste Mann auf der Welt. Ich wusste, dass sie mich nach Hause schicken und dass ich Esther wiedersehen würde. Ich konnte mein Glück kaum fassen. Ich erholte mich so schnell ich konnte und kehrte zurück. Aber als ich nach Hause kam, war Esther fort. Spurlos verschwunden.«

Er seufzt, aber es klingt mehr nach Erschöpfung als nach gebrochenem Herzen.

»Ich weiß bis heute nicht, wohin sie gegangen ist. Sie hat mich einfach verlassen, ohne mir je zu sagen, weshalb. Von Zeit zu Zeit habe ich Gerüchte gehört, dass sie mit einem Handlungsreisenden durchgebrannt wäre, aber ich weiß nicht, ob das stimmt. Ich habe sie nie wieder gesehen.«

»O Gott.« Ich fasse Georges Hand. »Das ist schrecklich. Es tut mir leid.«

»Das muss es nicht«, erwidert er. »Ich habe jahrelang gewartet, dass sie zurückkommt. Ich habe die Stadt nicht verlassen, falls sie nach mir suchen sollte. Ich war am Boden zerstört.«

»Na, klar«, sage ich.

»Aber wissen Sie was?«

»Was?«

»Ich habe jeden Tag so genommen, wie er kam, und dadurch habe ich Lorraine kennengelernt. Und Lorraine ist die Liebe meines Lebens. Esther ist eine Geschichte, die ich jungen Bibliothekarinnen erzähle, aber Lorraine gibt mir das Gefühl, dass ich die Welt erobern kann. Als sei die Welt für mich geschaffen. In dem Augenblick, in dem ich ihr begegnet bin, hat sie meine Welt auf den Kopf gestellt. Sobald ich Lorraine getroffen hatte, habe ich Esther genauso schnell vergessen wie sie mich.«

»Ich will nicht, dass Ben eine Geschichte wird, die ich jungen Bibliothekarinnen erzähle. Er war mehr als das. Genau davor habe ich Angst! Dass er zu einer Geschichte wird«, erkläre ich.

George nickt. »Ich weiß. Ich weiß. Sie müssen es ja nicht genauso machen wie ich. Ich versuche Ihnen nur zu erklären, dass Ihr Leben sehr lang ist und Wendungen nimmt, die Sie sich gar nicht vorstellen können. Sie werden erst begreifen, wie jung Sie sind, wenn Sie nicht mehr jung sind. Deshalb sage ich Ihnen, Elsie, Ihr Leben hat eben erst begonnen. Als ich Esther verloren habe, dachte ich, mein Leben wäre zu Ende. Ich war zwanzig Jahre alt. Ich hatte keine Ahnung, was das Leben noch für mich bereithielt. Und das wissen auch Sie nicht.«

George ist fertig und isst schweigend sein Sandwich auf. Ich denke über seine Worte nach und bin weiterhin überzeugt davon, dass es ein Verrat an den Jahren wäre, die hinter mir liegen, wenn ich die Jahre, die noch kommen, in irgendeiner Form genießen würde.

»Danke«, sage ich und meine es auch so. Auch wenn ich den Verlust nicht so überwinden kann wie er, ist es schön zu wissen, dass es möglich ist.

»Ich habe zu danken«, antwortet er. »Jetzt ist mir überhaupt nicht mehr langweilig.«

An diesem Nachmittag trage ich weiteres Material über Kleopatra zusammen. Mir fällt auf, dass Kleopatra zwei große Männer geliebt hat. Wenigstens hatte sie einen Sohn und eine Dynastie, um Caesar in Ehren zu halten. Sie konnte ihn auf Münzen und Bechern abbilden, Statuen errichten und ihn zu einem Gott erheben. Sie war in der Lage, die Erinnerung an ihn fortleben zu lassen. Alles, was *ich* habe, sind Bens dreckige Socken.

Als ich Freitagnachmittag von der Arbeit nach Hause fahre und einem leeren Wochenende entgegenblicke, überlege ich, Susan anzurufen. Nur um zu fragen, wie es ihr geht. Doch diesen Gedanken verwerfe ich wieder.

Ich betrete die Wohnung und lege meine Sachen ab. Dann gehe ich ins Bad und stelle die Dusche an. Während ich mich ausziehe, höre ich, dass mein Mobiltelefon in der Hosentasche auf dem Fußboden vibriert. Ich hole es hervor, und während ich das Gespräch annehme, sehe ich, dass es meine Mutter ist.

»Hallo«, sagt sie.

»Oh, hallo«, erwidere ich.

»Dein Vater und ich wollten nur hören, wie es dir geht. Wie du so – mit der Situation zurechtkommst«, sagt sie. Ihre beschönigende Ausdrucksweise ärgert mich.

»Mit der Situation?«, provoziere ich sie.

»Uns ist klar, dass du eine harte Zeit durchmachst, und wir haben an dich gedacht. Ich meinte nur … Wie geht es dir?«

»Gut, danke.« Ich hoffe, dass dieses Gespräch schnell vorbei ist, deshalb lasse ich das Wasser laufen.

»Ach, gut! Gut!« Ihre Stimme hellt sich auf. »Wir waren etwas besorgt. Nun, schön, dass es dir besser geht. Es muss seltsam gewesen sein, so mitten in die Trauer seiner Familie hineinzuplatzen.«

Resigniert stelle ich die Dusche aus. »Stimmt«, bestätige

ich. Wozu soll ich ihr erklären, dass ich seine Familie war? Dass das meine Trauer ist? Dass ich nur gesagt habe, es ginge mir gut, weil man das eben so sagt?

»Gut«, sagt sie. Ich höre meinen Vater im Hintergrund. Ich kann nicht verstehen, was er sagt, aber meine Mutter will das Gespräch offenbar beenden. »Nun, wenn du irgendetwas brauchen solltest.« Das sagt sie immer. Ich weiß noch nicht einmal, was sie damit meint.

»Danke.« Ich schalte das Telefon aus, drehe das Wasser wieder auf und stelle mich unter den Strahl. Ich muss Ben sehen. Ich brauche nur eine Minute mit ihm. Er soll in diesem Badezimmer erscheinen und mich umarmen. Nur für eine Minute. Ich trete aus der Dusche, nehme mein Handtuch und mein Telefon.

Ich rufe Susan an und frage sie, ob sie Lust hätte, morgen mit mir Mittag zu essen. Sie hat Zeit. Wir verabreden uns auf halber Strecke zwischen ihr und mir, dann ziehe ich einen Bademantel an, gehe ins Bett, schnuppere an Bens Seite und schlafe ein. Der Geruch verfliegt langsam, ich muss immer tiefer einatmen, bis ich ihn wahrnehme.

Susan hat ein Restaurant in Redondo Beach zum Mittagessen vorgeschlagen. Offenbar sind sie und Ben im Laufe der Jahre oft dort gewesen. Bevor Steven gestorben ist, haben sie sich gelegentlich alle zusammen hier zum Abendessen getroffen. Sie warnt mich jedoch, nicht zu viel zu erwarten. »Ich hoffe, du hast nichts gegen mexikanische Restaurantketten«, sagt sie.

Das Restaurant ist mit Stieren, Kacheln im Hacienda-Stil und leuchtenden Farben eingerichtet. Es präsentiert seinen Kitsch voller Stolz. Bevor ich überhaupt Susans Tisch erreiche, werden mir schon auf neun verschiedenen Bildern Margaritas angepriesen.

Susan sitzt vor einem Glas Wasser. Als ich an den Tisch komme, steht sie sofort auf und umarmt mich. Sie riecht wieder genauso und sieht aus wie immer: beherrscht und gefasst. Sie verleiht der Trauer keinen Glanz, aber sie lässt sie erträglich wirken.

»Ein furchtbarer Laden, stimmt's?« Sie lacht.

»Ganz im Gegenteil!«, sage ich. »Mir gefällt jedes Restaurant, das ein Drei-Gänge-Menü für neun neunundneunzig anbietet.«

Der Kellner kommt und stellt uns einen Korb mit Tortilla-Chips und Salsa auf den Tisch. Nervös greife ich danach. Susan ignoriert die Schale fürs Erste. Wir bestellen Fajitas.

»Ach, wissen Sie was?«, fragt Susan den Kellner. »Dazu nehmen wir noch zwei Margaritas. Ist das okay?« Ich habe den Mund voll Tortilla-Chips, deshalb nicke ich nur.

»Welcher Geschmack?«, erkundigt sich der Kellner. »Original? Mango? Wassermelone? Cranberry? Granatapfel? Cantaloupe ...«

»Original ist gut«, sagt Susan, und ich wünschte, sie hätte mich gefragt, denn Wassermelone hört sich auch irgendwie gut an.

Der Kellner sammelt die klebrigen roten Speisekarten ein und verlässt den Tisch.

»Mist. Ich wollte noch Guacamole bestellen«, bemerkt Susan, nachdem der Kellner weg ist und sie sich ebenfalls über die Chips hermachen will. »Entschuldigen Sie!«, ruft sie, und der Kellner kommt zurück. Ich schaffe es nie, die Aufmerksamkeit eines Kellners zu gewinnen, wenn er den Tisch einmal verlassen hat. »Können wir Guacamole dazu haben?« Er nickt und geht, und Susan wendet sich wieder mir zu. »Meine Diät kann ich vergessen.« Wer zählt in einer solchen Situation schon Kalorien? Ich bin froh, dass Susan das genauso sieht.

»Ich habe nicht ganz verstanden, was du am Telefon gesagt hast«, meint sie. »Deine Mutter glaubt, du wärst schon drüber weg?«

Ich wische mir die Hand an meiner Serviette ab. »Nicht ganz. Sie hat angerufen und gefragt, wie ich mit der ›Situation‹ zurechtkäme. Oder mit ›der Sache‹. Du weißt schon, als könnte sie nicht einfach ›Bens Tod‹ sagen.«

Susan nickt. »Diese beschönigenden Ausdrücke«, sagt sie. »Als könnte sie verhindern, dass du an Bens Tod denkst, wenn sie es nicht ausspricht.«

»Genau! Als ob ich nicht jeden Moment des Tages daran denken würde. Jedenfalls hat sie mich das gefragt, und ich habe gesagt, es ginge mir gut. Wie man das halt so sagt. Jeder, der mich das fragt, weiß: Wenn ich ›gut‹ sage, meine ich ›den Umständen entsprechend gut‹.«

»Stimmt.« Der Korb ist leer, und als der Kellner die Margaritas bringt, bittet Susan ihn, ihn wieder aufzufüllen.

»Aber ich glaube, meine Mutter denkt wirklich, es würde mir gut gehen. Ich glaube, sie hat gehofft, dass ich das sagen würde, weil sie dann nichts tun muss. Als wäre ich wieder die Alte. Als wäre nichts passiert.«

»Nun, für sie ist auch nichts passiert.« Susan nippt an ihrer Margarita und verzieht das Gesicht. »Ich trinke nicht oft Alkohol. Ich dachte nur, es ist irgendwie geselliger. Aber die ist – ein bisschen stark, oder?«

Ich nehme ebenfalls einen Schluck. »Die ist stark«, bestätige ich.

»Okay! Ich dachte schon, ich würde gar nichts mehr vertragen. Egal – was hast du gerade gesagt?«

»Ich glaube, du hattest etwas gesagt.«

»Ach, richtig. Ihr ist ja nichts passiert. Ihr sprecht nicht oft miteinander, stimmt's?«

»Stimmt.«

»Es hört sich an, als sei sie einer dieser Menschen, die kein Mitgefühl oder auch nur Mitleid empfinden. Deshalb weiß sie nicht, wie sie mit dir reden soll. Sie versteht dich schlichtweg nicht.«

Ich spreche nicht oft über meine Familie, und wenn ich es tue, dann in kurzen Sätzen und abfälligen Bemerkungen. Susan ist die Erste, die versteht, was los ist, und es beim Namen nennt. Oder es zumindest beschreibt. »Du hast recht«, bestätige ich.

»Mach dir keine Sorgen wegen deiner Eltern. Sie behandeln dich so, wie sie selbst gern in einer vergleichbaren Situation behandelt werden möchten. Und das ist etwas ganz anderes als das, was *du* brauchst. Ich kann dir nur raten, nicht zu versuchen, die beiden umzupolen. Nicht dass ich da ein Experte wäre. Nach Stevens Tod habe ich festgestellt, dass ein großer Unterschied zwischen dem bestand, was ich von den Leuten erwartet habe, und dem, was sie mir gegeben haben. Ich glaube, die Menschen haben solche Angst, in unsere Situation zu geraten, dass ihnen uns gegenüber die Worte fehlen. Ich rate dir, belass es dabei.«

Als sie zu Ende gesprochen hat, habe ich meine Margarita ausgetrunken. Ich weiß nicht, wie das passieren konnte. Unsere Fajitas kommen brutzelnd und pompös auf den Tisch – so pompös, wie Fajitas nur sein können. Immerhin sind sie riesig und erfordern eine Menge Teller und genauso viele Menschen, die sie servieren. Da sind der Teller mit den Beilagen, die brutzelnden Pfannen mit Shrimps und Gemüse, die Schale mit den Tortillas aus Mais- und Weizenmehl und weitere Zutaten in Form von Guacamole, Käse, Salsa und Salat. Unser Tisch sieht aus wie die Festtafel eines Königs, und die Shrimps brutzeln so laut in der Pfanne, dass ich das Gefühl habe, das ganze Restaurant würde zu uns herüberstarren.

»Das ist etwas viel, oder?«, bemerkt Susan nüchtern. »Aber ich finde es großartig, wie sie es servieren. Sie machen eine richtige Show daraus. Dabei gibt es überhaupt keinen Grund, wieso die Shrimps in der Pfanne auf dem Tisch weiterbraten sollten. Überhaupt keinen.«

Der Kellner kommt, um nach uns zu sehen. Susan bestellt uns noch Margaritas. »Für mich bitte Wassermelone«, sage ich. Susan schließt sich an. »Das klingt gut, das nehme ich auch.«

Über unserem dampfenden Essen sprechen wir über Politik und Familie. Wir reden über den Verkehr, Filme und die Nachrichten und erzählen uns lustige Geschichten. Ich möchte mit Susan nicht nur über Leben und Tod sprechen, nicht nur über Ben und Steven. Und das scheint tatsächlich möglich zu sein. Aber was uns verbindet, ist Ben, und so kommt das Gespräch unweigerlich immer wieder auf ihn zurück. Ich frage mich, ob es richtig ist, laut darüber zu sprechen. Sollte ich meine Besessenheit von Bens Tod für mich behalten? Ich frage mich auch, wie weit ich mich Susan anvertrauen kann.

»Weißt du schon, wann du seine Post abbestellen wirst?«, fragt Susan mich beiläufig, während sie mit ihrer Gabel die Reste aus der Pfanne vor sich aufpickt.

Ich schüttele den Kopf. »Nein. Ich weiß noch nicht einmal genau, wie man das macht.« Das ist nur die halbe Wahrheit. Ich habe Angst, dass ich die Heiratsurkunde dann nicht mehr erhalten könnte, weil sie auch an Ben adressiert sein wird. Ich will seine Post erst abbestellen, wenn ich die Heiratsurkunde habe.

»Oh, das ist ganz einfach. Wir können das gleich heute erledigen, wenn du willst«, bietet Susan an.

»Oh.« Ich überlege, wie ich sie davon abhalten kann, und komme zu dem Schluss, dass mir nicht viel anderes übrig bleibt, als ihr die Wahrheit zu sagen. »Ich warte noch immer auf die Heiratsurkunde«, gestehe ich. »Deshalb will ich die Post noch nicht abbestellen.«

»Was meinst du damit?«, sagt sie, nimmt eine Zwiebel vom Teller und steckt sie sich mit der Hand in den Mund.

»Sie ist bislang noch nicht eingetroffen, und da sie an uns beide adressiert ist, habe ich Angst, dass sie sie mit den alten Rechnungen und den anderen Briefen für ihn zurückbehalten.«

»Sie ist noch nicht angekommen?« Susan sagt das, als müsse hier ein Fehler vorliegen. Ich hatte solche Angst, jemandem zu erzählen, dass ich die Urkunde noch nicht erhalten habe. Ich dachte, man würde denken, ich hätte die Hochzeit nur erfunden. Aber Susans Stimme klingt nicht zweifelnd. Es kommt ihr gar nicht in den Sinn, dass ich sie angelogen haben könnte. Ich muss zugeben, dass sie seit unserer ersten Begegnung gewaltige Fortschritte gemacht hat. Sie scheint ihre emotionale Verwirrung schnell überwunden zu haben.

»Nein, bis jetzt noch nicht. Ich gucke jeden Tag in den Briefkasten und öffne wirklich jeden Umschlag, aber sie war nicht dabei.«

»Dann müssen wir dort anrufen und fragen, wo sie bleibt. Hast du bei der Bezirksverwaltung nachgefragt, ob die Heirat überhaupt dort registriert ist?«

»Nein.« Ich schüttele den Kopf. Ehrlich gesagt hatte ich es nicht für eine so große Sache gehalten, bis ich es laut ausgesprochen habe. Ich wollte mich diesem logistischen Albtraum nicht stellen.

»Das ist der erste Schritt. Du musst herausfinden, ob die Originalurkunde bei der Bezirksverwaltung eingetroffen ist.«

»Okay«, sage ich. Ihre Besorgnis beunruhigt mich.

»Schon gut.« Sie nimmt meine Hand. »Wir werden das schon rausfinden.«

Die Art, wie sie »wir« sagt, dass sie nicht sagt »Das wirst du schon rausfinden«, gibt mir das Gefühl, nicht allein zu sein. Wenn ich es nicht schaffe, wird sie es schaffen. Es fühlt sich an, als würde ich auf einem Seil balancieren, unter mir aber plötzlich ein Netz erkennen, falls ich das Gleichgewicht verliere. »Wir« finden das heraus. Ana hat ähnlich mit mir gesprochen, aber ich wusste, dass sie mir nicht helfen kann. Sie konnte meine Hand halten, aber sie konnte mir keine Hoffnung geben. Zum ersten Mal habe ich das Gefühl, dass nicht alles nur von mir abhängt. Nichts hängt allein von mir ab.

»Dann rufst du Montag die Verwaltung an und fragst nach?«

Ich nicke. Offenbar geht sie davon aus, dass wir im Bezirk Los Angeles geheiratet hätten. Ich traue mich nicht, sie zu korrigieren. Eigentlich möchte ich ihr die Wahrheit sagen, ihr alles erzählen, aber das ist nicht so einfach. Ich weiß, dass unsere Freundschaft noch zu zart für die ganze Wahrheit ist.

»Soll ich die Rechnung kommen lassen?«, fragt sie.

Ich lache. »Ich glaube, ich muss noch meine Margarita verdauen«, sage ich, und sie lächelt.

»Dann nehmen wir noch ein Dessert!«

Sie bestellt uns frittiertes Eis und »Dessert-Nachos«. Wir stecken die Löffel in die Eiscreme und kratzen die Schokolade aus der Schale. Als ich in den Wagen steige, fallen mir ein paar Dinge ein, die ich vergessen habe zu erwähnen, und ich stelle fest, dass ich mich darauf freue, Susan wiederzusehen, um das nachzuholen.

Ana war sehr geduldig mit mir. Sie hat nichts von mir erwartet und mich bei allem unterstützt, aber ich merke, dass ihre Geduld langsam erschöpft ist. Nur weil sie meine Freundin ist, wird sie in etwas hineingezogen, mit dem sie eigentlich nichts zu tun hat. Ich kann mir vorstellen, dass sich nach einer Weile auch der verständnisvollste und mitfühlendste Mensch fragt, wann wir endlich einmal wieder richtig Spaß haben können. Spaß, der nicht mit einem traurigen Blick von mir endet. Spaß, der nicht durch Bens Verlust getrübt ist. Ana kannte mich vor Ben, sie kannte mich mit Ben, und jetzt kennt sie mich nach Ben. Sie hat es nie laut ausgesprochen, aber ich kann mir vorstellen, dass ich ihr vor Ben am liebsten war.

Ana will mich um acht Uhr von zu Hause abholen. Um sieben Uhr ruft sie an, um zu fragen, ob ich etwas dagegen hätte, wenn sie diesen Typen mitbringt, mit dem sie sich jetzt öfter trifft.

»Mit wem triffst du dich?« Das ist mir völlig neu.

»Ach, nur so ein Typ. Kevin.« Sie lacht, und ich nehme an, dass er neben ihr steht.

»Nur so ein Typ?«, fragt jemand im Hintergrund und bestätigt meine Vermutung. Ich höre, wie Ana ihn anzischt.

»Ist das okay? Ich will, dass du ihn kennenlernst«, erklärt sie.

»Ja, klar«, antworte ich überrascht. In so einer Situation kann man nicht Nein sagen. Das wäre unhöflich, aber ich frage mich, was ich wohl gesagt hätte, wenn ich nicht so anständig wäre.

»Cool«, entgegnet Ana. »Dann um acht Uhr. Willst du immer noch in dieses Ramen-Lokal gehen?«

»Klar!« Ich kompensiere meine Bedenken mit übertriebener Begeisterung. Mir scheint das ziemlich offensichtlich, aber Ana bemerkt es offenbar nicht. Vielleicht bin ich mittlerweile ziemlich gut darin, meine Gefühle zu verbergen, vielleicht achtet sie aber auch einfach nicht darauf.

April

Ben und ich warteten vor dem Kino auf Ana. Sie war schon zwanzig Minuten zu spät, und die Karten waren auf ihre Kreditkarte reserviert. In sieben Minuten fing der Film an, und Ben gehörte zu den wenigen Menschen, die sich mehr auf die Vorschauen als auf den eigentlichen Film freuten.

»Kannst du sie noch mal anrufen?«, fragte er.

»Ich habe sie gerade angerufen! Und ihr eine SMS geschickt. Wahrscheinlich sucht sie gerade einen Parkplatz.«

»Ich wette zehn Dollar, dass sie noch nicht einmal das Haus verlassen hat.«

Ich schlug spielerisch gegen seine Brust. »Sie ist bestimmt schon unterwegs! Mach dir keine Sorgen. Wir kommen nicht zu spät zum Film.«

»Wir sind bereits zu spät.«

Er hatte es prophezeit, ich hatte widersprochen, aber nun war es genau so, wie er es vorhergesagt hatte. Er hatte recht.

»Du hast recht.«

»Da ist sie!« Ben deutete auf eine Frau, die auf das Kino zulief. Ein Mann folgte ihr.

»Wer ist das?«, fragte ich.

»Woher soll ich das wissen?«

Als Ana auf uns zukam, verlangsamte sie das Tempo. »Es tut mir leid! Es tut mir leid!«

»Du hast bestimmt einen guten Grund für die Verspätung«, sagte Ben, und man hörte genau, dass er das doch stark bezweifelte. Ana starrte ihn mit gespielt wütendem Blick an.

»Marshall, das sind Elsie und Ben.« Der Mann hinter ihr streckte uns die Hand entgegen, und wir begrüßten ihn. »Marshall kommt auch mit.«

»Okay, dann mal los, oder? Wir haben schon die Vorschauen verpasst!«, sagte Ben.

»Ich muss noch die Tickets holen. Könnt ihr Jungs uns Popcorn besorgen?«

Ben sah mich ungläubig an und verdrehte die Augen. Ich lachte. »Ich möchte eine Cola light«, erklärte ich.

Ben und Marshall liefen zum Popcornstand, während Ana und ich an der Kasse die Tickets abholten.

»Wer ist dieser Kerl?«, fragte ich sie.

Ana zuckte mit den Schultern. »Ich weiß auch nicht so genau. Er fragt mich andauernd, ob ich mit ihm ausgehen will. Schließlich habe ich nachgegeben und ihn mitgenommen. Ich wollte es hinter mich bringen.«

»Das hört sich nach wahrer Liebe an«, bemerkte ich. Ana nahm die Kinokarten und machte sich auf den Weg zu Ben und Marshall.

»Wahre Liebe hin oder her. Ich suche einfach nur jemanden, der mich ausnahmsweise nicht zu Tode langweilt.«

»Du deprimierst mich«, antwortete ich, ohne sie dabei anzusehen. Ich beobachtete Ben, der die Bedienung um noch mehr Butter für sein bereits gebuttertes Popcorn bat. Ich grinste. »Nein, *du* deprimierst *mich*«, sagte sie.

Ich drehte mich zu ihr um und lachte. »Glaubst du nicht, dass du eines Tages den Richtigen treffen wirst?«

»Die Liebe hat dich dumm und grausam gemacht«, verkündete sie. Wir waren fast bei Ben und Marshall angelangt, als ich beschloss, ihr die Neuigkeit mitzuteilen.

»Ben wird bei mir einziehen«, erklärte ich. Sie blieb abrupt stehen und ließ ihre Tasche fallen.

»Was?«

Ben sah ihr Gesicht und fing meinen Blick auf. Er wusste, was los war, und lächelte mich verschmitzt an, während er sich eine Handvoll Popcorn in den Mund schob. Ich lächelte zurück und hob Anas Tasche auf. Ben stand neben dem ziemlich verwirrten Marshall und sah zu, wie Ana mich an der Schulter packte und zur Seite zog.

»Du bist verrückt! Du begibst dich freiwillig ins Gefängnis. Er ist da, wenn du aufwachst. Er ist da, wenn du schlafen gehst. Er wird immer da sein! Ben ist ein toller Typ, Elsie. Ich mag ihn sehr. Ich bin glücklich, dass ihr euch gefunden habt, aber ich bitte dich! Das ist dein Todesurteil.«

Ich sah sie nur an und lächelte. Zum ersten Mal hatte ich das Gefühl, ihr etwas vorauszuhaben. Klar, sie war wundervoll und hinreißend und lebendig und fröhlich. Die Männer begehrten sie so sehr, dass sie sich für eine Verabredung mit ihr geprügelt hätten. Aber dieser Mann wollte *mich,* und anders als Ana hatte ich erfahren, wie es war, von jemandem begehrt zu werden, den ich genauso begehrte. Das wünschte ich ihr natürlich auch, aber tief in mir verspürte ich einen leichten Triumph, weil ich etwas erlebte, das ihr so fremd war, dass sie noch nicht einmal wusste, was sie da versäumte.

September

Ana und Kevin kommen nur drei Minuten zu spät. Ana öffnet meine Tür mit ihrem eigenen Schlüssel. Sie sieht scharf aus. Richtig scharf. Sie hat keine Kosten und Mühen gescheut. So scharf. Ich dagegen bin gekleidet, als wollte ich zum Einkaufen gehen. Kevin steht direkt hinter Ana. Ich habe einen gut gebauten Volltrottel erwartet, dessen Haare gepflegter sind als meine, finde mich jedoch einem völlig anderen Menschen gegenüber.

Kevin ist klein, zumindest kleiner als Ana, ungefähr so groß wie ich. Er trägt Jeans und T-Shirt und ist offenbar auch eher auf Einkaufen eingestellt. Sein Gesicht ist schwer zu beschreiben. Er hat klare, aber leicht gerötete Haut, seine Haare haben einen unbestimmten Braunton, und er sieht weder so aus, als würde er regelmäßig im Fitnessstudio trainieren noch ständig auf dem Sofa herumhängen.

Er beugt sich an Ana vorbei zu mir vor. »Kevin«, sagt er und schüttelt meine Hand. Sein Händedruck ist weder übermäßig kräftig noch schlapp, einfach angenehm. Er lächelt, und ich lächle zurück. Ich bemerke, dass er sich umsieht, und blicke mich ebenfalls um. Ich sehe mein Wohnzimmer mit seinen Augen. Natürlich weiß er über mich Bescheid – dass mein Mann tot ist und dass Ana meine beste Freundin ist. Vielleicht ahnt er, dass ich die Befürchtung habe, er könnte sie mir wegnehmen. Als er sich umsieht, ist es mir unangenehm, dass Bens Sachen noch herumliegen. Am liebsten würde ich sagen: »Ich bin nicht verrückt. Es fällt mir nur ziemlich schwer, diese Sachen wegzuräumen.« Aber das sage ich nicht, denn wenn man sagt, dass man nicht verrückt ist, wirkt man erst recht verrückt.

»Wollen wir?«, fragt Ana. Kevin und ich nicken. Ruckzuck sind wir aus der Tür und quetschen uns in Kevins Honda. Ich biete an, nach hinten zu gehen, und krieche durch die Beifahrertür auf die Rückbank. Warum gibt es überhaupt Zweitürer? Sie machen einem das Leben nicht gerade leichter.

Auf dem Weg zum Restaurant bemüht sich Ana deutlich, zwischen Kevin und mir zu vermitteln. Das kommt mir seltsam vor. Ana will ganz offensichtlich, dass Kevin und ich uns verstehen. Sie will, dass ich Kevin mag. Das hat sie noch nie getan. Es war ihr immer egal, was ich von ihren Männern halte. Meist hat ein Treffen mit mir dann auch das Ende einer Liebschaft eingeläutet. Sie benutzt mich, um ihren Liebhabern zu signalisieren, dass sie kein Interesse mehr daran hat, ihre Zeit allein mit ihnen zu verbringen. Diesmal ist es anders. Das ist keine Abfuhr für Kevin, sondern vielmehr eine Einladung.

»Wie habt ihr zwei euch kennengelernt?«, frage ich von der Rückbank aus.

»Oh, beim Yoga«, antwortet Kevin und konzentriert sich weiter auf die Straße.

»Ja, Kevin war in meinem Dienstagabendkurs, und er

war so schlecht«, sie lacht, »dass ich ihm Nachhilfe geben musste.«

»Ich habe versucht, ihr zu erklären, dass Lehrer dazu verpflichtet sind, ihren Schülern zu helfen, aber sie meint offenbar, sie hätte mir damit einen Gefallen getan«, scherzt er, und ich lache höflich, als fände ich das witzig. Ich verstehe nicht, was sie an ihm findet. »Aber es hat sich gelohnt, denn dann hat sie mich gefragt, ob ich mit ihr ausgehen will.«

»Kannst du dir das vorstellen, Elsie?« Ana dreht sich halb zu mir um. »Ich habe ihn gefragt, ob wir miteinander ausgehen wollen.«

Ich dachte, er hätte einen Witz gemacht.

»Warte mal.« Ich beuge mich vor. »Kevin, *Ana* hat *dich* gefragt?«

Kevin nickt, fährt ins Parkhaus und sucht einen Parkplatz.

»Seit ich Ana kenne, hat sie noch nie jemanden um eine Verabredung gebeten«, verrate ich ihm.

»Ich habe noch nie in meinem ganzen Leben jemanden um eine Verabredung gebeten«, stellt Ana klar.

»Warum dann Kevin?«, frage ich und merke sofort, dass das nicht gerade nett von mir war. »Ich meine, warum hast du deine Strategie geändert? Was das Verabreden angeht, meine ich.«

Kevin findet eine Parklücke. Ana fasst seine Hand. »Ich weiß es nicht.« Sie sieht ihn an. »Kevin ist anders.«

Ich könnte kotzen. Ich gehe sogar so weit, zum Spaß ein Würgegeräusch anzudeuten, das finden die beiden nicht lustig. Eigentlich beachten sie mich gar nicht. Während ich versuche, unverletzt aus diesem verflixt kleinen Auto zu steigen, wird mir klar, dass Kevin meine Essensverabredung mit

Ana quasi gekapert hat und sie mich nur anstandshalber mitnehmen. Ich bin das fünfte Rad am Wagen.

Witwe und fünftes Rad am Wagen, nie habe ich mich einsamer gefühlt.

Das Restaurant wirkt tatsächlich ziemlich cool. Kevin und Ana amüsieren sich gut, ohne sich weiter um mich zu kümmern.

»Wie lange seid ihr schon zusammen?«, frage ich.

»Hmm«, Kevin denkt nach, »ungefähr einen Monat?«

Ana scheint sich nicht wohl in ihrer Haut zu fühlen. »Mehr oder weniger«, bestätigt sie, dann wechselt sie das Thema. Wie kann sich meine beste Freundin einen ganzen Monat lang mit jemandem treffen, ohne mir von ihm zu erzählen? Ich glaube kaum, dass sie es mir erzählt hat und ich einfach nicht zugehört habe. So bin ich nicht, auch jetzt nicht. Ich versuche immer, den anderen zuzuhören. Wie kommt Ana, die sich nie fest binden wollte, die nie wirklich etwas für einen Mann empfunden hat, plötzlich dazu, einen Mann um eine Verabredung zu bitten und ihn zum Abendessen mit ihrer besten Freundin mitzunehmen? Und wie kann sie das alles auch noch stillschweigend tun, ohne es mir gegenüber zu erwähnen? Als sei ihre Persönlichkeitsveränderung ein Geheimprojekt, von dem sie niemandem etwas erzählen will, ehe es vollendet ist.

Nach dem Essen fahren sie mich wieder nach Hause und wünschen mir eine Gute Nacht. Kevin küsst mich freundlich auf die Wange, sieht mir in die Augen und sagt, dass er es nett fand, mich kennenzulernen. Er sagt, dass er hoffe, mich wiederzusehen, und ich glaube ihm. Vielleicht fühlt sich Ana von Kevins Aufrichtigkeit angezogen, davon, dass er so authentisch ist. In diesem Fall kann ich sie verstehen.

Ein paar Stunden später rufe ich Ana an und lande direkt auf ihrer Mailbox. Offensichtlich ist Kevin bei ihr. Am Morgen versuche ich es noch einmal, und wieder hebt sie nicht ab, schreibt mir aber eine SMS, dass sie mich später anrufen werde. Sie ist noch immer mit Kevin zusammen. Kevin ist anders. Das spüre ich ganz deutlich. Es macht mich nervös. Ich habe schon Ben verloren. Ich will nicht auch noch Ana verlieren. Sie kann jetzt nicht einfach ihre Persönlichkeit und ihre Prioritäten ändern. Ich schaffe das nicht allein.

Sie ruft mich Sonntagnachmittag an und bietet an vorbeizukommen. Als sie eintritt, fragt sie als Erstes: »Wie findest du ihn? Er ist toll, oder?«

»Ja«, sage ich. »Er ist wirklich süß. Ich mag ihn sehr.« Das ist nicht gelogen. Auch wenn ich nicht ganz verstehe, was an ihm so außergewöhnlich ist. Aber immerhin war er nett und liebenswert.

»Ach, Elsie! Ich bin ja so froh, dass du das sagst! Ich war so nervös. Ich wusste nicht, ob ihr euch verstehen würdet. Gestern Nachmittag kam er vorbei und hat gefragt, ob er mit uns zum Essen kommen könnte. Ich war nicht ganz sicher, wie ...« Sie lässt den Satz in der Luft hängen. »Ich bin einfach total froh, dass du ihn magst.«

»Er ist cool. Aber er ist nicht ganz dein«, wie soll ich das sagen, »Beuteschema, stimmt's?«

Sie zuckt mit den Schultern. »Irgendetwas in mir hat Klick gemacht«, sagt sie. »Auf einmal habe ich gemerkt, dass ich jemanden lieben möchte, weißt du? Ich meine, jeder braucht doch Liebe, oder? Ich glaube, ich bin endlich bereit für eine längerfristige Beziehung. Für die Männer, mit denen ich mich vorher getroffen habe, habe ich nichts empfunden. Es hat mich nur interessiert, wie sehr sie hinter mir her waren. Aber Kevin ist anders. Kevin wollte gar nichts von mir. Er ist nach dem Kurs noch geblieben, und ich habe ihm bei diesen Yogaübungen geholfen. Da musste ich ihn natürlich anfassen, du weißt ja, wie das beim Yoga so ist. Die meisten Männer bilden sich ja was drauf ein, wenn man ihnen so nah kommt. Sie machen etwas Erotisches daraus, auch wenn es überhaupt nicht so ist. Kevin nicht. Er hat sich einfach nur bemüht, die Position richtig hinzubekommen. Also habe *ich* auf einmal angefangen, das Ganze etwas sinnlicher zu gestalten, nur um seine Aufmerksamkeit zu bekommen. Aber er war ganz auf die Sache konzentriert.«

Dann hatte ich also recht. Sie fühlte sich von ihm angezogen, weil er so authentisch war.

»Und ich glaube, ich möchte mit jemandem zusammen sein, der sein ganzes Leben auf diese Weise angeht. Der mich nicht als seinen Besitz begreift. Also habe ich ihn gefragt, ob wir uns verabreden wollen, und er hat ja gesagt. Ich war nervös, aber auch stolz, dass ich das gewagt habe. Und dann habe ich von unserem ersten Treffen an diese Verbindung zwischen uns gespürt.«

Ich werde stinksauer. Gleich beim ersten Treffen eine starke Verbindung zu spüren ist Bens und mein Vorrecht. Das passiert nicht jedem. Durch ihre Bemerkung nimmt Ana unserer Erfahrung das Besondere.

»Wieso hast du mir das nicht schon früher erzählt?«, frage ich.

»Na ja.« Ana fühlt sich zunehmend unwohl. »Ich … Du bist immer so mit deinem eigenen Kram beschäftigt, und ich dachte, du wolltest das nicht hören«, sagt sie, und da wird es mir schlagartig klar: Ana bemitleidet mich. Jetzt ist Ana diejenige, die verliebt ist. Ana ist die Glückliche. Ich bin die Trauernde, die Einsame, der sie ihre Freude nicht unter die Nase reiben will.

»Und wie ist es zu diesem ›Klick‹ gekommen?«, frage ich scharf. Ich klinge verbittert.

»Was?«

»Schon interessant, dass du dich einfach so *verändert* hast. Dass du dich von jemand, der …« Ich gebe auf. »Na, dass du diese plötzliche Kehrtwendung gemacht hast und auf einmal die große Fürsprecherin der Liebe bist. Was hat diesen Sinneswandel bewirkt?«

»Du«, sagt sie. Das klingt so, als müsste es mich besänftigen, als müsste ich mich darüber freuen. »Ich habe einfach erkannt, dass es im Leben um die Liebe geht. Oder zumindest darum, die Liebe zu finden.«

»Hörst du dir eigentlich zu? Du klingst wie eine Valentinstags-Karte.«

»Wow, okay«, erwidert sie. »Es tut mir leid. Ich dachte, du würdest dich für mich freuen.«

»Mich für dich freuen? Mein Mann ist gestorben. Ich bin allein und unglücklich, aber du hast aus der ganzen Sache gelernt, was die wahre Liebe ist. *Glückwunsch, Ana! Wir freuen uns alle riesig für dich.*«

Sie ist fassungslos, und da es ihr die Sprache verschlagen hat, kann sie mich leider nicht unterbrechen.

»Ein Hoch auf Ana! Sie hat die wahre Liebe gefunden! Ihr Leben war noch nicht perfekt genug, mit ihrer perfekten Wohnung und ihrem perfekten Körper und all den Männern, die hinter ihr her waren. Nein, jetzt ist sie reif genug, um den Tod meines Mannes als Lektion fürs Leben zu begreifen und zu verstehen, wie wichtig die Liebe ist.«

Ana ist jetzt den Tränen nahe. Ich will nicht, dass sie weint, aber ich kann nicht aufhören.

»War es Liebe auf den ersten Blick? Deine sogenannte Romanze? Wirst du nächste Woche heiraten?«

Dass Ben so schnell den Wunsch hatte, mich zu heiraten, war für mich bislang der beste Beweis seiner großen Liebe. Ich glaube ernsthaft, dass der letzte Funken Leben in mir erlischt, wenn Ana sagt, dass Kevin bereits um ihre Hand angehalten hat.

»Nein.« Sie schüttelt den Kopf. »So ist es nicht.«

»Wie dann, Ana? Warum tust du mir das an?«

»Warum ich dir das antue?«, platzt sie schließlich heraus. »Ich habe dir *überhaupt nichts* angetan. Ich bin lediglich jemandem begegnet, den ich mag. Ich versuche, mein Glück mit dir zu teilen. So wie du deines vor Monaten mit mir geteilt hast. Ich habe mich damals für dich gefreut!«

»Ja, du warst damals auch nicht verwitwet.«

»Weißt du was, Elsie? Du musst nicht jede Sekunde an jedem Tag deines Lebens eine Witwe sein.«

»Doch, Ana.«

»Nein, das musst du nicht. Du meinst, du könntest mich einfach so runtermachen, weil ich keine Ahnung hätte, aber ich kenne dich besser als jeder andere. Ich weiß, dass du hier allein zu Hause sitzt und darüber nachgrübelst, was du verloren hast. Ich weiß, dass es dich auffrisst. Ich weiß, dass du seine Sachen aufbewahrst, um allen zu zeigen, wie sehr du leidest.«

»Weißt du was …«, hebe ich an, aber sie unterbricht mich.

»Nein, Elsie. Jetzt rede ich. Alle schleichen auf Zehenspitzen um dich herum, ich selbst eingeschlossen. Aber irgendwann muss dir jemand klarmachen, dass das, was du verloren hast, nur sechs Monate gedauert hat. Sechs Monate. Ich will nicht sagen, dass das nicht furchtbar war. Du bist aber nicht neunzig Jahre alt und hast den Mann verloren, mit dem du dein ganzes Leben verbracht hast. Du musst weiterleben und andere Menschen ihr Leben leben lassen. Ich habe das Recht, glücklich zu sein. Ich habe dieses Recht nicht verloren, weil dein Mann gestorben ist.«

Einen Augenblick ist es still. Ich sehe sie schockiert und mit offenem Mund an.

»Und du auch nicht«, fügt sie an, dann stürmt sie aus der Tür.

Nachdem sie gegangen ist, stehe ich einige Minuten wie erstarrt da. Dann komme ich wieder zu mir. Ich gehe zum Schrank und suche das Kopfkissen, das ich direkt nach Bens Tod in einen Müllsack gestopft habe, das Kopfkissen, das nach ihm riecht. Ich stehe da und stecke die Nase in die Tüte, bis ich nichts mehr wahrnehme.

Ana ruft mich im Laufe der Woche immer wieder an und hinterlässt mir Nachrichten, in denen sie mir mitteilt, dass es ihr leidtäte. Dass sie diese Dinge nie hätte sagen dürfen. Außerdem schickt sie mir SMS mit demselben Inhalt. Ich beantworte sie nicht. Ich weiß nicht, was ich sagen soll. Ich bin nicht wütend auf sie. Ich schäme mich. Ich bin verwirrt.

Ich habe Ben nur sechs Monate gekannt. Ich habe noch nicht einmal seinen Geburtstag mit ihm gefeiert. Ich war nur von Januar bis Juni mit ihm zusammen. Wie sehr kann man jemanden wirklich lieben, wenn man mit ihm weder einen August noch einen Herbst verbracht hat? Ich habe Angst, Ben nicht *gut* genug gekannt zu haben, weil ich ihn nicht *lange* genug gekannt habe. Ich glaube, es musste mir erst jemand ins Gesicht sagen, damit ich überhaupt darüber nachdenken konnte. Und nachdem ich Ana die ganze Woche über aus dem Weg gegangen bin und darüber nachgedacht habe, beschließe ich, dass diese Theorie falsch ist. Es spielt keine Rolle, wie lange ich ihn gekannt habe. Ich habe ihn geliebt. Ich liebe ihn noch immer.

Dann denke ich, dass es vielleicht an der Zeit ist, seine Sachen wegzuräumen. Wenn ich ihn wirklich geliebt habe, wenn unsere Liebe echt war, würde sich daran auch nichts ändern, wenn ich seine Sachen in Kartons packe, richtig? Ich komme damit klar, stimmt's?

Ich schaffe es nicht, Ana anzurufen, um sie um Hilfe zu bitten. Ich weiß nicht, ob ich ihr in die Augen sehen kann. Stattdessen rufe ich Susan an. Als sie abhebt, erkundigt sie sich sofort nach der Heiratsurkunde, und ich muss ihr gestehen, dass ich noch nicht bei der Stadtverwaltung angerufen habe. Ich erzähle ihr, dass ich keine Zeit gehabt hätte, aber das ist gelogen. Ich hatte genug Zeit. Aber wenn die Behörde sagt, dass sie nicht über unsere Heirat unterrichtet wurde, schaffe ich es ganz bestimmt nicht, die Sachen wegzuräumen. Dann werde ich mich noch fester an Bens alte Kleidung und seine Zahnbürste klammern.

Mai

Ben schwitzte. Es war ein heißer Frühlingstag. Ich hatte alle Fenster in der Wohnung geöffnet, und da wir in den letzten Stunden andauernd Sachen die Eingangsstufen hinaufgeschleppt hatten, stand die Haustür ebenfalls offen. Es war sinnlos, die Klimaanlage einzuschalten. Die kühle Luft wäre einfach aus der offenen Tür hinausgeweht. Als Ben die Stufen hinunterlief, um weitere Kartons zu holen, warf ich ihm eine Flasche Wasser zu.

»Danke«, sagte er, als er den Bürgersteig erreichte.

»Wir haben es fast geschafft!«, bemerkte ich.

»Ja, aber dann muss ich alles auspacken!«

»Damit können wir uns doch Zeit lassen. Wenn du einverstanden bist, machen wir das im Laufe der nächsten Tage.«

Ben ging zum Umzugswagen und schob die Kartons an den Rand der Ladefläche. Ich hob ein paar an und nahm dann den leichtesten, weil meine Arme bereits zitterten und meine Beine sich wackelig anfühlten. Wir hatten den ganzen Tag Kartons abgeladen und getragen, nachdem wir sie den ganzen gestrigen Abend gepackt und aufgeladen hatten. Kein Wunder, dass ich langsam müde wurde.

Mit dem leichtesten Karton, der immer noch ziemlich schwer war, machte ich mich auf den Weg zur Treppe. Als ich die Tür erreichte, rief Ben mir zu: »Hey, hast du etwa den leichtesten Karton genommen, den du finden konntest?«

»Der ist nicht so leicht! Du solltest das nächste Mal besser packen!«

»Ich hoffe, es gibt kein nächstes Mal«, rief er hinter mir her. Ich war im Haus und stellte den leichtesten der schweren Kartons auf den Boden. Ich versuchte, dabei in die Knie zu gehen, ließ ihn aber schließlich einfach auf die anderen plumpsen.

»Ich meinte, wenn wir gemeinsam woanders hinziehen.« Ich wartete an der Tür und hielt ihm das Fliegengitter auf. Er lief die Stufen hoch, ging an mir vorbei und stellte seinen Karton ebenfalls ab. Gemeinsam gingen wir wieder nach draußen. Wir waren außer Atem, ich noch mehr als er.

»Ist dir das keine Lehre, wie anstrengend so ein Umzug ist?«, fragte er und eilte voraus.

»Ja, du hast recht«, sagte ich. »Wir müssen für immer hierbleiben. Ich möchte nie wieder einen einzigen Gegenstand verrücken.«

Als wir das letzte Stück hineintrugen, ging die Sonne unter. Es war ein Anfang. Das spürten wir beide. Wir gegen den Rest der Welt.

»Meinst du, dass du mit meinem schmutzigen Geschirr leben kannst?«, fragte er, legte den Arm um mich und küsste mich auf den Kopf.

»Ich glaube schon«, entgegnete ich. »Meinst du, du kannst damit leben, dass ich ständig dreißig Grad in der Wohnung haben will?«

»Nein«, antwortete er, »aber ich werde es lernen.«

Ich küsste seinen Hals, denn weiter kam ich nicht. Meine Waden waren zu schwach, um mich auf die Zehenspitzen zu stellen. Ben stöhnte. Ich war stolz, weil ich eine solche Reaktion bei ihm hervorrufen konnte, ohne es überhaupt beabsichtigt zu haben. Ich fühlte mich wie eine dieser Frauen, die noch bei der simpelsten Handlung Sexappeal verströmen. Ich fühlte mich wie die Kleopatra meiner Wohnung.

Ich rieb meine Nase fester an seinem Hals. »Hör auf«, sagte er mit gespielter Empörung, als täte ich etwas Unanständiges. »Ich muss den Laster bis sieben Uhr zurückbringen.«

»Ich will doch gar nichts von dir!«, sagte ich.

»Doch! Und ich bin zu müde!«

»So war das wirklich nicht gemeint. Ich bin auch müde.«

»Okay! Gut!«, meinte er, packte mich und zog mich in mein Schlafzimmer. In *unser* Schlafzimmer. Überall standen seine Sachen auf dem Boden und lehnten an der Wand.

»Nein, ich bin wirklich müde.«

Er schien plötzlich gar nicht mehr müde zu sein. »Gut«, sagte er. »Ich kümmere mich um alles.« Er legte mich auf das Bett und beugte sich über mich. »Ich liebe dich«, sagte er und küsste meine Wangen und meinen Hals. »Ich liebe dich so sehr. Ich glaube, ich bin der glücklichste Mann der Welt.«

»Ich liebe dich auch«, erwiderte ich, wusste aber nicht, ob er es gehört hatte. Er war bereits mit anderen Dingen beschäftigt.

Dreißig Minuten später beugte ich mich nackt über ihn, legte seinen Kopf aufs Kissen und fragte, ob ich ihn ins Krankenhaus bringen sollte.

»Nein! Nein«, sagte er. »Ich glaube, ich habe mir nur den Rücken verrenkt.«

»Passiert das nicht nur alten Männern?«, ärgerte ich ihn.

»Du weißt doch, wie viel Krempel ich heute gehoben habe!« Er wimmerte vor Schmerzen. »Kannst du mir meine Unterhose reichen?«

Ich stand auf und gab sie ihm. Dann schlüpfte ich in meine eigene. Ich zog einen BH an und warf mir ein T-Shirt über.

»Was sollen wir tun?«, fragte ich. »Willst du eine Schmerztablette? Sollen wir zu einem Arzt fahren?« Er versuchte immer noch, seine Unterhose anzuziehen. Er konnte sich kaum bewegen. Ich ertrug den Anblick nicht länger, griff den Bund seiner Unterhose und schob die Rückseite so vorsichtig über seinen Po, wie ich konnte. Dann zog ich die Vorderseite bis zu seiner Taille nach oben. Ich nahm die Decke vom Fußende und legte sie über ihn.

»Haben wir Ibuprofen da?«, fragte er.

Jetzt hatte er es ausgesprochen. »Wir.« Das beste »Wir« überhaupt. Haben »wir« Ibuprofen da?

»Ich jedenfalls nicht«, sagte ich. »Irgendwo in deinen Kartons?«

»Ja, in dem Karton, auf dem ›Badezimmer‹ steht. Ich glaube, er steht im Wohnzimmer auf dem Boden.«

»Okay. Ich bin gleich zurück.« Ich küsste ihn auf die Stirn und ging ins Wohnzimmer.

Ich sah die Kartons durch und entdeckte schließlich einen mit der Aufschrift »Badezimmer«. Er stand unter diversen anderen schweren Kartons. Er musste zu den Ersten gehört haben, die wir ausgeladen hatten. Ich räumte Karton um Karton zur Seite, bis ich an ihn herankam, dann öffnete ich ihn und stieß darin auf ein ziemliches Durcheinander. Nach einer Ewigkeit fand ich das Ibuprofen und brachte es ihm mit einem Glas Wasser.

Er hob leicht den Kopf und verzog vor Schmerz das Gesicht. Dann bedankte er sich bei mir.

»Gern geschehen.«

»Elsie?«, stöhnte er.

»Ja?«

»Du musst den Transporter zurückbringen.«

»Kein Problem«, erklärte ich, obwohl ich mir etwas Schöneres vorstellen konnte, als den riesigen Transporter durch den Verkehr von Los Angeles zu lenken.

»Du ... au ...«, hob er an, »du musst jetzt losfahren. Er muss in zwanzig Minuten dort sein. Es tut mir leid! Ich hatte nicht bedacht, dass du so lange brauchen würdest, um das Ibuprofen zu finden.«

Ich sprang auf und schlüpfte in meine Hosen.

»Wo sind die Schlüssel?«, fragte ich.

»Auf dem Vordersitz.«

»Wohin muss ich?«

»Lankershim und Riverside.«

»Ist das im *Valley*?«

»Das war der billigste Lastwagenverleih, den ich finden konnte! Ich habe ihn auf dem Rückweg von der Arbeit abgeholt.«

»Okay, gut. Ich bin schon weg.« Ich küsste ihn auf die Wange. »Kommst du allein zurecht?«

»Ja. Kannst du mir für alle Fälle mein Handy geben?«

Ich legte sein Telefon neben das Bett und machte mich auf den Weg. »He«, rief er. »Bringst du was zum Abendessen mit?«

»Aber sicher, der Herr«, rief ich zurück.

September

Strahlend steht Susan am frühen Samstagmorgen vor meiner Tür. In der Hand hält sie eine Tüte voller Bagel mit Frischkäse und eine Packung Orangensaft. Unter ihrem Arm klemmt ein Stapel zusammengefalteter Kartons.

»Ich dachte, wir könnten eine Stärkung gebrauchen«, sagt sie und tritt ein.

»Großartig.« Ich bringe alles in die Küche. »Willst du jetzt gleich einen?«, rufe ich ihr zu.

»Gern.« Sie steht neben mir in der Küche.

Ich stecke zwei Bagels in den Toaster, und Susan und ich gehen ins Wohnzimmer. Sie lässt den Blick durch den Raum gleiten, und mir ist klar, dass sie überlegt, was Ben gehört. Vermutlich will sie nicht nur einschätzen, was uns an Arbeit bevorsteht. Es sind schließlich die Sachen ihres verstorbenen Sohnes.

Der Toaster klingelt. Ich nehme die Bagels heraus und verbrenne mir dabei die Finger. Ich lege die Bagels auf Teller und schüttele wie wild meine Hände, um den Schmerz zu vertreiben. Den Sinn dieser Geste habe ich noch nie verstanden, aber es ist ein Reflex, also hilft es vielleicht. Susan sieht mich an und fragt, ob alles in Ordnung sei, und ganz kurz denke ich, dass das die Chance ist, die ganze Sache abzublasen. Ich könnte sagen, dass es wirklich wehtut und ich meine Hände nicht benutzen kann und vielleicht zum Arzt gehen sollte. Aber dann wird mir klar, dass Bens Sachen bei meiner Rückkehr immer noch da sein werden.

»Nichts Ernstes«, sage ich. Wir schenken uns zwei große Gläser Orangensaft ein und setzen uns an den Tisch. Susan fragt, wo wir anfangen wollen, und ich erwidere: »Im Wohnzimmer. Ich muss mich langsam zum Schlafzimmer vorarbeiten.« Während wir essen, bemüht Susan sich, etwas Small Talk zu betreiben. Sie erkundigt sich nach meiner Arbeit und meinen Freunden, aber wir können beide an nichts anderes als an die bevorstehende Aufgabe denken. Als wir unsere Bagels aufgegessen haben, sind wir fast erleichtert. Jetzt müssen wir anfangen.

Susan lässt sich im Wohnzimmer auf den Boden fallen und faltet die Kartons auseinander. Ich habe noch alle Kartons von Bens Einzug hier. Das ist keine fünf Monate her. Ich nehme sie und gehe zu ihr. Dann hole ich tief Luft, stelle einen Karton vor mich, stöpsele Bens PlayStation aus und lege sie in den Karton.

»Uuund fertig!«, scherze ich, aber Susan begreift das als Hilferuf. Sie hört auf, den Karton auseinanderzufalten. »Lass dir Zeit«, sagt sie mit sanfter Stimme. »Niemand schreibt uns vor, wann wir fertig sein müssen. Du bestimmst das Tempo.« Ich weiß, ich weiß. Sie fährt fort: »Hast du dir schon überlegt, ob du den ganzen Kram behalten oder ob du etwas davon verkaufen oder verschenken willst?«

Ehrlich gesagt bin ich noch nicht auf die Idee gekommen, dass ich mit den Sachen etwas anderes tun könnte, als sie zu behalten. Ich wollte sie in Kartons verpacken und in den Schrank stellen. Ich kann mir beim besten Willen nicht vorstellen, sie wegzugeben, sie nicht mehr zu besitzen.

»Oh«, sage ich. Vielleicht sollte ich mir wirklich zum Ziel setzen, die Sachen eines Tages wegzugeben oder zu verkaufen. Irgendwann werde ich das tun. »Vielleicht sollten wir die Sachen beim Packen in unterschiedliche Kategorien einteilen«, schlage ich vor. »Behalten, verschenken und Müll. Natürlich ist das kein Müll. Sondern Sachen, die niemand mehr gebrauchen kann. Wenn es Ben gehört hat, ist es kein Müll.«

»Hey«, sagt Susan. »Sei nicht so streng mit dir. Ben kann nicht hören, dass du seine Sachen als Müll bezeichnest. Und selbst wenn, würde es ihm nichts ausmachen.«

Ich weiß nicht, warum es mir so unangenehm ist, dass sie das sagt, denn ich glaube nicht, dass Ben mich hören kann. Ich dachte eben, Susan würde glauben, er sei hier bei uns.

»Du glaubst nicht, dass Ben ...«

»Unter uns ist?«, fragt sie halb belustigt. Sie schüttelt den Kopf. »Nein. Ich wünschte, es wäre so. Das würde mir vieles erleichtern. Nein. Entweder ist seine Seele auf Nimmerwiedersehen im Äther verschwunden, oder sein Herz und sein Verstand leben in einem anderen Wesen oder wo auch immer weiter. Dann glaube ich aber nicht, dass er noch als er selbst hier auf der Erde weilt. Ich glaube, das erzählt man nur den Angehörigen, um sie zu trösten. ›Hey, alles ist gut. Ben ist immer bei euch.‹«

»Du glaubst nicht, dass Ben bei dir ist?«

»Er ist bei mir, weil ich ihn liebe und ihn geliebt habe und er in meiner Erinnerung fortlebt. Sonst wüsste ich nicht, wie Ben hier sein sollte. Nachdem Steven gestorben ist, dachte ich, dass er vielleicht nachts neben mir im Bett liegen und mich beobachten würde. Oder dass er eine allmächtige Kraft sei, die über Ben und mich wacht, aber das führte zu nichts. Ich konnte es einfach nicht glauben. Glaubst du es denn? Oder vielleicht sollte ich besser sagen: *Kannst* du es glauben? Ich wünschte, ich könnte es.«

Ich schüttele den Kopf. »Nein, ich glaube nicht, dass er mich hören kann. Ich glaube nicht, dass er mich beobachtet. Es ist eine schöne Vorstellung. In meinen Tagträumen stelle ich mir manchmal vor, was wäre, wenn er alles hören würde, was ich sage, wenn er alles sehen würde, was ich tue. Aber ich fühle mich dadurch nicht besser. Wann immer ich darüber nachdenke, wo er jetzt ist, konzentriere ich mich früher oder später nur noch auf die letzten Momente seines Lebens. Wusste er, dass es seine letzten Minuten waren? Was, wenn er das Haus nicht verlassen hätte? Was, wenn ich ihn nicht gebeten hätte ...«

»Was?«

»Als er gestorben ist, war er gerade dabei, mir einen Gefallen zu tun. Er war auf dem Weg zum Supermarkt, um mir Fruity Pebbles zu kaufen.« Es fühlt sich an, als würde eine Last von meinen Schultern fallen. Susan schweigt.

»War das ein Geständnis?«, fragt sie schließlich.

»Hm?«

»Es spielt keine Rolle, dass er dir Fruity Pebbles kaufen wollte. Das weißt du doch, oder?«

Nein, das weiß ich nicht. Aber ich weiß nicht, wie ich das ausdrücken soll, also sage ich nichts.

»Sobald du begreifst, dass das keine Rolle spielt, wirst du dich viel besser fühlen. Du kannst das Szenario tausendmal durchspielen. Ob er einkaufen gegangen ist oder nicht, ich sage dir, er wäre trotzdem gestorben. So ist das nun mal.«

Ich blicke sie an und versuche herauszufinden, ob sie das wirklich glaubt. Sie bemerkt meinen zweifelnden Blick.

»Ich weiß nicht, ob das stimmt«, räumt sie ein. »Aber das *müssen* wir glauben. Verstehst du? Du musst daran glauben.« Sie lässt mich nicht zu Wort kommen. »Nimm den Karton«, sagt sie. »Wir fangen im Badezimmer an.«

Wir packen seine Zahnbürste und sein Haargel ein, sein Deo und sein Shampoo. Wir füllen eine kleine Kiste mit den Sachen, die nur ihm gehört haben. Wir haben hier so vieles geteilt. Susan riecht an Shampoo und Deo und wirft beides in die Kiste.

»Wenn du einverstanden bist, kommt das weg, okay?«, fragt Susan. »Ich meine, das ist Müll.«

Ich lache. »Ja, das ist Müll.«

Wir gehen in die Küche, wo der Großteil von Bens Sachen ebenfalls in den Müll wandert. Wir füllen Karton um Karton mit Müll. Ich frage mich, ob einige dieser Sachen nun wieder in die Kartons wandern, in denen sie hergekommen sind. Wir kehren ins Wohnzimmer zurück, und Susan fängt an, seine Bücher einzupacken. Sie entdeckt eine mehrbändige Reihe im Regal.

»Darf ich die haben?«, fragt sie. »Es hat mich Monate gekostet, bis ich ihn davon überzeugt hatte, diese Bücher zu lesen«, erzählt sie. »Er wollte mir nicht glauben, dass auch Jugendbücher toll sein können.«

Ich möchte sie haben, aber noch mehr möchte ich, dass sie sie bekommt. »Klar«, sage ich. »Nimm alles mit, was du möchtest. Er hätte gewollt, dass du seine Sachen bekommst. Er hat diese Bücher übrigens geliebt. Er hat sie jedem empfohlen.«

Sie lächelt und legt sie neben die Tür, dann packt sie den

Rest der Jugendbuchsammlung in Kartons. »Ist das ein Karton mit Sachen zum Behalten oder zum Verkaufen?«

»Das weiß ich noch nicht«, antworte ich. Sie nickt. Sie packt weiter Bücher in die Kartons, bis sie zu erschöpft ist. »Meine Güte, wie viele Jugendbücher kann ein einziger Mensch bloß lesen?«, stöhnt sie.

Ich lache. »Er hat viele davon gelesen. Ich glaube, manchmal eins pro Woche. Und er weigerte sich, sie aus der Bibliothek auszuleihen. Was mich geärgert hat, weil ich schließlich in einer Bibliothek arbeite. Aber er hat darauf bestanden, in den Buchladen zu gehen und sie zu kaufen. Wenn ich ihm welche mit nach Hause gebracht habe, hat er sie einfach liegen lassen, bis sie eingestaubt waren und ich sie wieder mitgenommen habe.«

Sie lacht. »Das ist meine Schuld«, erklärt sie. »Als er ein Kind war, war Bücherkaufen der einzige Luxus, den wir uns gönnten. Ich wollte nie in die Bibliothek gehen.«

»Was?« Frevel!

Sie lacht erneut und ist peinlich berührt. »Du wirst bestimmt ausflippen, wenn du den Grund dafür hörst.«

»Wieso?«

»Ich hasse den Geruch von Bibliotheksbüchern.«

»Du machst mich fertig, Susan. *Total fertig.*« Ich fasse mir an die Brust und täusche eine Herzattacke vor. Der Geruch von Bibliotheksbüchern ist der beste Geruch der Welt, abgesehen vom Geruch des Kopfkissens, das ich in einer Plastiktüte aufbewahre.

»Tut mir leid! Als Ben noch ein Kind war, wollte er in die Bibliothek gehen, weil es dort Brettspiele und diese Sessel gab … wie nennt man die noch? Diese Sessel, die so groß und weich sind. Ach verdammt, wie heißen die?«

»Sitzsäcke?«

»Ja! Er fand es herrlich, auf Sitzsäcken zu sitzen, und ich wollte, dass er stattdessen mit mir in einen Buchladen geht, damit ich ihm Bücher kaufen kann, die nicht so muffig riechen. Das ist ganz und gar meine Schuld. Tut mir leid.«

»Ich vergebe dir«, sage ich, obwohl ich noch immer nicht fassen kann, dass sie den Geruch von Bibliotheksbüchern nicht mag.

Mai

Als ich nach Hause kam, lag Ben noch im Bett. Er hatte die letzten eineinhalb Stunden an die Decke gestarrt. Ich hatte ewig mit dem riesigen Transporter zu dem Verleih gebraucht. Dort war ich in seinen Wagen umgestiegen, den er dort hatte stehen lassen. Auf dem Nachhauseweg fiel mir ein, dass ich noch etwas zum Abendessen besorgen musste. Ich fuhr bei McDonald's vorbei und dann nach Hause.

»Alles okay?«, rief ich ihm zu, als ich in die Wohnung trat.

»Ja, aber ich kann mich noch immer nicht richtig bewegen«, antwortete er.

»Dann wird es dich sicher freuen zu hören, dass ich mit diesem verdammten Transporter viermal fast einen Unfall gebaut hätte. Warum lassen sie ganz normale Menschen diese Dinger fahren?«

»Ich würde dich nicht unbedingt als normal bezeichnen, aber ich weiß, was du meinst.«

Ich stellte die McDonald's-Tüte aufs Bett und half ihm, sich aufzusetzen.

»Wir sollten einen Arzt rufen«, bemerkte ich.

»Es geht schon«, behauptete er und fing an zu essen. Ich tat es ihm gleich. Als ich fertig war, waren meine Finger voll Salz und mein Mund mit Sauce verschmiert. Ich trank einen großen Schluck Mineralwasser, dann legte ich mich hin und konnte mich endlich von dem anstrengenden Tag erholen. Ben schaltete den Fernseher ein. Dann verschwamm alles vor meinen Augen, und ich schlief ein.

Am nächsten Morgen erwachte ich in einem leeren Bett.

»Ben?«, rief ich. Er antwortete aus dem Wohnzimmer. Ich ging hinüber und stellte fest, dass eine ganze Reihe Kartons ausgeräumt waren.

»Wie fühlst du dich? Geht's dir gut?«

»Ja«, sagte er. »Solange ich mich gerade halte und nicht umdrehe, geht es mir gut.«

»Ich finde, du solltest zum Arzt gehen. Das hört sich nicht gut an.«

»Hör auf, mich zu drängen, Frau«, sagte er lächelnd. »Darf ich ein paar von deinen doofen Büchern wegräumen? Ich brauche Platz für die hier.« Er deutete ungelenk auf diverse Taschenbuchstapel.

»Vielleicht sollten wir einfach ein neues Bücherregal kaufen«, schlug ich vor.

»Oder du vermachst einige von diesen langweiligen Klassikern der Bibliothek. Brauchen wir wirklich zwei Ausgaben von *Anna Karenina*?«

»Hey, das sind zwei unterschiedliche Übersetzungen!«, widersprach ich. »Du kannst nicht einfach hier hereinkommen und meine Sachen wegwerfen, nur weil du Platz brauchst, du Grobian!«

»Ich sage ja nicht, dass wir sie wegwerfen sollten«, widersprach er. »Nur – verschenken.« Er schlug das Buch auf, roch daran und wandte abrupt den Kopf ab. »Au!«, rief er und rieb sich den Rücken. »Diese Bücher riechen alt und fürchterlich, Elsie. Besorgen wir dir wenigstens ein paar neue.«

Ich nahm ihm *Anna Karenina* aus der Hand und stellte es in mein Regal zurück. »Ich bezweifle, dass deine Bücher so viel besser riechen«, sagte ich. »Jedes Buch fängt nach einer gewissen Zeit an, modrig zu riechen. Das ist ganz normal.«

»Ja, aber ich kaufe meine Bücher nicht in Antiquariaten und auf Flohmärkten«, erklärte er. »Ich kaufe sie, wenn sie gerade aus der Druckerei kommen. So bleiben sie frisch.«

»Ach, Herrgott! Bücher sind doch keine Bagels. Sie werden nicht schlecht«, sagte ich, während ich eines aus dem Stapel zog. Darauf war ein junges Mädchen vor einer Kreatur abgebildet, die wie ein überdimensionaler Falke aussah. »Ist das dein Ernst?«, fragte ich.

»Machen wir ein kleines Experiment«, schlug er vor. »Wovon handelt *Anna Karenina*?«

»Es handelt von einer verheirateten Frau aus dem Adel, die sich in einen Grafen verliebt, aber sie kann nicht ...«

»Ich schlafe jetzt schon ein. Weißt du, worum es in diesem Buch geht?«, fragte er und nahm mir das Buch mit dem Falken aus der Hand. »Die Geschichte handelt von einer Gruppe Jugendlicher, die zum Teil Mensch und zum Teil Vogel sind«, erklärte er nüchtern, als sprächen die Fakten für sich. »Dieses Buch ist besser.«

»Du hast *Anna Karenina* doch überhaupt nicht gelesen. Es ist eine unglaublich bewegende Geschichte.«

»Ganz bestimmt«, sagte er. »Aber ich lese gern Bücher, die in einer Welt spielen, die ...«

»Die was?«

»In einer Welt, in der die Liebe als Krankheit angesehen

wird. In der die Regierung eine Familie für dich auswählt. In der die Gesellschaft Schmerz und Leid ausgemerzt hat. Ich liebe dieses Zeug.«

»Das ist *Hüter der Erinnerung*, stimmt's? Du sprichst von *Hüter der Erinnerung*.«

»Wenn du mir jetzt sagst, dass du *Hüter der Erinnerung* nicht magst, ist diese Beziehung zu Ende«, verkündete er. »Was *Hüter der Erinnerung* angeht, verstehe ich keinen Spaß.«

Ich lächelte, nahm das Exemplar von *Hüter der Erinnerung* in die Hand, schlug es auf und roch an den Seiten. »Ich weiß nicht ...«, neckte ich ihn, »es riecht ein bisschen modrig.«

»He!«, rief er und versuchte, mir das Buch wegzunehmen, aber seine Schmerzen hinderten ihn daran. Er zuckte zusammen und schrie auf. Ich nahm meine Schlüssel vom Tisch.

»Steh auf«, sagte ich. »Wir fahren jetzt zu einem verdammten Arzt.«

»Erst, wenn du zugibst, dass du *Hüter der Erinnerung* magst«, murmelte er.

Ich kniete mich neben ihn, um ihm aufzuhelfen, und flüsterte: »Ich mag *Hüter der Erinnerung*.«

Er lächelte und stand stöhnend auf. »Ich wusste es«, sagte er gefasst. »Soll ich dir ein Geheimnis verraten?«

Ich nickte.

»Für dich hätte ich auch eine Ausnahme gemacht.« Dann küsste er mich auf die Wange und ließ sich von mir zum Wagen hinaushelfen.

September

Bis zum Nachmittag haben wir die meisten Sachen eingepackt, es fehlen nur noch das Schlafzimmer und der Kleiderschrank. Wir tragen die restlichen Kartons dorthin. Ich werfe sie aufs Bett. Ich schaffe das. Falls nicht, wird Susan es für mich erledigen. Es führt also kein Weg daran vorbei.

»Na los«, sagt sie, »fangen wir an.« Sie öffnet eine Kommode und beginnt, Kleidungsstücke in die Kartons zu werfen. Ich sehe zu, wie gestreifte Hemden und dreckige Jeans aus ihrem angestammten Zuhause gezerrt werden. Ich fange an, seine Sachen samt den Kleiderbügeln aus dem Kleiderschrank zu nehmen. Man versteht erst, wie tot Kleidung auf Kleiderbügeln aussieht, wenn die Person, der sie gehört hat ... Egal, ich mache mir noch nicht einmal die Mühe, die Sachen von den Bügeln zu nehmen. Ich werfe sie einfach mit dem Rest seiner Klamotten in den Karton. Ich bin mit dem Kleiderschrank und seinem Nachttisch fertig, bevor Susan die Kommode ausgeräumt hat. Ihre Miene wirkt zufrieden, aber ich ertappe sie dabei, wie sie kurz an einem Hemd riecht, bevor sie es in den Karton legt. Sie bemerkt, dass ich sie dabei beobachte.

»Ich wollte sehen, ob noch etwas nach ihm riecht. Ich kann mich kaum noch an seinen Geruch erinnern.«

»Ach, das tut mir leid«, sage ich, »ich glaube, ich habe alles weggeschnüffelt.«

»Oh.« Sie lacht. »Deshalb.«

Ich überlege, ob ich mit ihr teilen soll, was ich noch von Ben besitze. Doch, ich werde es tun. »Warte«, sage ich.

Ich nehme den Müllbeutel mit seinem Kopfkissen, löse das Band und reiche es ihr.

»Riech daran.« Zunächst sieht Susan mich etwas zögernd an, doch dann beugt sie sich vor und steckt ihre Nase in das Kopfkissen. »Das ist er«, sagt sie. »O Gott, das ist sein Geruch.« Sie schließt die Augen, und ich sehe, wie ihr die Tränen über die Wangen laufen. Zum ersten Mal seit dem Krankenhaus erlebe ich, was geschieht, wenn sie die Fassung verliert.

Mai

Wir verbrachten den ganzen Tag in der Arztpraxis und saßen dicht gedrängt in einem Raum voller Menschen mit ansteckenden Krankheiten. Ben erinnerte mich mehrfach daran, dass wir nicht hier sein müssten. Doch als wir schließlich dem Arzt gegenübersaßen, schien der sehr besorgt zu sein, dass Ben die Sache so leicht nahm, und stellte ihm ein Rezept für Vicodin aus.

Wir fuhren nach Hause, und Ben rief beim chinesischen Lieferservice an. Er bestellte das Übliche und orderte dazu weißen und braunen Reis. Ich erinnerte mich, wie er mir bei unserer ersten Verabredung erklärt hatte, dass beides zu bestellen das Ende der Romantik bedeutete. Als ich es jetzt hörte, überkam mich jedoch ein warmes Gefühl. Ben und ich waren ein Team. Wir kannten die Wünsche und Bedürfnisse des anderen. Wir wussten, wo wir nicht einer Meinung waren und einen Kompromiss schließen mussten. Wir zeigten uns nicht nur von unserer Schokoladenseite. Wir stürzten uns Hals über Kopf in unsere Beziehung und gehörten nun zu jenen Paaren, von denen der eine sich nicht mit den Albernheiten des anderen abfindet. Ich mochte braunen

Reis, er weißen. Wir bestellten beides. Kein Entgegenkommen mehr. Der Reiz des Neuen war verflogen, und was uns blieb, war – wundervoll.

Als wir an jenem Abend zu Bett gingen, wollte Ben unbedingt etwas aus den Kartons im Schlafzimmer haben, die wir noch nicht ausgepackt hatten. Besorgt, dass er dabei eine falsche Bewegung machen könnte, bestand ich darauf, es für ihn zu holen. Er lotste mich durch die Kartonstapel, und schließlich stieß ich auf eine Kiste, die sich so leicht anfühlte, als sei sie mit Luft gefüllt. Ich brachte sie Ben, der sie erfreut öffnete. Darin befand sich ein dreckiges Kopfkissen.

»Was ist das?«, fragte ich, schockiert von der Vorstellung, dass dieses Ding mit meinem Bett in Berührung kommen könnte. Es war über und über mit Sabberspuren und orangefarbenen Flecken unbekannter Herkunft bedeckt.

»Das ist mein Lieblingskissen!«, erklärte Ben und legte es auf eines meiner Kopfkissen, von denen ich eigentlich gedacht hatte, dass es nun »unsere« wären. Angesichts seines hässlichen, dreckigen Kissens fühlten sie sich allerdings eindeutig wie »meine« an.

»Bitte schaff dieses Ding aus meinem Bett«, forderte ich ihn auf.

»Aus unserem Bett, Schätzchen«, korrigierte er mich. »Das ist *unser* Bett. Und in *unserem* Bett sollten *unsere* Kopfkissen liegen. Und das ist jetzt unser Kopfkissen.«

»Nein«, widersprach ich lachend. »Das da ist nicht unser Kopfkissen. Das da ist das Kopfkissen, das du benutzt hast, als du noch allein gelebt hast.«

»Nun, ohne dieses Kopfkissen kann ich nicht schlafen.«

»Du hast hier monatelang ohne dieses Kopfkissen geschlafen!«

»Ja, aber jetzt ist das meine Wohnung! Ich zahle Miete! Ich brauche dieses Kopfkissen an dem Ort, für den ich Miete zahle.«

»Igitt! Zieh bloß einen verdammten Kissenbezug darüber, ja?«

»Klar.« Er ging zum Wäscheschrank und stolzierte stolz wie ein Pfau zurück. Dann legte er sich vorsichtig ins Bett.

»Hast du das Vicodin genommen? Wegen der Schmerzen?«, sagte ich.

»Sehe ich wie ein Mann aus, der ein bisschen Schmerz nicht ertragen kann?«, fragte er, während er langsam zu mir herüberrobbte und den Kopf auf sein Kopfkissen legte. »Willst du es ausprobieren? Es ist *wirklich* bequem.«

Ich schüttelte den Kopf. »Nein, danke.«

»Ach, komm schon. Du kannst dich doch mal fünf Sekunden darauf legen. Es gehört jetzt uns beiden«, neckte er mich.

»Gut! Gut!« Ich legte meinen Kopf darauf. »O mein Gott, das riecht ja furchtbar.«

»Was? Nein, das stimmt nicht.«

»Und du behauptest, meine Bücher würden schlecht riechen. Dieses Kopfkissen stinkt!« Ich lachte.

»Nein! Es riecht gut.« Er vergrub seine Nase darin, um sich zu vergewissern. »Du musst dich nur daran gewöhnen, das ist alles.«

»Ja, okay.« Ich schaltete das Licht aus. Er schlief sofort ein, und ich lag neben ihm und fühlte mich wie der glücklichste Mensch der Welt, weil dieser irre Typ mir gehörte. Weil er hier wohnte und das Recht hatte, darauf zu bestehen, dass sein stinkendes Kopfkissen in meinem Bett blieb. Ich roch noch einmal daran, bevor ich einschlief, und konnte mir nicht vorstellen, mich jemals daran zu gewöhnen. Doch es dauerte nicht lange, und ich hatte mich daran gewöhnt.

September

Die Kartons sind fertig gepackt. Bens Sachen sind fast vollständig aus meinem Blickfeld verschwunden. Ich sehe nur braune Kartons. Ich habe sein USC-Sweatshirt und ein paar T-Shirts behalten. Außerdem habe ich seine Lieblingstasse im Schrank stehen lassen. Susan hat ein paar Bücher und Fotos in ihren Wagen gepackt. Sie nimmt noch ein Notizbuch mit, in das er hin und wieder geschrieben hat, und ein paar andere Sachen, die für jeden anderen bedeutungslos sind, nur nicht für eine Mutter.

Nachdem alles in Kartons verpackt ist, hat Susan keinen Grund mehr zu bleiben.

»Also«, sagt sie mit einem Seufzer. »Ich glaube, das war's.«

»Ich glaube auch«, sage ich. Ich fühle mich überraschend stabil.

»In Ordnung.« Sie nickt. Es ist die Art von Nicken, die bedeutet, dass sie nicht weiß, was sie als Nächstes sagen soll. Sie weiß nicht, was sie denken soll. Sie holt tief Luft.

»Ich fahre dann mal nach Hause«, sagt sie. »Es ist … Ja, es ist schwer. Eigentlich will ich nicht losfahren, dabei verlasse ich ihn ja schließlich nicht. Ich glaube, es ist eher so, dass das hier etwas war, auf das ich mich gefreut habe. Ergibt das einen Sinn? Ich rede Unsinn. Ich gehe jetzt.«

Ich umarme sie. »Ich verstehe dich sehr gut.«

»Okay«, sagt sie. Sie stößt die Luft aus. Sie atmet konzentriert und reißt sich zusammen. »Okay, ich rufe dich nächstes Wochenende an.«

»Klasse.«

Sie öffnet die Tür und geht hinaus. Ich drehe mich zu meiner Wohnung um.

Bens Sachen sind in Kartons verpackt, aber ich habe nicht das Gefühl, ihn verloren zu haben. Es ist nur ein Gefühl, aber es ist real. Ganz allmählich gelange ich zu der Erkenntnis, dass es eine gute Sache ist, Fortschritte zu machen. Weiterzuleben. Ich beschließe, den Augenblick zu nutzen, nehme drei Kartons mit Kleidung und lade sie in meinen Wagen. Als ich damit fertig bin, hole ich zwei weitere. Dabei belasse ich es, weil ich Angst habe, die Nerven zu verlieren, wenn ich noch einmal hineingehe. Ich sage mir, dass es nur zu meinem Besten ist. Es ist eine gute Sache!

Ich fahre zu Goodwill und parke meinen Wagen. Ich nehme die Kartons heraus und gehe hinein. Ein großer Mann begrüßt mich.

»Was haben wir denn da?«

»Männerkleidung«, sage ich. Ich kann ihm nicht in die Augen sehen, ich starre auf die Kartons. »Alles in gutem Zustand.«

»Wunderbar!«, sagt er und nimmt mir die Sachen ab. »Möchten Sie eine Quittung?«

»Nein, danke.«

Er öffnet die Kartons und wirft den Inhalt auf einen großen Kleiderhaufen, und obwohl ich weiß, dass es Zeit ist zu gehen, starre ich unwillkürlich darauf. Jetzt sind es nicht länger Bens Sachen. Es sind einfach nur Kleider auf einem Kleiderhaufen.

Was habe ich getan?

Sie sind einfach weg. Der Mann hat den großen Haufen genommen und ihn in einen der hinteren Räume gebracht. Ich will die Sachen zurückhaben. Warum habe ich einem Fremden Bens Sachen gegeben? Was soll Ben denn jetzt tragen? Am liebsten würde ich über den Tresen springen und alles durchwühlen. Ich muss Bens Kleider zurückholen. Stattdessen stehe ich wie angewurzelt da und bin schockiert über das, was ich getan habe.

»Junge Frau?«, ruft der Mann. »Ist alles okay?«

»Ja«, sage ich. »Tut mir leid.«

Ich drehe mich um und steige in den Wagen, kann den Zündschlüssel jedoch nicht umdrehen. Kann nicht losfahren. Ich schlage mit dem Kopf gegen das Lenkrad. Meine Tränen tropfen auf den beigen Sitz, meine Wange drückt auf die Hupe, aber das ist mir egal.

Ich lasse die Schlüssel auf dem Vordersitz meines Wagens liegen und steige aus. Ich laufe einfach los. Obwohl es kühl ist, habe ich keine Jacke an. Ich laufe und laufe. Mein Körper heizt sich schneller auf, als er sollte, und ich fühle mich fiebrig. Dann bleibe ich abrupt stehen, weil ich begreife, dass ich nicht vor mir selbst weglaufen kann. Ich überquere die Straße und gehe den Bürgersteig entlang, bis ich eine Bar entdecke. Ich habe kein Geld bei mir und keine Schlüssel, dennoch gehe ich hinein. Es ist früh am Abend. Ich setze mich an die Bar und trinke Bier. Ich trinke ein Bier nach dem anderen, bis ich nicht mal mehr meine Nase spüren kann.

Dann tue ich so, als müsste ich auf die Toilette, und entwische durch den Hinterausgang. Ich bezahle nicht, ich gebe kein Trinkgeld, ich bedanke mich noch nicht einmal. Als ich nach Hause komme, fällt mir wieder ein, dass ich mich ausgesperrt habe, und mir wird ziemlich übel.

Ich übergebe mich in meinen eigenen Vorgarten. Es ist noch nicht einmal acht Uhr abends. Die Nachbarn beobachten mich, aber ich ignoriere sie. Als ich fertig bin, lege ich mich auf den Rasen und werde ohnmächtig. Ich wache gegen elf Uhr abends auf und bin zu betrunken und verwirrt, um mich daran erinnern zu können, wo ich meine Schlüssel gelassen habe. Es gibt nur eine Chance, in meine Wohnung zu gelangen. Ich rufe Ana an.

»Immerhin hast du mich endlich angerufen«, sagt sie, als sie über den Bürgersteig auf mich zukommt. »Mehr will ich gar nicht wissen.«

Ich sage nichts. Sie geht die Stufen hoch, schließt meine Haustür auf und hält sie für mich auf.

»Bist du betrunken?«, fragt sie ziemlich schockiert. Zu jedem anderen Zeitpunkt meines Lebens hätte sie das wahrscheinlich lustig gefunden. Heute allerdings nicht, obwohl ich selbst es gerade ziemlich witzig finde. »Das passt nicht zu dir.«

»Es waren ein paar harte Tage«, sage ich und lasse mich auf mein Sofa plumpsen.

»Willst du darüber reden?«

»Mein Mann ist gestorben, das war ziemlich heftig.« Ich will nicht mit ihr reden. Ich will mit niemandem reden.

»Ich weiß«, sagt sie und nimmt meine sarkastische Bemerkung vollkommen ernst. Sie kann doch unmöglich denken, dass ich das ernst gemeint habe. Doch sie behandelt mich so aufrichtig, dass mir keine andere Wahl bleibt, als ebenfalls aufrichtig zu sein. Ganz schön clever, das muss ich ihr lassen.

»Ich habe seine Sachen ausgeräumt«, sage ich und stelle mich resigniert auf das therapeutische Gespräch ein, das mich erwartet. Ich will mit ihr nicht über unsere letzte Unterhaltung reden, über unseren Streit, bin aber sicher, dass sie mich auch dazu zwingen wird. Ana kommt zu mir aufs Sofa und legt den Arm um mich. »Ich habe einige seiner Sachen zu Goodwill gebracht«, erzähle ich.

Goodwill! Da sind meine Schlüssel!

»Das tut mir leid, Elsie«, sagt sie, »aber ich bin stolz auf dich. Ich bin wirklich stolz auf dich, dass du das geschafft hast.« Sie reibt meinen Arm. »Ich weiß nicht, ob ich das an deiner Stelle fertiggebracht hätte.«

»*Was?*«, frage ich. »Du hast doch die ganze Zeit darauf bestanden, dass ich endlich weiterleben müsste! Du hast doch gesagt, ich soll das tun!«

Sie nickt. »Ja, und das war auch richtig so. Aber das heißt nicht, dass mir nicht bewusst gewesen wäre, wie hart das für dich ist.«

»Wieso hast du dann so getan, als sei es leicht?«

»Weil du es tun musstest, und ich wusste, dass du es schaffen kannst. Niemand will so etwas tun.«

»Tja, außer mir muss das ja auch niemand tun.«

Ich will, dass sie geht, und ich glaube, sie weiß das auch.

»Es tut mir leid wegen neulich Abend. Ich habe mich danebenbenommen. Es tut mir wirklich leid«, sagt sie.

»Schon okay«, antworte ich und meine es tatsächlich so. Es ist okay. Ich sollte mich ebenfalls entschuldigen, aber ich will jetzt mit niemandem reden.

»Alles klar. Ich geh dann mal.« Sie steht auf. »Ich liebe dich«, sagt sie.

»Ich auch«, entgegne ich und hoffe, dass sie das richtig versteht. Ich liebe sie, aber ich will es nicht aussprechen. Ich will nichts fühlen. Ich beobachte durch mein Vorderfenster, wie sie wegfährt. Vermutlich trifft sie sich jetzt irgendwo mit Kevin und wird ihm alles über diese kleine Episode erzählen. Er wird ihre Hand nehmen und sagen: »Du Ärmste, das hört sich wirklich schwierig an«, als ob die Welt sich gegen sie verschworen hätte, als ob sie das nicht verdient hätte. Ich hasse sie dafür, dass sie seufzen und mit ernster Miene sagen können, wie schwer das für mich sein muss, nur um dann ins Kino zu gehen und über vulgäre Witze zu lachen.

Am nächsten Morgen gehe ich zu Goodwill und hole meinen Wagen. Meine Schlüssel liegen noch auf dem Vordersitz. Niemand hat etwas gestohlen. Ehrlich gesagt nervt mich das. Es nervt mich, dass die Welt ausgerechnet *jetzt* beschließt, nett zu mir zu sein.

Am Montag bei der Arbeit blicke ich alle Fremden mit düsterem Blick an. Wenn sie mich um Hilfe bitten, berate ich sie mit grimmiger Miene und verfluche sie anschließend leise.

Als Mr. Callahan auf mich zukommt, bin ich ziemlich erschöpft.

»Hallo, meine Liebe«, sagt er und will meinen Arm berühren. Ich ziehe ihn reflexartig zurück, was er aber anscheinend nicht persönlich nimmt. »Schlechter Tag?«, fragt er.

»Das kann man wohl sagen.« Ich schnappe mir einen Wagen mit Büchern, die wieder einsortiert werden müssen. Das ist eigentlich nicht meine Aufgabe, aber es scheint mir eine gute Gelegenheit, das Gespräch elegant zu beenden. Mr. Callahan versteht den Wink jedoch nicht. Er begleitet mich.

»Ach, ich hatte auch schon einmal einen schlechten Tag«, sagt er lächelnd. Es ist eine klassische Aufmunterungsmasche, die bei mir nicht zieht. Ich möchte nicht aufgemuntert werden. Ich weiß offen gestanden nicht einmal, ob ich noch genau weiß, wie man auf natürliche Weise lächelt. Wie geht das noch? Zieht man die Mundwinkel nach oben?

»Schlechter Scherz.« Er wedelt mit der Hand, sowohl um seine Bemerkung abzutun als auch um zu signalisieren, dass er nicht böse ist, weil ich nicht darüber gelacht habe. »Kann ich irgendetwas für Sie tun?«

»Oh«, sage ich und starre die Bücherregale vor mir an. Ich weiß nicht mehr, wonach ich eigentlich suche. Ich muss noch einmal auf das Buch in meiner Hand sehen. Ich kann mir die Registriernummer nicht merken. Sie verschwindet aus meinem Kopf, bevor ich den Blick wieder auf das Regal richten kann. »Nein, danke«, erwidere ich.

»Ich habe zwei Ohren«, sagt er.

Ich sehe ihn ungeduldig und etwas verwirrt an. »Wie bitte?«

»Zum Zuhören, meine ich. Ich kann gut zuhören.«

»Oh.«

»Egal«, fährt er fort. »Sie möchten lieber alleine sein. Schon verstanden. Aber das Angebot steht. Ich bin immer für Sie da, wenn Sie jemanden zum Zuhören brauchen.« Er sieht mich einen Augenblick an, vielleicht versucht er, durch meinen leeren Blick zu mir durchzudringen. »Und das sage ich weiß Gott nicht zu jedem«, fügt er an, streicht sanft über meine Hand und lässt mich mit dem Wagen allein.

Ich wünschte, ich könnte mich bei ihm bedanken und ihm sagen, dass er ein guter Mensch ist. Ich schaffe es nicht. Ich kann ihn noch nicht einmal anlächeln oder Auf Wiedersehen sagen. Ich lasse ihn gehen und wende mich den Bücherregalen zu, als wäre er nie da gewesen. Ich vergesse schon wieder die Nummer des Buches, das ich in der Hand halte, und anstatt sie noch einmal zu überprüfen, lasse ich das Buch auf den Wagen zurückfallen.

Ich gehe ins Freie und hole tief Luft. Ich sage mir, dass ich mich zusammenreißen muss. Dass niemand an meiner Situation schuld ist. Ich tigere vor dem Fahrradständer auf und ab, als mir ein junges Paar mit einem Baby auffällt. Der Mann hat das Baby vor seine Brust gebunden, die Frau trägt eine Packung Windeln in der Hand. Sie gurrt das Baby an, der Mann blickt auf es herab. Die Frau küsst den Mann auf die Lippen und lacht, während sie ungelenk um das Kind herummanövriert. Sie spielen mit den Händen und Füßen des Babys.

Warum ich und nicht die? Warum ist dieser Typ nicht gestorben? Warum stehe ich hier nicht mit Ben und beobachte eine traurige Frau, die am Rande eines Nervenzusammenbruchs die Straße auf und ab läuft? Mit welchem Recht sind diese Leute glücklich? Warum müssen alle um mich herum glücklich sein?

Ich gehe zurück in die Bibliothek und sage Nancy, dass ich in die Abteilung für die Ureinwohner Amerikas gehe, um für das nächste Monatsfenster über die Azteken zu recherchieren. Ich stehe im Gang, lasse meine Finger über die Buchrücken gleiten und spüre das knisternde Zellophan. Die Nummern des Dewey-Klassifikationssystems steigen immer weiter an. Ich versuche mich nur auf die Zahlen zu konzentrieren, nur auf die Buchrücken. Einen Augenblick funktioniert es, einen Augenblick habe ich nicht das Gefühl, zur Waffe greifen und wild um mich schießen zu wollen. Aber in genau diesem Augenblick laufe ich mit dem Gesicht voraus geradewegs in eine andere Person.

»Oh! Das tut mir leid«, sagt er und hebt das Buch auf, das er fallen gelassen hat. Er ist in meinem Alter, vielleicht etwas älter. Er hat schwarze Haare und einen Bartschatten, den er vermutlich immer trägt. Er ist groß, seine Schultern sind breit und sein Körper durchtrainiert. Er trägt ein verwaschenes T-Shirt und Jeans. Als er das Buch aufhebt, fallen mir seine knalligen Chucks auf. Ich trete zur Seite, um ihm Platz zu machen, aber anscheinend möchte er stehen bleiben und sich unterhalten.

»Brett«, stellt er sich vor und streckt mir die Hand entgegen. Ich schüttele sie und versuche, mich an ihm vorbeizudrängen.

»Elsie«, sage ich.

»Tut mir leid, dass ich dich einfach so umgerannt habe. Ich kenne mich in dieser Bibliothek nicht so gut aus, und die Mitarbeiter hier sind nicht gerade hilfsbereit.«

»Ich bin eine der Mitarbeiterinnen«, erkläre ich. Es ist mir egal, ob ihm das peinlich ist.

»Oh.« Er lacht schüchtern. »Wie peinlich. Tut mir leid. Ich muss mich schon wieder entschuldigen. Wow. Das läuft nicht gerade gut für mich, was?«

»Nein, irgendwie nicht«, bestätige ich.

»Hör mal, darf ich dir als Wiedergutmachung einen Kaffee ausgeben?«, fragt er.

»Nein, ist schon okay. Ist nicht so schlimm.«

»Doch, ehrlich. Ich würde dich gern einladen. Es wäre

mir ein Vergnügen.« Er lächelt. Offenbar hält er sich für ganz besonders toll.

»Oh«, sage ich. »Nein, ich muss wirklich weiterarbeiten.«

»Dann ein anderes Mal.« Er lässt nicht locker. Vielleicht meint er, ich sei schüchtern und zurückhaltend. Ich weiß es nicht.

»Ich bin verheiratet«, antworte ich und versuche, das Ganze so zu beenden. Ich weiß nicht, ob ich das sage, weil ich es selbst glaube, oder ob ich ihn einfach nur loswerden will. So wie ich früher gesagt habe: »Ich glaube, das würde meinem Freund nicht gefallen«, als ich noch Single war und von obdachlosen Männern vor Minimärkten angemacht wurde.

»Oh«, sagt er. »Tut mir leid. Das habe ich … Das konnte ich ja nicht wissen.«

»Tja.« Ich hebe meine Hand und zeige ihm meinen Ehering.

»Nun«, meint er lachend. »Wenn es mit dir und deinem Mann mal nicht so gut läuft …«

Und da schlage ich ihn ins Gesicht.

Ich bin überrascht, wie befriedigend es sich anfühlt, als meine Faust in sein Gesicht kracht und eine feine Blutspur aus seiner Nase rinnt.

Man sollte anderen Leuten nicht ins Gesicht schlagen, schon gar nicht bei der Arbeit. Und vor allem nicht, wenn man im öffentlichen Dienst arbeitet und die Person, der man ins Gesicht schlägt, so empfindlich ist und darauf besteht, die Polizei zu rufen.

Als die Polizei kommt, habe ich nicht viel zu meiner Verteidigung vorzubringen. Er hat mich nicht geschlagen. Er hat mich nicht bedroht. Er hat keine anstößigen Dinge gesagt.

Er hat mich nicht provoziert. Ich habe ihn einfach angegriffen. Also werde ich festgenommen, egal wie peinlich und übertrieben das ist. Die Polizisten legen mir keine Handschellen an. Ein Cop scheint das Ganze sogar lustig zu finden. Aber wenn die Cops gerufen werden, weil man jemanden geschlagen hat und dann »Ja, Officer, ich habe diese Person geschlagen« sagt, sind sie offenbar verpflichtet, einen zumindest mit aufs Revier zu nehmen. Einer der Polizisten begleitet mich zur Rückbank des Polizeiwagens und erinnert mich daran, den Kopf beim Einsteigen einzuziehen. Als er die Tür schließt und sich auf den Vordersitz setzt, kommt Mr. Callahan aus der Bibliothek und fängt meinen Blick auf. Ich sollte mich schämen, aber es ist mir egal. Ich blicke ihn durch das Seitenfenster an und sehe, dass er mich anlächelt. Langsam verwandelt sich sein Lächeln in Lachen. Er wirkt ein bisschen erschrocken, zugleich scheint er mich aber irgendwie mit neuem Respekt zu betrachten, vielleicht sogar mit Stolz. Der Wagen fährt los, und Mr. Callahan hebt verstohlen den Daumen. Schließlich muss auch ich lächeln. Ich glaube, ich weiß doch noch, wie das geht. Man zieht einfach die Mundwinkel nach oben.

Als wir das Polizeirevier erreichen, nehmen mir die Cops meine Sachen ab und meine Daten auf. Sie stecken mich in eine Zelle und sagen mir, ich dürfte jemanden anrufen. Ich rufe Ana an.

»Du bist wo?«, fragt sie.

»Ich bin auf dem Polizeirevier. Du musst mich hier herausholen.«

»Du machst Witze, stimmt's?«

»Das ist mein voller Ernst.«

»Was hast du angestellt?«

»Ich habe in der Bibliothek jemanden geschlagen, irgendwo zwischen Regal Nummer 972.01 und 973.6.«

»Okay, ich komme«, sagt sie.

»Warte. Willst du nicht wissen, weshalb ich ihn geschlagen habe?«

»Spielt das eine Rolle?«, fragt sie ungeduldig zurück.

Ich glaube, dass sich Ana eigentlich ziemlich beeilt, aber es kommt mir trotzdem wie Stunden vor. Sie steht in Begleitung des Beamten, der mich festgenommen hat, vor meiner Zelle. Ich dürfe gehen, erklärt er. Wir müssen abwarten, ob Brett Klage einreicht.

Ana und ich verlassen das Gebäude und stehen davor. Ana reicht mir meine Tasche mit meinen Sachen. Jetzt finde ich es wirklich lustig. Aber Ana ist da anderer Ansicht.

»Zu meiner Verteidigung muss ich sagen, dass Mr. Callahan es auch lustig fand«, sage ich.

Ana dreht sich zu mir um. »Der alte Kerl?«

Er ist nicht einfach ein alter Kerl. »Vergiss es«, antworte ich.

»Ich habe Susan angerufen.« Es klingt wie ein Geständnis.

»Was?«

»Ich habe Susan angerufen.«

»Warum?«

»Weil ich glaube, dass mir das hier über den Kopf wächst. Ich weiß nicht, was ich tun soll.«

»Deshalb hast du mich bei meiner Mom angeschwärzt, ja?«

»Sie ist nicht deine Mom«, entgegnet Ana streng.

»Das weiß ich, aber so ähnlich ist es doch, stimmt's? Du willst dich nicht mit mir abgeben, also versuchst du, mich in Schwierigkeiten zu bringen.«

»Ich glaube, du hast dich selbst in Schwierigkeiten gebracht.«

»Er war ein Arschloch, Ana.« Sie sieht mich schweigend an. »Wirklich! Woher hast du überhaupt ihre Nummer?«

»Sie ist in deinem Telefon eingespeichert«, erklärt sie, als sei ich schwer von Begriff.

»Gut. Vergiss es. Es tut mir leid, dass ich dich angerufen habe.«

»Susan kommt in ungefähr einer Stunde zu dir.«

»Sie kommt *zu mir*? Ich muss bis fünf Uhr arbeiten«, sage ich.

»Irgendwie glaube ich nicht, dass die dich da heute noch sehen wollen«, wendet Ana ein.

Wir steigen in ihr Auto, und sie fährt mich zu meinem Wagen. Ich steige aus und bedanke mich noch einmal bei ihr, weil sie mich abgeholt hat. Ich entschuldige mich, weil ich ihr Schwierigkeiten bereitet habe, und verspreche, es wiedergutzumachen.

»Ich mache mir einfach Sorgen um dich, Elsie.«

»Ich weiß«, antworte ich. »Danke.«

Ich fahre nach Hause und warte, dass es an der Tür klopft. Susan klopft, und ich öffne die Tür. Sie sagt nichts, sie sieht mich nur an.

»Es tut mir leid«, sage ich. Ich weiß nicht, warum ich mich bei ihr entschuldige. Ich muss mich bei ihr nicht dafür entschuldigen, dass ich festgenommen wurde. Ich muss mich bei niemandem dafür entschuldigen.

»Du musst dich nicht bei mir entschuldigen«, sagt sie prompt. »Ich wollte mich nur vergewissern, dass es dir gut geht.«

»Alles okay.«

Sie kommt herein und streift ihre Schuhe ab, dann legt sie sich aufs Sofa.

»Was ist passiert?«, fragt sie.

Ich stoße lautstark die Luft aus und setze mich.

»Dieser Typ wollte sich mit mir verabreden, und ich habe Nein gesagt, aber er hat nicht lockergelassen, und da habe ich ihm gesagt, ich sei verheiratet ...«

»Warum hast du das gesagt?«, fragt Susan.

»Was?«

»Ich erzähle den Leuten andauernd, dass ich noch verheiratet sei. Aber aus einem völlig falschen Grund: damit ich mich noch verheiratet *fühlen* kann. Damit ich nicht laut aussprechen muss, dass ich nicht mehr verheiratet bin. War es deshalb?«

»Nein. Na ja.« Ich zögere und denke nach. »Ich bin verheiratet«, behaupte ich. »Ich habe mich nicht von ihm scheiden lassen. Wir haben uns nicht getrennt.«

»Aber es ist zu Ende.«

»Ja, aber nicht ... Wir haben es nicht beendet.«

»Es ist zu Ende«, wiederholt sie.

Warum muss alles immer gleich eine Lektion fürs Leben sein? Warum kann ich nicht einfach so tun, als sei ich verheiratet? Warum lassen mich nicht einfach alle in Ruhe? Verdammt.

»Also, wenn ich ...« Meine Stimme verhallt. Ich weiß nicht genau, wie ich mich verteidigen soll.

»Sprich weiter.« Susan scheint zu wissen, was ich sagen will, dabei weiß ich es selbst gar nicht so genau.

»Wenn unsere Ehe beendet war, als er gestorben ist ...«

Sie wartet, bis ich meinen Gedanken zu Ende führe.

»Dann waren wir ja kaum verheiratet.«

Susan nickt. »Ich dachte mir, dass du das sagen würdest.«
Ich verziehe das Gesicht.

»Wen interessiert das?«, fragt sie.

»Was?«

»Wen interessiert, dass ihr nur so kurze Zeit verheiratet wart? Das bedeutet doch nicht, dass du ihn weniger geliebt hast.«

»Ja, aber ...«

»Ja?«

»Wir waren nur sechs Monate zusammen, bevor wir geheiratet haben.«

»Na und?«

»Dass wir verheiratet waren, unterscheidet ihn von jedem beliebigen anderen Typen. Es beweist, dass er ... dass er die Liebe meines Lebens war.«

»Nein, das beweist gar nichts«, widerspricht sie. Ich starre sie an. »Das spielt überhaupt keine Rolle. Es ist nur ein Stück Papier. Ein Stück Papier, das du im Übrigen noch nicht einmal besitzt. Es bedeutet nichts.«

»Es bedeutet alles!«, protestiere ich.

»Hör mir gut zu: Es bedeutet nichts. Du meinst, dass zehn Minuten, die du mit Ben in irgendeinem Zimmer verbracht hast, darüber bestimmen, was ihr einander bedeutet habt? Nein. Das bestimmst nur du. Deine *Gefühle* bestimmen es. Du hast ihn geliebt. Er hat dich geliebt. Ihr habt aneinander geglaubt. Das hast du verloren. Es spielt keine Rolle, ob du ihn als Ehemann oder als Freund bezeichnest. Du hast den Menschen verloren, den du liebst. Du hast eine sicher geglaubte Zukunft verloren.«

»Richtig«, sage ich.

»Ich war fünfunddreißig Jahre mit Steven verheiratet, als

ich ihn verloren habe. Meinst du, ich habe ein größeres Recht zu leiden als du?«

Die Antwortet lautet: Ja, allerdings. Und davor habe ich Angst. Ich komme mir deshalb wie eine Dilettantin, wie eine Hochstaplerin vor.

»Ich weiß nicht«, weiche ich aus.

»Liebe ist Liebe ist Liebe. Wenn du sie verlierst, fühlt es sich wie die größte Katastrophe auf der Welt an. Einfach Scheiße.«

»Stimmt.«

»Als ich Steven verloren habe, habe ich meine Liebe verloren, aber auch jemanden, dem ich mich verbunden fühlte.«

»Stimmt.«

»Du hattest nicht so viel Zeit wie ich, dich an den Mann zu binden, den du geliebt hast. Aber Bindung und Liebe sind zwei verschiedene Dinge. Mein Herz war gebrochen, *und* ich wusste nicht, was ich ohne ihn tun sollte. Ich wusste nicht mehr, wer ich war. Aber du hast noch letztes Jahr ohne Ben gelebt. Du kannst noch einmal anfangen. Du kannst es schneller schaffen als ich. Aber die Liebe ist der brennende Schmerz, der nicht aufhören wird. Das Brennen in deiner Brust, das nicht so einfach verschwinden wird.«

»Ich hatte so wenig Zeit mit ihm«, sage ich. Es ist so schwer, darüber zu reden. Es ist schwer, weil ich mich so sehr bemühe, mein Selbstmitleid im Zaum zu halten. Wenn ich über all das spreche, öffnet das die Schleuse zu meinem Selbstmitleid und fordert es geradezu auf, sich über mich zu ergießen. »Ich hatte nicht genug Zeit mit ihm.« Meine Stimme bricht, meine Lippen beben. »Sechs Monate! Das ist alles, was ich hatte.« Ich ringe um Atem. »Ich war nur neun Tage lang seine Frau.« Jetzt beginne ich zu schluchzen. »Neun Tage sind nicht genug. Lange nicht genug.«

Susan rückt näher zu mir und nimmt meine Hand. Sie streicht mir die Haare aus der Stirn und sieht mir in die Augen.

»Hör zu. Wenn du jemanden richtig liebst, ist keine Zeit lang genug. Selbst dreißig Jahre nicht«, erklärt sie. »Es ist nie genug.«

Natürlich hat sie recht. Wenn ich zehn weitere Jahre mit Ben verbracht hätte, würde ich hier sitzen und sagen: »Es ist okay, ich hatte ihn lange genug«? Nein. Es wäre nie genug gewesen.

»Ich habe Angst«, gestehe ich. »Ich habe Angst, dass ich weiterlebe und jemanden kennenlerne und mein Leben mit ihm verbringe und es so aussieht, als ...«, meine Stimme bricht erneut, »als ob Ben ... Ich will nicht, dass er ›mein erster Ehemann‹ wird.«

Susan nickt. »Du bist in einer völlig anderen Situation als ich. Das vergesse ich manchmal. Niemand macht es mir zum Vorwurf, dass ich kein Liebesleben mehr habe. Jeder hat dafür Verständnis. Jeder weiß, dass ich mich nie mehr mit jemandem verabreden werde. Dass ich eine große Liebe hatte und damit zufrieden bin. Aber du, du musst in deinem Leben noch jemand anderen kennenlernen. Ich kann mir nicht vorstellen, wie schwer mir das an deiner Stelle fallen würde. Ob ich es als Verrat empfinden würde.«

»Es ist Verrat. Ich hatte diesen fantastischen Mann. Ich kann mir nicht einfach einen anderen suchen und ihn vergessen.«

»Das verstehe ich, Elsie. Aber du musst einen Weg finden, wie du dich an ihn erinnern und ihn dennoch vergessen kannst. Du musst einen Weg finden, ihn in deinem Herzen und in deiner Erinnerung zu behalten, aber auch etwas Neues mit deinem Leben anzufangen. Dein Leben darf sich nicht nur um meinen Sohn drehen. Das geht nicht.«

Ich schüttele den Kopf. »Wenn sich mein Leben nicht um ihn dreht, dann weiß ich nicht, worum sonst.«

»Es dreht sich um dich. Dein Leben hat sich immer um dich gedreht. Deshalb ist es dein Leben.« Sie lächelt. »Ich weiß, dass neun Tage keine lange Zeit sind. Ich weiß, dass sechs Monate keine lange Zeit sind. Aber vertrau mir. Wenn du weiterlebst und einen anderen heiratest und Kinder mit ihm hast und deine Familie liebst und das Gefühl hast, du würdest ohne sie sterben, hast du Ben nicht verloren. Diese neun Tage, diese sechs Monate sind jetzt ein Teil deines Lebens. Sie mögen dir nicht genügen, aber sie waren genug, um dich zu verändern. Ich habe meinen Sohn verloren, nachdem ich ihn siebenundzwanzig Jahre lang geliebt habe. Das ist ein schrecklicher, unendlich brennender Schmerz. Meinst du, ich hätte weniger Recht zu trauern als jemand, der seinen Sohn nach vierzig Jahren verliert? Siebenundzwanzig Jahre sind eine kurze Zeit, um einen Sohn zu haben. Aber nur, weil die Zeit so kurz war, heißt das nicht, dass das alles nicht stattgefunden hat. Es war einfach nur viel zu kurz. Das ist alles. Das musst du dir vergeben, Elsie. Es ist nicht deine Schuld, dass deine Ehe nur neun Tage gedauert hat. Und es sagt überhaupt nichts darüber aus, wie sehr du ihn geliebt hast.«

Ich weiß nichts zu erwidern. Ich würde so gerne mit ihren Worten wie mit den Teilen eines Puzzles das Loch in meinem Herzen schließen. Ich möchte ihre Worte auf kleine Papierzettel schreiben und sie hinunterschlucken, sie verdauen, sie verinnerlichen. Vielleicht kann ich dann daran glauben.

Ich schweige eine Zeit lang, und in der Stille verändert sich irgendwie die Stimmung. Ich entspanne mich, und meine Tränen trocknen allmählich. Susan wechselt vorsichtig das Thema. »Haben sie dich gefeuert?«

»Nein, aber ich glaube, dass sie mir nahelegen werden, mir eine Weile frei zu nehmen.«

Diese Nachricht scheint sie zu freuen, als passe sie genau in ihren Plan.

»Dann komm doch zu mir nach Newport«, schlägt sie vor.

»Was?«

»Es wird Zeit, dass du mal aus dieser Wohnung rauskommst. Aus Los Angeles. Du brauchst ein paar Wochen Tapetenwechsel.«

»Äh ...«

»Ich denke schon seit ein paar Tagen darüber nach, und das ist nur ein weiteres Zeichen dafür, dass ich richtigliege. Du brauchst Zeit, um herumzusitzen, dich zu bemitleiden und alles rauszulassen, damit du dann neu anfangen kannst. Ich helfe dir. Lass mich dir helfen.«

Ich suche nach einem guten Grund, um abzulehnen, aber ... mir fällt einfach keiner ein.

Mai

»Ich fahre nicht mehr so gern nach Hause wie früher«, sagte Ben. Wir liefen durch Venice Beach. Ich hatte Lust auf einen Strandspaziergang, und Ben beobachtete gern die Menschen in Venice. Ich mochte lieber die ruhigen, romantischen Strände von Malibu, aber Ben sah für sein Leben gern den verrückten Typen auf der Strandpromenade zu.

»Warum?«, fragte ich. »Ich dachte, das Haus deiner Mutter wäre wirklich schön geworden.«

»Das stimmt auch«, bestätigte er. »Aber es ist zu groß. Es ist zu leer. Es ist zu ...«

»Was?«

»Ich weiß nicht. Ich habe immer Angst, etwas kaputt zu machen. Als mein Vater noch lebte, war es kein besonders beeindruckendes Haus. Er hat sich nie viel aus dem ganzen Krempel gemacht, und er hasste es, Geld für so etwas wie Kristallvasen auszugeben.«

»Hat deine Mutter denn viele Kristallvasen?«

»Als er noch lebte, hatte sie keine. Und nun versucht sie vermutlich, das Beste aus der Situation zu machen.«

»Klar. Sie macht alles, was sie tun wollte, aber nicht konnte, als er noch lebte.«

»Ja«, sagte er. »Nein, nicht ganz. Es ist mehr, als ob sie alles *kaufen* würde, was sie will, aber nichts *tun* würde.«

»Vielleicht ist das Kaufen für sie ja schon eine Handlung. Vielleicht tut ihr das gut. Außerdem ...« Ich zögerte, es auszusprechen, und beschloss dann, es einfach zu sagen. »Vielleicht ist das auch der Grund, weshalb du ihr nichts von uns erzählst?«

Ben sah mich an. »Nein, das ist, weil ...«, fing er an und fand offenbar nicht die richtigen Worte, den Satz zu beenden. »Vielleicht«, sagte er resigniert, »sollte ich es ihr einfach demnächst sagen. Der richtige Zeitpunkt wird wohl nie kommen, und jetzt lüge ich sie richtiggehend an. Vorher war es eine Grauzone, aber jetzt wohne ich bei dir. Wir leben zusammen.« Ich sah, wie seine Stimmung kippte. Er stieß einen Seufzer aus. »Ich belüge sie.«

Vielleicht hätte ich ihn dazu bringen sollen, sie in jenem Augenblick anzurufen. Vielleicht hätte ich ihm sagen sollen, dass er recht hatte. Dass er sie tatsächlich belog. Aber ich konnte es nicht ertragen, ihn so traurig zu sehen, so enttäuscht von sich selbst.

»Du belügst sie nicht«, beruhigte ich ihn. »Du tust, was du für richtig hältst, und jetzt merkst du, dass du es ihr wirklich sagen musst, und deshalb wirst du es auch demnächst tun«, sagte ich, als wäre es die einfachste Sache der Welt.

»Ja, nein, du hast völlig recht.« Er nickte entschlossen. »Ich habe es ein bisschen zu weit getrieben, aber es ist eigentlich keine große Sache. Sie wird sich für mich freuen. Sie wird dich lieben.« Er blickte mich voll aufrichtiger Zuneigung an. Er konnte sich nicht vorstellen, dass irgendjemand auf der Welt mich nicht mögen könnte.

Ben wandte rasch den Blick ab, um nicht das anzustarren, was er eigentlich gern angestarrt hätte. »Siehst du das?«, zischte er mir zu. »Siehst du auch, was ich sehe?«

»Den alten Kerl mit dem gelben Tanga, dem Skateboard und dem Hund?«, fragte ich leise.

»Ich schwöre dir, so was gibt's in Malibu nicht«, behauptete er und legte einen Arm um meine Schulter.

Ich lachte und ließ mich von ihm die Straße hinunterführen. Er beobachtete die Passanten, während ich meinen Gedanken nachhing. Plötzlich beunruhigte mich die Vorstellung, endlich seine Mutter kennenzulernen. Ich versuchte mir auszumalen, wie das sein würde.

Wir würden uns alle zu einem offiziellen Abendessen treffen. Ich würde etwas Hübsches anziehen, und wir würden in ein nettes Restaurant gehen. Ich würde wahrscheinlich eine Strickjacke mitnehmen, sie aber im Wagen vergessen. Ich würde die ganze Zeit über frieren, aber nichts sagen. Ich würde auf die Toilette müssen, aber zu nervös sein, um mich zu entschuldigen. Ich würde falsch und laut lachen. Ben würde zwischen uns an einem runden Tisch sitzen. Wir würden uns direkt gegenübersitzen. Und dann stellte ich fest, was mich wirklich umtrieb: Was, wenn ich ihr die ganze Zeit gegenübersaß, eine gute Figur zu machen versuchte und mich sorgte, dass etwas zwischen meinen Zähnen hing, und sie sich die ganze Zeit nur fragte, was er bloß an mir fand?

Oktober

Bevor ich zu Susan fahre, rufe ich in der Arbeit an und bitte um eine Auszeit. Lyle fände es ohnehin nicht gut, wenn ich gleich wieder in die Bibliothek käme, und ich kann ihn verstehen. Er sagt aber auch, dass ich jederzeit wieder anfangen könne, wenn ich so weit sei. Ich müsse mir keine Sorgen um meine Stelle machen. Da hat wahrscheinlich Nancy ein gutes Wort für mich eingelegt. Ich bedanke mich.

Ich treffe mich mit Ana zum Frühstück und erzähle ihr, dass ich eine Weile zu Susan ziehe.

»Was?«, fragt sie. »Ich wollte doch nur, dass sie dich ein bisschen zur Vernunft bringt, und nicht, dass sie dich gleich entführt.« Sie wirkt deutlich gereizt. Sie stopft sich das Essen in den Mund und schiebt, ohne es zu genießen, gleich den nächsten Bissen hinterher.

»Ich weiß«, sage ich. »Danke, dass du sie angerufen hast. Ich glaube, ich muss eine Weile hier raus. Ich muss einen Weg finden weiterzuleben, und ich glaube, das schaffe ich hier nicht. Zumindest kann ich hier keinen Anfang machen.«

»Wie lange wirst du bleiben?« Sie sieht aus, als würde sie gleich in Tränen ausbrechen.

»Nicht lange. Maximal ein paar Wochen. Ich bin bald zurück, und du kannst mich jederzeit dort besuchen.«

»Okay«, sagt sie. »Soll ich mich um deine Post kümmern und nach dem Haus sehen?«

»Gern.«

»Okay.« Sie spricht es zwar nicht aus, aber ich habe das Gefühl, dass sie ein kleines bisschen erleichtert ist, weil ich eine Weile nicht da sein werde. Ich habe sie erschöpft. Sollte ich irgendwann mein Selbstmitleid überwinden, kann ich als Nächstes damit anfangen, das zu bedauern, was ich Ana zugemutet habe. So weit bin ich noch nicht, aber ich weiß, dass das irgendwann ansteht. »Ich mag Kevin«, erkläre ich.

»Okay.« Sie glaubt mir nicht.

»Nein, ehrlich. Ich war nur völlig neben der Spur. Ich mag ihn wirklich.«

»Okay, danke«, antwortet sie diplomatisch. Schließlich verabschiede ich mich und steige in mein Auto, in das ich saubere Kleidung und Toilettenartikel gepackt habe. Ich gebe die Adresse in mein Smartphone ein, setze aus der Parklücke und fahre in Richtung Süden.

Mit meiner Tasche über der Schulter klingle ich an der Tür. Ich komme mir vor, als wäre ich zu einer Pyjama-Party eingeladen. Irgendwie wirkt das Haus diesmal viel freundlicher. Es sieht nicht mehr aus, als würde es mich bei lebendigem Leib verschlingen, wenn ich es betrete.

Susan kommt mit ausgebreiteten Armen auf mich zu. Sie scheint wirklich erfreut zu sein, mich zu sehen. Das ist schön, denn ich habe in letzter Zeit selten das Gefühl, dass sich jemand wirklich freut, mich zu sehen.

»Hallo!«, begrüßt sie mich überschwänglich.

»Hallo«, entgegne ich ein wenig zurückhaltender.

»Ich habe uns schon ein Abendprogramm zusammengestellt«, verkündet sie, bevor ich überhaupt durch die Tür bin. »Massage hier im Haus, Chinesisches Essen, *Magnolien aus Stahl*.«

Als ich *Magnolien aus Stahl* höre, sehe ich sie an.

Sie lächelt verlegen. »Ich hatte ja keine Tochter, mit der ich den gucken konnte!«

Ich lache und stelle meine Sachen ab. »Das hört sich wirklich großartig an.«

»Ich zeige dir dein Zimmer.«

»Oh, wow, ich komme mir vor wie im Hotel«, sage ich.

»Wenn mir alles zu viel wird, beschäftige ich mich mit Einrichten und Dekorieren. Was momentan meist der Fall ist.« Ihr trauriges Geständnis überrascht mich. In unseren Gesprächen ging es immer um mich. Ich weiß nicht, was ich einer Frau sagen soll, die sowohl ihren Mann als auch ihren Sohn verloren hat.

»Nun, jetzt bin ich ja da«, erkläre ich strahlend. »Ich kann ...« Was? Tja, was kann ich eigentlich tun?

Sie lächelt mich an, aber ich weiß, dass die Stimmung jeden Moment kippen kann. Irgendwie tut sie das aber nicht. Abrupt wendet sie sich fröhlicheren Gedanken zu. »Ich zeige dir das Gästezimmer!«

»Das Gästezimmer?«, frage ich.

Sie dreht sich zu mir um. »Du hast doch nicht etwa gedacht, dass ich dich in Bens Zimmer schlafen lasse, oder?«

»Irgendwie schon.«

»Ich habe in den letzten Wochen viel zu viel Zeit dort verbracht, und ich sage dir: Das macht mich nur noch trauriger.« Sie lässt nicht noch einmal zu, dass ihre Gefühle die

Oberhand gewinnen. Sie ist fest entschlossen, das hier durchzuziehen. Sie führt mich in ein bezauberndes weißes Zimmer mit einer weißen Tagesdecke und weißen Kopfkissen. Auf dem Schreibtisch stehen weiße Callas und auf dem Nachttisch Godiva-Pralinen. Ich bin nicht sicher, ob die Kerzenständer neu sind, aber sie wurden jedenfalls noch nie benutzt. Es riecht nach Baumwolle und Seife – einfach wunderbar. Das Ganze ist wirklich beeindruckend.

»Zu viel Weiß? Tut mir leid. Ich war vielleicht etwas zu begeistert davon, dass endlich einmal jemand im Gästezimmer schläft.«

Ich lache. »Es ist bezaubernd, danke.« Auf dem Bett liegt ein Bademantel. Susan sieht, dass ich ihn bemerkt habe.

»Der ist für dich, wenn du willst. Ich möchte, dass du dich hier richtig wohl fühlst.«

»Es ist wundervoll«, sage ich. Sie hat an alles gedacht. Ich blicke an ihr vorbei ins Bad und kann Bens Seifenbotschaft erkennen.

Auch das entgeht ihr nicht. »Selbst als er noch bei uns war, brachte ich es nicht übers Herz, es zu entfernen. Jetzt werde ich es wohl nie mehr tun.«

Endlich. Ich denke daran zurück, wie ich diese Botschaft bei meinem letzten Besuch hier gesucht habe und weshalb ich schließlich aufgegeben habe. Jetzt sehe ich seine Schrift direkt vor mir. Als hätte mich diese Botschaft hierhergelockt. Seine Handschrift ist so krakelig. Er hatte keine Ahnung, was er tat, als er das geschrieben hat. Er hatte keine Ahnung, was es uns bedeuten würde.

Susan bricht das Schweigen. »Okay, mach's dir gemütlich. Fühl dich ganz wie zu Hause. Die Masseurin kommt in ungefähr zwei Stunden. Anschließend können wir uns chinesisches Essen bestellen. Ich sehe mir ein bisschen Kitsch im Fernsehen an«, erklärt sie. »Das Einzige, was ich von dir erwarte, ist, dass du die reale Welt vergisst, solange du hier bist. Du kannst weinen, wann immer dir danach ist. Lass es raus, ja? Das ist meine einzige Bedingung.«

»Klingt gut«, sage ich, und sie geht. Ich fühle mich ein bisschen unbehaglich, was mich überrascht, denn in letzter Zeit habe ich mich in Susans Gesellschaft sehr wohl gefühlt. Sie hat mir viel Trost gespendet. Aber jetzt bin ich in ihrem Haus, in ihrer Welt. Es ist auch das Haus, in dem Ben aufgewachsen ist, und es scheint mir nur angemessen, hier zu weinen. Aber mir ist nicht nach Weinen zumute. Vielmehr fühle ich mich ganz gut. Ich denke unwillkürlich, dass ich vielleicht gerade deshalb nicht weinen kann, weil es völlig in Ordnung wäre.

Mai

»Heirate mich«, sagte er.

»*Dich heiraten?*« Ich saß auf dem Fahrersitz seines Wagens und hatte ihn gerade wieder einmal von der Arztpraxis abgeholt. Als er sich am Morgen hinuntergebeugt hatte, um einen Hund zu streicheln, hatte sich dabei erneut seine Rückenmuskulatur verkrampft. Offenbar kann so etwas passieren, wenn man die Schmerzmittel nicht nimmt, die einem der Arzt verschrieben hat. Der Arzt hielt Ben einen Vortrag darüber, dass er die Medikamente nehmen müsse. Dann könne er sich wieder normal bewegen, wodurch sich die Muskeln entspannten. Das hatte ich ihm auch schon gesagt, aber auf mich hörte er nicht. So fuhr ich ihn jetzt einmal mehr vom Arzt nach Hause. Und während er vollgepumpt mit Schmerzmitteln neben mir auf dem Beifahrersitz saß, machte er mir einen Antrag.

»Ja! Heirate mich. Du bist perfekt«, sagte er. »Mensch, ist das heiß hier.«

»Gut, gut. Ich bringe dich nach Hause.«

»Aber du heiratest mich?«, fragte er und beobachtete mich lächelnd beim Fahren.

»Du redest wirres Zeug. Ich glaube, das liegt an den Schmerzmitteln«, erwiderte ich.

»Betrunkene und Kinder sagen die Wahrheit«, entgegnete er, dann schlief er ein.

Oktober

Ich sitze an Susans Pool, lese Zeitschriften und sonne mich. Susan und ich spielen Rommee und trinken eine Menge Eistee. Die Tage kommen und gehen. Ich spaziere durch den Kräutergarten und pflücke ab und an Zitronen für meine Getränke. Und ich nehme zu. Ich habe mich nicht gewogen, aber ich sehe, dass meine Wangen wieder fülliger werden.

Wenn die Hitze des Tages nachlässt und die Santa-Ana-Winde die Abende beherrschen, sitze ich manchmal am Außenkamin. Vor mir hat ihn offenbar noch niemand benutzt, doch nach den ersten paar Malen riecht er wie ein warmes, heimeliges Lagerfeuer. Wenn ich lange genug die Augen schließe, kann ich mir einreden, dass ich in einem ganz normalen Urlaub wäre.

Sonst weicht Susan nicht von meiner Seite und führt mich durch ihr ganz persönliches Witwen-Wiederherstellungs-Programm. Manchmal fängt sie an zu weinen, aber sie reißt sich immer schnell zusammen. Ich bin ziemlich sicher, dass sie sich nur richtig gehen lässt, wenn sie nachts allein in ihrem Bett liegt. Hin und wieder, wenn ich selbst versuche einzuschlafen, höre ich sie auf der anderen Seite des Hauses schluchzen. Ich gehe nie zu ihr und spreche sie am nächsten Tag auch nicht darauf an. Sie ist gerne allein mit ihrem Schmerz. Sie möchte ihn nicht teilen. Tagsüber ist sie immer für mich da. Sie zeigt mir, wie man das Leben bewältigt, und ich folge ihr gern. Egal, wie unvollkommen ihr System sein mag, für sie funktioniert es. Wenn es sein muss, kann sie sich zusammennehmen, und auf ihre eigene Weise ist sie mit ihren Gefühlen im Reinen. Ich glaube, sie ist eine gute Lehrerin, denn ich fühle mich etwas besser.

Wenn Susan nicht da ist, schleiche ich mich manchmal in Bens altes Zimmer. Ich hatte mir vorgestellt, dass es auf ihn wartet und noch genauso aussieht, wie er es verlassen hat. Ich hatte alte Sportpokale aus der Highschool und Bilder vom Abschlussball erwartet. Oder vielleicht einen dieser Wimpel aus Filz, die sich manche Leute an die Wand pinnen. Ich möchte mehr über meinen Mann erfahren. Mehr Zeit mit ihm verbringen. Aber stattdessen finde ich ein kleines Zimmer vor, das schon lange vor Bens Tod ausgeräumt wurde. Dort steht ein Bett mit einer blau gestreiften Tagesdecke, und in einer Ecke befindet sich der zerrissene Aufkleber eines Skateboard-Herstellers. Manchmal sitze ich auf dem Bett und lausche darauf, wie ruhig es in diesem Haus ist, wenn man allein hier ist. Wie still es Susan vorkommen muss, wenn ich nicht da bin!

Ich stelle mir eine Welt vor, in der ich mit einem gut aussehenden Mann verheiratet bin und drei Kinder habe. Wir fahren einen sehr großen Geländewagen, und mein Mann trainiert die Mädchenfußballmannschaft. Er ist gesichts- und namenlos. Ehrlich gesagt ist er in diesem Szenario nicht wichtig. Ich versuche mir vorzustellen, wie ich Ben in das neue Leben, das ich haben könnte, integriere. Ich könnte meinen Sohn Ben nennen, aber das scheint mir zu offensichtlich und irgendwie nicht angemessen. Langsam verstehe ich, weshalb Leute Stiftungen und Benefizvereine im Namen anderer Menschen gründen. Es wäre schön, für die Benjamin-S.-Ross-Stiftung zu arbeiten, die sich gegen den Verzehr von Fruity Pebbles engagiert. Doch eigentlich gibt es nichts, wogegen man in Bens Namen protestieren könnte.

Mir fehlt die Leidenschaft für so ziemlich alles. Manchmal wünsche ich mir, ich würde Leidenschaft für etwas empfinden, was in gewisser Weise ja auch eine Leidenschaft ist. Wenn auch eine ziemlich schwache.

Susan plant ständig irgendwelche Dinge, um mich zu beschäftigen. Selbst wenn wir einen Tag lang nur faulenzen und fernsehen, plant sie den Ablauf durch. Manchmal ist ihre »Therapeuten-Nummer« ein bisschen nervig, aber ich sage ihr nicht, dass sie sich zurückhalten soll. Sie will mir helfen, und das klappt auch. Ich werde von Tag zu Tag ein bisschen funktionstüchtiger.

»Meine Freundin Rebecca ist heute Abend in der Stadt«, sagt Susan eines Nachmittags. »Ich dachte, wir könnten zusammen in dieses neue mediterrane Restaurant gehen, das ich vor Kurzem entdeckt habe.«

Das ist das erste Mal, dass Susan mit mir und einer ihrer Freundinnen ausgehen will. Es kommt mir irgendwie seltsam vor, andere Leute zu treffen. Ich weiß allerdings nicht genau, weshalb. Es ist, als hätten wir eine intime Verbindung, die man mit niemandem teilt. Als wäre Susan ein sehr dominanter Mutterersatz. Ich glaube, ich habe nur Angst, dass ich nicht weiß, wie ich sie bezeichnen soll. Wie wird sie *mich* vorstellen? »Das ist die Witwe meines Sohnes?« Das will ich nicht.

»Ach, ich weiß nicht«, sage ich. Ich spiele mit den Seiten einer Illustrierten, die ich schon vor Tagen gelesen habe. Die Seiten sind fast durchsichtig und rollen sich an den Ecken auf, weil die Zeitschrift am Rand des Pools lag, als ich einen Bauchklatscher gemacht habe.

»Wie bitte?«

»Ich meine …«, hebe ich an. Sie setzt sich und streckt die Hände aus, als würde sie gleich einen großartigen Vorschlag machen.

»Okay, Rebecca ist nicht gerade der netteste Mensch auf Erden. Sie ist etwas – versnobt. Nun, sie ist ziemlich versnobt. Ganz besonders, was unsere Kinder angeht. Das hat mich immer genervt. Als ihr Ältester nach Stanford gegangen ist, hieß es nur noch Stanford hier und Stanford da und dass Patrick das klügste Kind der Welt sei. Sie hat immer so getan, als wäre Ben eine große Enttäuschung.«

»Okay, jetzt will ich erst recht nicht mitkommen. Und ich verstehe nicht, warum du dich mit ihr treffen willst«, antworte ich.

»Okay, dann pass auf!«, sagt Susan aufgeregt. »Sie hat sich immer eine Tochter gewünscht. Immer. Sie hat zwei Söhne, und bislang ist keiner von ihnen verheiratet.« Susan merkt, was sie da sagt, und errötet. »Ich bin ein schrecklicher Mensch, stimmt's? Ich versuche, meine Schwiegertochter dazu zu benutzen, meine Freundin eifersüchtig zu machen.«

Ich weiß nicht, ob es daran liegt, dass ich Rebecca bereits hasse, oder ob ich Susan einen Gefallen tun möchte, jedenfalls willige ich ein. »Sollen wir im Partnerlook gehen?«, frage ich. »Oder ihr vielleicht erzählen, dass wir gerade gemeinsam einen Töpferkurs besucht haben?«

Susan lacht herzlich. »Danke, dass du es mir nicht übel nimmst, wenn ich manchmal eine intrigante Zicke bin.«

Wir ruhen uns noch etwas aus und machen uns dann zum Ausgehen fertig. Ich höre, dass Susan sich mehrmals umzieht. Seltsam, sie so unsicher zu erleben. Als wir das Restaurant betreten, teilt man uns mit, dass Rebecca bereits da ist. Wir durchqueren das Lokal. Susan geht direkt vor mir, und ich sehe, dass sie Blickkontakt zu jemandem aufnimmt. Rebecca steht auf, um uns zu begrüßen. »Nur zwei Minuten zu spät!«, stellt Rebecca fest, und ich sehe, wie Susan die Augen verdreht. Rebecca wendet sich mir zu. »Das ist also die Schwiegertochter, von der du andauernd sprichst.«

Da begreife ich, warum ich mitkommen wollte: weil ich mich zum ersten Mal wie Susans Schwiegertochter fühle. Ganz einfach. Die ungewöhnlichen Umstände spielen keine Rolle. Ich bin die neue, strahlende Schwiegertochter.

November

Heute Abend kommt Ana zu Besuch. Susan hat sie übers Wochenende eingeladen, und sie hat zugesagt. Sie muss jeden Augenblick hier sein. Ich freue mich darauf, ihr zu zeigen, wie schön es ist, einfach nur am Pool zu sitzen und die Sonne auf sich herabscheinen zu lassen. Heute Nachmittag bin ich einkaufen gegangen und habe uns etwas zu Knabbern und Alkopops besorgt. Ich habe die Weinschorle eigentlich nur gekauft, weil ich sie lustig fand, aber dann habe ich nachmittags eine getrunken, und sie schmeckt richtig gut.

Ana kommt gegen sechs, und Susan hat ein ganzes Menü vorbereitet. Ich habe den Eindruck, dass Susan sich vorher zu Tode gelangweilt hat. Ich glaube, seit ich da bin, fällt es ihr leichter, ihre Tage auszufüllen. Bevor Ben gestorben ist, bevor sie und ich uns nähergekommen sind, muss sie vor Langeweile fast gestorben sein. Sie ist Mitglied in diversen Buchclubs, aber soweit ich es beurteilen kann, ist das auch schon alles. Dass Ana zum Abendessen kommt, nimmt Susan deshalb zum Anlass, ein Sieben-Gänge-Menü zu kochen.

Ich gehe in die Küche und entdecke eine zweite Schürze.

Ich binde sie mir um und strecke die Hände aus. »Was kann ich tun?«, frage ich.

Susan schnippelt Gemüse, und zwar so schnell, dass ich schon befürchte, sie wird einen Finger dabei verlieren, doch sie bleibt unverletzt. Auf ihrem Schneidebrett liegt diverses geschnittenes Gemüse, das sie lässig in eine große Schüssel gleiten lässt.

»Reichst du mir mal die Dose da?« Ich gebe sie ihr. Sie verteilt was auch immer, vielleicht Parmesankäse, auf dem Salat und stellt ihn auf den Tisch.

»Der Salat ist fertig. Das Roastbeef ist im Ofen. Das Kartoffelpüree ist püriert. Der Yorkshire-Pudding ist auch im Ofen. Ich glaube, ich bin fertig«, erklärt sie. »Ich hoffe, Ana macht nicht gerade eine Diät. Ich habe für ganz Orange County gekocht.«

Es klingelt an der Tür, und ich mache auf. Ana trägt ein weißes Kleid und eine schwarze Strickjacke. Sie hält eine Flasche Wein in der einen und ihre Tasche in der anderen Hand. Ich habe ziemlich oft mit Ana telefoniert, seit ich hier bin, aber als ich ihr Gesicht sehe, geht mein Herz auf. Sie steht für das Leben, das ich zurückhaben möchte.

Sie umarmt mich, und ich rieche ihr Parfum. Es erinnert mich an die Zeit, als wir Anfang zwanzig waren und durch Bars zogen. Ich nippte in einer Ecke an einem Fruchtcocktail, während Ana im Mittelpunkt des Geschehens stand. Es erinnert mich an Frühstück am Sonntagmorgen und heftige Kater. Ein Leben als Single. Ein Leben als Single, das ich geliebt habe, als ich noch nichts Besseres kannte.

Ich habe Ben so lange nicht mehr gerochen, dass ich seinen Geruch vergessen habe. Ich würde ihn sofort wiedererkennen, aber ich kann ihn nicht mehr beschreiben. Ich wusste, dass das passieren würde und habe mich davor gefürchtet. Jetzt, wo es tatsächlich passiert ist, ist es gar nicht so schlimm.

»*Du siehst toll aus!*«, sagt Ana. Augenblicklich hellt sich meine Stimmung auf.

»Danke! Du auch!« Der irgendwie förmliche Charakter unserer Unterhaltung gefällt mir nicht. Wir sind beste Freundinnen, und beste Freundinnen reden nicht so miteinander.

Wir gehen in die Küche, und Ana umarmt Susan. »Was kann ich tun?«, fragt Ana.

Susan winkt ab. »Ihr seid sehr nett«, sagt sie, »aber ich bin fast fertig. Setzt euch. Wollt ihr etwas trinken?«

»Lass mich wenigstens das übernehmen«, bemerkt Ana und sieht sich nach Gläsern um.

»Im Schrank über der Spülmaschine«, erklärt Susan, ohne hinzusehen. Ana nimmt drei Gläser heraus und schenkt uns etwas Wein ein.

Es dauert ungefähr fünf Minuten, dann klingen wir wieder wie wir selbst. Ich überlege, wie seltsam es ist, dass Ana mir nach den wenigen Wochen schon fremd geworden ist. Dann wird mir klar, dass ich mich nicht erst seit ein paar Wochen von Ana entfremdet habe, sondern eigentlich, seit Ben gestorben ist. Ich bin mit ihm gestorben. Oder vielleicht schon früher? Habe ich Ana ein Stück weit verloren, als ich Ben begegnet bin? Wenn dem so ist, will ich sie zurückhaben. Ich will unsere schöne gemeinsame Zeit wiederhaben.

Mai

Bens Rückenschmerzen waren mittlerweile so stark geworden, dass er sich nicht mehr bewegen konnte. Er hatte sich drei Tage krankgemeldet. Ich ging am Montag zur Arbeit, blieb jedoch nur einen halben Tag, weil Ben es nicht allein aus dem Bett schaffte. Mittwoch gab ich auf, nahm mir frei und blieb gleich bei ihm.

Er jammerte wegen seiner Schmerzen und benahm sich wie ein großes Baby. Jedes Mal, wenn ich ihn fragte, wie es ihm ginge, stöhnte und klagte er, als sei er von einem fleischfressenden Bakterium befallen. Aber ich fand es wunderbar. Es war schön, von ihm gebraucht zu werden. Ich machte ihm mit Freuden etwas zu essen, ließ ihm Bäder ein und massierte seine Muskeln. Ich kümmerte mich gern um ihn. Es gab mir das Gefühl, eine echte Aufgabe zu haben. Es war wunderbar, wenn es ihm dadurch zumindest ein kleines bisschen besser ging.

Es waren ein paar Tage vergangen, seit er mich gebeten hatte, ihn zu heiraten, und es fiel mir schwer, nicht daran zu denken. Er hatte unter dem Einfluss von Schmerztabletten gestanden. Aber was, wenn er es ernst gemeint hatte? Warum beschäftigte mich das so sehr? Er hatte einfach nur Quatsch geredet, weil er auf Vicodin gewesen war. Doch das bringt einen nicht dazu, Dinge zu sagen, die man nicht meint.

Ich glaube, ich war einfach ziemlich aufgeregt, weil ich ihn auf eine Weise liebte, die ich nicht für möglich gehalten hatte. Wenn ich ihn verlieren würde, wenn ich ohne ihn leben müsste, würde ich daran zerbrechen. Ich brauchte ihn, und das nicht nur jetzt, sondern auch in Zukunft. Ich brauchte ihn für alle Ewigkeit. Ich wollte, dass er der Vater meiner Kinder wurde. Das ist eine furchtbar alberne Aussage. Die Leute sagen das ständig, einfach nur so. Und einige Menschen tun so, als würde das nichts bedeuten, aber für mich bedeutete es viel. Ich wollte eines Tages Kinder mit ihm haben, wollte, dass wir Eltern wurden. Ich wünschte mir ein Kind, das zur Hälfte aus ihm und zur Hälfte aus mir bestand. Ich wollte zu ihm stehen und Opfer für ihn bringen. Ich war bereit, einen Teil von mir zu geben, um einen Teil von ihm zu bekommen. Ich wollte ihn heiraten. Deshalb wünschte ich mir, dass er es ernst gemeint hatte.

Als es ihm zunehmend besser ging, bat er mich, mir noch einen Tag frei zu nehmen und diesen Tag zusammen mit ihm zu verbringen. Ich hätte so großartig für ihn gesorgt, dass er sich revanchieren wollte. Diesen Gefallen tat ich ihm gern.

Als ich aufwachte, stand er mit einem Frühstückstablett vor mir.

»Voilà!« Er grinste mich an. Ich setzte mich im Bett auf, und er stellte das Tablett vor mir ab. Es war voll mit Leckereien, die sich in meinen Augen normalerweise ausschlossen: ein Bagel *und* ein Croissant, French Toast *und* Waffeln; Frischkäse *und* Butter. Er hatte sogar Pop-Tarts getoastet.

»Ich glaube, ich habe es etwas übertrieben«, bemerkte er. »Aber es war ganz leicht. Das gibt es alles im Gefrierfach vom Supermarkt um die Ecke.«

»Danke.« Ich lächelte und küsste ihn, als er sich zu mir herabbeugte. Weder stöhnte er noch jaulte er vor Schmerz auf.

»Nimmst du jetzt endlich die Schmerzmittel?«

»Nein!«, erklärte er stolz. »Es geht mir einfach besser.«

»Es geht dir einfach besser?«

»Ja! Das war nur eine Frage der Zeit. Ihr mit eurer westlichen Medizin«, sagte er lächelnd. »Mir geht es wirklich gut. Ich schwöre.«

Er ging um das Bett herum und setzte sich neben mich. Als ich mich über mein Essen hermachte, starrte er mich an.

»Möchtest du vielleicht etwas abhaben?«, fragte ich.

»Na, das hat aber gedauert.« Er griff sich ein Pop-Tart. »Wolltest du das etwa alles allein aufessen?«

Ich küsste ihn auf die Wange und nahm ihm das Pop-Tart wieder ab. Stattdessen bot ich ihm eine Waffel an. »Gerade darauf hatte ich mich so gefreut. Brauner Zucker und Zimt ist meine Lieblingssorte.« Bevor er auf die Idee kam, es mir noch einmal wegzunehmen, biss ich ein großes Stück ab. Er begnügte sich mit der Waffel.

»Ich glaube, wir sollten heiraten«, verkündete er. »Was hältst du davon?«

Ich lachte und wusste nicht, ob er es ernst meinte. »Warum machst du immer Witze darüber?«, fragte ich. Ich klang aufgeregter als beabsichtigt.

»Ich mache keine Witze.«

»Doch, das tust du.« Ich aß das Pop-Tart auf und wischte meine Hände ab. »Hör auf, Witze darüber zu machen, sonst musst du mich tatsächlich noch heiraten«, warnte ich.

»Ach was?«

»Ja.«

»Wenn ich also sagen würde ›Lass uns heute heiraten‹, würdest du mich heute heiraten?«

»Was soll das? Willst du mich herausfordern?«

»Ich habe dir nur eine Frage gestellt, das ist alles«, antwortete er, aber es hatte sich nicht wie eine hypothetische Frage angehört. Auf einmal war ich verlegen und ängstlich.

»Nun, ich ... Das würdest du nicht tun.«

»Würdest *du* es denn tun? *Das* ist meine Frage«, konterte er.

»Das kannst du nicht machen! Du kannst mich nicht fragen, ob ich es tun würde, wenn du es nicht tun würdest!«

Er nahm meine Hand. »*Du* hast gesagt, ich würde es nicht tun. *Ich* habe das nicht gesagt.«

»Bittest du mich ernsthaft, dich zu heiraten?«, fragte ich sehr direkt. Ich wusste nicht, wie ich sonst herausfinden sollte, was für ein Gespräch wir hier eigentlich führten.

»Ich möchte den Rest meines Lebens mit dir verbringen. Ich weiß, dass das sehr früh ist, aber ich würde dich gern heiraten. Ich will aber nicht um deine Hand anhalten, wenn es dich erschreckt oder du mich dann für verrückt hältst.«

»Ernsthaft?« Ich traute meinen Ohren nicht und war sehr aufgeregt.

»Elsie! Verdammt noch mal! Ja!«

»Ich finde das nicht verrückt!«, sagte ich. Als mir Tränen in die Augen stiegen, fasste ich seinen Arm und sah ihn an.

»Nicht?« Seine Augen wurden ebenfalls feucht und röteten sich. Seine Miene wirkte nicht länger sorglos, sondern ernst und gerührt.

»Nein!« Ich hatte weder meine Stimme noch meine Gliedmaßen unter Kontrolle.

»Also heiratest du mich?« Er nahm meinen Kopf in seine Hände und sah mir tief in die Augen. Ich spürte seine Hände auf meinen Ohren. Mir war klar, dass wir ziemlich lächerlich aussahen, wie wir beide auf Knien in unserem zerwühlten Bett hockten, aber ich hatte nur Augen für ihn.

»Ja«, antwortete ich leise und fassungslos, und dann immer lauter. »Ja! Ja! Ja!« Ich küsste ihn, und er hielt mich fest im Arm. Ich bin sicher, dass unsere Nachbarn in diesem Augenblick dachten, sie hätten etwas sehr Intimes mitangehört.

Wir fielen zurück auf das Bett und sorgten dafür, dass sie recht behielten. »Ich liebe dich«, sagte Ben immer wieder. Er flüsterte und stöhnte es. Er sagte und er sang es. Er liebte mich. Er liebte mich. Er liebte mich.

Und einfach so würde ich eine neue Familie bekommen.

November

Bis zum Sonntagnachmittag haben wir es geschafft, Ana gut in dieses neue, luxuriöse Leben einzuführen.

Sie, Susan und ich liegen draußen am Pool. Die Nächte sind schon recht kühl, aber am Tag ist es noch immer heiß genug für ein Sonnenbad. Angesichts der Tatsache, dass es Anfang November ist, bin ich besonders froh, in Südkalifornien zu leben. Es ist Winter, aber ich spüre nicht einmal ein Frösteln.

Ana hat an diesem Wochenende ein ganzes Buch durchgelesen. Susan hat jede Mahlzeit wie eine Gourmet-Köchin zubereitet. Ich habe die meiste Zeit über gefaulenzt und auf den Zeitpunkt gewartet, an dem mir so langweilig ist, dass ich mich nach einem neuen Leben sehne. Gestern habe ich ein paarmal überlegt, ob ich mir ein Hobby suchen sollte, aber ich habe noch keine endgültige Entscheidung getroffen.

Das Soufflé, das Susan heute Mittag als sogenannten »leichten Nachtisch« serviert hat, hat uns alle in einen leicht komatösen Zustand versetzt. Schließlich durchbreche ich die Stille.

»Was habt ihr diese Woche vor? Kevin und du?«

»Ich weiß noch nicht«, sagt Ana. »Ach, habe ich dir das eigentlich erzählt? Er möchte, dass ich seine Eltern kennenlerne.«

»Echt?«

»Wie lange seid ihr beiden zusammen?«, erkundigt sich Susan.

»Ach, erst seit ein paar Monaten. Aber ich mag ihn sehr. Er ist ...«

»Er ist wirklich süß«, sage ich zu Susan und meine es ernst, was man mir auch anhört. Ich glaube, Ana ist gerührt. Ich glaube immer noch, dass er ein bisschen langweilig ist, aber man muss den Freund seiner besten Freundin ja nicht scharf finden. Er sollte zuverlässig, freundlich und aufrichtig sein. Und es ist wichtig zu wissen, dass er sie nicht verletzen will. Dass er gute Absichten hat. Und wenn ich es von dieser Warte aus betrachte, mag ich Kevin. (Aber er ist trotzdem langweilig.)

»Sind seine Eltern aus der Gegend?«, frage ich.

»Er kommt aus San José. Das ist ein paar Autostunden entfernt, aber er will unbedingt, dass ich sie kennenlerne.«

Ich sehe, dass das bei Susan einen Nerv trifft. Ana bemerkt es vermutlich nicht, aber ich habe die letzten fünf Wochen ausschließlich mit dieser Frau verbracht. Ich kenne sie in- und auswendig. Außerdem habe ich ihren Sohn gekannt, und ich stelle fest, dass sie sich ziemlich ähnlich sind.

Susan entschuldigt sich, Ana und ich unterhalten uns weiter. Ich kann mich noch gut daran erinnern, wie ich so glücklich war wie Ana jetzt. Als Ben mir unverwundbar erschien. Aber anstatt sie für ihr Glück zu hassen, stimmt es mich jetzt eher melancholisch, ein bisschen sehnsüchtig und etwas eifersüchtig. Das ist noch nicht perfekt, aber eindeutig eine gesündere Einstellung als letzten Monat.

Ana packt ihre Sachen, und ich bringe sie zum Auto. Sie trifft sich heute Abend mit Kevin in L. A. zum Abendessen, da nehme ich es ihr nicht übel, dass sie früh aufbricht. Ich bin auch erschöpft von so viel Gesellschaft. Ich war in letzter Zeit so oft allein, dass es mich anstrengt, mich auf zwei Menschen gleichzeitig zu konzentrieren.

»Oh«, sagt Ana, dreht sich um und sucht etwas im Wagen. »Ich habe ganz vergessen, dass ich dir deine Post mitgebracht habe.« Sie reicht mir einen dicken Stapel Umschläge. Ich weiß, dass auf einigen von ihnen Bens Name steht. Um ehrlich zu sein, war ich ganz froh, dass sie sich in meinem weit entfernten Briefkasten stapelten. Wenn meine Heiratsurkunde nicht dabei ist, bekomme ich einen Anfall.

»Wunderbar«, sage ich und umarme sie. »Danke. Für die Post und dafür, dass du hergekommen bist. Das bedeutet mir sehr viel.«

»Du hast mir gefehlt, Süße.« Ana steigt in den Wagen. »Aber du wirkst glücklicher. Zumindest ein kleines bisschen.«

Ich möchte nicht glücklicher wirken, auch wenn ich mich ein bisschen besser fühle. Es scheint mir nicht richtig, wenn man mich als »glücklich« bezeichnet, selbst wenn es stimmt.

»Fahr vorsichtig«, sage ich. »Und grüß Kevin von mir.«
»Mach ich.«

Als sie weg ist, sehe ich die Briefe durch und suche nach einem Schreiben vom Standesamt – ohne Erfolg. Mir wird flau im Magen. Nun muss ich morgen dort anrufen. Ich darf dieses Problem nicht ignorieren, ich darf nicht so tun, als würde es nicht existieren. Ich muss wissen, ob meine Ehe staatlich anerkannt ist. Unten im Stapel stoße ich auf einen von Hand adressierten Umschlag. Die Handschrift ist zittrig und unregelmäßig. Auch ohne auf den Absender zu blicken, weiß ich, von wem er ist.

Mr. George Callahan.

Ich lege die anderen Umschläge auf den Bürgersteig und setze mich an den Straßenrand, dann reiße ich den Umschlag auf.

Liebe Elsie,
ich hoffe, Sie nehmen es mir nicht übel, dass ich die Bibliothek um Ihre Adresse gebeten habe. Sie wollten sie mir erst nicht geben, aber ein alter Mann hat seine Mittel und Wege. Zunächst wollte ich Ihnen sagen, dass ich nicht weiß, warum Sie diesen Kerl geschlagen haben. Hoffentlich haben Sie nichts dagegen, dass ich es Lorraine erzählt habe. Es war das Interessanteste, das seit Monaten passiert ist!

Der eigentliche Grund meines Schreibens ist, dass es Lorraine nicht gut geht. Die Ärzte haben sie ins Krankenhaus eingewiesen. Leider macht ihr das Alter jetzt wirklich zu schaffen. Ich bin hier bei ihr im Cedars-Sinai. Manchmal fahre ich im Taxi zu uns nach Hause und hole ein paar Sachen für sie, aber meistens bin ich an ihrer Seite. Sie schläft fast immer, aber das macht mir nichts aus. Neben ihr zu sitzen und sie atmen zu hören, kommt mir manchmal wie ein Wunder vor.

Ich wollte Ihnen sagen, wie leid es mir tut, dass ich Ihnen gesagt habe, Sie müssten über Ihren Verlust hinwegkommen. Ich werde wohl auch bald ohne die Liebe meines Lebens leben müssen und finde die Vorstellung furchtbar und beängstigend. Ich weiß nicht, wie ich nur einen Tag ohne sie aushalten soll. Ich habe das Gefühl, am Rand eines riesigen schwarzen Abgrunds zu stehen.

Vielleicht gibt es einen Menschen für jeden. Wenn dem so ist, war Lorraine für mich bestimmt. Vielleicht bin ich deshalb über Esther hinweggekommen, weil sie nicht die Richtige war. Vielleicht kommen Sie nicht über den Verlust von Ben hinweg, weil er der Richtige für Sie war.

Sie sollten wissen, dass ich auch mit fast neunzig Jahren jeden Tag noch etwas dazulerne. Jetzt lerne ich gerade, dass es keinen Trost gibt, wenn man den Menschen verliert, den man am meisten auf der Welt liebt.

Ich würde Ihnen gerne sagen, dass ich Sie in der Bibliothek vermisse, aber ehrlich gesagt komme ich momentan nicht sehr häufig dorthin.

Nachdem ich den Brief noch einmal gelesen habe, merke ich, dass er ein bisschen trübsinnig ist. Ich hoffe, Sie entschuldigen das.

Danke fürs Zuhören.
Alles Gute
George Callahan

Ich gehe ins Haus und bitte Susan um Stift und Papier. Sie gibt mir beides, und ich setze mich an den Küchentisch. Ich schreibe, bis ich das Gefühl habe, mir würde die Hand abfallen. Meine Handfläche verkrampft sich, und meine Finger schmerzen. Ich habe den Stift zu fest umklammert und ihn zu fest aufs Papier gedrückt. Ich lese noch einmal, was ich geschrieben habe, und stelle fest, dass es absolut keinen Sinn ergibt. Diesen Brief kann keiner lesen. Also werfe ich ihn weg und schreibe, was mein Herz mir sagt.

*Lieber George,
ich habe mich getäuscht. Und Sie täuschen sich auch.*

Das Leben geht weiter. Ich weiß nicht, ob wir wieder lieben können, aber weiterleben können wir.

*Ich glaube an Sie.
In Liebe
Elsie*

Mai

Wir sprachen den ganzen Tag nur darüber, wie, wo und wann wir heiraten wollten. Mir wurde klar, dass ich nicht das Geringste über Hochzeiten wusste; in logistischer Hinsicht, meine ich. Wie ging das mit dem Heiraten? Was musste man tun?

Ich merkte schnell, dass Ben eine richtige Hochzeit wollte. Eine Hochzeit mit Brautjungfern und weißen Kleidern und Blumen auf runden Tischen. Mit Champagnerflöten. Einer Tanzfläche. Ich hatte nichts dagegen, so etwas war mir nur nicht in den Sinn gekommen. Sein Antrag erschien mir unorthodox, unsere Beziehung elektrisierend und aufregend. Es kam mir seltsam vor, sie mit etwas so Konventionellem zu besiegeln. Es schien mir passender, sich einfach irgendetwas anzuziehen und ins Rathaus zu fahren. Große Hochzeiten mit langen Gästelisten und Reden waren etwas für Leute, die schon seit Jahren zusammen waren. Sie kamen mir vernünftig und normal, gut durchdacht und logisch vor – wie eine geschäftliche Entscheidung. Ich wollte etwas Verrücktes machen. Etwas, das man nur tut, wenn man so wahnsinnig ineinander verliebt war wie wir.

»Okay, du möchtest lieber eine Hochzeit im kleinen Kreis?«, fragte Ben.

»Sie kann so groß sein, wie du willst«, antwortete ich. »Aber wenn es nach mir ginge, muss überhaupt niemand dabei sein. Nur du und ich und der Beamte.«

»Oh, wow, okay, du willst also heimlich heiraten«, stellte er fest.

»Du nicht?«

»Na ja, ich dachte, wir könnten mit unseren Familien feiern und ein großes Fest planen, weißt du? Aber wenn du das so sagst, klingt heimlich heiraten deutlich einfacher. Ganz sicher ist es aufregender.« Er lächelte und nahm meine Hand.

»Wirklich?«, fragte ich.

»Ja. Wie macht man das?« Seine Augen strahlten, er sah übermütig aus, und mir war klar, dass ich ihn überzeugt hatte.

»Keine Ahnung.« Ich lachte. Ich fand alles sehr lustig. Alles schien mir erfrischend. Ich fühlte mich leicht und flatterhaft, als könnte der Wind mich davonwehen.

»*Okay!*«, sagte er aufgeregt. »Lass uns das durchziehen! Wir heiraten auf der Stelle. Können wir es heute noch tun? Können wir jetzt einfach irgendwo hingehen und heiraten?«

»Jetzt?«, fragte ich. Wir hatten noch nicht einmal geduscht.

»Es gibt keinen besseren Zeitpunkt als jetzt«, erwiderte er, fasste meine Arme und hielt mich fest. Ich lehnte mich an seine Brust und spürte, dass er an meinen Haaren schnupperte.

»Wunderbar«, sagte ich. »Dann heiraten wir heute!«

»Okay.« Er lief aus dem Zimmer und holte einen Koffer.

»Was machst du?«, fragte ich.

»Na, wir fahren nach Vegas, oder? Macht man das nicht so, wenn man heimlich heiratet?«

»Oh!« Ehrlich gesagt war ich auf diesen Gedanken noch gar nicht gekommen. Aber er hatte völlig recht. Für so etwas fuhr man nach Vegas. »Okay! Fahren wir.«

Ben warf Klamotten in den Koffer und sah auf seine Armbanduhr. »Wenn wir in den nächsten zwanzig Minuten aufbrechen, können wir gegen zehn Uhr abends dort sein. Ich bin sicher, dass es dort Kapellen gibt, die so spät noch geöffnet haben.«

Da wurde mir klar, dass all dies wirklich passierte. Ich war drauf und dran zu heiraten.

November

»Alles in Ordnung?«, erkundigt sich Susan von der Küche aus. Ich adressiere gerade den Umschlag an Mr. Callahan.

»Mir geht es sogar ziemlich gut. Und wie sieht's bei dir aus?«

»Mmmm«, sagt sie. »Ich wollte etwas mit dir besprechen.«

»Ja?«

»Also.« Sie setzt sich neben mich an den Frühstückstisch in der Ecke. »Ich habe Bens Bankkonto aufgelöst.«

»Oh.« Ich wusste gar nicht, dass sie das vorhatte. Ich weiß auch nicht genau, ob sie überhaupt das Recht dazu hat.

»Eigentlich geht mich das überhaupt nichts an«, sagt sie. »Aber wenn du es tust oder wenn ich dich dazu bringe, es zu tun, würdest du das Geld nicht behalten wollen. Deshalb habe ich es getan.«

»Oh, es wäre mir unangenehm ...«

»Hör zu.« Sie nimmt meine Hand. »Du bist seine Frau. Er würde wollen, dass du das Geld bekommst. Was soll ich damit? Es zu dem anderen Geld packen, das Steven mir hinterlassen hat? In deinen Händen ist es viel sinnvoller angelegt. Es ist keine Riesensumme. Ben war ein schlauer Kerl, aber was Geld anging, war er nicht ganz so geschickt. Genauso wenig wie sein Vater. Hätte ich in unseren Zwanzigern nicht die Lebensversicherung für Steven abgeschlossen, würde ich jetzt ganz anders dastehen. Aber das ist eine andere Geschichte. Nimm das Geld, okay?«

»Äh ...«

»Elsie, nimm das verdammte Geld. Ich habe nicht zum Spaß fünfundvierzig Minuten lang mit der Bank telefoniert, um sie davon zu überzeugen, dass ich dazu berechtigt bin. Ich habe es hinter deinem Rücken gemacht, damit ich den Scheck auf deinen Namen ausstellen lassen konnte.« Sie grinst mich an, und ich muss lachen.

»Okay«, sage ich. Es kommt mir nicht in den Sinn zu fragen, wie viel es ist. Das erscheint mir unwichtig und irgendwie pervers.

»Übrigens, wo wir gerade über unangenehme und bedrückende Dinge sprechen, was ist eigentlich mit deiner Heiratsurkunde? Hast du beim Standesamt angerufen?«

Ich schäme mich. Ich komme mir vor, als hätte ich die Nacht durchgefeiert, obwohl ich weiß, dass morgen früh Kirchgang ist. »Nein.«

»Was ist los mit dir?«, fragt sie, und ihre Stimme klingt verzweifelt.

»Ich weiß, ich muss mich darum kümmern.«

»Nicht nur deinetwegen, Elsie. Auch meinetwegen. Ich will sie sehen. Er hat mir nichts von eurer Hochzeit erzählt. Ich will dieses verdammte Ding sehen, verstehst du? Ich will es sehen, um zu begreifen, dass es wahr ist.«

»Oh«, sage ich nur.

»Ich bezweifle nicht, dass ihr wirklich geheiratet habt. Ich kenne dich jetzt gut genug, um zu wissen, dass es die Wahrheit ist. Aber wenn man ein Kind hat, träumt man davon, dass es eines Tages heiratet. Diese Heirat war die letzte große Sache für ihn, und ich war nicht dabei. Gott, war ich so furchtbar, dass er mir nicht einmal erzählen wollte, was er vorhatte? Dass ich nicht dabei sein durfte?«

Das kommt jetzt sehr überraschend, denn ich dachte, sie hätte das alles bereits verarbeitet. Jetzt begreife ich, dass sie es nicht im Geringsten verarbeitet hat. Diese Sache hat die ganze Zeit über in ihr geschlummert, sie ist so groß und so beherrschend, dass sie alles andere überschattet.

»Er war nicht … Du warst nicht furchtbar. Das war es nicht. Es hatte nichts damit zu tun.«

»Womit denn dann?«, fragt sie. »Es tut mir leid, dass ich so aufgebracht bin. Ich versuche ja, mich zu beherrschen, aber ich dachte einfach – ich würde ihn kennen.«

»Du hast ihn auch gekannt!«, sage ich, und diesmal nehme ich ihre Hand. »Du hast ihn gekannt. Und er kannte dich, und du warst ihm wichtig. Und vielleicht war sein Verhalten nicht richtig, aber er hat dich geliebt. Er dachte, wenn er es dir erzählt … Er dachte, dass du nicht damit umgehen könntest. Er hat sich Sorgen gemacht, dass du nicht mehr das Gefühl haben könntest, dass ihr beiden eine Familie seid.«

»Aber er hätte es mir erzählen müssen, bevor ihr geheiratet habt. Er hätte mich wenigstens anrufen müssen«, sagt sie.

Und da hat sie recht. Das hätte er tun müssen. Er wusste das auch. Aber ich nicht.

Mai

Zwei Autostunden vor Las Vegas bekam Ben kalte Füße. Er fuhr, während ich auf dem Beifahrersitz saß und Hochzeitskapellen abtelefonierte. Ich rief auch bei verschiedenen Hotels an, um uns eine Unterkunft für die Nacht zu besorgen. Ich war aufgeregt und hibbelig. Ich konnte es kaum erwarten, aber ich merkte, dass Ben auf einmal nervös wirkte.

Er fuhr zu einem Burger King und sagte, dass er einen Burger haben wollte. Ich war nicht hungrig, ich konnte unmöglich etwas essen. Trotzdem bestellte ich auch einen und legte ihn vor mir ab.

»Ich finde, wir sollten die Best Little Chapel nehmen«, erklärte ich. »Da kümmern sie sich um alles. Und dann können wir entweder im Caesars Palace übernachten, die haben ein ziemlich gutes Angebot für eine Suite, oder im Hooters Hotel. Das sieht auch ganz interessant aus und bietet gerade ziemlich günstige Zimmer an.«

Ben betrachtete seinen Burger, und als ich aufhörte zu reden, legte er ihn abrupt ab. Vielmehr ließ er ihn mehr oder weniger fallen.

»Ich muss es meiner Mutter sagen«, platzte er heraus. »Ich kann das nicht machen, ohne es ihr zu sagen.«

»Oh.« Ich hatte offen gestanden weder an seine Mutter noch an meine Eltern gedacht. Ich hatte kurz überlegt, ob ich Ana bitten sollte, mitzukommen und unsere Trauzeugin zu sein, aber ich hatte mich schnell dagegen entschieden. Ich wollte, dass nur Ben und ich dabei waren. Und natürlich derjenige, der die Trauung vollzog.

»Willst du nicht doch Ana einladen?«, fragte er. Die Richtung, die das Gespräch nahm, gefiel mir nicht. Es deutete eine Änderung unserer Reise an, und das wiederum bedeutete, dass sich auch unsere Hochzeitspläne ändern würden.

»Nein«, sagte ich. »Ich dachte, wir würden nur zu zweit heiraten.«

»Das wollte ich auch. Nein, *du* wolltest das«, korrigierte er. Er war nicht streitlustig, aber ich fühlte mich dennoch angegriffen. »Ich glaube, ich war etwas übereifrig. Ich sollte es meiner Mutter sagen. Es wird ihr das Herz brechen, wenn sie es hinterher erfährt.«

»Warum?«, fragte ich.

»Ich weiß nicht. Wahrscheinlich, weil sie nicht dabei war, als ihr einziges Kind geheiratet hat.«

Genau davor hatte ich mich gefürchtet. Plötzlich hatte ich das Gefühl, mein Leben würde mir entgleiten. Ich war erst seit vier Stunden verlobt, aber in diesen vier Stunden hatte ich ein Leben vor mir gesehen, das mir gefiel. Während der Autofahrt hatte ich mir so intensiv vorgestellt, wie unsere Hochzeitsnacht, wie unsere Zukunft aussehen würde, dass ich mich schon ganz und gar daran gewöhnt hatte. Ich hatte es in Gedanken so häufig durchgespielt, dass es mir vorkam, als hätte ich es bereits erlebt. Das wollte ich nicht aufgeben. Wenn Ben seine Mutter anrief, würden wir nicht nach Nevada fahren. Wir würden in den Wagen steigen und nach Orange County fahren.

»Ich weiß nicht, ob das …«, hob ich an, aber ich wusste nicht, wie ich den Satz beenden sollte. »Hier geht es um dich und mich. Heißt das, dass du nicht heiraten willst?«

»Nein!«, sagte er. »Ich meine nur … dass wir es vielleicht nicht gleich tun sollten.«

»Das glaube ich jetzt nicht.« Ich wollte es eigentlich dabei belassen, aber die Worte strömten nur so aus meinem Mund. »Ich habe dich nicht gezwungen, mir einen Antrag zu machen. Ich war nicht diejenige, die vom Heiraten angefangen hat. Das kam alles von dir! Ich sage dir seit Monaten, du sollst deiner Mutter von mir erzählen! Warum willst du mich jetzt, zwei Autostunden von Las Vegas entfernt, in einem Burger King sitzen lassen? Kannst du mir das erklären?«

»Du verstehst mich nicht!« Er wurde allmählich aufgebracht und wütend.

»Was verstehe ich nicht? Du hast mich gebeten, dich zu heiraten. Ich habe ja gesagt. Ich habe vorgeschlagen, heimlich zu heiraten. Du hast zugestimmt. Wir sind ins Auto gestiegen. Wir befinden uns auf halbem Weg nach Nevada, und jetzt willst du alles abblasen, während du einen verdammten Burger isst.«

Ben schüttelte den Kopf. »Ich kann nicht von dir erwarten, dass du das verstehst, Elsie.« Langsam wurden die anderen Gäste auf uns aufmerksam, deshalb stand Ben auf, und ich folgte ihm nach draußen.

»Was soll das heißen?«, schrie ich ihn an und stieß die Tür auf, als wäre sie an allem schuld.

»Dass du keine Familie hast!« Er sah mich an. »Du versuchst noch nicht einmal, mit deinen Eltern auszukommen. Du verstehst nicht, was ich für meine Mutter empfinde.«

»Du willst mich auf den Arm nehmen, stimmt's?« Ich konnte nicht glauben, was er da sagte. Ich wünschte, ich hätte die Zeit um fünf Sekunden zurückdrehen und ihn davon abhalten können, das zu sagen.

»Nein! Ich nehme dich nicht auf den Arm. Du verstehst es einfach nicht.«

»Oh, ich verstehe sehr wohl, Ben. Ich verstehe, dass du ein Feigling bist, der nicht die Eier hat, seiner Mutter zu sagen, dass er eine Beziehung hat. Und dass ich deshalb in die Wüste geschickt werde. Das verstehe ich.«

»Das stimmt nicht«, widersprach er resigniert.

»Was stimmt nicht?«

»Können wir uns ins Auto setzen?«

»Ich steige nicht mit dir ins Auto.« Ich verschränkte die Arme. Es war kühler, als mir lieb war, und meine Jacke lag auf dem Beifahrersitz, aber lieber litt ich, als dass ich mich in die Nähe des Wagens begab.

»Wie bitte? Mach mir doch jetzt keine Szene. Ich sage ja nicht, dass wir nicht heiraten sollen. Ich will dich heiraten. Ich will es nur zuerst meiner Mutter sagen. Wir haben doch keine Eile.«

»Du hattest sechs Monate Zeit, es deiner Mutter zu sagen! Du hast immer einen Grund gefunden, es nicht zu tun. Wie oft habe ich gehört ›Jetzt sage ich es wirklich meiner Mutter‹? Aber weißt du was? Sie hat nichts mit unserer Beziehung zu tun. Hier geht es um dich und um mich. Es geht darum, was du willst und was ich will. Und ich will mit einem Mann zusammen sein, der mich so unbedingt heiraten will, dass nichts ihn davon abhält. Ich möchte, dass mich jemand so sehr liebt, dass er nicht mehr klar denken kann. Ich will, dass du mich auf eine Weise liebst, die dich albern und unvernünftig sein lässt. Ich will mich da Hals über Kopf hineinstürzen. Das ist romantisch. Es gibt mir das Gefühl, am Leben zu sein. Es ist, als würde ich von einer Klippe springen und hätte keine Angst, dass mir etwas passiert, weil ich dir so sehr vertraue. Und ich erwarte, dass du für mich ebenfalls von dieser Klippe springst. Du meinst, ich wüsste nichts vom Familienleben, weil ich mich nicht mit meinen Eltern verstehe? Ana ist meine Familie. Ich liebe sie mehr als jeden anderen Menschen auf der Welt, abgesehen von dir. Und ich habe an sie gedacht, aber dann dachte ich, nein, ich brauche sie nicht, sie muss nicht mit dabei sein. Ich brauche nur Ben. Von wegen, ich weiß nicht, was Familie bedeutet. Darum geht es hier überhaupt nicht. Es geht darum, dass ich bereit bin, alles für dich zu riskieren. Und dass du nicht bereit bist, alles für mich zu riskieren.«

Ben schwieg eine ganze Weile. Er hatte angefangen zu weinen. Ich fand, dass es ein männliches Weinen war, und verspürte unwillkürlich den Wunsch, ihn trotz meiner Wut in den Arm zu nehmen.

»Wie kann das alles nur so schnell den Bach runtergehen?«, sagte er. Seine Stimme war leise, aber kein Flüstern. Er klang einfach nur traurig und nicht so selbstbewusst wie sonst.

»Was?«, fragte ich kurz und gereizt.

»Ich verstehe nicht, wie etwas so Großartiges plötzlich so beschissen werden kann. Ich weiß nicht, wie ich das geschafft habe. Ich liebe dich so sehr. Ich hätte es meiner Mutter früher sagen sollen. Das habe ich nicht getan … Alles, wovon du eben gesprochen hast, wünsche ich mir auch. Und zwar an deiner Seite. Ich liebe dich so, wie du es von mir erwartest. Das schwöre ich. Ich bin der Mann, von dem du sprichst. Ich weiß nicht, was mich plötzlich geritten hat.«

Er drehte sich zu mir um, seine Tränen waren getrocknet, aber sein Blick wirkte noch immer flehentlich. »Ich will dich heiraten«, erklärte er.

»Nein, Ben«, erwiderte ich und wollte mich von ihm abwenden, aber er packte meinen Arm und hielt mich fest. »Ich will nicht, dass du ...«

»Du hast recht«, sagte er. »Ich will es. Ich will dich. Ich will alles für dich riskieren. Ich will albern und leichtsinnig mit dir sein. Ich werde es meiner Mutter schon irgendwie erklären. Wir sagen es ihr zusammen, und sie wird dich lieben. Und – ich will dich.«

»Nein ... Es darf nicht ...« Ich suchte nach Worten, die »Ich will das jetzt nicht mehr, weil du alles ruiniert hast« bedeuteten, und sagte: »Du musst das nicht tun. Ich werde mich wieder beruhigen, und wir warten so lange, bis wir es deiner Mutter erzählt haben.« In diesem Moment meinte ich es auch so. Es tröstete mich, dass er mich genauso brauchte wie ich ihn.

Ben hörte mir zu, war jedoch nicht mehr aufzuhalten. »Nein! Ich habe mich geirrt! Ich hatte Angst. Aber ich will dich. Bitte.« Er sank auf ein Knie nieder. »Heirate mich.«

Ich schwieg und war unsicher. War das das Beste für ihn? War es das, was er wollte? Er wirkte so ehrlich. Er flehte mich mit seinem Blick geradezu an, ihn zu heiraten. Aber ich wollte nicht, dass er mich nur heiratete, weil ich ihn dazu gezwungen hatte. Doch Ben wirkte aufrichtig verliebt. Er sah aus, als wollte er nichts auf der Welt so sehr wie mich.

Es schien mir so ehrlich. Es *war* ehrlich. »*Heirate mich, Elsie Porter! Heirate mich!*«, schrie Ben aus voller Kehle.

Ich zog ihn hoch und umarmte ihn. »Ich will nicht, dass du etwas tust, was ...« Ich hielt inne und fragte mich, was ich gerade empfand. »Bist du dir sicher?«

»Ich bin mir sicher. Es tut mir so leid. Ich bin mir sicher.«

Bevor ich es verhindern konnte, huschte ein Lächeln über mein Gesicht. »Okay!«, schrie ich.

»Wirklich?«, fragte er und wirbelte mich herum. Ich nickte. »O mein Gott«, sagte er. Er vergrub seinen Kopf an meiner Schulter. »Ich liebe dich so sehr. Ich liebe dich so, so sehr.«

»Ich dich auch. Es tut mir leid«, sagte ich. »Ich hätte diese Dinge nicht sagen sollen. Ich ... Mir ist erst klar geworden, wie sehr ich mir wünsche, dich zu heiraten, als ... Egal. Es tut mir leid. Wir können uns so viel Zeit lassen, wie du brauchst.«

»Nein«, widersprach er. »Ich brauche überhaupt keine Zeit. Steig in den Wagen. Wir fahren nach Vegas.«

Er öffnete mir die Tür und stieg dann auf der Fahrerseite ein. Bevor er den Motor anließ, nahm er mein Gesicht in beide Hände und küsste mich leidenschaftlich.

»Okay«, sagte er und holte tief Luft. »Nevada, wir kommen.«

November

»Es war meine Schuld«, gestehe ich Susan. »Er wollte es dir vor der Heirat sagen. Er wollte die Trauung sogar abblasen, um es dir erst zu erzählen. Aber ich habe ihn überredet, es nicht zu tun.«

»Oh«, sagt Susan schlicht. Sie ist still und nachdenklich. »Wann war das?«

»Wir waren auf dem Weg nach Las Vegas. Er wollte umdrehen und nach Hause fahren. Er wollte abwarten, bis du Bescheid weißt. Er wollte dir die Chance geben, dabei zu sein.«

»Oh«, sagt sie noch einmal. »Ich wusste gar nicht, dass ihr in Las Vegas geheiratet habt.« Sie klingt nicht unbedingt vorwurfsvoll, aber es besteht kein Zweifel, dass wir ihrer Meinung nach wohl am schäbigsten Platz der Erde getraut wurden.

»Aber ich wollte das nicht. Er sagte, ich würde nichts davon verstehen, eine Familie zu haben, und damals habe ich ihm deshalb schwere Vorwürfe gemacht. Jetzt denke ich, dass er vielleicht recht hatte.«

»Hmm«, macht sie.

»Egal. Es tut mir leid. Er wollte es dir sagen. Er hatte kein gutes Gefühl dabei, etwas so Wichtiges ohne dich zu tun. Er hat dich geliebt. Du hast ihm sehr viel bedeutet, und ich habe das nicht verstanden. Ich war selbstsüchtig, und ich ... Ich wollte ihn einfach unbedingt heiraten. Ich glaube, in gewisser Hinsicht hat mir Ben das Gefühl gegeben, nicht mehr allein zu sein, und ich dachte ...« Ich fange an zu weinen. »Ich glaube, ich hatte Angst, du würdest ihm sagen, dass unser Vorhaben lächerlich sei, und dass er auf dich hören würde. Ich wusste, wenn er mit dir sprechen würde, würde er auf dich hören. Ich hatte Angst, ihn zu verlieren.«

»Aber warum hättet ihr euch deshalb trennen sollen? Schlimmstenfalls hätte er einfach beschließen können, mit der Hochzeit noch etwas zu warten.«

»Du hast recht.« Ich bin von mir selbst enttäuscht und schüttele den Kopf. »Du hast völlig recht. Aber damals dachte ich völlig anders darüber. Es war beängstigend. Wir standen an der Raststätte, und es ging darum, rechts oder links abzubiegen. Es fühlte sich so *wirklich* an. Ich wollte zu jemandem gehören, verstehst du?«

»Mmm«, macht Susan wieder. Mir wird erst bewusst, was ich als Nächstes sage, als es schon aus meinem Mund ist. »Ich glaube, ich wollte dich kennenlernen, nachdem wir verheiratet waren, weil ich dachte ...« Der Kloß in meinem Hals ist riesig, und die Tränen warten nur darauf, über meine Wangen zu strömen. »Meine eigenen Eltern halten nicht viel von mir, und ich dachte, wenn du mich vorher kennenlernst ... Ich dachte, du würdest mich nicht mögen. Dass du dir jemand Besseres für deinen Sohn wünschst. Ich wollte dir nicht die Gelegenheit dazu geben.«

»Wow«, sagt sie. »Okay.« Sie tätschelt meine Hand und

steht vom Tisch auf. »Ich muss mich einen Moment sammeln. Mir geht gerade sehr viel durch den Kopf, und mir ist klar, dass nicht alles davon vernünftig ist.«

»Gut. Ich wollte nur ...«

»Sei still«, fährt sie mich an. Sie atmet tief ein und stößt lautstark die Luft aus. »Gottverdammt, Elsie.«

Ich starre sie an, und sie starrt wütend zurück und beißt sich auf die Zunge.

»Du machst es mir nicht leicht«, sagt sie. »Dabei gebe ich mir solche Mühe! Ich gebe mir so viel Mühe.«

»Das weiß ich, ich ...«

Sie schüttelt den Kopf. »Es ist nicht deine Schuld.« Ich glaube nicht, dass sie mit mir spricht. »Es ist einfach ... *Ah*. Hättest du nicht warten können? Konntest du mir nicht wenigstens eine Chance geben?«

»Tut mir leid, Susan. Ich hatte einfach Angst!«

»Nach allem, was ich durchgemacht habe? Hättest du mir das nicht gleich am Anfang sagen können?«

»Ich wusste nicht, wie ich es dir sagen sollte«, gestehe ich. Wenn ich ehrlich bin, muss ich zugeben, dass mir nicht bewusst war, wie wichtig es war, bis ich die einzelnen Puzzlestücke zusammengesetzt hatte, bis ich wirklich darüber nachgedacht hatte.

»Monatelang habe ich geglaubt, dass mein Sohn mich nicht bei seiner Hochzeit dabeihaben wollte, und jetzt erklärst du mir, dass er es doch wollte und dass du ihn davon abgehalten hast.«

Ich schweige. Was soll ich sagen?

»*Elsie!*«, schreit sie. Es klingt schrill und weinerlich und nach der alten Susan. Die will ich nicht zurück. Ich will, dass die neue Susan bleibt.

»Es tut mir leid!«, wiederhole ich. Mein Blick verschwimmt, meine Lippen beben. »Ich ... Susan, ich will, dass wir uns trotzdem verstehen. Werden wir uns wieder verstehen?«

»Ich gehe. Ich muss sofort dieses Zimmer verlassen. Ich ...« Sie dreht sich um, legt die Hände auf den Kopf und atmet tief ein.

Sie verlässt das Zimmer, und plötzlich fühlt es sich groß und leer an.

Erst am nächsten Morgen hat Susan sich so weit gefangen, dass sie mit mir sprechen kann. Ich kann nur ahnen, was ihr die ganze Nacht durch den Kopf gegangen ist. Ich habe den Eindruck, dass sie einen Großteil des gestrigen Abends damit verbracht hat, mich zu hassen und im Geiste zu verfluchen.

»Danke, dass du es mir erzählt hast«, sagt sie und setzt sich im Wohnzimmer neben mich. Ich war gerade dabei, den Inhalt ihres Festplattenrekorders durchzusehen und dabei eins von ihren Blätterteigtörtchen zu verspeisen. Es fühlt sich ziemlich seltsam an, zu Gast bei jemandem zu sein, der stinksauer auf einen ist.

Ich nicke ihr zu.

»Ich kann mir vorstellen, dass es nicht leicht war, mir das zu erzählen, aber ehrlich gesagt ist es eine gute Nachricht für mich. Ich fühle mich besser, nachdem ich weiß, dass Ben es mir sagen wollte. Auch wenn er es nicht getan hat.«

Ich nicke erneut. Jetzt redet sie. Ich bin einfach still.

»Egal, das ist vorbei. Damals kannte ich dich nicht, und du kanntest mich nicht. Es ist keinem geholfen, wenn wir uns gegenseitig Vorwürfe machen. Egal, wie sehr wir versucht haben, Ben zu beeinflussen, er hat seine eigenen Entscheidungen getroffen. Er ist verantwortlich für das, was er getan hat. Nicht du. Nicht ich. Er hat dich so sehr geliebt, dass er dich Hals über Kopf geheiratet hat. Welche Mutter wünscht sich das nicht für ihren Sohn? Man hat einen Sohn und versucht, ihn anständig zu erziehen, und hofft, dass man ihn so erzogen hat, dass er weiß, was Liebe ist und Liebe geben kann. Vor allem als Mutter hofft man, dass man einen sensiblen und leidenschaftlichen Sohn hat. Man hofft, dass er weiß, wie man eine Frau gut behandelt. Ich habe meine Arbeit getan. Er hatte alle diese Eigenschaften. Und er hat geliebt. Er hat seine kurze Zeit auf Erden genutzt, um zu lieben. Und er hat dich geliebt.«

»Danke«, sage ich. »Es tut mir sehr leid, dass ich es dir nicht früher erzählt habe.«

»Vergiss es.« Sie winkt ab. »Außerdem wollte ich dir sagen ... ich hätte dich gemocht«, erklärt sie. »Ich maße mir nicht an, die Beziehung zu deinen Eltern verstehen zu wollen. Das ist eine Sache zwischen dir und ihnen. Aber ich hätte dich gemocht. Ich hätte gewollt, dass du meinen Sohn heiratest.«

Als sie das sagt, habe ich das Gefühl, alles in der falschen Reihenfolge getan zu haben. Ich hätte sie erst kennenlernen und ihn dann heiraten sollen. Hätte ich das getan, wäre es vielleicht nicht passiert. Vielleicht säße Ben dann jetzt neben mir, würde Erdnüsse essen und die Schalen in einen Aschenbecher werfen.

»Danke«, sage ich noch einmal.

»Ich habe viel über uns nachgedacht, und ich glaube, ich habe noch nicht einmal angefangen, Bens Tod zu verarbeiten. Ich glaube, dass ich noch immer um meinen Mann trauere und dass der Verlust meines Sohnes – zu groß ist, um ihn überhaupt zu ertragen. Es ist so furchtbar, dass ich es gar nicht richtig an mich heranlasse. Dass du hier bist, hilft dir, Bens Tod zu verarbeiten, aber ich glaube, mir hilft es, gerade das zu vermeiden. Ich dachte, wenn ich dir einen Ort biete, an dem du wieder ins Leben zurückfinden kannst, würde ich auch wieder ins Leben zurückfinden. Aber das scheint bei mir nicht der Fall zu sein.

Als Ben noch klein war, kroch er jede Nacht zu Steven und mir ins Bett und sah sich *Jeopardy!* mit uns an. Er verstand keine der Fragen, aber ich glaube, er mochte die Geräusche. Ich erinnere mich, dass ich eines Abends dalag, Ben zwischen uns, und dachte: Das ist meine Familie. Das ist mein Leben. Und in dem Augenblick war ich unendlich glücklich. Ich hatte meine zwei Männer. Sie liebten mich, und ich gehörte zu ihnen. Und jetzt liege ich in demselben Bett, und beide sind fort. Ich glaube, ich habe noch nicht einmal im Ansatz begriffen, was das in mir angerichtet hat.«

Sie bricht nicht heulend zusammen. Sie ist ganz ruhig, ohne dass sie sich zusammenreißen müsste. Sie ist verwirrt. Das habe ich zuvor nicht bemerkt, weil ich selbst so verwirrt war. Ich bin noch immer verwirrt. Aber ich sehe, dass Susan jemanden braucht, der ihr Halt gibt. Für mich war *sie* das. Sie war der Fels in der Brandung. Um mich wütet noch immer ein Sturm, aber ich muss jetzt ebenfalls ein Fels sein. Mir wird klar, dass es an der Zeit ist, nicht nur Halt zu bekommen, sondern auch Halt zu geben. Die Zeit des »Es geht hier nur um mich« ist längst vorbei.

»Wie kann man dir helfen?«, frage ich. Susan scheint immer zu wissen, was ich brauche, oder zumindest ist sie so davon überzeugt, es zu wissen, dass ich ihr meistens glaube.

»Ich weiß es nicht«, sagt sie versonnen, als sei die Antwort irgendwo dort draußen und sie wüsste nur nicht, wo sie danach suchen soll. »Ich weiß es nicht. Ich glaube, ich muss mich mit einigen Dingen arrangieren. Ich muss ihnen ins Auge sehen.« Sie schweigt einen Moment. »Ich glaube nicht an den Himmel, Elsie.« Jetzt gerät sie doch aus der Fassung. Sie kneift die Augen zu kleinen Sternen zusammen, zieht die Mundwinkel nach unten und atmet stoßweise ein und aus. »Dabei möchte ich so gerne daran glauben.« Jetzt ist ihr Gesicht nass vor Tränen. Ihre Nase läuft. Ich weiß, wie es sich anfühlt, so zu weinen. Vermutlich kommt sie sich ein bisschen verrückt vor. Bald werden sich ihre Augen trocken anfühlen, als ob sie keine Tränen mehr in sich hätte. »Ich möchte ihn mir glücklich und an einem besseren Ort vorstellen. Die Leute sagen, dass er an einem besseren Ort sei, aber ... ich glaube nicht an einen besseren Ort.« Sie schluchzt jetzt laut auf und vergräbt den Kopf in den Händen. »Ich komme mir wie eine schlechte Mutter vor, weil ich nicht glaube, dass er an einem besseren Ort ist.«

»Ich glaube auch nicht daran«, tröste ich sie. »Aber manchmal tue ich so, als ob. Damit es ein bisschen weniger wehtut. Ich glaube, es ist okay, hin und wieder so zu tun.« Sie lässt sich gegen mich sinken, und ich halte sie. Es gibt mir Kraft, jemanden zu halten. Es gibt mir das Gefühl, stark zu sein, vielleicht sogar stärker als sie. »Wir könnten mit ihm sprechen, wenn du willst«, schlage ich vor. »Was kann schon passieren? Es schadet nicht, es zu versuchen. Wer weiß? Vielleicht fühlt es sich gut an. Vielleicht kann er uns ja hören.«

Susan nickt und versucht, ihre Fassung zurückzugewinnen. Sie seufzt und atmet tief ein. Dann wischt sie sich das Gesicht ab und öffnet die Augen. »Okay«, sagt sie. »Ja.«

Mai

»Wir sind in Nevada!«, schrie Ben, als wir die Staatsgrenze passierten. Er wirkte entschlossen und fröhlich.

»*Jaaa!*«, kreischte ich und hob beide Fäuste in die Luft. Ich kurbelte mein Fenster herunter und spürte den Wüstenwind hereinströmen. Die Luft war warm, aber der Wind fühlte sich erfrischend an. Es war Abend, und in der Ferne sah ich die Lichter von Las Vegas. Sie wirkten künstlich und hässlich, irgendwie übertrieben. Mir war klar, dass ich auf eine Stadt voller Casinos und Huren blickte, eine Stadt, in der Leute Geld verspielten und sich betranken, aber das war mir egal. Die Lichter der Stadt sahen aus, als würden sie nur für uns leuchten.

»Welche Ausfahrt, hast du gesagt?«, fragte Ben in einem der seltenen nüchternen Augenblicke auf einer sonst überaus emotionalen Autofahrt.

»Achtunddreißig«, sagte ich und nahm seine Hand.

Es fühlte sich an, als würde uns die ganze Welt gehören. Es war, als würde alles gerade erst anfangen.

November

Erst später am Tag bringen wir die Kraft auf, mit ihm zu sprechen. Selbst für südkalifornische Verhältnisse ist es ein warmer Novemberabend. Die Glasschiebetüren stehen offen. Ich spreche in den Wind. Das scheint mir sehr metaphorisch zu sein.

»Ben?«, rufe ich. Eigentlich wollte ich noch etwas hinzufügen, aber mein Kopf ist leer. Ich habe nicht mehr mit Ben gesprochen, seit er gesagt hat, er wäre gleich zurück. Das Erste, was ich sage, muss etwas Bedeutungsvolles sein. Etwas Schönes.

»Wenn du uns hören kannst, Ben, möchten wir dir nur sagen, dass du uns fehlst«, sagt Susan und richtet ihre Stimme gen Himmel. Sie blickt nach oben, als wäre er dort. Vielleicht glaubt sie doch ein kleines bisschen an den Himmel. »Ich vermisse dich so sehr, mein Schatz. Ich weiß nicht, was ich ohne dich tun soll. Ich weiß nicht, wie … Als du drüben in L. A. warst, hatte ich mein Leben im Griff. Aber ich weiß nicht, was ich tun soll, wenn du nicht mehr auf der Erde bist«, sagt sie und dreht sich dann abrupt zu mir um. »Ich komme mir albern vor.«

»Ich mir auch«, gebe ich zu. Offenbar ist es doch entscheidend, ob man daran glaubt, dass der Tote einen hören kann. Ohne Glauben kann man nicht einfach zu einer Wand sprechen und sich einreden, man würde nicht zu einer Wand sprechen.

»Ich möchte zu seinem Grab gehen«, sagt sie. »Vielleicht ist es dort leichter.«

»Okay.« Ich nicke. »Heute ist es zu spät, aber wir können gleich morgen früh hingehen.«

»Gut«, sagt sie. »Dann habe ich noch Zeit, darüber nachzudenken, was ich ihm sagen will.«

»Ja, in Ordnung.«

Susan tätschelt meine Hand und steht auf. »Ich gehe jetzt ins Bett. Ich muss mich ein bisschen erholen.« Vielleicht braucht sie wirklich ein bisschen Erholung, aber eigentlich geht sie auf ihr Zimmer, um in Ruhe zu weinen.

»Okay«, sage ich. Als sie gegangen ist, laufe ich ziellos im Haus umher. Ich gehe in Bens Zimmer und werfe mich auf sein Bett. Ich atme die Luft ein und starre an die Wände, bis sie vor meinen Augen verschwimmen. Ich weiß, dass ich hier fertig bin. Vielleicht bin ich noch nicht ganz dazu bereit, mich meinem Leben zu stellen, aber es wird Zeit, ihm nicht länger aus dem Weg zu gehen. Ich liege so lange in Bens Zimmer, bis ich es nicht mehr ertragen kann, dann stehe ich auf und eile hinaus.

Ich gehe in mein Zimmer und fange an, meine Sachen zu packen. Ich möchte es schnell hinter mich bringen, ehe ich die Nerven verliere. Ein Teil von mir will so lange wie möglich in diesem Fegefeuer bleiben, den ganzen Tag draußen am Pool liegen und die ganze Nacht fernsehen und sich nicht dem Alltag stellen. Aber wenn Ben mich hören, wenn Ben mich sehen könnte, würde er etwas anderes wollen. Und ich will es auch.

Am nächsten Morgen stehe ich auf und packe meine restlichen Sachen zusammen, dann gehe ich in die Küche. Dort sitzt Susan, bereit zum Aufbruch, und trinkt Kaffee. Sie sieht die gepackten Sachen hinter mir und stellt ihre Tasse ab. Sie sagt nichts. Sie lächelt nur wissend. Es ist ein trauriges, aber auch ein stolzes Lächeln. Ein bittersüßes, melancholisches Lächeln. Ich fühle mich wie damals, als ich von zu Hause auszog und aufs College ging.

»Wir sollten mit zwei Autos fahren.« Sie sagt es einerseits, weil es ihr gerade einfällt, aber wohl auch, damit ich nicht laut aussprechen muss, dass ich anschließend nach Hause fahre.

Susan ist kurz vor mir dort, und als ich vorfahre, sehe ich sie bereits am Eingang zum Friedhof stehen. Ich dachte schon, dass sie vielleicht ohne mich anfangen würde. Dass sie etwas Zeit mit ihm allein haben will, aber anscheinend braucht sie dabei Unterstützung. Ich kann sie gut verstehen. Ich würde das ganz sicher nicht allein tun können. Ich parke den Wagen und gehe zu ihr.

»Bereit?«, frage ich.

»Bereit«, antwortet sie. Wir begeben uns auf den langen Weg zu seinem Grabstein. Als wir dort ankommen, sieht der Grabstein so neu aus, dass es fast tragisch wirkt. Susan kniet sich vor Bens Grab hin, und ich lasse mich neben ihr nieder.

Sie atmet tief und schwer. Es ist kein beiläufiges Atmen. Sie holt einen Zettel aus ihrer Gesäßtasche und sieht mich schüchtern an. Ich nicke ihr aufmunternd zu, und sie fängt an zu lesen. Zunächst klingt ihre Stimme nicht sehr emotional, sie liest die Worte nur ab, ohne sie wirklich zu fühlen.

»Ich will nur die Gewissheit, dass es dir gut geht. Ich will die Gewissheit, dass du nicht leidest. Ich möchte glauben, dass du an einem besseren Ort bist. Dass du glücklich bist und alles hast, was du im Leben gern mochtest. Ich möchte glauben, dass du bei deinem Vater bist. Dass ihr vielleicht zusammen auf einem Grillfest im Himmel seid und Hotdogs esst. Ich weiß, dass das nicht stimmt. Ich weiß, dass du nicht mehr da bist. Aber ich weiß nicht, wie ich mit diesem Wissen leben soll. Eine Mutter sollte ihren Sohn nicht überleben. Das ist einfach nicht richtig.«

Jetzt legt sie ihre förmliche Stimme ab, und ihr Blick gleitet von dem Papier zum Gras vor ihr. »Ich weiß, dass du geglaubt hast, du müsstest mich beschützen und dich um mich kümmern. Könnte ich dir noch eine Sache sagen, Ben, wäre es folgende: Ich komme klar. Du musst dir keine Sorgen machen. Ich werde es schon schaffen. Danke, dass du so ein wunderbarer Sohn gewesen bist. Das Einzige, was ich mir von dir noch gewünscht hätte, wäre mehr Zeit gewesen. Danke, dass du Elsie geliebt hast. Durch sie habe ich erfahren, dass du genau der Mann geworden bist, den ich mir erhofft hatte. Und wir beide – werden miteinander auskommen. Wir schaffen das. Also, egal, wo du bist, amüsiere dich und vergiss uns. Wir kommen zurecht.«

Das ist wahre Liebe. Wahre Liebe ist es, wenn man zu jemandem sagen kann: »Vergiss uns. Wir kommen klar«, auch wenn es vielleicht nicht stimmt. Weil vergessen zu werden das Letzte ist, was man möchte.

Als Susan fertig ist, faltet sie das Papier zusammen und trocknet ihre Tränen, dann sieht sie mich an. Ich bin dran, und ich habe keine Ahnung, was ich hier überhaupt mache. Ich schließe die Augen, atme tief ein, und einen Augenblick sehe ich sein Gesicht so deutlich vor mir, als würde er direkt vor mir stehen. Ich öffne die Augen und – fange an.

»Du hast in meinem Herzen eine große Lücke hinterlassen. Als du am Leben warst, lag ich nachts manchmal wach, habe deinem Schnarchen gelauscht und konnte mein Glück kaum fassen. Nachdem du weg warst, wollte ich nicht, dass es mir wieder gut geht. Ich dachte, wenn es mir wieder gut ginge, hätte ich dich endgültig verloren, aber ich glaube, wenn du das hören könntest, würdest du mich für ziemlich dämlich halten. Ich glaube, du würdest ganz sicher wollen, dass ich eines Tages wieder glücklich bin. Wahrscheinlich wärst du sogar ein bisschen sauer auf mich, weil ich mich so in meinem Unglück gesuhlt habe. Na ja, vielleicht nicht sauer. Eher verzweifelt. Jedenfalls werde ich mich bessern. Ich könnte dich niemals vergessen, Ben. Ob wir nun geheiratet haben, bevor ich dich verloren habe, oder nicht. In der kurzen Zeit, in der ich dich kannte, hast du mich tief in meiner Seele berührt. Durch dich bin ich das, was ich jetzt bin. Wenn ich mich je wieder auch nur ein Zehntel so lebendig fühle wie mit dir ...« Ich wische mir eine Träne aus dem Auge und versuche, meine bebende Stimme unter Kontrolle zu bekommen. »Du hast mein Leben lebenswert gemacht. Ich verspreche dir, dass ich etwas daraus machen werde.«

Susan legt ihren Arm um mich und streichelt meine Schulter. Einen Augenblick lang sitzen wir beide da und starren auf das Grab und den Grabstein. Als ich mich umsehe, bemerke ich, dass wir in einem Meer von Grabsteinen sitzen. Ich bin von dem Verlust anderer Menschen umgeben. Mir ist noch nie so klar gewesen wie jetzt, dass ich damit nicht allein bin. Jeden Tag sterben Menschen, und andere Menschen leben weiter. Wenn jeder, der einen der Menschen hier geliebt hat, sich zusammengerissen und weitergelebt hat, kann ich das auch. Eines Tages werde ich aufwachen und sehen, dass die Sonne scheint, und denken: *Was für ein schöner Tag*.

»Fertig?«, fragt Susan, und ich nicke. Wir erheben uns. Das Gras hat unsere Knie durchnässt. Schweigend gehen wir nebeneinanderher.

»Hast du schon einmal von Supernovas gehört?«, fragt Susan auf dem Weg zum Ausgang.

»Was?« Fast wäre ich stehen geblieben.

»Ben hat sich als Kind sehr fürs Weltall interessiert und besaß jede Menge Bücher darüber. Wenn er nicht einschlafen konnte, habe ich ihm daraus vorgelesen. In einem Buch mochte ich ganz besonders das Kapitel über Supernovas. Sie leuchten heller als alles andere am Himmel, dann verblassen sie ganz plötzlich. Eine Supernova ist ein kurzer, extrem starker Energieausbruch.«

»Ja«, sage ich.

»Mir gefällt die Vorstellung, dass es bei dir und Ben so war. Dass euer Glück zwar kurz war, aber dass ihr in der wenigen Zeit, die ihr miteinander hattet, mehr Leidenschaft erfahren habt als manche Menschen in ihrem ganzen Leben.«

Ich sage nichts, ich höre nur zu.

»Egal«, sagt sie. »Du fährst nach Hause?«

Ich nicke. »Ich glaube, ich bin so weit.«

»In Ordnung. Also dann ...«

»Wollen wir am Freitagabend essen gehen?«, frage ich. »In das mexikanische Restaurant?«

Sie wirkt überrascht, aber froh. »Sehr gern.«

»Ich weiß, dass du nicht meine Mutter bist. Aber ich bin wirklich gern mit dir zusammen. Auch wenn die Umstände etwas außergewöhnlich sind.«

Susan nimmt mich in den Arm und küsst mich auf den Kopf. »Du bist eine tolle Frau«, sagt sie. »Ich bin froh, dich kennengelernt zu haben.«

Ich lache schüchtern. Ich glaube, ich erröte. »Ich auch.« Ich nicke und hoffe, dass klar wird, wie ernst ich es meine.

Susan schüttelt den Kopf, um nicht noch einmal in Tränen auszubrechen. »In Ordnung!«, sagt sie und gibt mir einen Klaps auf den Rücken. »Ab in den Wagen! Fahr nach Hause. Ruf an, wenn du mich brauchst. Du schaffst das.«

»Danke.« Unsere Hände berühren sich leicht. Ich drücke ihre Hand, dann gehe ich. Als ich wenige Schritte von ihr entfernt bin, drehe ich mich noch einmal um. »Hey, Susan?« Sie sieht mich an. »Dasselbe gilt auch für dich. Wenn du mich brauchst, ruf mich an.«

Sie lächelt und nickt. »Alles klar.«

Ich nehme die Küstenstraße und sehe häufiger aus dem Fenster, als ich eigentlich sollte. Ich versuche, jeden Augenblick zu genießen. Irgendwann wird im Radio ein Lied gespielt, das ich seit Jahren nicht mehr gehört habe, und vier Minuten lang vergesse ich, wer ich bin und was ich hier mache. Ich bin einfach ich. Ich hüpfe auf dem Sitz im Takt auf und ab, während ich auf der Küstenstraße in Richtung Norden fahre, und es fühlt sich gar nicht schlecht an.

Als ich meine Einfahrt erreiche, kommt mir mein Haus größer und höher vor, als ich es in Erinnerung hatte. Ich hole die Post aus dem Briefkasten und sehe sie durch. Die Heiratsurkunde ist nicht dabei, aber ein Scheck der Citibank. Ich gehe die Stufen hinauf und betrete meine Wohnung.

Es riecht vertraut. Erst als ich den Geruch wahrnehme, merke ich, dass er mir gefehlt hat. Alles ist so, wie ich es zurückgelassen habe. Die Zeit ist stehen geblieben, solange ich in Orange County war. Ich atme tief ein und rieche keinen Ben. Ich rieche nur mich.

Ich setze mich aufs Sofa und gehe die restliche Post durch. Ich spüle ein bisschen Geschirr ab und mache mein Bett. Ich räume den Kühlschrank aus und bringe den Müll hinaus. Als ich wieder ins Haus trete, bleibe ich stehen und blicke auf den Umschlag von der Citibank. Obwohl es mir kleinlich vorkommt, frage ich mich, wie viel Geld ich geerbt habe. Irgendwann muss ich den Umschlag wohl oder übel öffnen. Also los.

Vierzehntausendzweihundertsechzehn Dollar und achtundvierzig Cent für Elsie Porter. Wow! Ich weiß nicht, wann ich aufgehört habe, mich als Elsie Porter Ross zu bezeichnen, aber es scheint mir schon eine Weile her zu sein.

Sechs Monate, nachdem ich geheiratet habe, stehe ich ohne Mann da und bin um vierzehntausend Dollar reicher.

Mai

»Die Zeremonie im Pavillon findet draußen im ... nun ja, im Pavillon statt«, erklärte die Frau hinter dem Tresen. Sie war um die fünfzig und sprach mit einem falschen Südstaatenakzent. Entweder das, oder sie stammte tatsächlich aus dem tiefsten Süden. Ben war auf der Toilette und hatte die Planung mir überlassen.

»Oh, ist das nicht ein bisschen kühl?«, fragte ich. »Ich glaube, das einfachste Angebot, das Sie haben, tut's auch.«

»Man heiratet nur einmal, Schätzchen. Wollen Sie nicht, dass es etwas Besonderes wird?« Begriff sie denn nicht, dass das bereits etwas Besonderes war? Solange ich mit diesem Mann zusammen sein konnte, brauchte ich keinen unnötigen Schnickschnack. Sie hatte offenbar nicht verstanden, wie glücklich ich mit ihm war. Sie dachte, ich würde irgendjemanden heiraten und bräuchte einen Pavillon, um etwas Besonderes daraus zu machen.

»Nicht nötig«, beharrte ich. »Was ist das hier? Das Sparpaket. Das nehmen wir.«

»Okay«, sagte sie. »Was ist mit den Ringen? Wollen Sie Silber oder Gold?«

»Silber«, meinte ich, während Ben gleichzeitig »Gold« sagte.

Wir änderten beide rasch unsere Antwort und waren erneut uneins.

»Liebes, ich will, was du willst«, sagte Ben.

»Aber ich will, was du willst!«, widersprach ich.

»Du entscheidest. Dann habe ich etwas bei dir gut, denn ich will anschließend bei Hooters essen.«

»Du willst, dass wir unser erstes Essen als Mann und Frau mit Hähnchenflügeln bei Hooters einnehmen?«

Ben grinste.

Die Frau beachtete uns nicht. »Okay, also Silber?«

»Silber.« Sie zog ein Tablett mit silbernen Eheringen hervor. Ben und ich probierten einige an, bis wir welche fanden, die uns gefielen und passten. Ben bezahlte die Rechnung, und ich sagte, dass ich die Hälfte übernehmen würde.

»Machst du Witze? Wir werden unsere Hochzeit doch nicht getrennt bezahlen.«

»Also gut, ihr Turteltäubchen. Brauchen Sie Kopien der Heiratsurkunde?«

Ben wandte sich mit fragendem Gesicht an mich.

»Ja«, sagte ich. »Eine Kopie wird reichen, glaube ich.«

»Okay. Ich setze das mit auf die Rechnung«, erklärte die Frau und streckte erwartungsvoll die Hand aus. »Haben Sie die Genehmigung?«

»Oh, noch nicht«, antwortete Ben. »Die müssen wir wohl noch ausfüllen.«

Die Frau legte die Hände auf den Tresen, als wäre die Sache damit erledigt. »Sie müssen zum Büro für Heiratserlaubnis gehen. Das ist drei Blocks entfernt. Ohne die Erlaubnis kann ich nichts machen.«

»Wie lange dauert das?«, fragte ich.

»Wenn Sie nicht warten müssen, ungefähr eine halbe Stunde. Aber dort ist häufig eine Schlange.«

Wir mussten nicht warten. Wir waren kaum durch die Tür, da hatten wir schon Platz genommen und füllten die Formulare aus.

»Oh, ich habe meine Sozialversicherungskarte nicht dabei«, stellte Ben fest, als er seine Sozialversicherungsnummer eintragen wollte.

»Oh, ich glaube, die brauchst du nicht«, sagte ich. »Die wollen nur die Nummer.«

»Tja«, meinte er. »Die weiß ich nicht auswendig.«

Was für eine profane Hürde. Als mir klar wurde, dass die Trauung deshalb vielleicht nicht stattfinden würde, ließ meine Aufregung nach. Vielleicht sollte es einfach nicht sein. Er würde seine Mutter anrufen müssen, und was dann? »Weißt du was? Wir warten, bis du sie hast«, sagte ich.

»Was?« Ben entsetzte die Vorstellung, das Ganze zu verschieben. »Nein, ich glaube, dass ich weiß, wie sie lautet. Ich weiß es. Hier«, sagte er und schrieb sie auf. »Es ist entweder 518 oder 581, aber ich bin ziemlich sicher, dass es 518 ist.« Er füllte das Formular fertig aus und legte triumphierend den Stift weg. Dann ging er zum Schalter, gab die Formulare ab und sagte: »Eine Heiratserlaubnis, bitte!« Er wandte sich zu mir um. »Wir heiraten, Schätzchen! Bist du bereit?«

November

Ich lege den Scheck in eine Schublade, in der ich ihn nicht vergessen werde, und blicke mich in meiner Wohnung um. Sie fühlt sich wieder wie meine an. Sie fühlt sich an, als könnte ich hier allein leben. Ich hatte mir vorgestellt, hier mit Ben zu wohnen und eines Tages auszuziehen, wenn wir Kinder hätten. Ich hatte mir sogar vorgestellt, dass Ben eines Tages die Umzugskartons allein hinausschleppen müsste, weil ich im achten Monat schwanger wäre. Dieses Leben wird nicht stattfinden. Aber mir wird jetzt klar, dass es jede Menge anderer Möglichkeiten gibt. Ich weiß nicht, wie mein Leben aussehen wird, wenn ich irgendwann aus dieser Wohnung ausziehe. Ich weiß nicht, wann das sein wird. Und das ist in gewisser Weise aufregend. Alles ist möglich.

Mein Mobiltelefon klingelt und zeigt eine Nummer an, die ich nicht erkenne. Aus irgendeinem Grund gehe ich trotzdem ran.

»Hallo?«

»Hallo. Spreche ich mit Elsie Porter?«, fragt eine Frau.

»Ja.«

»Hallo, Miss Porter. Hier spricht Patricia DeVette vom

Clark-County-Standesamt in Nevada«, sagt sie. Ich schwöre, in dem Augenblick bleibt mir das Herz stehen. »Ich habe ein … Normalerweise rufen wir niemanden direkt an, Miss Porter, aber ich fülle hier gerade einige Formulare aus und wollte mit Ihnen über Ihre Urkunde sprechen.«

»Okay«, sage ich. O Gott. Ich habe diesen Augenblick so lange gemieden, dass er einfach beschlossen hat, zu mir zu kommen.

»Ich habe eine Weile gebraucht, um herauszufinden, was genau hier los ist, aber anscheinend hat Ben Ross auf Ihrer Heiratserlaubnis eine falsche Sozialversicherungsnummer angegeben. Ich habe eine Reihe von Nachrichten für Mr. Ross hinterlassen, aber noch nichts von ihm gehört.«

»Oh.«

»Miss Porter, ich muss Ihnen mitteilen, dass die Ehe vom Bezirks-Standesamt noch nicht anerkannt wurde.«

Jetzt ist es passiert. Davor habe ich mich so lange gefürchtet. Ben und ich sind nicht offiziell verheiratet. Zu Bens Lebzeiten waren wir nicht Mann und Frau. Mein schlimmster Albtraum wird wahr. Ich stehe stumm mit dem Telefon in der Hand da und bin überrascht, dass ich nicht auf der Stelle zusammenbreche.

»Danke, Patricia. Danke, dass Sie anrufen.« Ich weiß nicht, was ich als Nächstes sagen soll. Es ist eine so merkwürdige Situation. Alles, was ich nach Bens Tod wollte, war ein Beweis, dass unsere Beziehung von Bedeutung war. Jetzt wird mir klar, dass kein Papier das beweisen kann.

»Nun«, höre ich mich sagen. »Ben ist gestorben.«

»Wie bitte?«

»Ben ist gestorben. Er ist tot. Deshalb bin ich nicht sicher, ob Sie die Ehe noch anerkennen können.«

»Das tut mir sehr leid, Miss Porter. Das tut mir wirklich leid.«

»Danke.«

Offenbar fehlen Miss DeVette die Worte. Sie schweigt einen Augenblick, dann sagt sie: »Nun, ich kann die Ehe immer noch anerkennen. Es ist eine rechtskräftige Eheschließung, und sie hat definitiv stattgefunden. Die Anerkennung ist längst überfällig. Aber das bleibt Ihnen überlassen. Wie Sie wollen.«

»Erkennen Sie die Ehe an«, höre ich mich sagen. »Die Trauung hat stattgefunden. Sie sollte auf dem Bezirks-Standesamt vermerkt sein.«

»In Ordnung, Miss Ross, geht in Ordnung. Dürfte ich seine richtige Sozialversicherungsnummer erfahren?«

»Oh«, sage ich. »Welche Nummer hat er denn eingetragen?«

»518-38-9087.«

»Ändern Sie einfach die 518 in 581.«

»Wunderbar. Danke, Miss Ross.«

»Danke für Ihren Anruf«, antworte ich.

»Und – Miss Ross?«, sagt sie zum Abschluss.

»Ja?«

»Herzlichen Glückwunsch zur Hochzeit. Und mein Beileid wegen Ihres Mannes.«

»Danke, dass Sie das sagen.« Als ich auflege, empfinde ich kurz vollkommenen Frieden. Ich war die Frau von Ben Ross. Das kann mir niemand mehr nehmen.

Mai

»Elsie Porter?«, fragte der Beamte.

»Ja?«

»Ben Ross?«

»Ja.«

»Sind Sie bereit?«

»Ja, Sir«, sagte Ben. Der Beamte lachte und schüttelte uns die Hände. »Ich heiße Dave«, stellte er sich vor. »Fangen wir mit der Vorstellung an.«

»Okay!«, sagte ich und wedelte ungeduldig mit den Armen.

»Würden Sie sich bitte einander zuwenden?«, bat er. Das taten wir.

»Ben und Elsie, wir haben uns heute hier versammelt, um einen der größten Momente im Leben eines Menschen zu feiern und den Wert und die Schönheit der Liebe zu preisen, denn ihr wollt das Ehegelübde ablegen.«

Ich nahm den Beamten gar nicht wahr, ich starrte nur Ben an. Er starrte mich ebenfalls an. Er strahlte übers ganze Gesicht. Unglaublich, wie beseelt er aussah. Dave redete weiter, aber ich hörte ihn nicht. Ich konnte seine Worte nicht verstehen. Es war, als wäre die Welt stehen geblieben und verstummt. Als wäre ich in Zeit und Raum erstarrt.

»Haben Sie Ehegelübde vorbereitet?«, fragte Dave und holte mich in die Realität zurück.

»Oh«, sagte ich und sah Ben an. »Nein, aber wir können improvisieren, oder?«, fragte ich ihn.

»Klar.« Er lächelte. »Improvisieren wir.«

»Ben? Wollen Sie anfangen?«, fragte Dave.

»Oh, ja. Klar.« Ben schwieg einen Moment. »Sind diese Gelübde eher ein Versprechen, oder darf man alles sagen, was man sagen möchte?«, flüsterte er Dave zu.

»Sie dürfen alles sagen, was Sie möchten«, sagte er.

»Okay.« Ben holte tief Luft. »Ich liebe dich. Ich glaube, ich habe dich von dem Augenblick an geliebt, als ich dich in diesem Pizzaladen gesehen habe. Mir ist klar, dass das verrückt klingt. Ich kann nicht mehr ohne dich leben. Du bist alles, was ich mir je von einem anderen Menschen erträumt habe. Du bist mein bester Freund, meine Geliebte, meine Partnerin. Und ich verspreche dir, dass ich den Rest meines Lebens so für dich sorgen werde, wie du es verdienst. Mein ganzes Leben habe ich mich nur für mich interessiert, bis ich dir begegnet bin. Ich möchte dir jeden weiteren Tag meines Lebens schenken. Du bist die Richtige für mich. Deinetwegen bin ich hier. Ohne dich bin ich nichts. Danke, Elsie, dass du bist, wie du bist, und dein Leben mit mir teilst.«

Tränen stiegen mir in die Augen, und meine Kehle fühlte sich an, als hätte ich ein Reibeisen verschluckt.

»Elsie?«, drängte Dave.

»Ich liebe dich«, sagte ich und fing an zu weinen. Zwischen meinen Schluchzern konnte ich kein Wort herausbringen.

Als ich zu Ben aufsah, bemerkte ich, dass auch er weinte. »Ich liebe dich so sehr«, sagte ich. »Ich wusste ja nicht, wie es ist, jemanden so zu lieben und so geliebt zu werden. Ich werde für alle Zeiten an deiner Seite sein, Ben. Ich schenke dir mein Leben.«

Ben nahm mich in die Arme und küsste mich. Er hielt mich so fest, dass kein Platz zum Atmen blieb. Ich erwiderte seinen Kuss, bis ich zwischen uns einen Arm spürte.

»Nicht so schnell«, mahnte Dave und zog uns lachend auseinander. »Wir haben hier noch eine kleine Formalität zu erledigen.«

»Oh«, sagte Ben und lächelte mich an. »Stimmt.«

Dave lächelte ebenfalls und wandte sich an Ben. »Ben, willst du diese Frau zu deiner rechtmäßig angetrauten Ehefrau nehmen?«

»Ja, ich will«, sagte er und sah mir direkt in die Augen.

»Und willst du, Elsie, diesen Mann zu deinem rechtmäßig angetrauten Ehemann nehmen?«

»Ja, ich will.« Ich nickte und strahlte.

»Dann erkläre ich euch kraft meines mir durch den Staat Nevada verliehenen Amtes zu Mann und Frau.«

Einen Moment war es totenstill, und wir beide waren wie erstarrt. Ben sah Dave erwartungsvoll an.

»Na los!«, sagte Dave. »Das ist Ihre Chance. Sie dürfen die Braut jetzt küssen. Geben Sie Ihr Bestes.«

Ben packte mich und wirbelte mich herum. Er küsste mich leidenschaftlich auf die Lippen. Der Kuss fühlte sich so gut an, so wunderbar.

Dave kicherte in sich hinein und machte sich auf den Weg nach draußen. »Ich lasse Sie jetzt ein bisschen zur Ruhe kommen«, sagte er. Bevor er durch die Tür trat, fügte er hinzu:

»Wissen Sie, ich traue eine Menge Paare, aber bei Ihnen habe ich ein ganz besonderes Gefühl.«

Ben und ich blickten einander an und lächelten. »Meinst du, das sagt er zu jedem?«, fragte Ben.

»Vermutlich«, antwortete ich und warf mich in seine Arme. »Lust auf Hähnchenflügel?«

»Gleich«, sagte er, strich mir mit den Händen durch die Haare und zog mich noch fester an sich. »Erst möchte ich meine Frau noch einen Augenblick ansehen.«

November

Ich nehme den Scheck und steige ins Auto. Ich fahre zur Citibank und löse ihn ein. Dabei fühle ich mich so entschlossen und energiegeladen wie schon lange nicht mehr. Ich weiß, was ich will, und ich weiß, dass ich es kann.

Die Schalterbeamtin nimmt den Scheck etwas zögerlich entgegen. Sie hat keinen Grund, ihn nicht einzulösen, aber ich nehme an, dass es nicht oft vorkommt, dass eine Sechsundzwanzigjährige sich einen Vierzehntausend-Dollar-Scheck auszahlen lässt. Ich bitte um Hundertdollarscheine.

Das Geld wird nicht in meine Brieftasche passen, deshalb muss ich es in mehreren Umschlägen mitnehmen. Ich steige ins Auto und fahre zum größten Buchladen, den ich finden kann. Ich gehe hinein und habe das Gefühl, meine Tasche würde brennen. Mir schwirrt der Kopf. Ich wandere umher, bis mich eine Angestellte fragt, ob sie mir helfen kann. Ich bitte sie, mir die Jugendbuchabteilung zu zeigen, und die junge Frau führt mich hin. Sie streckt die Hand aus und deutet auf die Regale – stapelweise Bücher in leuchtenden Farben und mit großen Lettern auf den Covern.

»Ich nehme sie«, sage ich.

»Was?«, fragt sie zurück.

»Können Sie mir helfen, sie zur Kasse zu bringen?«

»Die ganze Abteilung?«, fragt sie schockiert.

Es sind zu viele Bücher, als dass sie in mein Auto passen, zu viele Bücher, als dass ich sie irgendwo allein hinbringen könnte. Der Laden erklärt sich bereit, sie mir zu liefern. Drei Stapel nehme ich selbst mit und packe sie in meinen Wagen, dann fahre ich zur Bibliothek nach Fairfax.

Gleich am Eingang treffe ich auf Lyle.

»Hallo, Elsie. Geht's dir gut?«

»Ja, alles okay«, sage ich. »Kannst du mir helfen, etwas aus dem Auto zu holen?«

»Klar.«

Lyle erkundigt sich, wie es mir ergangen ist und ob ich mir vorstellen kann, bald wieder zu arbeiten. Er scheint bemüht, mich nicht auf meine »Episode« anzusprechen, und dafür bin ich ihm dankbar. Ich sage ihm, dass ich bald wieder zur Arbeit komme, und dann gehen wir zum Auto.

Ich öffne den Kofferraum.

»Was ist das?«, fragt er.

»Das ist der Anfang der Ben-Ross-Jugendbuchabteilung«, erkläre ich.

»Was?«

»Morgen wird noch eine ganze Wagenladung geliefert und der Bibliothek in Bens Namen übergeben.«

»Wow«, sagt er. »Das ist sehr großzügig von dir.«

»Ich habe nur eine Bedingung.«

»Okay?«

»Wenn die Bücher anfangen, modrig zu riechen, müssen wir sie aussortieren und einer anderen Bibliothek schenken.«

Lyle lacht. »Was?«

Ich nehme ein Buch aus dem Stapel, fächere vor seinem Gesicht die Seiten auf und schnuppere selbst an ihnen. »Riecht sauber und neu, oder?«

»Klar«, bestätigt Lyle.

»Wenn sie anfangen, wie die anderen Bibliotheksbücher zu riechen, geben wir sie einer anderen Filiale und kaufen neue.« Ich reiche Lyle den Rest des Geldes. Es ist in einen Umschlag gewickelt, und bestimmt sieht es aus, als würden wir gerade einen Drogendeal abwickeln.

»Was zum …«, sagt Lyle. »Pack das weg!«

Ich lache, als ich mir das Ganze aus seiner Perspektive vorstelle. »Ich sollte vielleicht lieber einen Scheck ausstellen …«

Lyle lacht. »Wahrscheinlich. Aber du musst das nicht tun.«

»Ich will es aber so«, sage ich. »Können wir eine Gedenktafel anfertigen lassen?«, frage ich.

»Ja«, meint er. »Natürlich.«

»Wundervoll.« Ich lege ein paar Bücher in seine Arme und greife mir selbst welche, dann gehen wir zurück in die Bibliothek.

»Geht's dir wirklich gut, Elsie?«, fragt er, als wir das Gebäude betreten.

»Absolut.«

Ana kommt zum Abendessen vorbei. Wir essen auf meinem Sofa, nur wir beide, und trinken Wein, bis wir genug haben. Ich lache mit ihr, und ich lächle. Und als sie in jener Nacht nach Hause geht, ist Ben noch immer in meinem Herzen und in meinem Kopf. Ich habe ihn nicht verloren, nur weil ich mich auch ohne ihn amüsiere. Ich habe ihn nicht verloren, wenn ich einfach ich selbst bin.

Dezember

Ich lasse mir Zeit, mich wieder einzugewöhnen, und eines Morgens, als mir danach ist, gehe ich wieder zur Arbeit. Die Luft in Los Angeles hat sich deutlich abgekühlt. Es hat jetzt höchstens um die sieben Grad. Ich ziehe eine Jacke über, die ich seit letztem Winter nicht mehr getragen habe, und steige in meinen Wagen. Ich bin etwas ängstlich, weil ich nun wieder anfange zu arbeiten und die Vergangenheit hinter mir lasse. Dann trete ich durch die Tür. Ich gehe in den Verwaltungsbereich und setze mich an meinen Schreibtisch in meinem Büro. An diesem Morgen sind noch nicht viele Mitarbeiter der Verwaltung da, aber die wenigen, die da sind, applaudieren, als ich hereinkomme. Ich sehe, dass auf meinem Schreibtisch eine riesige Stifternadel liegt. Sie klatschen nicht, weil ich als Witwe wieder zur Arbeit komme. Sie klatschen, weil ich etwas Gutes für die Bibliothek getan habe. Ich bin für sie nicht nur die Frau, die ihren Mann verloren hat. Ich bin mehr als das.

Der Tag vergeht, wie ein Arbeitstag eben so vergeht. Ich merke, dass ich mich zum ersten Mal seit Monaten über den Kontakt mit anderen Menschen freue. Es ist schön, gebraucht zu werden. Ich spreche gern mit anderen über Bücher. Es ist schön, wenn mich die Kinder fragen, wo sie etwas finden können und ich eine kleine Lektion über das Dewey-Dezimalsystem einschieben kann.

Gegen Mittag werden die Kisten mit Büchern geliefert und zu meinem Schreibtisch gebracht. Ich habe noch kein Regal aufgebaut, deshalb stehen sie auf dem Boden und stapeln sich auf dem Tisch. Ich erkenne einige Titel wieder, die unter den Büchern von Ben waren, die ich Susan mitgegeben habe. Andere sind mir neu. Einige sehen ziemlich interessant aus, andere völlig albern. Als ich sie in den Bestand aufnehme, muss ich über die Tatsache lachen, dass mein Mann gern Kinderbücher gelesen hat. Das Leben verläuft immer anders, als man denkt. Man kann unmöglich ahnen, dass man an einen Mann gerät, der Literatur für Zwölfjährige liest. Und man rechnet auch nicht damit, diesen Mann so schnell zu verlieren. Aber in meinem Leben warten noch mehr Überraschungen auf mich, und sie können nicht alle schlecht sein.

Ich rufe Susan an und erzähle ihr von den Büchern. Ich weiß nicht, ob sie daraufhin lacht oder weint.

»Du hast wirklich gesagt, dass die Bücher nicht modrig riechen dürfen?«

»Ja«, sage ich hinter meinem Schreibtisch. »Sonst müssen sie sie weiterverschenken.«

Sie lacht, auch wenn sie weint. »Dann werde ich vielleicht endlich auch mal ein Buch ausleihen«, erklärt sie. Ich lache. »Ich werde etwas zu dem Fonds beisteuern. Ich will nicht, dass ihnen irgendwann die frisch duftenden Bücher ausgehen.«

»Wirklich?«, frage ich aufgeregt. »Oh, wow! Wir können

das Ganze in Ben-und-Susan-Ross-Jugendbuchabteilung umbenennen.«

»Nein, dein Name sollte dort ebenfalls stehen. Oh! Und Stevens! Es muss die Familie-Ross-Jugendbuchabteilung sein. So sind wir alle vier gemeint. Ist das nicht cool?«

Ich versuche, diesen ergreifenden Moment nicht zu sehr an mich heranzulassen, aber ich bin unwillkürlich überwältigt.

»Okay«, sage ich leise.

»Schick mir eine E-Mail, wohin ich den Scheck schicken soll, ja? Ich rufe dich am Wochenende an.«

Ich lege auf und versuche, mich auf meine Arbeit zu konzentrieren, aber meine Gedanken schweifen immer wieder ab.

Mr. Callahan kommt den ganzen Tag nicht vorbei. Ich erkundige mich bei Nancy, wann sie ihn zum letzten Mal gesehen hat.

»Ach, du meine Güte, das ist mindestens zwei Monate her«, sagt sie.

Gegen fünf Uhr entschuldige ich mich und fahre ins Cedars-Sinai-Krankenhaus.

Ich frage die Schwester am Empfang, wo ich Mrs. Lorraine Callahan finden kann. Die Schwester sieht im Computer nach und erklärt, dass derzeit keine Lorraine Callahan im Krankenhaus liegt. Ich steige wieder in den Wagen und fahre die Straße hinunter, in der sich auch die Bibliothek befindet. Schließlich entdecke ich das Haus, von dem ich glaube, dass Mr. Callahan dort wohnt.

Ich gehe zur Eingangstür und drücke auf die Klingel. Sie scheint nicht zu funktionieren, also klopfe ich an die Tür. Es dauert eine Weile, doch schließlich öffnet er und sieht mich durch das Fliegengitter an.

»Elsie?«, fragt er ungläubig.

»Hallo, George, darf ich reinkommen?«

Er öffnet das Fliegengitter und tritt zur Seite. Das Haus wirkt unordentlich und traurig. Mir wird klar, dass Lorraine nicht mehr da ist.

»Wie geht es Ihnen, George?«

»Alles okay.« Er hört mir gar nicht richtig zu.

»Wie geht es Ihnen?«, frage ich, diesmal mit mehr Nachdruck.

Seine Stimme bebt. »An den meisten Tagen stehe ich noch nicht einmal auf«, gesteht er. »Es lohnt sich nicht.«

»Doch«, widerspreche ich. »Es lohnt sich.«

Er schüttelt den Kopf. »Sie verstehen das nicht«, sagt er. »Niemand versteht das.«

»Nein, da haben Sie recht«, bestätige ich. »Sie beide waren so lange zusammen. Ich kann nur erahnen, wie verloren Sie sich fühlen. Das ist hart, George. Sie mögen alt sein, aber Sie haben noch eine Menge Energie in sich. Lorraine würde nicht wollen, dass Sie so leicht aufgeben.« Ich fasse seine Schulter und zwinge ihn, mich anzusehen. »Kommen Sie«, sage ich. »Gehen wir ein Bier trinken.«

Und auf einmal bin ich für jemanden da. Ich bin nicht diejenige, die leidet. Ich helfe. Mein Leben ohne Ben hat sich sinnlos angefühlt, jetzt weiß ich wieder etwas damit anzufangen.

Mr. Callahan nickt widerwillig und zieht seine Schuhe an.

»Ob sie mich nach meinem Ausweis fragen?«, sagt er. Wir lachen, auch wenn es nicht so richtig lustig ist. Wir suchen nach Kleinigkeiten, über die wir lächeln können. Egal, wie stark man ist, egal, wie klug oder wie geschickt man ist, die Welt findet einen Weg, um einen in die Knie zu zwingen. Und wenn dem so ist, dann kann man einfach nur wieder aufstehen und weitermachen.

Als Mr. Callahan und ich in die Bar kommen, geht er direkt zum Barkeeper. Ich bleibe einen Moment stehen, bevor ich ihm folge. Ich atme ein und aus. Ich blicke mich um. Ein Kerl kommt auf mich zu und fragt, was ein bezauberndes Mädchen wie ich hier in der Happy Hour mache. Er fragt, ob er mir ein Getränk ausgeben dürfe.

Ich sage nicht ja, aber ich schlage ihn auch nicht ins Gesicht. Mr. Callahan ist ebenfalls der Meinung, dass ich Fortschritte mache. Außerdem ist bald Silvester, und wer weiß, was das Neue Jahr bringen wird.

Juni

Wir erwachten im Hotelzimmer in Las Vegas. Das Bett war breit, die Laken luxuriös. Vier Schritte vom Bett entfernt befand sich ein Whirlpool. An den Rändern der Vorhänge und durch den Schlitz in der Mitte fiel bereits das Sonnenlicht herein. Mein Leben hatte sich noch nie so aufregend angefühlt, so voller Möglichkeiten.

Als ich aufwachte, schlief Ben noch. Ich sah ihn an. Ich legte meinen Kopf auf seine Brust und lauschte seinem Herzschlag. Ich las die Nachrichten auf meinem Smartphone. Sogar die simpelsten Dinge erschienen mir wie Weihnachten. Alles war so friedlich. Ich schaltete den Fernseher ein und stellte den Ton leise, während Ben neben mir schlief. Ich wartete, dass er aufwachte.

Als es 11 Uhr war, drehte ich mich zu ihm um und weckte ihn vorsichtig.

»Wach auf, Liebling. Wir müssen bald aufstehen.«

Ben war noch im Halbschlaf. Er legte den Arm um mich und vergrub sein Gesicht im Kissen.

»Auf, auf, Ehemann«, sagte ich. »Du musst aufstehen.«

Er öffnete die Augen und lächelte mich an. Dann sagte er: »Warum so eilig, mein Schatz? Wir haben alle Zeit der Welt.«

Danksagungen

Ich möchte mich ganz herzlich bei meiner Agentin Carly Watters und meiner Lektorin Greer Hendricks bedanken. Ihr habt beide verstanden, was ich erzählen wollte, und an die Geschichte geglaubt. Und ihr habt mir geholfen, sie besser, strahlender und ergreifender zu machen. Vielen Dank. Und ich danke Sarah Cantin vom Atria Verlag, weil du an dieses Buch geglaubt hast. Du bist die Pförtnerin, die mir die Tür geöffnet hat.

Ich möchte mich auch bei meinen Freunden bedanken, die mich auf dem langen Weg unterstützt haben: Erin Cox, Julia Furlan, Jesse Hill, Andy Bauch, Jess Reynoso, Colin und Ashley Rodger, Emily Giorgio, Bea Arthur, Caitlin Doyle, Tim Pavlik, Kate Sullivan, Phillip Jordan, Tamara Hunter und Sara Arrington. Weil ihr alle an mich geglaubt habt, war ich verrückt genug zu denken, dass ich es schaffe.

Außerdem möchte ich mich unbedingt bei meinen Vorgesetzten und Lehrern bedanken, die ihr Vertrauen in mich gesetzt haben: Frank Calore, Andrew Crick, Edith Hill, Sarah Finn und Randi Hiller. Ich bin so dankbar, euch als Mentoren gehabt zu haben.

Mein Dank gilt der Öffentlichen Bibliothek von Beverly Hills, in der ich einen ruhigen Ort zum Schreiben gefunden habe und wo es zudem noch wunderbaren Kuchen und starken Eistee gibt. Außerdem danke ich der Polytechnischen Hochschule für ihre Unterstützung.

Ich möchte nicht versäumen, den Mann zu erwähnen, der die Liebe seines Lebens verloren und daraufhin das Internetposting eingestellt hat. Sie sind ein viel besserer Schriftsteller als ich. Die Zärtlichkeit Ihrer Worte rührt mich jedes Mal zu Tränen, wenn ich Ihre Anzeige lese. Und ich habe sie häufig gelesen.

Außerdem bin ich den Familien Jenkins, Reid, Hanes und Morris unendlich dankbar. Ich liebe euch alle. Ich danke meiner Mutter Mindy, meinem Bruder Jake und meiner Großmutter Linda: Weil ihr glaubt, dass ich alles schaffen kann, was ich mir vornehme, glaube ich es auch. Das ist das größte Geschenk, das man jemandem machen kann.

Und schließlich danke ich Alex Reid, dem Mann, der mir beigebracht hat, dass eine ganz vernünftige Frau sich über beide Ohren verlieben und innerhalb weniger Monate heiraten kann: Danke, dass du die Inspiration für jede meiner Liebesgeschichten bist.

LESEPROBE

Taylor Jenkins Reid
ZWEI AUF UMWEGEN

Aus dem Amerikanischen
von Babette Schröder

Elfeinhalb Jahre lang waren Lauren und Ryan das perfekte Paar. Doch seit Lauren mit dem Hund häufiger spricht als mit ihrem Mann, kann sie die Wahrheit nicht mehr leugnen: Ihre Ehe steckt in einer tiefen Krise. Ein Jahr Trennung soll die Liebe zurückbringen. Dabei gilt: Kontakt ist verboten. Alles andere ist erlaubt. Unsicher, aber auch aufgeregt stürzt Lauren sich ins Leben – doch wird es sie wieder zu Ryan führen?

TEIL EINS

Wohin entschwindet das Gute?

Wir befinden uns auf dem Parkplatz des Dodger-Stadions, und Ryan hat wieder einmal vergessen, wo wir den Wagen abgestellt haben. Wiederholt erkläre ich, dass er in Bereich C steht, doch Ryan glaubt mir nicht.

»Nein«, widerspricht er zum zehnten Mal. »Ich erinnere mich genau, dass ich beim Reinfahren rechts abgebogen bin, nicht links.«

Es ist unglaublich dunkel hier, der Weg vor uns wird nur von wenigen Straßenlaternen beleuchtet, die wie überdimensionale Baseballs wirken. Ich habe auf das Schild gesehen, als wir geparkt haben.

»Du täuschst dich«, erwidere ich gereizt und mit schneidender Stimme. Das dauert alles schon viel zu lange, und ich hasse das Durcheinander im Dodger-Stadion. Wenigstens ist es ein warmer Sommerabend, dafür sollte ich dankbar sein. Doch um zehn Uhr abends strömen auch die übrigen Fans von den Tribünen. Seit ungefähr zwanzig Minuten kämpfen wir uns durch ein Meer aus blau-weißen Trikots.

»Ich täusche mich nicht«, entgegnet er, läuft voran und

dreht sich beim Reden noch nicht einmal zu mir um. »Du bist diejenige mit dem schlechten Gedächtnis.«

»Ach, na klar«, höhne ich. »Nur weil ich heute Morgen meine Schlüssel verloren habe, bin ich plötzlich eine Idiotin?«

Er dreht sich zu mir um, und ich nutze den Augenblick, um ihn einzuholen. Der Parkplatz ist hügelig und steil. Ich bin langsam.

»Ja, Lauren, genau das habe ich gesagt. Ich habe ganz bestimmt gesagt, dass du eine Idiotin bist.«

»Im Grunde schon. Du hast gesagt, du wüsstest, wovon du sprichst, als wüsste *ich* es nicht.«

»Hilf mir doch einfach, den verdammten Wagen zu finden, damit wir nach Hause fahren können.«

Ich sage nichts mehr und folge ihm, während er sich immer weiter von Bereich C entfernt. Es ist mir ein Rätsel, warum er überhaupt nach Hause will. Zu Hause wird es kein bisschen besser sein. Seit fünf Monaten geht das schon so.

Er schlägt einen großen Bogen und läuft die Hügel des Parkplatzes hinauf und hinunter. Ich gehe dicht hinter ihm, warte mit ihm an den Fußgängerüberwegen und überquere sie in seinem Tempo. Wir sagen nichts. Wie gern würde ich ihn anschreien. Wie gern hätte ich ihn auch gestern Abend angeschrien. Vermutlich werde ich ihn auch morgen anschreien wollen. Ich kann mir vorstellen, dass es ihm ähnlich geht. Und dennoch herrscht zwischen uns absolute Stille, keiner von uns unterbricht sie, indem er seine Gedanken ausspricht. In letzter Zeit werden jeder Abend und jedes Wochenende von einer enormen Anspannung bestimmt, die nur nachlässt, wenn wir uns voneinander verabschieden oder uns eine gute Nacht wünschen.

Nachdem der erste Besucherschwung den Parkplatz verlassen hat, können wir leichter feststellen, wo wir uns befinden und wo wir geparkt haben.

»Da ist es«, bemerkt Ryan, ohne sich die Mühe zu geben, in die Richtung zu deuten. Ich wende den Kopf und folge seinem Blick. Da steht er. Unser kleiner schwarzer Honda.

Mitten in Bereich C.

Ich lächele ihn an. Aber es ist kein freundliches Lächeln.

Er lächelt zurück. Und auch er sieht dabei nicht freundlich aus.

Elfeinhalb Jahre zuvor

Es war in der Mitte meines zweiten Jahres auf dem College. Im ersten Jahr war ich ziemlich einsam gewesen. Die UCLA nahm mich nicht so herzlich auf, wie ich es mir bei meiner Bewerbung dort vorgestellt hatte. Es fiel mir schwer, Leute kennenzulernen. Oft fuhr ich am Wochenende nach Hause, um meine Familie zu besuchen. Na ja, eigentlich fuhr ich hin, um meine jüngere Schwester Rachel zu sehen. Meine Mom und mein kleiner Bruder Charlie interessierten mich weniger. Mit Rachel konnte ich über alles reden. Sie fehlte mir, wenn ich allein im Speisesaal aß, und das war häufiger der Fall, als ich zugeben mochte.

Mit neunzehn war ich wesentlich schüchterner, als ich es mit siebzehn gewesen war. In der Highschool war ich beliebt gewesen, ich hatte als Klassenbeste abgeschlossen und fast einen Krampf in der Hand bekommen, so viele Jahrbücher musste ich signieren. In meinem ersten Jahr auf dem College fragte meine Mutter mich immer wieder, ob ich wechseln wollte. Es sei durchaus in Ordnung, sich woanders umzusehen, betonte sie, aber ich wollte nicht. Der

Unterricht gefiel mir. »Ich habe mich nur noch nicht richtig eingelebt«, sagte ich jedes Mal, wenn sie mich fragte. »Aber das wird schon noch.«

Es gelang mir, als ich einen Job in der Poststelle annahm. In den meisten Nächten arbeiteten dort außer mir nur noch ein oder zwei andere Leute, eine Konstellation, in der ich aufblühte. Bei kleinen Gruppen war ich gut. Ich glänzte, wenn ich mich nicht anstrengen musste, gehört zu werden. Und während ich ein paar Monate lang Schichten in der Poststelle schob, lernte ich eine Menge Leute kennen. Einige von ihnen mochte ich sehr. Und einige mochten mich auch. Als wir uns in jenem Jahr für die Weihnachtstage verabschiedeten, freute ich mich darauf, im Januar zurückzukehren. Ich vermisste meine Freunde.

Als der Unterricht wieder begann, führte mich der geänderte Stundenplan in ein paar neue Gebäude. Da ich den Großteil der Basiskurse bereits abgeschlossen hatte, belegte ich Kurse in Psychologie. Und durch den neuen Stundenplan lief ich auf einmal ständig demselben Typen über den Weg – im Fitness-Center, im Buchladen, in den Aufzügen von Franz Hall.

Er war groß und hatte breite Schultern. Seine Arme waren so kräftig, dass sein Bizeps gerade noch unter den Ärmel seines T-Shirts passte. Er hatte hellbraune Haare und häufig einen Bartschatten. Stets lächelte er, und stets unterhielt er sich mit jemandem. Und auch, wenn ich ihn allein sah, zeigte er das Selbstvertrauen eines Menschen, der wusste, was er wollte.

Als wir schließlich miteinander ins Gespräch kamen, stand ich in der Schlange zum Speisesaal. Ich trug dasselbe graue T-Shirt wie am Vortag, und als ich ihn ein Stück vor mir in der Schlange entdeckte, schoss mir durch den Kopf, dass ihm das womöglich auffallen könnte.

Nachdem er am Eingang seinen Ausweis durch das Gerät gezogen hatte, blieb er hinter seinen Freunden zurück und unterhielt sich mit dem Typen, der das Gerät bediente. Als ich den Kopf der Schlange erreicht hatte, unterbrach er seine Unterhaltung und sah mich an.

»Verfolgst du mich, oder was?«, fragte er lächelnd und blickte mir in die Augen.

Ich wurde sofort verlegen und war überzeugt, dass er mir das ansah.

»Tut mir leid, dummer Scherz«, meinte er. »Ich sehe dich in letzter Zeit nur überall.« Ich nahm meine Karte wieder entgegen. »Darf ich dich begleiten?«

»Ja«, antwortete ich. Ich wollte mich mit meinen Freunden aus der Poststelle treffen, konnte sie aber noch nirgends entdecken. Und er war süß. Das gefiel mir.

»Wo stellen wir uns an?«, fragte er. »In welcher Schlange?«

»Wir gehen zum Grill«, erwiderte ich. »Natürlich nur, wenn du dich mit mir zusammen anstellen willst.«

»Das ist perfekt. Ich möchte unbedingt einen Patty Melt Burger.«

»Dann auf zum Grill.«

In der Warteschlange schwiegen wir zunächst, dann bemühte er sich, die Unterhaltung erneut in Gang zu bringen.

»Ryan Lawrence Cooper«, stellte er sich vor und streckte mir die Hand entgegen. Ich lachte und nahm sie. Sein Griff war fest. Ich bekam fast das Gefühl, ich würde ihn nie wieder los, wenn er das Händeschütteln nicht von sich aus beendete.

»Lauren Maureen Spencer«, erwiderte ich. Er ließ los.

Ich hatte ihn mir gewandt und selbstsicher, gelassen und charmant vorgestellt, und in gewisser Weise war er das auch. Doch als wir nun miteinander sprachen, schien er auch ein bisschen unsicher zu sein und nicht immer genau zu wissen, was er sagen sollte. Der süße Typ, der so viel selbstbewusster gewirkt hatte als ich, entpuppte sich als durch und durch menschlich. Er war einfach gut aussehend, vermutlich lustig und schien sich in seiner Haut schlichtweg wohlzufühlen, wodurch er wirkte, als verstünde er die Welt besser als wir anderen. Doch das stimmte nicht, er war genau wie ich. Und plötzlich mochte ich ihn deutlich mehr, als ich mir eingestehen wollte. Das machte mich nervös. Ich spürte Schmetterlinge im Bauch, und meine Handflächen wurden feucht.

»Na, ist schon okay. Du kannst es ruhig zugeben«, sagte ich in dem Bemühen, lustig zu sein, »eigentlich läufst du *mir* hinterher.«

»Ich gebe es zu«, erklärte er, widersprach sich jedoch gleich. »Nein! Natürlich nicht. Aber es ist dir auch aufgefallen, stimmt's? Es ist, als wärst du plötzlich überall.«

»*Du* bist plötzlich überall«, entgegnete ich und machte einen Schritt nach vorn, da die Schlange sich vorwärtsbewegte. »Ich bin nur da, wo ich immer bin.«

»Du meinst, du bist da, wo *ich* immer bin.«

»Vielleicht sind wir einfach kosmisch verbunden«, scherzte ich. »Oder wir haben denselben Stundenplan. Zum ersten Mal habe ich dich auf dem Hof gesehen, glaube ich. Ich habe mir dort die Zeit zwischen der Einführung in Psychologie und dem Statistikkurs vertrieben. Du musst also ungefähr um dieselbe Zeit einen Kurs auf dem Süd-Campus haben, stimmt's?«

»Jetzt hast du mir unbeabsichtigt zwei Dinge verraten, Lauren.« Ryan lächelte.

»Tatsächlich?«

»Ja.« Er nickte. »Weniger bedeutend ist, dass ich nun weiß, dass du im Hauptfach Psychologie studierst, und zwei Kurse kenne, an denen du teilnimmst. Als Stalker wäre ich damit auf eine Goldmine gestoßen.«

»Na gut.« Ich nickte. »Als richtiger Stalker hättest du das allerdings bereits gewusst.«

»Trotzdem, Stalker ist Stalker.«

Schließlich waren wir ganz vorn in der Schlange angelangt, doch Ryan schien mehr an mir interessiert als an seiner Bestellung. Ich wandte mich kurz ab, um meinen Essenswunsch aufzugeben. »Könnte ich bitte einen Grillkäse haben?«, sagte ich zum Koch.

»Und du?«, fragte der Koch Ryan.

»Einen Patty Melt Burger mit extra Käse«, antwortete Ryan, beugte sich vor und streifte mit seinem Ärmel versehentlich meinen Unterarm. Es fühlte sich wie ein ganz leichter Stromschlag an.

»Und die zweite Sache?«, fragte ich.

»Hm?« Ryan drehte sich zu mir um, offenbar hatte er den Faden verloren.

»Du meintest, ich hätte dir zwei Dinge verraten.«

»Ah!« Ryan lächelte und schob sein Tablett auf dem Tresen dichter an meins. »Du hast gesagt, dass du mich im Innenhof bemerkt hättest.«

»Stimmt.«

»Da habe ich dich aber nicht gesehen.«

»Okay«, erwiderte ich, nicht sicher, worauf er hinauswollte.

»Streng genommen hast du mich also zuerst bemerkt.«

Ich lächelte ihn an. »Touché.« Der Koch reichte mir den Grillkäse und Ryan seinen Burger. Wir nahmen unsere Tabletts und gingen zur Sodamaschine.

»Nun«, meinte Ryan, »da du mich verfolgst, muss ich vermutlich nur warten, bis du mich fragst, ob wir uns verabreden wollen.«

»Was?«, fragte ich halb schockiert und halb verletzt.

»Hör zu«, fuhr er fort, »ich kann sehr geduldig sein. Ich weiß, dass du erst den Mut dazu aufbringen musst. Du musst dir erst überlegen, wie du mich fragst, denn es soll natürlich möglichst locker klingen.«

»Aha«, bemerkte ich. Ich nahm mir ein Glas und schob es unter die Eismaschine. Das Gerät lärmte und produzierte dann drei lumpige Eiswürfel. Ryan schlug gegen die Maschine, woraufhin eine Unmenge Eiswürfel in mein Glas polterten. Ich bedankte mich.

»Keine Ursache. Was hältst du davon«, fragte er, »wenn ich bis morgen Abend warte? Wir treffen uns um sechs Uhr im Eingangsbereich von Hendrick Hall. Ich lade dich zu einem Burger ein und vielleicht auch noch zu einem Eis. Wir unterhalten uns. Und dann kannst du mich um eine Verabredung bitten.«

Ich lächelte ihn an.

»Das ist nur fair«, meinte er. »Du hast mich schließlich zuerst bemerkt.« Er war sehr charmant. Und das wusste er.

»Okay. Eine Frage habe ich allerdings. Dort drüben in der Schlange«, ich deutete zu dem Mann mit dem Kartenlesegerät, »worüber hast du mit ihm gesprochen?« Ich war mir ziemlich sicher, dass ich die Antwort kannte, und wollte sie von ihm hören.

»Mit dem Typen, der die Karten durchzieht?«, fragte Ryan lächelnd und wusste, dass ich ihn erwischt hatte.

»Ja, ich bin neugierig, worüber ihr zwei euch unterhalten habt.«

Ryan sah mir direkt in die Augen. »Ich habe gesagt: ›Tu so, als würden wir uns unterhalten. Ich muss Zeit gewinnen, bis das Mädchen in dem grauen T-Shirt hier ist.‹«

Was sich eben noch wie ein ganz leichter Stromschlag angefühlt hatte, durchfuhr mich jetzt als heftiges Brennen, entflammte mich. Ich fühlte es bis in die Fingerspitzen und die Zehen.

»Hendrick Hall, morgen um sechs«, bestätigte ich und sagte damit zu. Doch war uns beiden längst klar, dass ich es kaum erwarten konnte. Ich wünschte mir, es wäre schon so weit.

»Komm nicht zu spät!«, sagte er lächelnd im Weggehen.

Ich stellte mein Getränk aufs Tablett und ging beschwingt durch den Speisesaal. Dann setzte ich mich allein an einen Tisch, denn ich war noch nicht bereit, meinen Freunden zu begegnen. Mein Lächeln war zu breit, zu stark, zu strahlend.

Um fünf vor sechs am nächsten Abend stand ich im Eingangsbereich von Hendrick Hall.

Ich wartete ein paar Minuten und versuchte so auszusehen, als würde ich nicht sehnsüchtig auf jemanden warten.

Ich hatte ein Date. Ein echtes Date. Und zwar nicht so wie bei den Typen, die einen fragten, ob man mit ihnen und ihren Freunden am Freitagabend auf irgendeine Party gehen wolle, von der sie zufällig gehört hatten. Und auch nicht so wie mit dem Typen von der Highschool, den man schon seit der achten Klasse kannte, und der einen endlich küsste.

Ich hatte ein echtes Date.

Was sollte ich mit ihm reden? Ich kannte ihn doch kaum! Was, wenn ich Mundgeruch hatte oder etwas Dummes sagte? Was, wenn meine Wimperntusche verschmierte und ich den ganzen Abend nicht merkte, dass ich wie ein Waschbär aussah?

Panisch versuchte ich in einer Scheibe einen Blick auf mein Spiegelbild zu erhaschen, doch da trat Ryan bereits durch die Eingangstür in die Halle.

»Wow«, sagte er, als er mich sah. Von diesem Moment an machte ich mir keine Gedanken mehr, ich könnte vielleicht nicht perfekt aussehen. Ich scherte mich weder um meine knochigen Hände noch um meine schmalen Lippen. Stattdessen dachte ich daran, wie meine dunkelbraunen Haare glänzten und wie hübsch der Grauton meiner blauen Augen war. Und an meine langen Beine, zu denen Ryans Blick glitt. Ich war froh, dass ich mich für das kurze schwarze Jersey-Kleid entschieden hatte, das sie zur Geltung brachte; darüber trug ich ein Sweatshirt mit Reißverschluss. »Du siehst toll aus«, fügte er hinzu. »Du musst mich wirklich mögen.«

Ich lachte, und er lächelte mich an. Er trug Jeans und T-Shirt, darüber ein UCLA-Fleece.

»Und du bemühst dich sehr, mir nicht zu zeigen, wie sehr du *mich* magst«, erwiderte ich.

Daraufhin lächelte er mich an, und es war anders als das Lächeln zuvor. Nicht so, als wollte er, dass ich seinem Charme erlag. Sondern als wäre er *meinem* Charme erlegen.

Es fühlte sich gut an. Richtig gut.

Während wir Burger aßen, fragten wir uns gegenseitig aus, woher wir stammten und was wir mit dem Rest unseres Lebens vorhatten. Wir sprachen über unsere Kurse und stellten fest, dass wir im Vorjahr denselben Rhetoriklehrer gehabt hatten.

»Professor Hunt!« Ryan klang ganz sehnsüchtig, als er von dem alten Mann sprach.

»Erzähl mir nicht, dass du Professor Hunt mochtest!«, erwiderte ich. Niemand mochte Professor Hunt. Der Mann war so interessant wie ein Pappkarton.

»Wie kann man den Kerl nicht mögen? Er ist nett. Er ist höflich! Das war der einzige Kurs, bei dem ich in dem Semester eine Eins hatte.«

Ironischerweise war Rhetorik der einzige Kurs, bei dem ich in dem Semester eine Zwei bekommen hatte. Aber das zu sagen war mir unangenehm.

»Es war mein schlechtester Kurs«, sagte ich stattdessen. »Rhetorik ist nicht meine Stärke. In Recherche, Aufsätzen und Multiple-Choice-Tests bin ich besser. Ich bin nicht gut mit dem Mund.«

Nachdem ich das ausgesprochen hatte, sah ich ihn an und spürte, wie meine Wangen feuerrot brannten. Es war ein absolut peinlicher Satz, wenn man ein Date mit jemandem hatte, den man kaum kannte. Ich hatte Angst, er würde einen Witz darüber machen. Doch Ryan tat so, als hätte er die Mehrdeutigkeit nicht bemerkt.

»Du kommst mir vor wie ein Mädchen, das nur Einsen hat«, meinte er. Ich war überaus erleichtert. Irgendwie hatte er es geschafft, den peinlichen Augenblick zu überspielen und zu meinen Gunsten zu wenden.

Ich errötete erneut. Diesmal aus einem anderen Grund. »Na ja, ich bin ganz gut«, gab ich zu. »Aber ich bin beeindruckt, dass du eine Eins in Rhetorik hattest. In dem Kurs ist das nicht leicht.«

Ryan zuckte die Schultern. »Ich glaube, ich kann einfach gut reden. Große Menschenmengen machen mir keine Angst. Ich könnte vor einem Raum voller Menschen sprechen und würde mich dabei kein bisschen unwohl fühlen. Was mich nervös macht, sind Vier-Augen-Gespräche.«

Ich legte den Kopf schräg, ein Zeichen, dass meine Neugierde geweckt war. »Du wirkst nicht so, als hättest du in irgendeiner Situation Probleme, etwas zu sagen, ganz egal, wie viele Menschen anwesend sind.«

Lächelnd aß er den Rest seines Burgers. »Lass dich nicht von meiner lässigen Art täuschen. Ich weiß, dass ich teuflisch gut aussehe und wahrscheinlich der charmanteste Typ bin, dem du je begegnet bist, aber es hat einen Grund, dass ich so lange gebraucht habe, dich anzusprechen.«

Dieser Typ, der so cool wirkte, mochte mich! Und ich machte ihn nervös!

Ich glaube, nichts fühlt sich so gut an wie herauszufinden, dass man die Person, die einen selbst nervös macht, ebenfalls nervös macht. Das stimmt zuversichtlich und macht selbstbewusst. Man hat das Gefühl, alles auf der Welt erreichen zu können.

Ich beugte mich über den Tisch und küsste ihn. Ich küsste ihn mitten in einem Burger-Laden, und der Ärmel von meinem Sweatshirt hing im Ketchup. Es war kein perfektes Timing, in keiner Beziehung. Ich traf seinen Mund nicht richtig, sondern küsste ein wenig daneben. Und ich hatte ihn ganz offensichtlich überrascht, denn er erstarrte einen Moment, bevor er sich entspannte und mich zurückküsste. Er schmeckte salzig.

Als ich mich von ihm löste, wurde mir schlagartig klar, was ich gerade getan hatte. Ich hatte noch nie zuvor jemanden geküsst. Stets war ich geküsst worden. Küsse hatte ich immer nur erwidert.

Er sah mich verwirrt an. »Ich dachte, das müsste ich tun«, sagte er.

Jetzt schämte ich mich fürchterlich. Das war einer dieser Momente, über den ich als Mädchen in der Teenie-Zeitschrift YM gelesen hatte. »Ich weiß«, sagte ich. »Tut mir leid. Ich bin so … Ich weiß nicht, warum ich …«

»Es tut dir leid?«, erwiderte er erschrocken. »Nein, das sollte dir wirklich nicht leidtun. Das war vielleicht der großartigste Moment meines Lebens.«

Ich blickte ihn an und musste unwillkürlich lächeln.

»Alle Mädchen sollten so küssen«, meinte er. »Alle Mädchen sollten genau so sein wie du.«

Als wir nach Hause gingen, zog er mich ständig in Hauseingänge und Nischen, um mich erneut zu küssen. Je näher wir dem Wohnheim kamen, desto ausdauernder wurden die Küsse. Bis wir vor dem Eingang zu meinem Haus standen und uns gefühlte Stunden küssten. Es war etwas kühl draußen, die Sonne war schon vor Stunden untergegangen. Ich fror an den nackten Beinen. Doch ich spürte nichts als seine Hände auf mir, seine Lippen, konnte an nichts anderes denken als daran, wie sich sein Nacken unter meinen Händen anfühlte und dass er nach frischer Wäsche und nach Moschus roch.

Als es Zeit wurde, entweder einen Schritt weiterzugehen oder sich zu verabschieden, löste ich mich von ihm, ließ meine Hand jedoch in seiner. Ich las in seinen Augen, dass er gern von mir aufs Zimmer eingeladen worden wäre. Doch ich tat es nicht. Stattdessen sagte ich: »Wollen wir uns morgen sehen?«

»Na klar.«

»Kommst du vorbei und holst mich zum Frühstück ab?«

»Na klar.«

»Gute Nacht.« Ich küsste ihn auf die Wange.

Ich zog meine Hand aus seiner und wandte mich zum Gehen. Beinahe wäre ich stehen geblieben und hätte ihn doch noch gefragt, ob er mitkommen wollte. Unsere Verabredung sollte noch nicht zu Ende sein. Ich wollte nicht aufhören, ihn zu berühren, seine Stimme zu hören, herauszufinden, was er als Nächstes sagen würde. Doch ich drehte mich nicht um. Ich ging weiter.

Ich wusste, dass es mich erwischt hatte: Ich war verknallt.

Lesen Sie weiter in:

Taylor Jenkins Reid

ZWEI AUF UMWEGEN

ISBN 978-3-453-29174-4

Auch als E-Book erhältlich